dtv

Da überlegt ein junger Mann in Berlin in einer Kreuzberger Kneipe, was er bloß seiner geschichtensüchtigen Frau zum Geburtstag schenken könnte, und schon taucht ein Schmock namens Jacoby auf, der sich ihm als Präsent für die Gattin anbietet, als Erzähler: jeden Dienstagabend, Punkt acht Uhr, eine Geschichte in Fortsetzungen, Entlohnung eine Flasche Moskowskaja und ein Blumenstrauß für die Dame des Hauses, bezahlt vom Auftraggeber. Ein ungewöhnliches Geschenk zu ungewöhnlichen Bedingungen. Der junge Mann akzeptiert und lernt alsbald, an Wunder zu glauben ... »Und wer das Spiel mitmacht, sieht überall die Irrlichter des Geheimnisses, das keiner Logik mehr folgt, sondern weiß, daß die Gesetze anders laufen, als der Verstand es gern hätte.« (Ulrike Schwieben-Höger, ›Die Welt‹)

Benjamin Stein wurde 1970 in (Ost-)Berlin geboren und lebt in Berlin und München. Er hat früh begonnen zu schreiben, veröffentlichte Essays in Wochenzeitungen und erhielt zahlreiche Stipendien, u. a. das Alfred Döblin-Stipendium der Akademie der Künste und ein Arbeitsstipendium des Deutschen Kulturfonds. ›Das Alphabet des Juda Liva‹ ist sein erster veröffentlichter Roman.

Benjamin Stein

Das Alphabet des Juda Liva

Roman

Deutscher Taschenbuch Verlag

Ungekürzte Ausgabe
März 1998
Deutscher Taschenbuch Verlag GmbH & Co. KG,
München

Umschlagkonzept: Balk & Brumshagen
Umschlagbild: ›Nabi-Landschaft‹ (1890) von Paul Ranson
Satz: Offizin Andersen Nexö, Leipzig
Druck und Bindung: C. H. Beck'sche Buchdruckerei,
Nördlingen
Gedruckt auf säurefreiem, chlorfrei gebleichtem Papier
Printed in Germany · ISBN 3-423-12431-8

»Wir haben in unseren Händen kein Maß;
doch die Namen sind uns offenbart.«

Merkawah Rabbah, § 655

Prolog

Jacoby kündigt telegraphisch sein Engagement, beauftragt einen Notar und geht in Flammen auf.

Spätestens als Jacoby begann, sich Nathan ben-Gazi zu nennen und seinen Freund Rottenstein zum Messias erklärte, fürchtete ich um sein Leben. Tatsächlich währte seine Karriere als Prophet nur wenige Wochen. Vor vierzehn Tagen wurde er in die Nervenklinik der Berliner Charité eingeliefert. Und vorigen Dienstag, während Sheary den Morgenkaffee aufbrühte und ich mich rasierte, klingelte der Telegrammbote bei uns.

»bin verhindert da tot + + + notar meldet sich + + + beste grüße jacoby«

Mehr, glaubte er, uns nicht mitteilen zu müssen.

Der spinnt doch!, sagte ich. Schicken Tote Telegramme? Der Kerl ist meschugge!

Und wenn…, Sheary sank entgeistert auf den Küchenstuhl und begann unendlich ausdauernd in ihrem Kaffee zu rühren.

Wenn was?, fragte ich zurück. Ich hängte den Bademantel an den Türhaken, ging hinüber ins Schlafzimmer und fluchte, während ich mich anzog, still in mich hinein: Spinner, Schmock verdammter.

Als ich in die Küche zurückkam, rührte Sheary noch immer in ihrer Tasse. Sie schien entschlossen, es nicht zu glauben, um nur nicht zu weinen. Ich wollte sie küssen. Doch sie drehte den Kopf zur Seite und krauste die Lippen, als fände sie es unerhört, ihr in einem solchen Augenblick mit Zärtlichkeit zu kommen.

Ein schlechter Scherz, findest du nicht?

Der ganze Mann ist ein schlechter Scherz, erwiderte ich.

Aber…, sagte sie, wir hätten ihn wenigstens besuchen können.

Ach. – Ich zog den Gürtel fest und setzte mich zu ihr an den Tisch. Wer weiß, was er angestellt hat.

Jedenfalls gibt's keine Geschichte!, fuhr sie auf. Sie zog einen Kleinmädchenflunsch; und in diesem Moment war der Tag bereits verdorben. Denn ein Dienstag ohne Jacoby schien uns beiden undenkbar. Seit gut sechs Monaten zerfielen unsere Wochen in drei Vordienstage und drei Nachdienstage. In ihrer Mitte das Fest: der Tag, an dem Jacoby gegen acht Uhr abends bei uns klingelte. Dann öffnete Sheary die Tür. Jacoby trat ein, hängte den Schirm an die Flurgarderobe, und wir atmeten auf: Er lebt! Er ist nicht krank, ist bei Stimme und jedenfalls gekommen!

Das Ritual hatte ich vertraglich mit ihm vereinbart: Er küßte Sheary die Hand und überreichte ihr einen von mir bezahlten Blumenstrauß, bevor er schließlich mit trockenem Handschlag auch mich begrüßte. Mit einem verstohlenen Blick ins Wohnzimmer vergewisserte er sich, daß sein Honorar bereitstand: eine Flasche Wodka seiner Stammmarke, die er, um seine Stimme gehörig zu ölen, im Laufe des Abends austrinken würde. Er ging voran, warf sich aufs Sofa und schnurpste zunächst etliche Salzstangen, bevor er sich den ersten doppelten Wodka eingoß und ihn ohne Umschweife auf ex und ohne nachzuessen hinunterstürzte.

Die darauf folgende zerstreute Geste gehörte ebenso zum Ritual wie die Frage, wo er letzten Dienstag unterbrochen hätte. Ein knappes Stichwort genügte ihm, um sich wieder in die Geschichte zu finden. Nach einem weiteren Wodka zündete er sich eine seiner schwarzen Zigaretten an, stand auf und begann, im Zimmer auf und ab zu gehen. Nach drei tiefen Zügen hielt er inne. Dann drückte er die Zigarette aus und wandte sich abrupt zu uns um. Und während er zu erzählen begann, lehnten wir uns zurück.

Ich hatte Jacoby als Geschichtenerzähler engagiert, vor etwa einem halben Jahr. Um genau zu sein: am Sonntag vor Shearys vierundzwanzigstem Geburtstag. Sie war übers Wochenende zu ihrer Mutter gefahren. Und ich schlug mich mit germanistischen Faxen herum: Thomas Mann in der Schweiz... Es war zum Verzweifeln. Außerdem wußte ich noch immer nicht, was ich Sheary zum Geburtstag schenken könnte.

Gegen Abend beschloß ich, ins *Bella Montecatini* zu gehen, einem Kreuzberg-Italiener, zehn Minuten zu Fuß von unserem Hinterhof aus: ein nettes Lokal mit gutem Essen und Plastik-Weinranken über den Tischen. Ich saß vor einem Viertelliter, rauchte und druste vor mich hin, als er eintrat und zielsicher auf meinen Tisch zusteuerte: verwahrlost bärtig und O-beinig.

Er roch streng, nach Formalin, wenn ich mich nicht irre, als hätte er sich eben noch in einem Feldlazarett herumgetrieben. Die Bügel seiner Brille mußten irgendwann einmal zerbrochen sein. Er hatte sie mit Unmengen Heftpflaster repariert. Die langen Haare trug er im Nacken zu einem Zopf gebunden, darüber, keck in die Stirn gezogen, ein rotes Barett mit dem weiß-blauen Emblem der israelischen Gadner-Brigaden. Aus der linken Tasche seines Jacketts baumelte das Ende einer Fahrradkette.

Er nahm das Barett ab, warf es neben mein Glas auf den Tisch und setzte sich mir gegenüber. Nachdem er mich einen Moment lang vorsichtig taxiert hatte, kramte er eine schwarze Französische hervor, drehte den Filter ab und warf ihn in den Aschenbecher. Ohne zu fragen, nahm er meine Hölzer und gab sich umständlich Feuer. Nach einigen Zügen machte er sich daran, mit der Zigarettenglut den abgedrehten Filter anzukokeln. Als er ihn schließlich in Brand gesetzt hatte, lehnte er sich genüßlich zurück, legte die Stirn in Falten und fragte mich – ob ich an Wunder glaube.

Nein, erwiderte ich lustlos.

So, so – sollten Sie aber, orakelte er, beugte sich zu mir herüber und setzte nach einer kurzen Kunstpause hinzu, daß er mein Problem kenne und lösen würde.

Aach?, fragte ich.

Aber ja!, versicherte er: Meine Frau sei geschichtensüchtig. Sie wolle Wundergeschichten, und zwar jeden Abend. Sonst könne sie nicht einschlafen.

Was Sie nicht sagen…, brummelte ich. Doch er ließ sich nicht irritieren.

Habe ich recht, schwätzte er weiter, daß Ihnen kaum noch was einfallen will? Sie gefährden Ihre Ehe, mahnte er: Glauben Sie mir, Sie könnten ihr nichts Schöneres zum Geburtstag schenken als eine Story: Wunder, Engel, Sex 'n' Crime und Gott und alles wahr!, keine Spur erfunden – Was sagen Sie dazu?

Ich war verblüfft und angetrunken genug für einen kleinen Fax, zumal er den Nagel auf den Kopf getroffen hatte. Tatsächlich mußte ich mir für Sheary jeden Abend eine Geschichte ausdenken. Fortsetzungen mochte sie am liebsten. Und da sie die wundersamen Ereignisse in der Knopfkiste meiner Großmutter selig schon lange nicht mehr so richtig zu fesseln vermochten, drehte sie sich manchen Abend ernsthaft verärgert auf die Seite: Ohne Wunder kein Wunder...

Sein Angebot interessierte mich also.

Sie können ja nichts dafür, begann Jacoby von neuem: Es ist halt nicht jedem gegeben. Aber Phantasie hin oder her, sagte er: Die Wahrheit sei noch immer am erstaunlichsten. Und er sitze an der Quelle. Mein Ehrenwort!, und er zwinkerte verschmitzt, nahm einen tiefen Zug und blies den Rauch durch die Nasenlöcher.

Na, dann schießen Sie mal los, ging ich nun doch auf ihn ein: Ich bin ganz Ohr.

He, rief er, keine Tricks!, und drohte mit dem Zeigefinger: Bezahlt wird vorher. Eine Flasche *Moskovskaya*, bat er sich trocken aus: Und die Regeln bestimme ich, falls Sie mich engagieren. Ich überschlug die Rechnung und behauptete, es würde nur für zweihundert Gramm reichen.

Nun, grübelte er: Dafür bekommen Sie, na, sagen wir, den Anfang und das vorläufige Ende der Geschichte. Nicht mehr und nicht weniger.

Seine Unverfrorenheit imponierte mir. Einverstanden, sagte ich, schlug ein und ließ den Wodka kommen.

Seinen Trinkgewohnheiten nach hätte er Russe sein müssen. Den ersten Fünffachen trank er, ohne abzusetzen. Er behauptete allerdings, Orientale zu sein, rein seelisch betrachtet, obgleich in Berlin geboren, was nicht zu überhören war.

Verdorren soll meine Rechte, wenn ich Dein vergesse, o Zion!, deklamierte er. Sein Name sei übrigens Jacoby: mit Ceh und Ypsilon. Täte jedoch beides nichts zur Sache. Er spiele in der Geschichte nur eine Nebenrolle, verriet er, nahm eine neue Zigarette, entfilterte sie und zündete sie an.

Um ehrlich zu sein: Es war mir gleichgültig, welche

Rolle er in der Geschichte gespielt hatte oder spielen würde. Wenn er nur endlich loslegte.

Also?, drängte ich.

Tja... Zunächst, setzte er an, zunächst geschieht gar nichts.

Bitte?

Nun, wir sitzen und plaudern. Nur: Wir sind nicht mehr in Berlin, sondern – in Prag. Um genau zu sein: in einem verräucherten Buffet in der Maiselová. Er griente: Schauen Sie sich um, sagte er: Sie glauben nicht an Wunder? Bitte, hier haben Sie eins.

Tatsächlich: Die Einrichtung des Lokals hatte sich von einem zum andern Augenblick völlig verändert. Von den erwähnten Plastik-Weinranken keine Spur; und der Wirt war womöglich tatsächlich Tscheche. Ein schmuddeliges Handtuch um die Hüften, schlurfte er an unseren Tisch und zwinkerte Jacoby, während er den Aschenbecher auswechselte, aus seinen Schweinsäuglein zu.

Jetzt erst bemerkte ich das laute tschechische Plappern um uns herum. Da Jacoby aufstand und offenbar gehen wollte, trank ich meinen Wein aus und folgte ihm. Immerhin hatte ich einen fünffachen Wodka spendiert.

Aber hatte ich das wirklich? Im Gehen rief Jacoby dem Wirt zu, er solle alles auf seine Rechnung schreiben: Wein und Wodka. Bezahlt würde morgen. Der Wirt nickte. Und wir traten hinaus, nicht, wie man hätte erwarten müssen, auf die Skalitzer Straße, Berlin Kreuzberg, sondern auf eine enge Prager Gasse: katzenkopfgepflastert und menschenleer.

Jacoby lächelte: Eine wundervolle Stadt, sage ich Ihnen.

Ich hatte nicht gelogen: Ich glaubte nicht an Wunder und wußte nun nicht, was ich von der unerwarteten Ortsveränderung halten sollte. Ein wenig verängstigt also vertraute ich Jacoby an, daß ich noch nie das Vergnügen gehabt hätte. Er schien ehrlich überrascht, ließ sich jedoch nicht beeindrucken. Macht nichts, versicherte er mir: er kenne sich aus.

Es wehte kühl durch die enge Gasse, und Jacoby zog den Schal fester. Ich würde sagen, schlug er vor, wir gehen zunächst einmal in die Kaprová und dann zur Karlsbrücke. Einverstanden?

Ich nickte ahnungslos. Die Karlsbrücke kannte ich von einer Postkarte, die Sheary mir einmal aus dem Urlaub geschickt hatte. Aber Kaprová?

Karpfengasse, half Jacoby mir auf die Sprünge: Und da ist sie auch schon.

Wir bogen rechts ab, in eine etwas breitere und besser beleuchtete Straße. Auch hier waren wir allein. Ich sah auf die Uhr. Es ging bereits auf Mitternacht zu, was Jacoby jedoch nicht zu berühren schien. Wir liegen gut in der Zeit, meinte er, blieb vor einem Schaufenster stehen und winkte mich heran: Sehn Sie mal! Mit leuchtenden Augen zeigte er auf die Auslage des kleinen Tabakgeschäfts: Zigaretten, Pfeifen, Tabakdosen. Hier habe er seine erste Bruyère-Pfeife gekauft, erzählte er, unterbrach seine Andacht jedoch sogleich mit der Frage, ob ich aus dem früheren Osten käme.

Bitte?

Na, Ost-Berlin! Ja oder ja?

Ja, antwortete ich.

Dachte ich's doch, nuschelte er und betrachtete aufs neue die Pfeifen in der Auslage. Dann wissen Sie vielleicht, daß das damals ein Schatz war.

Bedaure, gab ich entschuldigend zu: Ich rauche Zigaretten.

Tja, hüstelte er: Man sinkt beständig; ich sehe es an mir. Er zuckte die Achseln und hob wie zum Beweis seine rechte Hand, in der wieder eine seiner schwarzen Französischen glimmte. Aber..., fuhr er fort: Damals war das ein Kult für mich, ich sage Ihnen! Ich war so hin und weg beim Anblick dieser hölzernen Kostbarkeiten, daß ich weder den Verkäufer zur Kenntnis nahm noch das Mädchen, das hinterm Ladentisch auf einem Anglerstühlchen saß und stumm vor sich hin starrte.

Ich verstand überhaupt nichts, tat aber so, als wäre mir sonnenklar, worauf er hinauswollte.

Ich meine nur, sinnierte er weiter: Man hätte es ahnen müssen... Wissen Sie übrigens, wem der Laden gehört?

Nein, lachte ich auf, woher sollte ich das wissen?

Natürlich. Er wandte sich zum Gehen, und ich folgte ihm. Einen Moment lang gingen wir schweigend nebeneinander her, bis er schließlich – tss, tss! – den Kopf schüttelte, stehenblieb und sagte: dem Hohen Rabbi Löw von Prag!, gerecht, wie ein Gerechter nur sein kann. Sie kennen ihn noch nicht. Aber ich wollte Ihnen den Laden zeigen, der Chronologie wegen, Sie verstehen?

Nein, gab ich verärgert zurück. Nannte er das etwa erzählen? Gut, er hatte mich an diesen Ort versetzt, von der Geschichte aber noch kein Zipfelchen preisgegeben. Ich bot ihm noch einen Fünffachen an, wenn er nur endlich zur Sache käme.

Immer die Ruhe, versuchte er mich zu beschwichtigen. Ich komme schon noch in Fahrt. Ich gebe Ihnen mein Wort drauf.

Übrigens, sagte er, sind wir schon am Ort des Geschehens. Nur noch ein paar Schritte, ja, da vorn, sehen Sie: ein nettes Promenaden-Café, direkt am Fluß... Rechterhand haben Sie die Karlsbrücke, gegenüber die Burg. Nachts wächst ein Wall aus Licht um sie; ein kitschiges Gleißen, doch alles in allem recht hübsch, nicht wahr?

Ich ließ ihn schwätzen und antwortete nicht, was er wohl auch nicht erwartete. Er hatte sich eine sentimentale Minute gegönnt. Schön, doch nun würde er wohl beginnen.

Allerdings, sagte er: Wir sind beim Kulissenbau, und der scheint zu gelingen. Jacoby steuerte auf das Café zu und redete nun im Gehen unaufhörlich weiter: Meine Güte, ein Getümmel ist das auf der Brücke, und das zu dieser nachtschlafenden Zeit. Neunundneunzig Prozent Touristen, sage ich Ihnen. Aber sicher doch. Die Einheimischen liegen längst im Bett oder schlafen vorm Fernseher. Mal abgesehen von den nachtaktiven Studenten. Einer spielt Gitarre, hören Sie ihn?

Another brick in the wall ... Ja, die Wahrheit ist traurig. Doch das braucht uns im Moment nicht zu interessieren. Er winkte ab, ließ sich geräuschvoll auf einen der Stühle nieder und forderte mich auf, mich ebenfalls zu setzen: was uns erwarte, sei im Stehen schwer zu verkraften.

Die Kulisse, meinte er, hätten wir also. Jetzt fehlen uns nur noch die Personen. Jacoby grinste und zeigte hinüber in Richtung Altstadt: Sie kommen eben die Karlová hinauf: zwei junge Männer mit Käppchen auf dem Kopf. Den einen kennen Sie bereits, meine Wenigkeit. Zugegeben, ich bin inzwischen etwas älter geworden. Aber die Geschichte liegt auch schon vier Jahre zurück.

Sagen Sie selbst, ich bin ja vielleicht ein wenig merkwürdig, aber der andere Kerl ist es noch mehr. Er bildet sich ein, Schriftsteller zu sein, schmunzeln Sie ruhig!, und möchte Jude werden, schmunzeln Sie ruhig noch einmal!, auch das gibt es. Inzwischen weiß er, daß er das eine nie erreichen wird und letzteres von Geburt an ist. Ich habe ihm immer gesagt: Rottenstein, bei deinem Namen! Aber er wollte mir nie glauben. Rosenberg sei auch kein Jude gewesen!

Offenbar war Jacoby nun ganz in seinem Element. Ich wandte hastig den Kopf und entdeckte unter dem Torbogen, hinter dem die Brücke begann, tatsächlich zwei junge Kerle mit Käppchen auf dem Kopf. Meine Verwunderung darüber, daß Jacoby zumindest an diesem Ort den Gang der Dinge im voraus zu kennen schien, freute ihn sichtlich. Er griente übers ganze Gesicht, als ich ihn fragte, woher er wußte, daß die beiden hierher kommen würden.

Sie verstehen rein gar nichts, süßelte er zurück: Was ich erzähle, geschieht, nicht umgekehrt. Und nun schauen Sie sich den einen Kerl einmal an: Sein Aufzug ähnelt annähernd meinem heutigen. Nur, statt meines adretten Baretts trägt er, wie gesagt, ein schwarzes Seidenkäppchen. Ganze neunzehn Jahre ist er jung und läuft dennoch schon leicht nach vorn gebeugt, dezent angedeuteter Bechterew, der Ärmste, was ihn wohl im Alter noch Schlimmes erwarten mag…

Jacoby kicherte gehässig auf, nahm die Brille ab und rieb sein linkes Ohrläppchen. Wirklich neckisch, fuhr er schließlich fort: Der Anflug eines Bartes bedeckt seine Wangen, einzig auf der Oberlippe sprießt es ansehnlicher. Und dann der künstlich verfinsterte Blick! Sicher soll er Reife vortäuschen. Kurz: ein etwas frühreifes Jüngelchen und darin mir – ja, mir! – ähnlich, der ich neben ihm gehe und ihm, aufgeregt gestikulierend, etwas erzähle.

Inzwischen hatten die beiden die Karlsbrücke erreicht und schlenderten an unserem Plätzchen auf der Moldauterrasse vorüber. Leider drangen die Stimmen der beiden nicht bis zu uns. Doch als hätte er mir mein Bedauern von den Augen abgelesen, legte Jacoby mir tröstend die Hand auf die Schulter.

Kein Problem, sagte er, das kriegen wir hin.

Die beiden jungen Männer, wenn Sie gestatten, daß ich in der dritten Person von mir rede, die beiden jungen Männer also sprechen deutsch miteinander. Sie sind offenbar nicht von hier. Könnten wir sie hören, würden wir erfahren, daß sie geradenwegs von der Altneu-Schul herkommen und nun auf Umwegen zu ihrem für die Dauer ihres Aufenthalts gemieteten Domizil zurückschlendern – einem Zweizimmerapartment in der Leninová, Dejvice, mit großem Balkon, von dem aus sie einen blendenden Blick über die Stadt haben.

Unterdessen haben sie sich ins Gewühl gestürzt und sind nun schon mitten auf der Brücke. Rottenstein hat sich auf die kalte Steinbalustrade gesetzt, die Arme vor der Brust verschränkt, und lauscht meinem Geschwafel, grad so wie Sie jetzt. Die Szene ist ins dürftige gelbe Licht der Brückenlaternen getaucht. Ringsherum Stimmengewirr, Sie hören es ja. Der Gitarrenstudent singt noch immer von allerlei Mauersteinen, wahrscheinlich seine Paradenummer. In den kurzen Pausen zwischen den Strophen hört man die Moldau rauschen. Zehn Meter weiter unten fließt sie friedlich dahin. Meine Güte; und ich rede und rede. Sie sollten übrigens wissen, daß diese Nacht eine besondere ist.

Warum?

... fragen Sie mit Recht, erwiderte Jacoby: Und ich will es Ihnen verraten. Jacoby beugte sich zu mir herüber und flüsterte, es sei die Nacht vor *Hoshannah Rabbah;* und es gehe die Sage, daß alljährlich in dieser Nacht in Gottes

Kanzlei die Quittungen für die Sünden des Vorjahres geschrieben und verschickt würden. Ein heikles Datum also.

Bei diesen Worten klatschte er laut in die Hände und lehnte sich wieder zurück. Er kramte in seinen Jacketttaschen nach der Zigarettenschachtel, fand sie schließlich auch und fingerte umständlich ein Stäbchen heraus. Den abgedrehten Filter schnippte er übers Geländer in den Fluß, bat mich um Feuer und fuhr schließlich fort.

Sehen Sie, sagte er: Um genau dieses Thema kreist das Gespräch der beiden jungen Männer auf der Brücke...

So ist das also, sagt Rottenstein gerade und erwartet offenbar meinen Beifall. Ich aber krause die Stirn. Quittungen hin oder her, sage ich: Es gibt Aufregenderes. Den Mitternachtsblitz zum Beispiel. Rottenstein sieht mich verwundert an.

Hast du noch nie davon gehört?

Nee...

Da kannst du auch von mir mal was lernen, frohlocke ich und werfe mich in die Brust, stolz, endlich etwas wirklich Interessantes in die Debatte einstreuen zu können.

Dabei dachte ich immer, du hast von nichts eine Ahnung, frozzelt mein Freund. Seine Arroganz ist unerträglich. Und ich sage mir: Er hat eine Belehrung verdient.

Also folgendes, setze ich bedeutsam an: Wenn es vor *Hoshannah Rabbah* um Mitternacht blitzt, kannst du dir was wünschen. Geht garantiert in Erfüllung!

Originalton Rabbi Wundersam, was? Rottenstein feixt. Er will mir partout nicht glauben. Na gut, sagt er, jetzt ist Viertel vor. Wenn's nachher blitzt, soll der Golem vor unsern Augen über die Karlsbrücke gehen. Und ich werd orthodox!

Jacoby unterbrach. Er nahm einen tiefen Zug und schüttelte den Kopf. Rottenstein, Rottenstein, lamentierte er: Das hättest du damals nicht sagen sollen! Jetzt sitzt du in *Hundert Toren* über einem dicken Talmud-Folianten, studierst und studierst und zergrübelst dir den Kopf darüber, womit dein unvermeidlicher Weg nach Jerusalem begonnen hat. Ich sage es dir: Mit genau diesem losen Spruch. Himmel, du kannst Aufmerksamkeit erregen!

He!, fahre ich auf und rüttle Jacoby aus seinen Gedanken. Schließlich habe ich ihn bezahlt und will keine Stilproben, sondern die Geschichte.

Ich bitte Sie!, wir sind bereits mittendrin. Wenn Sie mich nur nicht andauernd unterbrechen würden. Also bitte, fuhr er fort: Unterdessen ist es eine Minute vor Mitternacht. Eine kräftige Brise ist aufgekommen. Und die beiden jungen Männer halten ihre Käppchen fest, während sie hinauf in den noch immer sternenklaren Himmel starren. Ich zähle die Sekunden: achtundfünfzig, neunundfünfzig...

Und?

Zack! – Jacoby federte von seinem Stuhl hoch, drosch mir seine Rechte auf die Schulter und brüllte mir ins Ohr: Es blitzt! Das ist ein Ding, was? Aus wolkenlosem Himmel ein Blitz ohne Donner! Rottenstein springt auf, schreit intuitiv: Nein! In diesem Moment fuhr ich zusammen.

Manngottes!, schoß es mir durch den Kopf: Er wird dich noch killen mit seiner Art zu erzählen. Ich hatte den Schreck kaum verkraftet, als er schon weiterschwätzte. Rottenstein, raunt er, ist völlig geschockt. Sein Herz rast, und kurz darauf schießt ihm das Blut zu Kopf. Was habe ich getan?, denkt er und schaut hektisch um sich: Gleich wird der Riese über die Karlsbrücke kommen, ihn greifen und in hohem Bogen in die Moldau werfen. Es ist um ihn geschehen, es ist aus! –

Ich zitterte. So genau hatte ich es gar nicht wissen wollen. Das war kein Erzählen mehr. Das war Magie. Für Jacoby, wie mir schien, gerade das Rechte. Er setzte sich wieder, rauchte genüßlich weiter; und es geschah... – nichts.

Gottseidank auch, dachte ich. Jacoby allerdings grinste still in sich hinein, als wäre dies alles noch gar nichts gewesen und der Clou ein ganz anderer.

In der Tat, fuhr er fort: Wir beide glaubten damals, der Blitz sei nur eine Warnung gewesen, daß wir uns künftig mit unseren Wünschen etwas zurückhalten sollten. Unberufen, weiter ging unser Glaube an Wunder damals wirklich nicht. Aber nein, fuhr er auf: Blind waren wir, blind! Denn schauen Sie nur: Ungerührt läuft ein Mann auf Filzpantoffeln durch das Getümmel der in den Himmel staunenden Touristen. Direkt an uns vorüber. Auf seinen Schultern sitzt ein kleiner Junge mit Stirnband. Im Licht der Brückenlaternen leuchtet es auf wie ein auf einer Chaussee hell angestrahltes Verkehrsschild...

Mein Blick folgte Jacobys Finger, der in die Richtung der beiden Freunde zeigte: Und nun entdeckte auch ich den kleinen Wanst, ein rothaariges Bürschchen von vielleicht fünf Jahren, das auf den Schultern des Mannes nicht stillsitzen konnte. Es legte den Kopf in den Nacken und zeigte mit ausgestrecktem Arm in die Ferne, genau auf den Punkt hoch über der Burg, wo eben der Blitz grell aufgezuckt war. Und es lachte – schadenfroh und schallend.

Ich bat Jacoby um eine Erklärung. Doch der zuckte nur mit den Achseln, als wolle er sagen, er könne schließlich nichts dafür. Weder er noch Rottenstein hätten damals das Zeichen begriffen. Herzrasen, gestand er, das sicher, aber doch kein Hinweis auf eine Katastrophe.

Er schnippte die Kippe übers Geländer, hüstelte und meinte: Nach diesem Schreck hätte er Verständnis dafür gehabt, wenn Rottenstein abgereist wäre und sich geschworen hätte, nie wieder einen Fuß auf tschechischen Boden zu setzen. Er selbst jedenfalls hätte von Prag genug gehabt. Aber weit gefehlt! Fortan sei der Kerl jedes Jahr zu *Hoshannah Rabbah* nach Prag gefahren und hätte selbst seinen Urlaub hier verbracht. Rottensteins Liebe, erklärte mir Jacoby, sei sogar so weit gegangen, daß er sich im vergangenen März, vier Jahre nach dem mitternächtlichen Blitz, auf eine Annonce hin bei der Direktorin der Jazyková Škola, Praha 4, a. s., gemeldet hätte, die für das Sommersemester dringend einen deutschen Muttersprachler für einen Konversationskurs suchte. Was Rottensteins literarische Ambitionen betrifft, meinte er, mag man unterschiedlicher Anschauung sein. Aber reden könne er, von lax über galant bis gedrechselt.

Er zog also hierher?, fragte ich dazwischen.

Aber ja!, erwiderte Jacoby. Nur: daß er die Stelle bekam, dürfte mehr daran gelegen haben, daß er der einzige Bewerber war, der sich mit der winzigen Wohnung im Hotelhaus Petřiny zuzüglich mageren eintausend Kronen monatlich zufriedengab. Jacoby kicherte, und mir kamen langsam Zweifel, ob Rottenstein wirklich sein Freund gewesen war.

Wie Sie über ihn reden! – Sie mögen ihn wohl nicht besonders?

O doch, beeilte er sich, mir zu versichern: Wir haben uns lediglich gegenseitig nicht ganz ernst genommen. Eine gesunde Einstellung unter Freunden übrigens, finden Sie nicht?

Ich hatte keine Lust, auf seine Frage zu antworten.

Rhetorik, dachte ich: Für Allgemeinplätze hatte ich nicht bezahlt. Also lehnte ich mich zurück und betrachtete schweigend meine Fingernägel, was ihn zu irritieren schien. Er strich sich über den Bart und überlegte einen Moment, bevor er einlenkte: Ich bitte Sie! Was hätten Sie gesagt, wenn der Kerl, zweieinhalb Monate nach seiner Abreise, gänzlich unerwartet und sichtlich verstört, mit seinem Koffer vor ihrer Tür stünde und Ihnen erklären würde, daß er eben aus Prag zurück sei und nun nichts Eiligeres zu tun habe, als unverzüglich sein Karlsbrücken-Gelübde einzulösen? Orthodox!, hören Sie, *orthodox* wollte er leben!

Ich beschloß, weiter zu schweigen. Er sollte erzählen und mich nicht raten lassen.

Also gut, meinte Jacoby. Rottenstein, sag ich, als er mir das eröffnet hatte: Nun mal langsam. Was ist denn passiert? Und da ich bis dahin, wahrscheinlich ebensowenig wie Sie, an Wunder glaubte, war ich zunächst der festen Überzeugung, er sei vollends verrückt geworden oder phantasiere mir zumindest schamlos die Hucke voll. Würden Sie Ihrem besten Freund glauben, daß er nicht nur dem Golem, sondern auch dem wiedergeborenen Rabbi Löw von Prag begegnet sei, sich überdies unwissentlich in seine eigene Cousine verliebt und ihr ein Kind gemacht habe, das aber nie geboren wurde?

Erneut schüttelte er den Kopf und deklamierte: Durch die sieben Himmel sei er gereist und habe beinahe Gott geschaut. Überhaupt wäre alles ganz furchtbar gewesen, und ihm bleibe nur noch die Talmud-Schul, um herauszufinden, was das alles bedeute.

Ich war mehr als geschockt, sagte Jacoby, das dürfen Sie glauben. Die Reise nach Jerusalem hatte er bereits gebucht.

Niemand anders als der Hohe Rabbi Löw habe ihm eine Unterkunft in *Meah Shearim* nebst einem Plätzchen in einer angesehenen Torah-Talmud-Schul vermittelt. Es gebe kein Zurück. Punktum.

Versetzen Sie sich bitte in meine Lage: Mein vielleicht etwas spleeniger, aber sonst ganz patenter Freund Rottenstein, vor kurzem noch arrogant bis an die Haarwurzeln – wie ausgewechselt kam er daher. Geradezu devot, zuvorkommend und bis zur Selbstverleugnung schicksalsgläubig. Jacoby schien ihn noch einmal vor sich zu sehen und lächelte. Nett sah er aus, sagte er, nett: mit dem breitkrempigen schwarzen Hut und den kecken Pajess. Und wahrlich, ich liebe ihn für seine Konsequenz, zu der mir wahrscheinlich auf immer der Mut fehlen wird.

Allerdings – Jacoby griff nach meiner Hand, die ich ihm, leicht schaudernd, entzog – es mag durchaus sein, daß selbst ich, alles Frühere hinter mir lassend, nach Jerusalem umziehen würde, um fortan Torah und Talmud zu studieren, wäre ich, wie er, unmittelbarer Zeuge jener erstaunlichen Ereignisse gewesen...

Welcher Ereignisse?, fragte ich. Und sofort wurde Jacoby wieder geschäftig nüchtern.

Was weiß ich? Er hob bedauernd die Arme: Sie können nicht erwarten, daß Sie für einen Wodka die ganze Story bekommen.

Schließen Sie die Augen!, forderte er barsch.

Ja, fragen Sie mich, warum ich mich nicht weigerte. Es war ihm gelungen, mich zu interessieren. Und da ich den Fortgang der Geschichte erfahren wollte, tat ich ihm den Gefallen. Kurz darauf durchfuhr mich ein warmer Schauer. Und wenn mir dieser Wodka vertilgende Schmock von

Jacoby auch nicht besonders sympathisch war, seine erzählerischen Qualitäten mußte ich neidlos anerkennen. Kaum nämlich hatte ich mir mit geschlossenen Augen sein Angebot noch einmal durch den Kopf gehen lassen, stieß er mich an und beruhigte mich: Ich könne die Augen wieder öffnen; wir seien zu Hause und könnten nun zum Geschäftlichen kommen.

Er hatte nicht gelogen. Ohne Zweifel saßen wir wieder im *Bella Montecatini*, vor uns die leeren Gläser und neben uns der Wirt, der, die Rechnung in der Hand, auf seine Armbanduhr wies und lamentierte, daß auch er irgendwann Feierabend machen wolle.

Schon okay, sagte ich und suchte, völlig verwirrt, nach meiner Brieftasche. Daß Jacoby, laut Rechnung, unterdessen stattliche fünfhundert Gramm auf meine Kosten geleert hatte, wunderte mich schon nicht mehr. Ich bezahlte und folgte meinem neuen Bekannten, der vor der Tür wartete und einige Mühe hatte, sein Barett aufzustülpen.

Also, was ist?, fragte er, während der Wirt hinter uns die Rolläden herunterließ: Mein Angebot steht. Eine Flasche *Moskovskaya*, und ich bestimme die Regeln.

Kommen Sie, wich ich aus.

Wir gingen einige Minuten schweigend nebeneinander her, die Skalitzer Straße hinunter in Richtung Schlesisches Tor. Sicher, dachte ich, für mindestens zwei Abende hätte ich nun wieder eine Geschichte für Sheary. Aber was nützte sie mir? Ich hatte, wie versprochen, den Anfang und das vorläufige Ende gehört. Und das würde Sheary ebensowenig genügen wie mir.

Was ist Wodka schon für eine Bezahlung?, fragte ich. Sie wollen erzählen um des Erzählens willen. Sie brauchen einen Zuhörer, schön, doch warum ausgerechnet mich?

Irrtum, sagte er und blieb stehen: Sie brauchen mich. Das ist die erste Regel. Und die müssen wir in den Vertrag nicht aufnehmen, weil Sie ohnehin nichts dagegen tun werden.

So? Ich versuchte ein Lachen.

Aber ja, fuhr er gewitzt dazwischen. Nur ein Beispiel: Eine Figur verschwindet, sie wollen wissen, wohin, und nur ich kann es Ihnen sagen. So einfach ist das.

Ich nickte: So einfach. Also schön, lenkte ich ein, Sie bestimmen die Regeln. Nummer eins erübrigt sich, wie Sie meinen. Was noch?

Sie, er tippte mir mit dem Zeigefinger auf die Brust, Sie erzählen Ihrer Frau die Story mit dem Mitternachtsblitz. Und zwar an ihrem Geburtstag, kommenden Dienstag, wenn ich nicht irre.

Ich holte tief Luft. Doch er ließ mich nicht zu Wort kommen.

Jaja, fragen Sie mich nicht, woher ich das weiß. Das ist völlig gleichgültig und tut nichts zur Sache. Sehen Sie? Er lachte: Das wäre das zweite. Sie wird wissen wollen, wie es weitergeht. Und Sie werden sagen, daß Sie es nicht wissen – unberufen, glaub mir, mein Schatz. Aber glücklicherweise kennen Sie einen Geschichtenerzähler. Sie hätten ihn engagiert...

Und?, unterbrach ich ihn.

Was und? *Ich* bin das Geburtstagsgeschenk, und zwar eins, das jede Woche aufs neue pünktlich zum vereinbarten Termin mit einem Blumenstrauß, den Sie bezahlen werden, vor der Tür stehen wird. Wir müssen nur noch Tag und Uhrzeit ausmachen, und Sie sind im Geschäft.

Sie haben's auf meine Frau abgesehen, argwöhnte ich: Ist es das?

Jacoby schlug sich mit der flachen Hand vor die Stirn: Was mache ich falsch? Ich lege ihm Babel zu Füßen, und er fragt mich, ob mir seine Frau gefällt! Hören Sie, ich habe diese Sheary noch nie gesehen.

Aber ihren Namen, den kennen Sie schon?!

Ich verlange doch wirklich nicht zuviel, erwiderte er: außer dem, was ich gesagt habe. Und: Fragen Sie mich nie, woher ich meine Geschichten habe und dieses und jenes weiß! Er schien ernsthaft verärgert; und ich beschloß, ihn nicht weiter zu reizen.

Also gut, wiegelte ich ab: Dienstags, acht Uhr abends, eine Flasche *Moskovskaya*, das Geld für den Blumenstrauß gibt's im voraus...

Und keine Fragen!, setzte er unwirsch hinzu.

Keine Fragen, wiederholte ich.

Sie sind also einverstanden?

Einverstanden.

Gut, sagte er, dann machen wir einen kleinen Vertrag.

Jetzt? Es ist zwei Uhr nachts, wir stehen mitten auf der Straße und...

Was und? Das macht nichts. Ich habe alles dabei. Sprach's und förderte aus einer der vielen Taschen seines Jacketts einen Stenoblock und einen vergoldeten Kugelschreiber hervor. Das wäre das, sagte er und drückte mir beides in die Hand. Dann beugte er sich nach vorn: Und hier, er stützte sich mit den Händen an den Knien ab, haben Sie den Schreibtisch. Ich diktiere. Also los!

Ich legte den Block auf seinem Buckel ab, klappte ihn auf; und Jacoby begann zu diktieren:

»Vertrag. – Ich, der Unterzeichnete, engagiere hiermit...« usw. usf. Honorar, wöchentlicher Termin und die vereinbarten Regeln wurden festgesetzt. Spätestens, als

Jacoby diktierte: »Gerichtsstand ist Berlin«, konnte ich mir ein Kichern nicht verkneifen.

Lachen Sie nicht, sagte er, vielleicht werden Sie den Wisch noch brauchen. Ich mußte das Ganze noch einmal abschreiben; und nachdem wir beide Exemplare unterschrieben und jeder eines für sich behalten hatte, verabschiedete sich Jacoby kühl und mit einem Mal wie in großer Eile.

Den ersten Blumenstrauß würde er spendieren, schlug er vor.

Ich lehnte ab und gab ihm einen Zehner.

Meine Visitenkarte brauche er nicht, sagte er noch, schon im Gehen: Er kenne die Adresse. Ich wollte noch fragen: Woher?! Doch er schwenkte nur sein Exemplar des Vertrags (Ich hätte unterschrieben und Schluß!) und war kurz darauf zwischen den am Straßenrand parkenden Autos verschwunden.

Vom Wein und den Geschichten benommen, schlich ich nach Hause und fiel, kaum im Bett, in todähnlichen Schlaf. Am nächsten Morgen brummte mir der Schädel wie nach einem kapitalen Besäufnis. Ich fluchte. Meine Brieftasche war leer. Was ich gehabt hatte, war vor allem für Jacobys Wodka-Rechnung draufgegangen. Und den letzten Zehner hatte er auch noch genommen.

Gewitzter Schnorrer, dachte ich und schrieb mein Geld in den Wind. Daß der Kerl sich je wieder blicken lassen würde, daran glaubte ich nicht. Und da ich nur einen Teil seiner Geschichte kannte, erzählte ich Sheary zunächst auch nichts davon. Das Geburtstagsgeschenk, das ich schließlich für sie kaufte, war so wenig originell, daß ich mich heute nicht einmal mehr daran erinnern kann, was es eigentlich war. Die Blamage, es ihr präsentieren zu müssen, blieb mir jedoch erspart. Denn am Vorabend ihres Geburtstages klingelte das Telefon; und ich traute meinen Ohren nicht.

Jacoby hier!, kam es undeutlich vom anderen Ende der Leitung. Ich solle mich gefälligst an den Vertrag halten, mein lächerliches Geschenk stecken lassen und ihr stattdessen den Anfang der Geschichte erzählen. Er habe keine Lust, am Dienstag noch einmal von vorn zu beginnen.

Das verschlug mir die Sprache. Ich drückte den Hörer an die Brust und atmete ein paarmal tief durch, bevor ich antworten konnte. Sie kommen also wirklich?, fragte ich, noch immer mißtrauisch.

Bin ich ein Ganev?

Also ja?

Natürlich, aber Sie müssen schon mitspielen. Sonst fällt die Sache ins Wasser.

Noch schwankte ich. Doch ich versprach ihm, meinen Teil des Vertrages zu erfüllen.

Gut, dann bis Dienstag um acht, sagte er: Ich werde pünktlich sein. Und er legte auf.

Was soll ich weiter erzählen? Es war der Abend vor Shearys vierundzwanzigstem Geburtstag. Wir sahen fern. Um Mitternacht öffnete ich eine Flasche Wein, machte das Bett, gratulierte ihr mit einem Kuß und fragte sie, ob sie ihr Geschenk nicht gleich haben wolle.

Ferkel!, kicherte sie.

Hehe!, so war das nicht gemeint.

Sondern?

Nun, tat ich geheimnisvoll: Ich könnte… einen kleinen Teil…

Och, bettelte sie nun: Sag schon, was ist es.

Tja, so war's. Ich erzählte ihr, was ich von der Geschichte

schon kannte; und Shearys Freude gab Jacoby recht: Wahnsinnig gespannt sei sie auf seinen ersten Besuch. Und damit schien unsere familiäre Harmonie für's erste gerettet. Oder auch nicht, wie man's nimmt: Sie schlief wie ein Murmeltier.

Jacoby kam am vereinbarten Tag zur vereinbarten Stunde mit dem vereinbarten Blumenstrauß. Und er kam von da an jeden Dienstag mit der vereinbarten Fortsetzung der Geschichte. Durch nichts ließ er sich hindern. Krankheit oder wichtige Besorgungen gab es nicht. Und wenn nun also weder Sheary noch ich daran glaubten, daß er tatsächlich, wie er uns telegraphiert hatte, tot sei, so war es doch schlimm genug, daß er an diesem Dienstagabend zum ersten Mal seit beinahe einem Jahr nicht zu uns kommen würde. Mitten in seiner Geschichte hatte er uns mit einem gemütskranken Messias und seinem meschuggenen Propheten allein gelassen. Was ist ein Weltuntergang? Eine nicht zu Ende erzählte Geschichte!

Wir mußten unbedingt wissen, wie die Story weiterging. Also beschlossen wir, zur Besuchszeit in die Charité zu fahren. Wir fragten uns vom Pförtner bis zur Nervenklinik durch und fanden schließlich auch durch die düster kalten Gänge zur verriegelten Tür der Station Nr. 10.

Ich klingelte.

Es dauerte einen Moment, bis die Schwester kam und uns öffnete. Aus ihren großgeschminkten Augen sah sie uns verstört an und wurde noch blasser, als ich nach Jacoby fragte. Da müßten wir mit dem Stationsarzt sprechen, stotterte sie und führte uns über den kalten neonbeleuchteten Flur zu dessen Arbeitszimmer.

Dr. Anthony, ein Berufsintellektueller mit dem fahrigen

Gestus eines Süditalieners, schien ebenso verwirrt wie die Schwester. Wissen Sie, setzte er mühsam an: In den dreiundzwanzig Jahren, die ich nun schon hier… Also wirklich, so etwas ist mir noch nicht untergekommen.

Ja was denn?, Sheary klammerte sich an meine Hand und schien kurz davor, nun doch zu weinen. Der Doktor bat uns, Platz zu nehmen und grübelte eine volle, quälend lange Minute darüber nach, wie er am besten beginnen sollte.

Sind Sie mit Herrn Jacoby verwandt?, fragte er zaghaft.

Nein.

Presse?

Herr Jacoby ist…, ich hob die Schultern.

… unser Angestellter, kam Sheary mir rettend zu Hilfe.

Gut. Er schien erleichtert, nahm die Brille ab und rieb sich die Augen: Dann können wir ja Klartext reden. Er schlug den hellblauen Aktenordner auf, der vor ihm auf dem Schreibtisch lag und anscheinend vor allem mit Zeitungsausschnitten und EEG-Kurven vollgestopft war. Einen Moment lang blätterte er darin herum und zog schließlich die Karteikarte mit Jacobys Krankengeschichte hervor.

Herr Jacoby, sagte er, ohne aufzusehen, … ist heute morgen unter uns allen unerklärlichen Umständen verstorben.

Wie?!, Shearys Augen glänzten bedrohlich.

Er ist…, stammelte der Doktor, … verbrannt.

Das ist nicht ihr Ernst, sagte ich.

Dochdoch, beeilte er sich, uns zu versichern: Verbrannt.

Wollen Sie damit sagen, daß es in Ihrer Klinik möglich ist, so mirnichtsdirnichts in Flammen aufzugehen?

Aber nicht doch, beruhigen Sie sich, sagte er. Es ist unerklärlich, wissen Sie, er hatte gar nichts: Kein Feuerzeug, keine Hölzer, man hat nichts bei ihm gefunden. Ich verstehe es selbst nicht. Er rang die Hände, federte aus seinem Bürosessel und lief hektisch zwischen Schreibtisch und Fenster hin und her. Nachdem er die Strecke einige Male durchmessen hatte, blieb er plötzlich stehen, reckte den Zeigefinger in die Höhe und verkündete seine geradezu visionäre Lesart des Falls, die ihm offenbar selbst eben erst aufgegangen war: Er muß, flüsterte er, von innen her verbrannt sein.

Er setzte sich wieder, wippte mit dem Fuß und starrte wie irr vor sich hin. Die Vorstellung schien es ihm angetan zu haben. Shearys Frage, ob nicht vielleicht ein unangemeldeter Besucher unseren Freund in Flammen gesetzt haben könnte, überhörte er beflissentlich.

Der Fall wird untersucht, sagte er nur: Ich verspreche es Ihnen. Die Polizei war bereits hier. Niemandem ist diese Sache unangenehmer als mir selbst.

Das glaubte ich gern. Und wie bitte, fragte ich ihn, erklären sie sich, daß er uns seinen Tod bereits gestern telegraphiert hat? Er reagierte nicht, und ich war drauf und dran, ihn zu würgen. Doch Sheary griff nach meiner Hand. Sie zog mich zur Tür. Und nun rollten die Tränen wirklich.

Die völlig aufgelöste Schwester kam uns auf dem Flur entgegen: Warten Sie, der Summer! Kurz darauf schnarrte das Schloß; die Tür sprang auf. Und wir schworen uns, einander eher zu erschießen, als daß je einer von uns hier eingeliefert werden müßte.

Diese Schmocken vom Mossad!, fluchte Sheary, die zu diesem Zeitpunkt noch ihre Hand dafür ins Feuer gelegt hätte, daß ein israelisches Kommando unseren Freund von den Lebenden zu den Toten befördert hatte.

Schande Schande Schande!

Ja, wir glaubten an Mord. Allerdings nur bis zum nächsten Tag. Denn, wie Jacoby es uns telegraphisch angekündigt hatte, meldete sich der Notar tatsächlich. Wir saßen noch beim Frühstück, als das Telefon klingelte.

Anwaltsbüro *Von Seldeneck & Hein,* flötete die Stimme einer Jungsekretärin: Ich verbinde. – Kurz darauf stellte sich mir eine schnarrende Stimme als die des Bürochefs vor: Von Seldeneck, Notar und Anwalt des verstorbenen Jacoby. Die Stimme versicherte sich, richtig verbunden zu sein, was ich, etwas verunsichert, bestätigte, sprach mir darauf ihr Beileid aus und fragte übergangslos, ob ich noch im Besitz des Vertrages sei, den Jacoby mit mir geschlossen habe. Ich bejahte und wurde daraufhin, gemeinsam mit Sheary, ultimativ zur Testamentsvollstreckung bestellt. Heute nachmittag um vier, das paßt Ihnen doch, danke... Und Schluß. Verblüfft legte ich auf.

Sheary weigerte sich zunächst, die schnarrende Stimme zu besuchen. Klingt nach Guillotine; paß auf, orakelte sie, jetzt kommen wir auch noch dran.

Mädel!, ich lächelte: Jetzt geht's aber mit dir durch. Wer sollte uns umbringen wollen und warum? Eine Stunde später hatte ich sie überredet, mich zum Notar zu begleiten. Dann sind wir wenigstens beide tot, spottete ich, und ersparen uns den Ärger mit der Bestattung.

Herr von Seldeneck ähnelte auffallend seiner Stimme. Als die Sekretärin uns in sein Büro dirigiert hatte, winkte uns eine fette Hand in Richtung Ledersitzecke. Die dazugehörige Linke schrieb, während Seldeneck, den Telefonhörer zwischen Schulter und glattrasierte Wange gepreßt, die Augen verdrehte und inständig zu hoffen schien, den lästigen Plapperer am anderen Ende der Schnur möglichst bald abwimmeln zu können. Was ihm auch gelang. Wir hatten uns eben gesetzt, als er den Hörer auf die Gabel schmetterte. Er drückte sich aus dem Sessel und kam mit kurzen, energischen Schritten auf uns zu – ein Hüne, in dessen Nähe man das Gefühl hatte, zu dicht an einer Bahnsteigkante zu stehen. Ich suchte bereits nach einer Fluchtmöglichkeit. Von Seldeneck jedoch verbeugte sich artig. Er küßte Sheary die Hand, streckte auch mir seine Pranke entgegen und begann ohne Umschweife, vom Geschäft zu reden.

Sie haben den Vertrag?, vergewisserte er sich. Irritiert reichte ich ihm den Zettel mit Jacobys und meiner Unterschrift.

Schön, konstatierte der Fleischturm und bat uns, eine Sekunde zu warten. Er verschwand im Nebenzimmer und kehrte kurz darauf mit einem mehrfach versiegelten Paket zurück. Das Wort »Erbmasse«, das uns in krakeligen roten Buchstaben entgegenblitzte, konnte nur von Jacoby selbst geschrieben sein.

Das sei natürlich nicht alles, sagte er, aber eben der Teil, den er uns vermacht habe. Von Seldeneck setzte sich.

Ich bin froh, es los zu sein, eröffnete er uns. Dieser Jacoby sei der eigenwilligste aller Mandanten gewesen, deren Nachlaß er je zu verwalten gehabt hätte. Oder meinen Sie, fuhr er fort, ich hätte jemals ein Telegramm aufgeben müssen wie das an Sie?! – Ich verrate es Ihnen: Nein, nein und nochmals nein. Aber es war sein Wunsch, verstehen Sie, ausdrücklich, und da kann man nichts machen.

Sheary traute dem Frieden noch immer nicht. Während ich das Paket betrachtete, ließ sie den Anwalt nicht aus den Augen. Der schmunzelte, als ich den Kampf gegen die Siegel schließlich gewonnen hatte und unser Erbe auf dem Tisch ausbreitete. Daß Jacobys Paket nichts außer etlichen

Tonbandkassetten, einem Schwung Zeitungsartikel und mehreren Videobändern enthielt, wunderte ihn offenbar nicht im geringsten.

Tja, sagte er und zuckte die Achseln: Machen Sie damit, was Sie wollen. Ein paar Unterschriften noch – wenn ich bitten dürfte – und ich bin die Sache los.

Mit einem Blick zur Uhr verabschiedete er sich. Er habe zu tun und die Ehre: Auf Wiedersehen. Die Jungsekretärin begleitete uns noch bis zur Tür. Dann waren wir uns selbst, Jacobys Nachlaß und unserer Ratlosigkeit überlassen.

Auf dem gesamten Heimweg sprachen wir kein einziges Wort. Ein wenig enttäuscht, schien Sheary sich von der Vorstellung verabschiedet zu haben, Jacoby könnte im Auftrag eines Geheimdienstes gehandelt haben, während ich, angesichts der Kassetten und Bänder, eben daran zu glauben begann. Doch, um es kurz zu machen: Das Rätsel löste sich schnell und auf beruhigende Weise. Als wir, zu Hause angekommen, wahllos eine der Kassetten in den Recorder steckten, redete uns die vertraute Stimme Jacobys an.

»Und Sie erfahren nun, was ich von Rottenstein lernte; Rottenstein aber von Jan Prochazka; Jan Prochazka von seinem Vater Jiři und aus dessen früherem Leben...«

Sheary stellte den Recorder ab.

Er hat mitgeschnitten, sagte sie, weiß der Teufel wie, aber er hat mitgeschnitten.

Wir suchten nach der Kassette mit dem Beginn der Geschichte, was uns einige Mühe bereitete, da Jacoby sie nicht numeriert hatte. Als wir sie schließlich fanden und abspielten, begriffen wir langsam, was das alles zu bedeuten hatte.

»Gesetzt den Fall...«, hatte Jacoby auf die Kassette gesprochen, *»... daß ich vor dem Ende der Geschichte ver-*

brennen sollte, muß Euch das nicht beunruhigen. Es läge schlicht in der Logik der Sache. Ich nehme alles auf und werde euch die Story vermachen. Das heißt: Wenn Ihr den Vertrag nicht verbummelt. Mein Ehrenwort gilt.«

Auf der letzten Kassette eröffnete er uns, daß sich das Ende der Geschichte noch zutragen müsse. Schließlich sei er noch nicht ganz tot und Rottenstein noch auf der Flucht. Und er schloß mit der Bitte, wir mögen den Verlauf der Story selbst recherchieren. Einige aufschlußreiche Artikel – und die Videos!, nicht zu vergessen – lege er schon mal bei. Wir sollten alles aufschreiben und bestmöglich verkaufen. Denn Wodka allein sei am Ende doch eine lausige Bezahlung und Erzählen um des Erzählens willen nur ein Lebensinhalt für Propheten und Irre.

Er hoffe, wir würden's schon hinkriegen. Und damit genug geredet. Er schneide sich nunmehr die Zunge ab, um den Irrenärzten auf ihre idiotischen Fragen nicht antworten zu müssen.

»Ihr glaubt nicht, wie kompliziert das ist«, kicherte unser Freund vom Band: »Ich habe meine Finger in Salz getunkt. Aber diese vorwitzige Zunge glitscht immer zurück.«

Sheary kreischte auf.

Himmelherrgott!, er versuche es jetzt mit den Lederfäustlingen seiner Mutter selig. Das müßte wohl klappen.

»Zeit wird's!«, schloß er: »Die Ambulanz steht bereits vor der Tür. So phantastisch verrückt ist die Welt!«

Als wüßte er, daß dem nichts mehr hinzuzufügen sei, schaltete der Recorder sich ab. Wir schwiegen betreten. Sheary mußte sich bildlich vorgestellt haben, wie Jacoby, die Hände in den Lederfäustlingen seiner Mama und die Zunge nun fest im Griff, das Küchenmesser angesetzt hatte. Angewidert verzog sie das Gesicht, lief in die Küche, holte zwei Wassergläser und die, eigentlich für Jacoby kaltgestellte, Flasche Moskovskaya. Sie goß sich einen tüchtigen Schluck ein, der unseres Freundes würdig gewesen wäre, und stürzte ihn mit Todesverachtung.

Also, sagte sie, nachdem sie sich geschüttelt hatte: Du bist der Schreiber. Was wirst du tun?

Theaterkritiken, mein Schatz, keine Romane! Angesichts des grausigen Endes, das Jacoby genommen hatte, erschien es mir nicht eben verlockend, den Faden weiterzuspinnen und mich so selbst in den undurchsichtigen Verlauf der Ereignisse hineinziehen zu lassen. Auf Jacobys postumes Wohl und um die nun fällige Entscheidung um einige Sekunden hinauszuzögern, nahm ich ebenfalls einen heftigen Schluck aus dem Wasserglas und knallte es zurück auf den Tisch.

Soll ich?

Ja, lautete Shearys Antwort. Und damit war die Sache entschieden.

Wir müßten die Kassetten und Artikel ordnen und ein Diktiergerät anschaffen. Das Geld, meinte Sheary, würde knapp werden, doch zum Nötigsten reichen: Mußt eben den Haushalt schmeißen zwischen zwei Kapiteln…

Gesagt getan. In die Rolle des schreibenden Hausmanns mit Drang zum Höheren und einem Stich ins Ungewisse habe ich mich unterdessen ganz gut hineingefunden. Es schadet mir nicht, noch eine Stunde weiterschlafen zu können, wenn Sheary morgens den Wecker fluchend beinahe zertrümmert, um nicht so penetrant daran erinnert zu werden, daß der Broterwerb ruft. Und es schadet ihr nicht, bereits zu schlafen, während ich noch am Computer sitze oder mich im Bett herumwälze und zwischen einer Vielzahl von Wirklichkeiten, die ich inzwischen kaum noch auseinanderhalten kann, keine Ruhe finde.

Die Kulisse hätten wir also, würde Jacoby nun sagen. Und, soweit er in seiner schnodderigen Art noch selbst hatte erzählen können, will ich auch ihn sprechen lassen und mich nicht einmischen.

Wie hatte er damals begonnen?

I

Die drei Mütter
oder
Von Engeln und anderen alltäglichen Dingen

I

Rottenstein wird vorübergehend Vater eines Teufels, verspottet Rentner und verläßt hungrig das Haus.

Als Rottenstein an jenem Mittwochabend, von einigen Viertellitern etwas schwach auf den Beinen, das Apartmenthaus Na Petřinach 392 betrat und der Pförtner ihm sagte, daß sein Sohn, ein schmucker Wicht mit Stirnband, bereits angekommen sei und ihn oben erwarte, hätte ihm auf der Stelle klar sein müssen, daß all seine früheren Verfehlungen nun in einem Strafgericht auf ihn zurückfallen würden. Doch er begriff nicht, was sich hier anbahnte.

Schon gut, nuschelte er, winkte müde ab und trottete weiter in Richtung Aufzug. Als der Pförtner ihm nachrief, daß der Fahrstuhl defekt sei und der Monteur erst am Morgen kommen würde, entschlüpfte ihm ein derber Fluch, denn er wußte nicht, wie er in seinem Zustand die sechs Treppen bis zu seiner Wohnung bewältigen sollte.

Mag sein, daß ihn das Treppensteigen ein wenig ernüchterte. In der zweiten Etage fiel ihm jedenfalls auf, daß er bisher geglaubt hatte, keinen Sohn zu haben. Auf dem fünften Treppenabsatz fragte er sich, warum der Pförtner so betont hatte, daß der Bengel ein Stirnband trug. Und als er schließlich im sechsten Stock vor seiner Wohnungstür stand, wußte er, daß hier etwas grundlegend nicht stimmen konnte und daß der fortgeschrittene Abend noch eine unangenehme Überraschung für ihn bereithielt.

Was soll's, dachte er: Da das Unglück nun einmal beschlossen hatte, ihn in seiner Wohnung aufzusuchen, würde er ihm offenen Auges entgegentreten.

Die Wohnungstür war nur angelehnt. Er öffnete sie, nichts weniger als beherzt, und – fand zunächst alles so, wie er es verlassen hatte. Die Tür zum Schlafzimmer stand offen; und was er sah, beruhigte ihn: Weder waren die Matratzen aufgeschlitzt noch die Schränke durchwühlt.

Er warf den Hut auf die Flurgarderobe und hängte mit größtmöglicher Sorgfalt seinen Mantel auf. Geb ich mir noch ein paar Sekunden, hatte er sich gesagt. Und nachdem er das gute Stück adrett wie nie auf den Bügel plaziert und alle Falten geglättet hatte, gab's keinen Grund mehr zum Zögern. Er warf noch einen Blick ins Schlafzimmer. Dann inspizierte er Küche und Bad und fand auch diese Räume nicht unordentlicher als gewöhnlich. Von dem angekündigten Besucher keine Spur. Auch im Wohnzimmer rührte sich nichts.

Laß es mein Sohn sein!, durchfuhr es ihn, als er schließlich gewagt hatte, die Tür zu öffnen. Und kurz darauf: Himmel!, wenn's nur nicht mein Sohn ist! So abwegig schien ihm die Idee nun doch nicht.

Das Unheil jedenfalls hatte es sich in einem Sessel bequem gemacht und war eingenickt. Ein Junge war es, von höchstens zwölf Jahren, mit rotem Struwwelkopf und einem sommersprossigen Gesicht, das so unschuldig wirkte, daß es zum Küssen war. Das knallrote Stirnband, das schon dem Pförtner aufgefallen war, hatte durchaus Pfiff. Allerdings schien es ein wenig zu breit geraten. Obwohl es dem Jungen über die Augen gerutscht war, verdeckte es noch immer beinahe die ganze Stirn.

Neckisch, dachte Rottenstein. Er fingerte sein Taschentuch hervor, wischte sich bedächtig den Prager Straßenstaub von den Schuhen und trat vor den Wandspiegel im Korridor. Mit gekonntem Griff zog er Hemd und Jackett zurecht und warf sich in die Brust. Mit größtmöglicher Würde, sagte er sich, würde er dem Unheil begegnen, nicht die Spur verschreckt. Er doch nicht!

Der Bengel schmatzte. Er hatte sich den Daumen in den Mund gesteckt und lutschte selig. Ein Bild für die Götter, dachte Rottenstein und schmunzelte, während er hinter dem Fernseher nach der Cognacflasche angelte. Er setzte sie an, ex und hopp!, und schüttelte sich. Das Zeug brannte nicht einmal mehr im Hals. Also hatte er wirklich genug.

Er verstaute die Flasche wieder im Versteck und wetterte: Bubenschmonzes! Wär doch gelacht. Er hätte schon anderes durchgestanden. Und derart fest entschlossen ging er also auf den Stirnbandwicht zu und weckte ihn.

Auf den Stups, den er ihm verpaßt hatte, erntete er ein quengliges Grunzen: Oooch... Seelenruhig setzte der Junge sich im Sessel auf und rieb sich die Augen. Rottenstein war einen Schritt zurückgetreten, hatte die Arme vor der Brust verschränkt und wartete auf ein Wort der Erklärung.

Du bist also mein Sohn?, brummte er.

Der Junge sprang auf, als hätte Rottenstein ihn bei einer schweren Übertretung ertappt. Mein Vater..., stammelte er, hat gesagt, ich soll unbedingt warten, bis Sie kommen. Ich bin aber schon seit dem Nachmittag hier. Und draußen war es so kalt...

Dein Vater?, unterbrach ihn Rottenstein, scheinbar erstaunt.

Jiři Prochazka!, erwiderte der Junge eifrig. Er nestelte an

seinem Stirnband, und Rottenstein fühlte sich ein zweites Mal an diesem Abend um etliches erleichtert. Zum einen, da sein Gast offenbar also nicht sein Sohn war. Und zum anderen, weil junge Prager Bengels den himmlischen Richter im allgemeinen nicht Jiři Prochazka nennen.

Nu, dann isses was andres, sagte er und winkte den Jungen zu sich heran. Der hatte sein Stirnband wieder zurechtgerückt, rührte sich aber nicht von der Stelle. Ich soll Ihnen ausrichten, sagte er, daß er Sie unbedingt sprechen muß.

Jiři Prochazka?, Rottenstein schüttelte den Kopf. Kenne ich nicht, wehrte er ab, obgleich ihm der Name durchaus bekannt vorkam. Denn als Rottenstein und ich vor fast genau vier Jahren beim Zimmerservice in der Krocínova besagtes Zweizimmerapartment gemietet hatten, war es das eines gewissen Jiři Prochazka in der Leninová, Praha-Dejvice, gewesen. Und hatte er damals nicht ein Fläschchen Eau de Cologne aus dem Kosmetikschrank des Hausherrn mitgehen lassen? Rottenstein schwante Grausiges. Sollten dem Kerl die paar Tropfen Parfüm so wichtig gewesen sein, daß er Nachforschungen hatte anstellen lassen und ihn nun zur Rede stellen wollte? Dieser Gedanke schien ihm so abwegig, daß er ihn geradezu belustigte. Um so ruhiger wiederholte er seine Behauptung: Kenne ich nicht. Und schon gar nicht nachts um elf.

Aber..., setzte der Junge an.

Nichts aber, fuhr Rottenstein dazwischen und ging auf ihn zu. Schlapp fühlte er sich nach dem Wein, den Treppen und dem gehörigen Schrecken, den der Junge ihm eingejagt hatte. Schlafen!, dachte er nur und nahm den Wicht bei der Hand. Nicht grob, doch bestimmt bugsierte er ihn durch den Korridor bis zur Wohnungstür.

Geh man, Junge, mieste er: Irren ist menschlich.

Aber was soll ich ihm sagen?, brachte der Junge seine Frage zu Ende.

Rottenstein öffnete die Tür, schob ihn sanft hinaus auf den Flur und überlegte einen Moment, bevor er antwortete: Sag ihm, daß es ein Jammer ist, dich auf Stunden in die Kälte zu schicken. Und daß er nicht erwarten kann, daß ich mitten in der Nacht wildfremde Leute besuche.

Schon gar nicht, wenn du sie bestohlen hast, flüsterte ihm sein plötzlich erwachtes Gewissen zu, als er die Tür schon schließen wollte. Er hüstelte.

Und wenn..., setzte der Junge, seinen vorwitzigen Fuß in der Tür, noch einmal an.

Und wenn er mich unbedingt sprechen muß, fuhr Rottenstein auf, muß er schon selbst kommen.

Na gut, sagte der Junge.

Gut, sagte auch Rottenstein und öffnete die Tür noch einmal, um den eingeklemmten Fuß des Jungen zu befreien. Zum Abschied streckte er dem Wicht seine plötzlich zitternde Hand entgegen und schüttelte kurz darauf den Kopf über sich selbst und seine blühende Phantasie, die ihn hatte glauben lassen, der himmlische Gerichtshof habe durch diesen Jungen nach ihm schicken lassen.

Schlafen!, sagte er sich noch einmal, zog sein Jackett aus und warf es aufs Sofa. Hemd und Schuhe schleuderte er achtlos auf den Boden und schlief wohl schon, als er, noch halb angezogen, ins Bett fiel. Vielleicht könnte er den Vorfall über Nacht vergessen, hatte er gehofft. Doch einige Stunden später nur wachte er noch einmal auf. Er hatte von einem Jungen mit Stirnband geträumt, der nachts mit Farbspray hebräische Buchstaben an die Wand des Apartmenthauses Na Petřinach 392 sprühte, *Rottenstein!, Rottenstein!* rief und schadenfroh lachte.

Mit schwerem Kopf stand er auf und erinnerte sich einmal mehr an die Worte seiner Mutter, die ihm seit Jahren riet, sich endlich einmal analysieren zu lassen. Er hatte es immer abgelehnt, weil er seit seinem achtzehnten Geburtstag der festen Überzeugung war, die einzige Gefahr, die seiner Seele drohe, sei die übermäßige Fürsorglichkeit seiner geliebten Mama. Damals hatte sie ihn die Kerzen auf seiner Geburtstagstorte ausblasen lassen, um ihm dann zu verraten: »Jetzt bist du mein erwachsenes Kind.«
Am nächsten Morgen erwachte Rottenstein mit brennendem Durst und einer drängenden Unruhe in den Eingeweiden. Nie hätte er sich eingestanden, daß es etwas mit dem Prochazka junior oder seinem nächtlichen Traum zu tun haben könnte. Doch als er aufstand, war er bereits der festen Überzeugung, daß dies ein Tag werden würde, an den er sich noch lange erinnern sollte.

Er lief in die Küche, öffnete eine Flasche Mehrfruchtsaft und nahm einen tiefen Schluck. Draußen stürmte es, und er begann zu frösteln. Unentschlossen langte er nach dem Telefon und trank noch einen Schluck aus der Flasche, bevor er schließlich mit einem Ruck den Hörer abnahm und die Nummer der Jazyková Škola wählte.

Er würde sich krank melden, sagte er sich, denn heute hielt er alles für möglich. Sogar, daß sich die appetitlichen Tschechinnen in seinem Kurs als Geschworene entpuppen würden, die in Wirklichkeit nicht zu ihm kamen, um deutsches Palaver zu lernen, sondern um ihn zu verhören. Nein, heute mußte es ohne ihn gehen. Und seine Schülerinnen würden wahrscheinlich sogar dankbar sein, bei diesem Wetter nicht auf die Straße zu müssen.

Das Telefonat war schnell erledigt. Rottenstein beschrieb

seine Symptome, Hitzeschauer und Zittern. Er habe sich wohl erkältet.

Sie Ärmster, kam es besorgt vom anderen Ende der Leitung zurück, wenn's nur nichts Schlimmeres ist…

Glaube ich nicht, erwiderte Rottenstein mit leidender Stimme. Ein bißchen Ruhe und schwarzer Tee, und morgen geht's schon wieder, Fräulein Janová.

Das Fräulein Sekretärin der Jazyková Škola erging sich noch ein wenig in guten Ratschlägen, Hausmittelchen und Atemübungen, um sich schließlich zwitschernd zu verabschieden. Bessern Sie sich, sagte sie mit ihrem entzückenden tschechischen Akzent, kicherte eine Spur zu frivol und legte auf.

Das Knacken in der Leitung erschien Rottenstein wie ein Schuß aus dem Hinterhalt; und sofort kroch ihm die Angst wieder kalt ins Genick. Es ist wirklich höchste Zeit, nach einem Analytiker Ausschau zu halten, dachte er noch: Ach, Mama, du hattest ja so recht!

Er stellte das Telefon zurück, nahm den letzten Schluck Mehrfruchtsaft und mühte sich, die Zusammensetzung der Aromen in dieser Plürre herauszuschmecken, was ihm jedoch nicht gelang. Nun, da er unerwartet einen Tag Urlaub hatte, wollte er ihn wenigstens mit einem guten Frühstück beginnen. Er inspizierte seinen Kühlschrank und stellte fest, daß der kein annehmbares Frühstück mehr hergeben würde. Man soll dem Schicksal nicht mit leerem Magen in die Fänge geraten, sagte er sich, zog sich fertig an, überschlug noch einmal seinen Vorrat an Kronen und genoß die Vorfreude auf die frischen Hörnchen mit Butter und Pflaumenmus, die er sich gönnen würde.

Der flüchtige Blick in den Spiegel mahnte ihn jedoch, sich nicht zu überschätzen. Um ganze Jahre schien er über

Nacht gealtert. Und so besann er sich noch einen Moment, ob es vielleicht besser wäre, diesen Tag über nicht aus dem Haus zu gehen, angelte dann aber doch den Hut von der Flurgarderobe und trat hinaus auf den Treppenflur.

Der Fahrstuhl funktionierte noch immer nicht. In den elf Wochen und vier Tagen, die Rottenstein nun in diesem Haus wohnte, war er bereits dreimal defekt gewesen, und der dann täglich hoffnungsfroh erwartete Monteur hatte nie weniger als eine Woche gebraucht, um die Reparatur tatsächlich in Angriff zu nehmen.

Den übrigen Mietern schien dieser Zustand inzwischen schon so vertraut geworden zu sein, daß sie es aufgegeben hatten, ihn noch einer Bemerkung zu würdigen. Rottenstein jedoch konnte sich noch immer aufs neue darüber ärgern, was den Pförtner, der dies für eine typisch deutsche Reaktion hielt, insgeheim amüsierte. Auch an diesem Morgen grinste er, als er Rottenstein, mit der Einkaufstüte unterm Arm, die Treppe herunterkommen sah. Er stand in der offenen Haustür und war halbherzig damit beschäftigt, die Türscheibe zu putzen. Rottenstein, der das Grinsen ignoriert hatte, wurden die Knie weich, als er die Tür erreicht und das ungewöhnliche Graffiti auf der Scheibe bemerkt hatte.

Ein grellrotes, schwarz umrandetes Aleph leuchtete ihm von dort entgegen.

Diese Anarchisten..., schimpfte der Pförtner. Jetzt kriegen wir das auch alles, setzte er nach einer kurzen Pause hinzu und putzte erfolglos weiter. Rottenstein griff nach dem Schwamm.

Lassen Sie mal!, hielt er den Pförtner zurück. Er war fest davon überzeugt, daß die Erde gebebt hätte, wäre er einen Augenblick später gekommen und nur das geringste

Stückchen dieses roten Aleph dem Schwamm zum Opfer gefallen. Mitunter, orakelte er, steht die Welt auf einem einzigen Buchstaben; und man weiß nicht, was nachkommt...

Ach so..., gab der Pförtner zurück und zwinkerte Rottenstein zu. Der starrte abwesend auf einen nicht genau auszumachenden Punkt in der Höhe. Irritiert folgte der Pförtner seinem Blick, entdeckte aber außer einem Geschwader dunkler Wolken, die über Dejvice hinwegzogen, nichts Beunruhigendes.

Zum Frühstücken sollte Rottenstein nicht mehr kommen. Er hatte eben die Espressomaschine vom Herd genommen und sich eingeschenkt, als es klingelte. Prochazka!, durchfuhr es ihn.

Warum kommt er nicht?, platzte er heraus, nachdem er gespannt geöffnet hatte und den Prochazka junior erblickte, der vor seiner Tür hockte und sich die Schnürsenkel band. Der Junge zog noch in aller Seelenruhe die Schleife fest, stand dann auf, neigte den Kopf ein wenig zur Seite und sagte: Es wäre gegen die Regel.

Gegen welche Regel bitte?, wirschte Rottenstein.

Daß der Schüler zum Lehrer kommt, antwortete der Junge: und nicht umgekehrt.

Rottenstein bat den Jungen, einen Moment hereinzukommen. Dieser Prochazka, dachte er, mußte ihn kennen, und sei's nur flüchtig. Vielleicht hatte er Einblick erhalten ins Buch der Verfehlungen, Kapitel Alex Rottenstein, und wollte ihn warnen, noch rechtzeitig umzukehren. Anders konnte er sich den Aufwand dieses Herrn nicht erklären. Niemand macht so ein Theater wegen eines Fläschchens Parfüm!

Als der Junge sah, daß Rottenstein noch immer zögerte,

ging er zu ihm und griff nach seiner Hand. Warum fürchten Sie sich?, fragte er: Es war doch Ihr Wunsch.

Rottenstein verstand nicht im geringsten, von welchem Wunsch hier die Rede war. Die treiben ihr Spiel mit dir, sagte er sich. Das alles schien ihm absurd, eine einzige Farce, die er noch nicht durchschaute. Er schloß die Tür. Er zitterte; ja, er *hatte* Angst. Und wenn sie auch unbegründet sein sollte.

Der Junge lächelte. Ihm schien sein Botengang Spaß zu machen. Beruhigen Sie sich doch, redete er Rottenstein zu. Und während sie ins Zimmer gingen, zog er einen Brief aus seiner Hosentasche.

Rottenstein öffnete nur zögernd das Kuvert und las langsam. Die Sütterlinschrift machte ihm zu schaffen. Und zunächst glaubte er, es läge vor allem daran, daß er Schwierigkeiten hatte zu begreifen, was dieser Prochazka von ihm wollte. Dabei hatte er die wenigen Sätze vollkommen richtig entziffert. Aber bitte... Spinnerei!, schrie es in ihm. Nein, er hatte sich nicht verlesen: Dieser Brief war nichts anderes als die förmliche Einladung zu einem Besuch. Gut und schön, damit hätte er sich abfinden und es vergessen können. Was interessierte ihn dieser böhmische Rentner? Aber die Unterschrift!, das konnte er nicht glauben, niemals. Denn der Brief war keineswegs mit einem schnörkellosen »Beste Grüße Prochazka« unterzeichnet, sondern mit dem Namen eines Mannes, an dessen Grab Rottenstein vor fast genau vier Jahren einen Zettel hinterlassen hatte – mit seinem damals größten Wunsch.

Juda Löw ben Bezalel, stand unter dem Brief.

Das konnte nur ein Witz sein, und ein schlechter, ein außerordentlich schlechter obendrein. Rottenstein verschränkte die Arme vor der Brust. Fragen Sie mich warum;

jedenfalls fand er auf der Stelle zu seiner bekannten Arroganz zurück und begann zu spotten. Sicher hätte auch ich dem Zauber mißtraut. Aber Skepsis, bitte, ein Quentchen Skepsis den vermeintlichen »Naturgesetzen« gegenüber hätte nicht schaden können. Man kann sich verhängnisvoll irren, wenn man Wundern nur traut, soweit sie verbürgt in den Schriften stehen.

Wie auch immer, Rottenstein jedenfalls entschloß sich zur Komik. Dein Vater ist wohl schon sehr alt?, fragte er mit leicht gehässigem Unterton.

Na ja, antwortete der Junge zögerlich: Ist eben mein Papa.

Sicher, stichelte Rottenstein weiter: Nun, sagen wir mal… so ungefähr vierhundertfünfzig?

Nein!, lachte der Junge: So alt bestimmt nicht. Er kratzte sich, durch den Stoff seines Stirnbands hindurch, zwischen den Brauen. Aber graue Haare hat er, gab er zu: Und das Geschäft, das führe jetzt die Bozena.

So was!, dachte Rottenstein und faßte sich an die Stirn. Da kauft sich der Alte von seinen mühsam ersparten *Tussex*-Kronen ein Eau de Cologne, und ich raube ihm seinen größten Schatz. Jetzt tat es ihm beinahe wirklich leid, ein wenig zwar nur, aber immerhin. Dennoch – ein köstlicher Witz!, sagte er sich. Und es mag sein, daß er kurz darauf in schallendes Gelächter ausgebrochen wäre. Doch er kam nicht dazu. Denn ein kalter Schauer raste ihm von den Halswirbeln bis in die Füße hinab, als der Junge plötzlich die Stirn krauste und sich empörte: Da irren Sie sich aber! Mein Vater benutzt kein Parfüm.

Rottenstein mußte sich setzen.

Moment, Moment, versuchte er sich zu beruhigen: Das hat gar nichts zu sagen. Es geht eben wirklich um das Parfüm. Er kann's nicht verknusen, daß ich es mitgenommen habe. Aber woher, verflucht!, weiß der Wanst, was ich denke? Allein, es gelang ihm nicht, sich zu fassen.

Wollen Sie einen Cognac?, fragte das Kerlchen. Und Rottenstein wunderte sich kaum noch darüber, daß der Junge zielstrebig hinter den Fernseher griff, die Cognacflasche hervorzog und ihm einschenkte, bevor er überhaupt antworten konnte. Ein kleiner Teufel, dachte er: Läuft umher, als wäre er hier zu Hause. Und dieses Stirnband! Es quält ihn, andauernd muß er sich kratzen, der Bengel!

Juckt dich dein Witz?, brauste er argwöhnisch auf, nachdem er seinen Cognac gekippt hatte. Der Junge senkte die Augen. Und, als hätte er die Frage überhört, sagte er leise: Es ist Zeit. Kommen Sie denn nun?

Hätte Rottenstein in diesem Moment abgelehnt, würde er vielleicht heute noch munter plaudernd in der Jazyková Škola seine monatlich eintausend Kronen einstreichen und sich an den glänzenden Augen seiner reizenden Schülerinnen erfreuen. Eine Vorstellung, die einiges für sich hat. Ich allerdings könnte nun diese Geschichte nicht erzählen. Und, so gesehen, ist es vielleicht ein Segen, daß er nach kurzem Zögern schließlich nickte: Also gut, tun wir dem Herrn den Gefallen.

Wohin gehen wir, fragte er, als sie schließlich aus der Haustür traten.

Wissen Sie's nicht?, tat der Junge verwundert und zeigte auf das Aleph an der Tür. Nach Dejvice, sagte er: Ich glaube, Sie kennen den Weg.

2

Eva bricht in Tränen aus, weil sich alles wiederholt und Seraphen auch nur Menschen sind.

Du siehst aus wie ein Storch!, riefen die Kinder, und sie begann zu weinen. Nur mit Mühe konnte die Großmutter sie beruhigen: Was weinst Du? Eines Tages wird er kommen und hecheln wie ein Hund, flüsterte sie. Doch Eva hörte nicht auf zu weinen. Sie mochte sich ja selbst nicht im Spiegel ansehen.

Wenn sie ihren Vater auch nie kennengelernt hatte: In diesem Augenblick verwünschte sie ihn. Sie verwünschte ihn für ihre Nase, und sie verwünschte ihn für ihre blasse Haut, die sie, wie die Großmutter beschwor, von ihm geerbt hatte. Und anders konnte es nicht sein. Denn ihre Mama war aus Kupfer. Das hatte sie gesehen. Und an ihren Beinen entzündeten sich allabendlich die Phantasien der Prager Männerwelt, wenn sie im Restaurant in der Kapucinská am Flügel lehnte und sang.

Siehst du, meine Stöcker! Und ich kann nicht mal singen, quengelte sie.

Red nicht… Wie sie!, sagte Lydia Marková bestimmt und gab ihrer Enkelin einen Stups auf die Nase: Mußt halt warten, Mädel, und bis dahin werd ich trösten. Doch auch das nützte nichts. Wenn Eva an sich hinuntersah, wurde sie nur noch trauriger: Ihre Beine wuchsen und wuchsen. Streichholzdünn waren sie, bis auf die von Stürzen stets aufgeschlagenen und geschwollenen Knie über den engen Bündchen der hohen, weißen Kniestrümpfe.

Der Junge hat recht, Oma. Ich bin ein häßlicher Storch!

Erzähl keinen Unsinn, lachte Großmutter Marková:

Frauen sind kompliziert gebaut. Da kann's leicht passieren, daß was durcheinanderkommt. Das wird doch wieder. Als ich zwölf Jahre alt war, gingen meine Arme bis zu den Knien, sagte sie. Na und? Der Rest wächst nach, wirst schon sehen.

Aber du hattest nicht meine Nase, Oma!, schluchzte das Mädchen. Die bleibt so. Die Großmutter schüttelte den Kopf: Aber hör mal, was heute grau scheint, ist morgen bunt. Doch Eva glaubte ihr nicht. Und erst viel später, als der Mann, von dessen plötzlichem Erscheinen sie immer wieder geträumt hatte, eines nachts ihre Nase über und über mit Küssen bedeckte und nicht müde wurde, ihr zu versichern, wie schön sie sei, begriff sie die Worte ihrer Großmutter und lächelte. Noch aber war sie untröstlich über ihren unproportionierten Körper und die Spötteleien der anderen Kinder, Jungen wie Mädchen: »Storchen-Eva ist blöd! Eva spricht mit sich selber! Die Marková ist ein Omakind!«

Und wennschon. Die Engel, mit denen Eva sich unterhielt, während die anderen Kinder auf dem Hof Gummihopse und Einkriegen spielten, waren aufregender als alle Spiele und alle Jungs der Welt. Sie konnten in Sekunden ganze Schlösser und Gärten erbauen, in denen Eva mit ihnen spazierenging. Fiedel und Flöte, Baßgeige, Trommel und Tambourin spielten sie und brachten ihr die Seraphentänze bei. Sie lehrten sie, mit dem Regen zu sprechen und barfuß über glühende Ginsterkohlen zu gehen. Mit ihrer Hilfe sah sie Dinge, die nicht wirklich sind oder zumindest in der Welt sorgsam verborgen, um nicht von den Blicken aller berührt zu werden. Ja, ihr Lieblingsengel Shophariel, der in den Himmeln das Shophar bläst und alles Tote wieder beleben kann, führte sie eines Tages sogar vor den lichtgewirkten Vorhang, hinter dem der König der Könige seinen Mittagsschlaf hielt. Und das hatte noch nicht einmal Evas Großmutter gesehen. Dabei war sie weit herumgekommen in ihrem Leben und kannte wundersame Dinge, von denen sie Eva abends erzählte, wenn ihre Mutter in der Kapucinská sang und sie, in die Decken gemummelt, noch nicht schlafen wollte.

Von der Großmutter, dachte sie immer, konnte man viel mehr lernen als in der Schule. Dort erfuhr man zwar, wie man Worte richtig schreibt, doch nicht, was sie wirklich bedeuten. Man lernte vielleicht, wie man Farben mischt, um neue zu bekommen, aber nicht, was die einzelnen Farben bewirken. In den oberen Klassen schrieben die Schüler Formeln in ihre Hefte, die erklären sollten, warum ein bestimmtes Pulver sich im Feuer verfärbt. Den wahren Grund jedoch würden sie nie erfahren, weil sie keine Großmutter hatten, die ihnen verriet, daß jedes Ding seine Seele hat, die sich mit den zu ihr passenden Farben umhüllt. Ja, die Farben selbst seien beseelt, hatte Oma Marková ihrer Enkelin verraten. Und beim Malen könne man die Seele der Dinge mit denen der Farben versöhnen und sie erlösen, indem man das gütigste Grün auf dem Papier vielleicht zu einem Ahornblatt werden ließ, ein Rot, ein Blau für den Traum.

Seit Eva vom Wesen der Farben erfahren hatte, malte sie wie besessen. Ganze Tage konnte sie mit Papier und Pinseln an ihrem Maltisch verbringen und wurde nicht müde festzuhalten, was oft nur sie selbst sah: runzlige Gesichter in den Wolken über Prag, die Erzengel vor und hinter ihr und zu ihren Seiten, wenn sie zu Bett ging, und die Braut Schabbat, die freitagabends ins Zimmer trat, wenn die Großmutter an den gedeckten Tisch trat und die Kerzen anzündete.

Auf einem ihrer Bilder bewies sie schließlich, daß sie die hellsichtige Seele ihrer Großmutter geerbt hatte. Denn sie ergänzte die allwöchentliche Freitagabend-Dreiergesellschaft – Oma, Mutter, Eva – kühn durch drei Männer. Nicht nur der Vater ihrer Mutter saß da mit ihnen am Tisch, sondern auch ihr eigener, dessen Name ihr nie verraten worden war. Und – ein Junge, etwas älter als sie, der unter dem Tisch nach ihrer Hand griff, ohne sie anzuschauen.

Eva, Eva…, sagte Lydia Marková, als sie das Bild eines Tages entdeckte. Das ist es ja, Mädchen: Es wiederholt sich alles. Die Nasen ähneln sich. Und am Ende sind immer wir Frauen es, die allein bleiben und warten.

An jenem Tag konnte sich Eva noch keinen Reim machen auf diese Worte. Erst kurz vor ihrem Tod bat Lydia Marková ihre Enkelin, das Bild zu suchen und ihr ans Bett zu bringen. Und sie erzählte ihr von Max und auch von ihrem Vater. Zu diesem Zeitpunkt war Eva gerade fünfzehn und ihrer Mutter immer ähnlicher geworden. Die Jungs drehten sich auf der Straße nach ihr um und pfiffen ihr hinterher. Doch sie interessierte sich nicht für sie, denn sie glaubte zu wissen, daß der junge Mann, den sie gemalt hatte, wie er mit ihnen am Tisch saß und sang, eines Tages kommen würde.

Alles wiederholt sich, hatte ihre Großmutter gesagt: In der Nacht, bevor du ihn triffst, wirst du von ihm träumen und ihn auf den ersten Blick erkennen. Denke oft an ihn, und sprich heute schon mit ihm in den Nächten. Versuche, so viel wie möglich von ihm zu erfahren, bevor er dich überhaupt nur kennt. Denn später wird nicht viel Zeit sein, ihn kennenzulernen. Schau mich an, schau deine Mutter an… Es wiederholt sich alles.

Zumindest, was die Vergangenheit betraf, standen die Geschichten von Lydia Marková fest auf dem Boden der Wirklichkeit. Ganz ohne Zweifel war Max Regensburger der Vater ihrer Tochter Mirijam und also Evas Großvater. Ohne besonderes Zutun hatte er als elfjähriger Bengel, im Frühsommer 1933, das Herz der kleinen Lydia im Sturm erobert, um es ihr, zwölf Jahre später, ganz zu rauben. Damals hatte sie ihr Vater, Václav Markov, zum Prager Emigranten-Bahnhof mitgenommen, von dem aus die Züge in Richtung Moskau abgingen. Im dichten Menschengewühl in der Bahnhofshalle suchten sie nach einer jungen deutschen Frau und ihrem Sohn, die sie beide zuvor noch nie gesehen hatten.

Lydia, deren besonderes Gespür für Menschen und Situationen sich schon damals anzudeuten begann, ging zielsicher auf einen Jungen zu, der sich verängstigt an die Hand seiner Mutter klammerte und zusammenzuckte, als Lydia auf ihn zeigte und rief: Da sind sie, Papa!

Und sie waren es: Max Regensburger und seine Mutter Anna , geborene Hiller, Schaustellertochter, seit drei Tagen Witwe und auf der Flucht von Berlin nach Moskau. Václav Markov begrüßte sie, nahm ihr den Koffer mit dem dürftigen Gepäck ab und begleitete sie auf den überfüllten Bahnsteig.

Lydia und Max waren Hand in Hand vor ihnen hergegangen, als wären sie Geschwister. Max zitterte. Und während seine Mutter von Václav Markov erfuhr, daß sie allein weiterreisen und ihr Sohn in den nächsten Tagen vorerst auf die Krim verschickt werden sollte, schwieg er und sah Lydia aus großen, fragenden Augen an.

Der Abschied von der Mutter: eine Umarmung und der schwache Trost: »Du kommst ja bald nach, Kindchen.«

Dann stieg sie in den Zug und fuhr weiter, ohne zu ahnen, daß sie ihren Sohn erst Jahre später wiedersehen und nicht erkennen würde, weil in der Zwischenzeit ein junger Mann aus ihm geworden war und er russisch antwortete, als sie fragte: Kein Kuß?

Markovs hatten nur Stube und Küche. Und die beiden Kinder schliefen in den folgenden Nächten zusammen in einem Bett. Immer wieder schlug Max im Traum um sich, weinte und schrie. Dann weckte ihn Lydia und versuchte, ihn zu trösten. Er beruhigte sich, wenn er sie auch nicht verstand, kuschelte sich an sie und schlief wieder ein.

Lydia schien ganz aus dem Häuschen über ihren kleinen Bruder auf Zeit. Sie spielten auf dem Boden der Markovschen Wohnküche Murmeln und Kreisel und alle Spiele, die Lydia nur einfielen und für die man keine Worte braucht. Die schönste Zeit hätte es sein können für die beiden, wären da nicht Max' Träume gewesen und – Lydias Sparbüchse, ein Fliegenpilz aus Porzellan.

Als Max ihn entdeckte, stürzte er sich sofort auf ihn, drückte ihn mit beiden Armen fest an sich und begann mit einem Mal, von den Haarspitzen bis zu den Zehen wie eine Zitterpappel zu beben. Kleine bösartige Tränen schlierten über sein Gesicht. Er flüchtete sich in die äußerste Ecke des Zimmers und stieß Lydia zurück, als sie ihn mit dem Finger in die Seite piekste.

Papa, war das einzige Wort, das Max zwischen zwei Schluchzern hervorbrachte. Und nun weinte auch Lydia, weil ihr neuer Freund weinte und sie nicht wußte, wie sie ihn trösten könnte. Ratlos zeigte sie auf die Fliegenpilz-Sparbüchse, dann auf Max und versuchte, ihm mit Blicken und Gesten klar zu machen, daß er sie behalten könne.

Ich schenk sie dir, wenn du willst, mit allem drin!, flehte sie auf Tschechisch.

Max jedoch, der weder ihre Zeichensprache noch ihre Worte verstand, hörte nicht auf zu zittern und den Fliegenpilz an sich zu pressen, als wäre der selbst sein Papa, den er, da er ihn nun einmal wiedergefunden hatte, um keinen Preis mehr hergeben würde.

Erst als Lydia Max' Kinderkoffer vom Schrank heruntergeangelt hatte, ihn aufgeklappt vor Max auf den Boden legte und ihm vorspielte, wie sie den Fliegenpilz nehmen und in den Koffer legen würde, begriff Max, daß er nun ihm gehörte. Er legte den Pilz in die weiche Mulde zwischen Socken und Unterhosen und deckte ihn mit dem Bein seines Schlafanzuges zu. So war es gut; und Lydia glaubte, es sei ein Spiel. Auch sie wollte den Pilz streicheln. Doch Max stieß sie zurück, klappte den Koffer zu und setzte sich, mit den Händen die Schlösser beschützend, auf den Deckel. Wie ein Tier lauerte er mißtrauisch auf Lydias Bewegungen: Um nichts in der Welt würde er sie an den Koffer lassen. Der Pilz gehörte nun ihm.

Ich hab ihn ins Bett gebracht, flüsterte er.

Lydia kaute auf einer Haarsträhne herum und nickte, obwohl sie keine Ahnung hatte, was Max meinen könnte. Der blieb auf dem Kofferdeckel hocken und beruhigte sich erst wieder, als Lydia in die Kammer gestürmt war, mit Stofffetzen, Schnur und Watte zurückkehrte und vor seinen Augen begann, eine Puppe zu basteln. Max' Gesicht hellte sich auf. Er zitterte nicht mehr, gab seine Wache auf und setzte sich zu Lydia auf den Boden. Aus einem Schuhkarton zauberte er einen Wagen. Lydia legte die Puppe hinein. Sie lachte und nahm Max an die Hand.

Papa..., Mama..., flüsterte sie und zeigte erst auf ihn, dann auf sich. Das Kartonwägelchen mit der Puppe hinter sich herziehend, spazierten sie über den Flur in die Küche; und Lydia strahlte, als Václav Markov sie lobte:

Bist ja Künstlerin, mein Schatz...

Wir!, antwortete sie stolz. Sie kitzelte Max am Bauch. Und er lachte, kurz nur und leise; doch er lachte.

Als er, eine gute Woche darauf, zusammen mit anderen Emigrantenkindern, mit dem Zug in Richtung Krim davonfuhr, war es Lydia, die den Kopf hängen ließ.

Ich werde ihn heiraten, Papa!, sagte sie. Und Václav Markov lächelte.

Meinst du?

Wirklich, Papa!, antwortete sie bestimmt: Wenn er wiederkommt, heiraten wir. Ich muß es ihm nur noch sagen.

Ebenso unbeirrbar, wie Lydia an diese Hochzeit glaubte, stand sie tapfer die zwölf Jahre ihres Wartens durch. Sie wuchs heran zu einer jungen Frau, die das Träumen nicht verlernt hatte. Und das, trotz Krieg, Protektorat und dem Bluthusten ihrer Mama, die sie an einem klirrenden Wintertag in den Bergen um Harrachov mit bloßen Händen begrub.

Jetzt erst verstand sie Max, sein Zittern und wie er sie ansah: als wolle sie ihn bestehlen. Die Angst, die ihn in den Nächten aus dem Schlaf gerissen hatte, war nun auch in Böhmen eingezogen, eine alltägliche Angst: aufgegriffen und an einen jener Orte gebracht zu werden, deren Namen man besser nicht aussprach.

Zwei Möglichkeiten gab es, das Wunder, daß sie noch lebten, zu erklären: Entweder hatten ihr Vater und sie einen Schutzengel, oder aber Lydia selbst war ein Engel, dem man für einen Moment nur in die Augen sehen mußte, um alles für ihn zu tun. Wie auch immer: Sie lebte. Und so, wie sie es einst ihrer Enkelin Eva raten sollte, sprach sie nachts, wenn sie in feuchtkalten Kellern wachlag, mit ihrem unerreichbaren Max, der unterdessen als Sanitätssoldat in der russischen Etappe alles daransetzte, als kleiner Held zurückzukehren. Nur nicht zu ihr. Doch selbst, wenn sie dies in manchen Stunden ahnte und es, den Ausgang der Geschichte vorwegnehmend, eines Tages mit seherischer Gewißheit in ihr Tagebuch notierte, sie wartete dennoch.

Und wenn es nur für einen Tag ist, Papa!, gab sie schmollend zurück, als Václav Markov wagte, Max Regensburgers Gegenliebe zu seiner Tochter offen zu bezweifeln. Er kommt zurück!, darauf bestand sie – und behielt recht.

Allerdings klopfte Max Regensburger im Herbst '45 nicht mit Heiratsabsichten an der Markovschen Tür. Einen Abend und eine Nacht lang vereinnahmte Lydia ihn mit Haut und Haar. Am Morgen zog er weiter. Das Ergebnis war ein zunächst kränkelndes, später jedoch prächtiges Mädchen, das seinen Vater erst kennenlernen sollte, als es selbst schon Mutter geworden war. Denn Max Regensburger hatte weder eine Adresse hinterlassen, noch sich jemals wieder gemeldet.

An einem schwülen Abend im zweiten Nachkriegssommer kam das Kind zur Welt. Die Hebamme, ein sechzigjähriges Mannsweib mit Salatblatthänden, buschigen Augenbrauen und schwarzem Bartflaum auf der Oberlippe, war zu den Markovs geeilt und erteilte in der Küche ihre resoluten Anweisungen.

Aber flott, wenn ich bitten darf!, herrschte sie Václav Markov an, in dem allmählich die Angst um seine Tochter über die Wut siegte. Noch vor wenigen Stunden hatte seine

Galle geschäumt angesichts der offenbar noch immer ungebrochenen Liebe seines meschuggenen Mädels zu diesem Schurken von Regensburger, dem nichts besseres eingefallen war, als sie in der ersten und einzigen Nacht mit ihr zu schwängern.

Dir hat die Mutter gefehlt; und nun wird dein Kind keinen Vater haben, sagte er: So ist die Welt nicht gedacht.

Aber begreif doch, Papa, ich liebe ihn! Und jetzt ist er bei mir.

Das allerdings!, hatte Markov geschrien: Steck dem Kind deine Liebe in den Hals, wenn's nach dem Vater schreit. Verbrennen soll der Kerl, verbrennen, lebendigen Leibs!

Ja, Václav Markov war es, dem dieser Fluch als erstem über die Lippen gekommen war. Wie ein roter Faden sollte er sich später durch die Geschichte der Markovs ziehen, ein in jeder Generation erneuerter Fluch, der letzte hilflose Hieb gegen die Regensburgers und Vonkas, die dafür sorgten, daß die Markovs zu einer Kleinfamilie von geschwängert verlassenen Frauen wurden, in der Väter nur als verschwimmende Bilder in der Erinnerung der Mütter eine Rolle spielten.

Während er an jenem Abend jedoch mit fahrigen Händen den Wasserkessel aufsetzte, Handtücher, Lappen und Windeln bereitlegte, meinte Markov, er würde jedem alles verzeihen. Wenn es nur gutginge, dachte er und preßte die Hände auf die Ohren, um Lydias Stöhnen aus dem Nebenzimmer nicht hören zu müssen. Einen Moment lang war er versucht zu beten, ließ es dann aber sein und rauchte stattdessen Unmengen seines selbst angebauten Tabaks, während er, auf der Kante des Küchenstuhls hin und her rutschend, wartete.

Zwischen Lydias letztem Schrei unter den Wehen und

dem ersten lauten Lebenszeichen ihres Kindes verstrichen bange Minuten. Václav Markov stürzte ins Zimmer. Verschwinde!, schnauzte die Hebamme ihn an. Verstört schlich er zurück auf den Flur und biß sich auf die Lippen, bis die Hebamme schließlich die Tür öffnete und ihm erlaubte, hereinzukommen.

Ein Mädchen, sagte sie, ohne ihn anzusehen, während sie ihre Sachen zusammenpackte: Das wird eine Schönheit, können Sie glauben.

Lydia hielt das Baby im Arm und sah ihren Vater aus großen, glimmenden Augen an. Václav Markov blieb vor dem Bett stehen und schwieg, von jenem Augenblick an drei volle Tage. Stumm erledigte er alles, was getan werden mußte, kochte Tee, wusch die Laken und Handtücher, saß die Nächte hindurch an Lydias Bett und wurde nicht müde, seine Tochter und das Baby anzuschauen. Nach drei Tagen erst wagte er, das Kind ein erstes Mal zu berühren. Mit zitternden Fingern streichelte er, für Sekunden nur, die kleine, fest geschlossene Faust.

Willst du's nicht einmal nehmen?, fragte Lydia.

Nein, war sein erstes, beinahe geflüstertes Wort. Dann setzte er sich zu Lydia aufs Bett und hielt ihr seine Hände hin.

Schau sie dir an, sagte er: Es sind Klötze. Wie soll ich einen Engel tragen?

Václav Markov hatte keineswegs übertrieben. Seine Enkelin war und blieb ein Engel, dessen bloßes Dasein als Entschuldigung für nahezu alles gelten durfte. Sogar dafür, daß Lydia wieder begann, in die Synagoge zu gehen und zumindest einen Teil der religiösen Gesetze hielt, was Markov zu anderen Zeiten mehr als nur ein Dorn im Auge gewesen wäre. Denn als überzeugter Atheist, der mitunter leicht zu

Zynismus neigte, äußerte er seit der Protektoratszeit bei jeder sich bietenden Gelegenheit, daß, wenn es denn überhaupt einen jüdischen Gott gegeben habe, Eichmann ihn vergast hätte. Und Schluß.

Ich weiß nicht, was du willst, sagte Lydia: Ohne Gott keinen Engel!

Zwar überzeugte ihn diese bündige Antwort seiner Tochter ebensowenig wie der Hinweis, daß er immerhin als einer von wenigen wie durch ein Wunder überlebt hatte. Dennoch konnte er nicht leugnen, daß er an den Feiertagsritualen einen gewissen Gefallen fand.

Ach, es ist immer so gemütlich, weißt du, pflegte er zu antworten, wenn er von einem seiner Freunde auf die Veränderungen im Hause Markov angesprochen wurde: Und wie sie singt! Ich sage dir…

Ja, streng genommen war es Lydias religiöser Wandlung zu verdanken, daß die nun dreiköpfige Familie in den kommenden Jahren mehr als nur ihr Auskommen hatte. Man mag, nicht ganz unberechtigt, einwenden, daß sich Lydias wundertätige Stimme irgendwann auch auf einem anderen Weg Gehör verschafft hätte. Tatsache ist jedoch, daß es der Chasan der Altneu-Schul war, der eines freitagabends mitten in einem Psalm innehielt, die Augen schloß und dachte: Von nun an wird es nie mehr sein wie zuvor.

Nicht allein, daß ihm die Stimme, die durch die winzigen Wandluken aus der Frauenabteilung zu ihm drang, einen heißen Schauer durch den Körper jagte: In jener Sekunde glich sein Herz einem makellos weißen Tuch. Und er beschwor fortan, erst in jenem Augenblick begriffen zu haben, wie man auf die einzig richtige Art beten müßte, um mit seiner Stimme bis unmittelbar vor den göttlichen Thron zu gelangen.

Zum ersten und seither auch einzigen Mal kursierte für Stunden unter den himmlischen Heerscharen das Gerücht, in Prag würde es womöglich bald einen weiblichen Vorbeter geben. Doch das Dementi folgte auf dem Fuße:

Natürlich nicht!

Das Gegenteil hätte verwundert, wenngleich die Entscheidung zu bedauern ist. Denn allein dadurch, daß sich fortan das Gebet der anderen fest an Lydias Stimme heftete, sank in der Hölle die Quote der jüdischen Einwanderer aus Prag beträchtlich. Und zweifellos wäre die Stadt aus der Kartei der für den gefallenen Engel interessanten Orte gestrichen worden, hätte Lydia am Versöhnungstag vorbeten dürfen. Doch es sollte nicht sein. Das Gesetz ist unerbittlich.

Dankt auf Knien, daß sie keine Deutsche ist! Wir wären am Ende noch Protektorat geblieben, pflegte Václav Markov in späteren Jahren zu sagen und damit seinen makabren Humor erneut unter Beweis zu stellen. Denn in einem waren sich die Kritiker der Prager Zeitungen einig. Nach Lydias erstem Auftritt als Chansonnette lautete ihr übereinstimmendes Urteil: »Musikalische Artillerie, Widerstand zwecklos.«

Sonntag bis Donnerstag von abends acht bis zehn bei Vonka in der Kapucinská, hieß es. Lydia Marková avancierte zum Geheimtip unter Einheimischen und ausgesuchten Fremden. Nur für zwei Stunden am Abend Sängerin, saß sie tagsüber auf dem Postamt hinterm Schalter. Und es heißt, nie habe jemand so viele einzelne Briefmarken an rotgesichtige junge Männer verkauft wie sie.

Auch Mirijam begann zu singen, wenngleich ihrer Stimme der unvergleichliche Funke fehlte, der bis in den Unterleib dringt. Dennoch: Als ihr mit knappen sechzehn das Privileg eingeräumt wurde, zusammen mit ihrer Mutter in der Kapucinská zu singen, versuchten scharenweise junge Bengels, ihre Ausweise zu frisieren, um nach acht Uhr abends bei Vonka nicht als minderjährig hinausgeworfen zu werden.

Allein, was nützte es ihnen, wenn es gelang?

Mirijam hatte nur Augen für einen. Und dem war es, zumindest vorerst, egal.

3

Nachdem der kleine Teufel sich als genialer Nachbau erwiesen hat, wird Rottenstein Zeuge einer Gerichtsverhandlung und lost sich sein Schicksal zu.

Fragen Sie mich nicht, was Lydia und Eva, Mirijam und Vonka mit unserer Geschichte zu tun haben. Ich gebe zu: Es ist eine verzwickte Sache. Warum aber sollten Sie es leichter haben als Rottenstein, der die einzelnen Steinchen dieses Mosaiks ebenso buntgewürfelt vor die Füße geworfen bekam wie ich und nun Sie? Während er dem kleinen Teufel nach Dejvice folgte, begriff er zunächst überhaupt nichts und glaubte am ehesten an einen großen Betrug; üble Rache für ein Vergehen, dessen er sich liebend gern nie wieder erinnert hätte. Doch Erinnerungen sind rücksichtslos.

Das Hochhaus nahe der Dejvická Metrostation jedenfalls, bei dem Rottenstein und der Stirnbandteufel schließlich halt machten, kam meinem Freund bekannt vor. Er war sicher, in dem kleinen Restaurant gegenüber schon einmal gefrühstückt zu haben. Nur wenige Tage nach dem Mitternachtsblitz, ging ihm auf. Und es ehrt ihn, daß er sich daran erinnerte. Denn ich war wütend gewesen damals, soviel kann ich Ihnen verraten!

Herr Alexander Rottenstein nämlich hatte eine Urlaubsliebe aufgetan. Und während er seinen Trieben nachlebte, verbrachte ich mehrere grauenvolle Nächte auf dem Wohnzimmersofa. Selbst zum Frühstück schien den beiden meine Anwesenheit entbehrlich: Sie gingen ins Restaurant. Wer hat, der kann!

Die Art und Weise, wie er mir die letzten fünf Tage und Nächte unseres damaligen Urlaubs versauerte, hätte ich ihm wahrscheinlich nie verziehen, wäre das Mädel nicht eine wirkliche Schönheit gewesen. O ja: Schön war sie, unberufen!, aber auch unheimlich. Kurz vor unserer Abreise von Praha Hlavní Nádrazi hörte ich, wie sie Rottenstein zwischen zwei Küssen schwor, daß er lebendigen Leibes verbrennen würde, wenn er sie nicht sofort nach seiner Ankunft von Berlin aus anriefe. Leider kannte sie Rottenstein nicht so gut wie ich.

Damals nämlich war er noch der festen Überzeugung gewesen, den Prophezeiungen junger Frauen sei nicht zu glauben. Ohne jeden Sinn phantasierten sie das gräßlichste Zeug zusammen, einzig um einen zu fesseln, behauptete er. Und wenige Minuten, nachdem der Zug abgefahren war, verspeiste er also in kleinen Schnipseln den Zettel mit ihrer Telefonnummer. Soweit ich weiß, war der Fall für ihn damit erledigt. Von dem angedrohten Feuer blieb er dennoch verschont, vorerst zumindest. *Boruch ha-Shem!*

Prochazkas gibt es in Prag so viele wie Spaziergänger auf dem alten Markt, hatte er sich zu beruhigen versucht, während er dem Prochazka junior nach Dejvice folgte. Als er dann jedoch das Hochhaus in der Leninová ebenso wiedererkannt hatte wie das Restaurant gegenüber, wurde ihm mehr als unwohl bei dem Gedanken an das prophezeite Feuer, das ihn nun womöglich doch noch einholen sollte.

Besser ich hau ab, sagte er sich. Die letzte Gelegenheit dazu war jedoch verpaßt. Denn während er noch seinem Tagtraum nachhing, hatten sie das Haus bereits betreten. Wenig später hielt der Fahrstuhl in der vierzehnten Etage. Der kleine Teufel schubste Rottenstein aus der Kabine, und bevor er noch einen klaren Gedanken fassen konnte, drückte ihm irgendein Schmock bereits herzlich grob die Hand.

Prochazka, nuschelte der Kerl: HabedieEhre... Sie müssen entschuldigen, daß ich Ihnen so viele Umstände mache. Aber ich bin sicher, Sie werden nicht bereuen, gekommen zu sein.

Rottenstein lächelte verhohlen skeptisch. Der Hohe Rabbi Löw in Velourhemd und kniebeuligen Jeans? Das schien ihm nicht weniger erstaunlich als ein Straßenkehrer in Robe. Er starrte seinem Gastgeber unumwunden ins Gesicht und suchte darin nach irgendwelchen Anzeichen biblischen Alters, kam jedoch zu dem Schluß, daß er nie und nimmer älter als sechzig sein konnte. Auf Filzpantoffeln war er ihnen entgegengeschlappt: mit kurzen, schnellen Schritten, verschmitzten Blicks und die halb gerauchte *Sparta* im Mund. Er hätte ein beliebiger Schwejk oder Honza sein können. Doch leider verhielt es sich anders.

Die Hände tief in den Taschen seiner Jeans vergraben, musterte er meinen Freund. Rottenstein zerknautschte die Krempe seines Hutes. An einem Kloß böser Ahnungen schluckte er und bat, sich erst einmal setzen zu dürfen, als er sich kurz darauf in Prochazkas Wohnzimmer wiederfand. Noch im Mantel, hockte er sich auf die Lehne des Sessels, zu dem Prochazka ihn einladend herübergewunken hatte, und sah sich um.

Die Einrichtung hatte sich kaum verändert, seit wir, vier Jahre zuvor, die Wohnung für knappe zwei Wochen gemietet hatten. Wäre der Alte nicht gewesen, hätte Rottenstein sich geradezu heimisch fühlen können zwischen Bücherregalen, Blümchenteppich und Kristalltropfen-Stehlampe. Den Muschelaschenbecher erkannte er ebenso wieder wie das bis zur Unbenutzbarkeit unpraktische Tischfeuerzeug: ein Staubfänger in Gestalt des ersten Škoda-Modells, das die legendäre Automobilfabrik eigens für die befreiten tschechoslovakischen Straßen entwickelt hatte. Selbst der beleuchtbare Zimmerspringbrunnen sprudelte noch auf der Blumenbank unterm Balkonfenster. Offenbar hatte Prochazka keinem einzigen der Gegenstände in der Zwischenzeit gestattet, seinen Platz mit einem anderen zu tauschen. Und womöglich, dachte Rottenstein, hatten sie nur deshalb ausharren müssen, damit er alles so wiederfände, wie er es damals verlassen hatte, und sich gehörig seines Frevels erinnerte.

Dieses lächerliche Fläschchen Parfüm!, schoß es ihm wieder und wieder durch den Kopf: Bestohlene Rentner sind unberechenbar, spielen Detektiv wie kleine Kinder und tun so, als wäre nichts dabei. Er war drauf und dran loszuwettern. Prochazka aber strahlte eine derart beängstigende Ruhe aus, daß Rottenstein beschloß, vorerst gar nichts zu sagen, sondern sich erst einmal anzuhören, was dieser Mann von ihm wollte.

Ich bitte Sie, sagte der: Vergessen Sie doch endlich das Eau de Cologne!

Ich…, stammelte Rottenstein.

Aber nein, unterbrach Prochazka ihn: vergeben und vergessen. Ich verspreche es Ihnen. – Allerdings, fügte er gedehnt hinzu: Allerdings gibt es da einige Dinge, die wir ausführlicher besprechen sollten. Sie wissen bereits, wer ich bin?

Halb befreit, halb erneut beunruhigt, lehnte Rottenstein sich im Sessel zurück. Er öffnete seinen Mantel, legte den Hut auf dem Tisch ab und runzelte die Brauen. Dieser Mann mochte ein Menschenkenner sein und einiges über ihn in Erfahrung gebracht haben. Aber ein Wunderrabbi vom Schlage eines Juda Löw?

Das wäre doch…

Gar nicht so abwegig, flüsterte Prochazka, dem scheinbar kein einziger Gedanke seines Gastes verborgen blieb. Er zog eine neue Zigarette aus dem *Sparta*-Päckchen, stauchte den Tabak fest und riß ein Streichholz an.

Ich verstehe schon, lenkte er ein, nachdem er einen ersten tiefen Zug genommen hatte und das Flämmchen auswedelte: Sie wollen Beweise.

Ich meine ja nur…

Sagen Sie nichts! Prochazka hob abwehrend die Hände: Sie sollen ihre Beweise bekommen. Das ist Ihr Recht.

Die *Sparta* in den Mundwinkel geklemmt, ging Prochazka mit verschränkten Armen lautlos auf und ab. Rottenstein hing wie gelähmt in seinem Sessel. Die undurchdringliche Stille, die sich im Raum breitgemacht hatte, drückte ihn nieder. In seinen Schläfen begann es zu hämmern. Seine Hände zitterten auf den Sessellehnen; und der kalte Schweiß, der ihm von der Stirn rann, brannte wie Säure in seinen Augen.

Sie haben recht, flüsterte Prochazka in die Stille hinein: Mitunter steht die Welt auf einem einzigen Buchstaben;

und man weiß nicht, was nachkommt. Ich will Ihnen etwas zeigen. Vielleicht glauben Sie mir dann.

Er schnippte in die Luft, steuerte auf die Regalwand zu und strich mit dem Zeigefinger die bunte Reihe der Buchrücken entlang. Der Finger wanderte und tippte schließlich auf einen schmalen Band. Prochazka zögerte, zog das Buch dann aber doch hervor und wog es, einen Moment lang, prüfend in der Hand. Halb drohend, halb spielerisch hob er es in die Luft, schien zufrieden über Rottensteins noch immer zweifelnden Blick und setzte sich schließlich, seinem Gast gegenüber, aufs Sofa.

Bedächtig lehnte er sich zurück, schlug das Buch auf und begann zu lesen:

»Zweiundzwanzig Buchstaben sind in die Sprache eingegraben und in den Hauch graviert: Drei Mütter sind es, sieben Doppelte und zwölf Einfache. Drei Mütter gibt es in der Welt: Aleph, Mem und Shin – Hauch, Wasser und Feuer – Verdienst, Schuld und die Waage des Gesetzes, die zwischen ihnen in der Mitte steht. Im Anfang wurden die Himmel aus dem Feuer erschaffen, die Erde aus dem Wasser und die Luft zwischen ihnen aus dem Hauch. Drei Mütter gibt es im Menschen: Kopf, Bauch und Brust; der Kopf: aus dem Feuer erschaffen, der Bauch: aus dem Wasser und die Brust: aus dem Hauch. Er ließ Aleph herrschen über den Hauch, Mem über das Wasser und Shin über das Feuer. Er hat sie gemeißelt und gegründet, sie verknüpft durch ein Band und gesiegelt, sie gesprochen und offenbart.«

Lesen Sie selbst, ermunterte Prochazka ihn und reichte ihm das Buch über den Tisch. Unsicher nahm Rottenstein das in Leder gebundene Bändchen und schlug es auf. Prochazka mußte während des Lesens im Kopf übersetzt haben. Der Text war hebräisch geschrieben, zweifellos mit Tinte und einem angespitzten Gänsekiel. Einige Buchstaben traten wie aufgeplustert hervor: groß geschrieben, ganz gleich, ob sie am Beginn oder inmitten eines Wortes standen. Kleine Krönchen zierten sie, als wären sie ausgezeichnet vor allen anderen. Ein umfangreicher Kommentar umrahmte den Text. Rottenstein konnte ihn nicht entziffern.

Mein Hebräisch ist lausig, entschuldigte er sich und legte das Bändchen zurück auf den Tisch. Schon einmal, er wußte es, hatte er darin gelesen, und es hatte ihm im wahrsten Sinne des Wortes beinahe das Genick gebrochen. Denn als er das Buch vor Jahren in der Handschriftenabteilung der Institutsbibliothek entdeckt und aus dem obersten Fach des Regals geangelt hatte, wurde ihm schwarz vor Augen. Der Raum begann, sich um ihn zu drehen. Er klammerte sich an die Leitersprossen. Zwei Hände wuchsen aus dem Lederrücken des verbotenen Buches. Sie gaben ihm einen Stoß, daß er wankte. Er verlor das Gleichgewicht und stürzte rücklings von der Leiter.

Dieses Buch, wußte er, war es gewesen, *dieses dieses dieses*. Allerdings, was bewies das schon? Es mochte Dutzende Exemplare davon geben.

Aber nur eines mit meinem Kommentar, wandte Prochazka ein. Gut, fuhr er fort, Sie könnten denken, ich hätte es gekauft oder auch... – er lächelte: gestohlen?

Das würde ich nie behaupten!, erwiderte Rottenstein, der inzwischen fürchtete, auf einer Art Pulverfaß zu sitzen, das jeden Moment explodieren würde, wenn ihm nur ein einziges falsches Wort entschlüpfte.

Lassen Sie nur, das verletzt mich keineswegs. Sie wissen nichts von mir. Ich hingegen..., Prochazka zögerte: ich hingegen weiß eine Menge von Ihnen.

Zum Beispiel?, fragte Rottenstein zaghaft.

Zum Beispiel, sagte er, sind Sie Konversationslehrer an der Jazyková Škola. Nicht der schlechteste, nebenbei bemerkt. Sie sind vierundzwanzig. Unverheiratet. Und haben keine Kinder. Vor genau... zweiundachtzig Tagen, drei Stunden und zwölf Minuten sind Sie auf dem Bahnhof Holešovice aus dem Zug gestiegen und haben sich am Kiosk eine Bratwurst gekauft. Schweinskram! Höchstgradig trefe; Sie sollten sich schämen. Wirklich!

Rottenstein holte tief Luft. Prochazka jedoch kam ihm zuvor: Nein, mein Freund, sagte er: Selbst wenn ich der kleine miese Detektiv wäre, für den Sie mich halten, könnte ich nicht wissen, daß Sie in dieser Minute nichts mehr fürchten, als lebendigen Leibes zu verbrennen. Und – daß Sie zu *Hoshannah Rabbah* vor vier Jahren etwas geschworen haben, das Sie noch einlösen müßten, wenn Sie an Wunder glaubten!

Daß diese Worte meinen Freund überzeugt hätten, wäre zuviel behauptet. Wenn sein Gastgeber auch über erstaunliche Fähigkeiten verfügte – es schien ihm unfaßbar, daß selbst jemand wie der Hohe Rabbi Löw von Prag gute fünfhundert Jahre so unbeschadet und jugendfrisch überstanden haben sollte. Und was sein Gelübde anging: Es hatte zwar geblitzt; aber bittschön, kein Golem war zu sehen gewesen, Gott sei Dank!

Was wissen denn Sie?!, herrschte Prochazka ihn an: Ich war dort und mein Sohn auch. Sie haben uns nicht sehen *wollen*. Das ist das ganze Geheimnis. *Golmí ra'ú ejnécha*, flüsterte er: »Meinen Golem sahen deine Augen...« Sagt Ihnen das nichts?

Rottenstein erkannte den Psalmenvers und wurde blaß. Das durfte nicht sein Ernst sein. Der kleine Teufel: ein Golem? Ein Golem!

Er?, fragte er schaudernd zurück.

Aber natürlich, was dachten denn Sie?, entgegnete Prochazka, als hätte Rottenstein längst wissen müssen, daß dieser Junge kein gewöhnlicher Mensch war. Das Stirnband, versuchte er, seinem Gast auf die Sprünge zu helfen: Haben Sie es nicht bemerkt?

Er sagt, es wär eine Narbe…

Aber was für eine!, fuhr Prochazka auf. Junger Mann, die Buchstaben haben ihren eigenen Kopf. Es ist ein Glücksspiel. Sie stellen sich oder die Welt auf den Kopf, sagte er, und seine Augen glänzten vor Begeisterung, als er Rottenstein von der Erschaffung seines Sohnes erzählte.

Er sei auf den Boden der Altneu-Schul gestiegen und habe alles so gefunden, wie er es verlassen hatte. Staub? Ein Ziegelstein sei es gewesen, im Gebälk versteckt: die Überreste seines ersten, mißlungenen Experiments. Er hätte ihn zerstoßen, gemahlen und den Staub mit allerlei Essenzen vermischt.

Der Klumpen fing sofort an zu wachsen, sagte Prochazka. Erweckt habe er den Däumling, indem er ihm mit einer heißen Nadel das Wort emeth auf die winzige Stirn ziselierte.

Das ist es! – Prochazka schlug mit der Hand auf den Tisch: Sagen Sie selbst – *emeth* und *meth* – zwischen Wahrheit und Tod liegt ein einziger Buchstabe!

Welche Gebete er bei der Erschaffung seines Söhnchens gesprochen hatte, verriet er nicht. Nur, daß er sie, gegenüber seinen ersten Versuchen, nur geringfügig hatte ändern müssen. So bin ich Vater geworden, schloß Prochazka. Rottenstein war baff.

Aber sie können doch nicht…

Warum sollte ich es nicht sein?, unterbrach ihn Prochazka schroff.

Weil Sie tot sind!, seit über vierhundert Jahren. Mausetot!

So, so, stichelte Prochazka. Was halten Sie denn davon: Eines Tages bilden Sie sich ein, endlich Ruhe zu haben, ihr Grab zu bekommen und Schluß. Schlafen bis der Messias kommt, ohne Zores und lästige Fragen. Und mit einem Mal redet eine Stimme zu Ihnen: Das war's noch nicht! Noch einmal als Mensch auf die Welt, es gibt noch vieles zu tun. – Ich habe es mir sicher nicht ausgesucht. Das dürfen Sie glauben.

Künstliche Söhne, Buchstaben und Engel... Je mehr Rottenstein erfuhr, um so mehr quälte ihn auch die Frage, was er mit all dem zu tun haben könnte und warum Jiři Prochazka ihn zu sich gebeten hatte. Als er nun den Mut aufbrachte, seinen Gastgeber daraufhin anzusprechen, nahm der seine beunruhigenden Gänge durchs Zimmer wieder auf und schwieg, sehr lange, bevor er antwortete.

Das, mein Junge, sagte er schließlich, ist ein ernstes Problem.

Mitten im Raum blieb er stehen und strich sich über den Bart. Schließe die Augen, befahl er. Rottenstein gehorchte stillschweigend und glaubte, in Trance zu fallen.

Da stand er, zusammen mit Jiři Prochazka, inmitten einer riesigen Halle, deren Boden und Wände, aus weißem Marmor, so sehr glänzten, daß seine Augen schmerzten. Doch es war nicht möglich wegzusehen. Vor ihnen wölbte sich aus der Höhe herab ein blutroter Vorhang von hundert mal hundert Ellen, in dessen Mitte die Buchstaben des Heiligen Namens prangten. Von ihnen ging das Licht aus, ein erschreckendes, ein eisiges Licht; es durchdrang seinen

Körper und hob ihn auf. Es machte sich breit in ihm, als wollte es ihn zersprengen. Es brannte und stach, und eine Stimme dröhnte durch die Halle, ein Getöse aus Myriaden von Kehlen.

Es wäre besser, donnerte es, die Schwätzer würden nicht geboren!

Juda Liva, alias Jiři Prochazka, bedeckte sein Gesicht mit den Händen. Aber Herr, fragte er zurück: Was willst du mit einem Volk von Ungeborenen?! Ein Seufzen war die Antwort.

Es macht wirklich keinen Spaß, hörten sie wieder die Stimme: Ich gebe euch den Schlüssel zum Palast in die Hand, und ihr geht hausieren mit dem Geheimnis der Welt.

So wahr ich lebe!, antwortete Prochazka: Habe ich mich nicht immer an die Regeln gehalten?

Ja, du! Und was ist mit dem da? -

Rottenstein zuckte zusammen, als Prochazka ihn anstieß und weitersprach, als wäre nichts geschehen: Es war kein Vergnügen, vor den himmlischen Gerichtshof geladen zu werden. Ich dachte schon, jetzt geht's zu Ende mit mir. Aber nein; zum Vollstrecker werd ich bestellt.

Prochazka verschränkte die Arme vor der Brust. Denk dir, sagte er: Ein Witzbold verrät einem jungen Mann, den er nur flüchtig kennt, das Geheimnis der Buchstaben. Der Junge experimentiert und merkt nicht einmal, daß er an den Eckpfosten der Schöpfung rüttelt!

Da hat sich mein lieber Freund Rottenstein immer für klug gehalten. Und in dem Moment, wo's ihm an den Kragen gehen soll, begreift er rein gar nichts. Gut, er verdaut nur mühsam den Schreck. Nicht nur, daß er so mirnichtsdirnichts durchs All gereicht wird. Schlimmer ist die Erkenntnis, daß Prochazka offenbar nicht gelogen und Ahnungen hat, die nichts weniger als beängstigend sind.

So hängt mein Freund verschüchtert im Sessel. Er erfährt den Namen jenes geschwätzigen Witzbolds: David ben Maimon Malkowitz. Und er hört sich das über Malkowitz verhängte Urteil an, als brauche es ihn nicht zu berühren.

Diesen Herrn, dozierte Prochazka, hat es empfindlich getroffen. Das Urteil wurde gefällt und gesiegelt: Zu keiner Gelegenheit in seinem Leben wird er mehr pünktlich sein. Und wenn man bedenkt, daß er vor kurzem noch zu den begehrtesten Budapester Junggesellen zwischen Dohány und Deswenffi utca zählte und beim einen Rendezvous schon ans nächste dachte, ist das keine leichte Sache. Denn welches begehrenswerte Mädchen in Budapest ist verrückt genug, mehr als einmal stundenlang auf ihn zu warten?

Mann Gottes, wie Rottenstein dort sitzt!; mit offenem Mund und schreckgeweiteten Augen. Er zweifelt noch immer und will sich entrüsten: Dieser Schmok von Prochazka treibe sein Spiel mit ihm, erzähle Geschichten und habe ihn womöglich hypnotisiert! Was gingen ihn die Schicksen von Malkowitz an? Es ist zum Jammern, er versteht es nicht.

Was dich angeht, Alexander Rottenstein, schloß Prochazka unwirsch: Was dich angeht, scheinst du mir viel zu gut davongekommen zu sein. Malkowitz hat zwar geplaudert; den größeren Unfug aber hast du verzapft.

Endlich ging ihm ein Licht auf.

Aber ich habe doch nur ein bißchen probiert!, flüsterte er verschämt.

Ein bißchen probiert!, Prochazka schlug sich mit der flachen Hand vor die Stirn. Jeder Buchstabe ist ein Zweiundzwanzigstel der Welt, und er hat nur ein bißchen probiert! Energisch trat er auf Rottenstein zu und sah ihm lange durchdringend in die Augen. Es schien, als wollte er dessen Innerstes ausforschen, bevor er das Geheimnis endgültig lüften würde: das Urteil, das Urteil!

Nachdem Prochazka die Wirkung seiner Worte lange genug ausgekostet hatte, ging er ins Nebenzimmer und kam mit einer verbeulten Blechdose zurück, die mit kleinen Zetteln vollgestopft war. Er wühlte einen Augenblick lang darin herum und stellte sie schließlich neben das Buch vor Rottenstein auf den Tisch.

Junger Mann, sagte er hart: Ich hoffe doch, Sie erinnern sich gut. Also bitte, forderte er Rottenstein auf: Ziehen Sie Ihr Los. Sie haben es selbst geschrieben.

Rottenstein wagte nicht zu widersprechen. Zielsicher griff er in die Blechdose hinein, zog einen der vielen Zettel heraus und faltete ihn auseinander.

Lehren Sie mich die Namen, stand darauf. Als wäre es nichts.

4

Rottenstein lernt einen Engel kennen, der ihn in jeglichem Sinne erkennt. Weil es jedoch Dinge gibt, die ihn ängstigen, geht er ins Kino und trinkt einen Cognac.

Die Erinnerung geht wundersame Wege.

Als wäre auf dem kleinen Zettel alles verzeichnet, was geschehen war, traten Rottenstein all jene Bilder wieder vor Augen, die er bis eben noch gründlich vergessen geglaubt hatte. Es schien ihm, als wäre die Zeit um vier Jahre zurückgedreht, und er stünde noch einmal, wie an jenem Tag damals, an der Kasse des kleinen Lebensmittelgeschäftes in der Leninová.

Siebzehn fünfzig, hatte sie gesagt, auf deutsch. Und er fühlte sich enttarnt. Eine heiße Röte stieg ihm ins Gesicht, weniger aus Scham als vor Verwirrung darüber, daß ihm dieses Mädchen seine Herkunft angesehen hatte.

Sie brauchen nicht rot zu werden, sagte sie und lächelte, als Rottenstein wissen wollte, woher sie denn wüßte, daß er aus Deutschland käme. Sie beugte sich zu ihm hinüber und flüsterte: Ein Zitronenfalter habe ihr sein Kommen vorausgesagt.

Vielleicht hätte Rottenstein ihr geglaubt, wenn sie nicht hinzugefügt hätte: Es ist bestimmt, daß wir am Abend zusammen essen gehen. Das hatte ihn verwirrt. Doch da ihm ihre forsche, entschiedene Art imponierte und er nichts Besseres vorhaben konnte, als mit einem so hübschen Ding den Abend zu verbringen, nickte er nur, als sie vorschlug, er solle sie nach Feierabend abholen.

Für mich kam diese Verabredung damals einem Urteil gleich. Während Rottenstein turtelte, blieb mir nur ein trüber Abend: mit einer Flasche schlechten Weins und dem staatlichen tschechischen Fernsehprogramm. Das Rendezvous also fand statt und dauerte Stunden. Als die beiden nach Hause kamen, war ich bereits betrunken und das Testbild einem unruhigen Grauflimmern gewichen. Rottenstein feixte. Das Mädchen flammte ihn an. Sie schienen einander bereits mehr als zu mögen. Und der schon erwähnten Tatsache, daß ich diese und die folgenden vier Nächte auf dem Wohnzimmersofa verbringen mußte, können Sie entnehmen, daß sie sich vorerst für keine Minute mehr trennten.

Er ist es!, war ihr knapper Kommentar, als ich sie einmal im Vertrauen befragte, was sie denn so Besonderes an ihm fände. Ultimativ, anders hatte auch Rottenstein sie nicht kennengelernt. Für sie schien alles, was geschah, einer ihr bereits bekannten Logik zu folgen, die weder ich noch Rottenstein zu durchschauen vermochte. Sie kannte ihren Weg und ging ihn, scheinbar über jeden Zweifel erhaben. Eine beunruhigende Frau: Ich hätte nicht gewagt, sie zu berühren. Glauben Sie mir oder nicht. Ich gab ihr nicht einmal die Hand, weil ich fürchtete, ihre Berührung müßte mich versengen.

So gesehen, hätte ich Rottenstein vielleicht warnen sollen, das Spiel nicht bis zum äußersten zu treiben. Und ich frage mich heute, da ich den vorläufigen Ausgang der Geschichte kenne, warum er ihre Worte damals nicht ernster nahm. Immerhin ließ sie nie einen Zweifel daran, daß sie ihn wirklich wollte, und zwar ganz, mit Haut und Haar und für immer.

Doch sicher war gerade dies einer der Gründe gewesen, warum er sie dann plötzlich nicht mehr hatte wiedersehen wollen. Als er im Zug den Zettel mit ihrer Telefonnummer hinuntergeschluckt hatte, glaubte er jedenfalls, der Vorsehung, von der sie immer wieder geredet hatte, kühn ein Schnippchen geschlagen zu haben.

Nein, es war nicht nur das Gesicht der Eva Marková, das Rottenstein plötzlich wieder so deutlich vor Augen hatte, als stünde sie leibhaftig vor ihm. Der Zettel, den er gerade aus Prochazkas verbeulter Blechdose gezogen hatte, lag vor ihm auf dem Tisch, und er starrte auf das vergilbte Papier wie auf eine Kinoleinwand. Sich selbst sah er, wie er, vom *Můzeum* herkommend, den Wenzelsplatz hinunterschlenderte, vor einem Schreibwarengeschäft halt machte, hineinging und ein Notizheft kaufte. Er schlug es auf und schrieb auf die Innenseite des Umschlags: Prag, 12. Oktober 1987 – sein zwanzigster Geburtstag.

Jacoby, hatte er mir, noch im Schlafanzug, feierlich eröffnet: Eva kommt erst am Abend. Ich habe etwas Wichtiges vor. Das muß ich allein erledigen.

Ich war natürlich neugierig. Doch er sagte keinen Ton. Und erst jetzt, da es längst zu spät ist, weiß ich, welche Dummheit er an jenem Tag verbrochen hat. War er meschugge? Er glaubte nicht an Wunder, aber wollte welche sehen. Ich verstehe es bis heute nicht.

Sein zwanzigster Geburtstag, hatte er sich vorgenommen, sollte ein besonderer Tag werden. Nur deswegen war er nach Prag gekommen. Von wegen *Hoshannah Rabbah* und so weiter: alles nur Vorwand. Das Eigentliche spielte sich an jenem 12. Oktober ab. – Rottenstein besuchte den Rebben. Und zwar auf dem Friedhof.

Ein wenig aufgeregt, doch betont langsam war er vom Wenzelsplatz aus durch die Melantrichová, über den Altmarkt in die Maiselova gegangen, ein Spaziergänger scheinbar wie tausend andere, die an diesem Tag durch die Altstadt schlenderten. Er inspizierte die Auslagen der Geschäfte und studierte ausgiebig die aktuellen Wechselkurse auf den Anzeigetafeln der unzähligen *exchange offices,* an denen er vorüberkam. Er trödelte, träumte vor sich hin, als hätte dieser Vormittag vierundzwanzig sonnige Stunden, die allesamt verdienten, durchnossen zu werden.

Er steuerte das koschere Restaurant an, kam mit nur einer halben Stunde Wartens davon und schließlich zwischen zwei aufgeregt plappernden älteren Frauen zu sitzen, die ihn, nachdem sie ihm entlockt hatten, daß er Student sei, um ein Haar eingeladen hätten.

Er lehnte ab und wippte im Takt der israelischen Volkslieder, mit denen der Saal beschallt wurde, unruhig auf der Stuhlkante, bis die vom Mittagsgeschäft arg gestreßte Serviererin schließlich auch an seinen Tisch gehetzt kam. Wie eine bestens gelernte Vokabellektion spulte sie das Menü herunter und forderte ihm und den Mammes mit einem eher wienerischen *»Bittschön?«* die Bestellung ab.

Gefillte Fisch in Mandelsoße und Pragerknödel mit Koscher-Stempel, Gemüse vom besten, Mineral, Kuchen und Kaffee – was immer das Herz begehrt...

Ha-Kol, entschied Rottenstein: Alles! Und ließ sich für 5 Dollar 50 – in Kronen zum Tageskurs – ein volles Menü kommen. Den Mammes standen die Münder offen. Jetzt kommt er ins Rechnen!, wisperte die eine der anderen zu, nachdem Rottenstein einen Bleistift und das gerade gekaufte Notizheft aus der Tasche gekramt hatte. Betont desinteressiert starrten die Frauen in die Runde und warteten mit dem triumphierenden Lächeln allwissender Mütter auf den zu erwartenden Schreckensschrei: 5 Dollar 50 – macht: gut und gerne 200 Kronen; weil Sie's sind, 198! Doch nichts dergleichen geschah.

Seelenruhig riß Rottenstein eine Seite aus dem neuen Heft, überlegte einen Moment und notierte schließlich, worum er den Hohen Rabbi bitten wollte: Sagen Sie mir, wer ich bin; und lehren sie mich die Namen.

Als die Kellnerin ihm die Rechnung präsentierte, mußte Rottenstein feststellen, daß man im Prager koscheren Restaurant nach ganz eigenem Dollarkurs zu rechnen pflegt. Zähneknirschend zahlte er volle dreihundert Kronen, verabschiedete sich von den beiden Frauen und machte sich auf die letzte Strecke Wegs.

Von den fliegenden Händlern, die in der Gasse zwischen

Altneu-Schul und Friedhof Käppchen, kleine Bilder und bemalte Steine anboten, ließ er sich nicht mehr aufhalten. Mit einem Mal schien ihm die Sache ernster denn je. Er rieb die feucht gewordenen Handflächen mit einem Taschentuch trocken und beneidete sich einen flüchtigen Moment lang nicht im geringsten um den Gang, der ihm bevorstand.

Kurz bevor er den Friedhof betrat, zog er den Zettel mit seinen Bitten noch einmal aus der Tasche. Nicht, daß ihm Zweifel gekommen wären; nein, er wollte den beiden Wünschen noch einen hinzufügen. Zwar fürchtete er, es könnte vermessen sein, um drei Dinge gleichzeitig zu bitten. Schließlich war der Rabbi keine Fee! Auch hatte er sich in den Tagen zuvor immer wieder gesagt, daß dieser Wunsch doch klein scheinen müßte neben den anderen. Dennoch, sagte er sich, und schrieb ihn hinzu: *Lieben und geliebt zu werden. Beides.*

Er wäre sicher nicht von sich aus darauf gekommen, diesen Wunsch zu äußern. Geliebt wurde er ohnehin und stand so auf der Seite derer, die wenig zu leiden haben. Und wäre da nicht diese Eva Marková aufgetaucht, hätte ihn die Frage wahrscheinlich nicht bekümmert: ob er, Alexander Rottenstein, je mit Leib und Seele jemanden geliebt habe.

O ja!, hatte er, ohne zu zögern, geantwortet, als sie ihn eines Abends danach fragte. Alle Filmromanzen, die er sich je angetan hatte, rief er zu Hilfe und schmückte mühsam eine seiner pubertären Verliebtheiten zu einem wahren Roman aus. Doch Eva glaubte ihm ebensowenig wie er sich selbst.

Damals, sagt er, hätte er nicht feststellen können, ob dieses Eingeständnis sie enttäuscht hatte oder nicht. Sie hätte geschwiegen. Er jedoch wäre sich nie zuvor so ärmlich vorgekommen wie an jenem Abend. Und so stand also noch ein dritter Wunsch auf dem Zettel, den er zusammengefaltet in der Hand hielt, als er an Juda Livas Grab trat und Kaddish sagte.

Er sah sich um, ob ihn jemand beobachtete. Doch es war niemand in der Nähe. Halbherzig flehte er zu Gott, daß alles gutgehen möge. Dann faltete er den Zettel noch einmal auseinander, warf einen letzten Blick darauf und ließ ihn schließlich in einem Spalt zwischen den Platten der Tumba verschwinden. Als er den Kiesel, den er mitgebracht hatte, auf das Grab legte, schüttelte ihn ein frostiger Schauer: Es wird nach dir greifen und dich hinabziehen, dachte er: Da hast du dein Wunder, Hans Witzbold!

Ein Grab ist ein Grab; doch nicht dieses. Der Namenszug des seligen Löw von Prag schien auf den Platten der Tumba mit einem Mal aufzuglühen. Rottenstein japste. Er stolperte einen Schritt zurück und verließ den Friedhof wie ein Fliehender, ohne noch einmal zurückzusehen. Er fürchtete, wenn er sich umdrehte, würde der Rabbi vor ihm stehen und ihm zornig seinen Zettel zurückgeben...

Was soll das? Zerbrich dir selbst den Kopf!

Fort!, nur fort! Die fliegenden Händler schüttelten die Köpfe, als sie ihn durch die Gasse davonstürzen sahen: Hat ihn der Teufel geritten? Weiß Gott, und das auf heiligem Boden!

Ich hatte damals in der Wohnung auf ihn gewartet und staunte nicht schlecht, als er schließlich von seinem Ausflug zurückkam. Er wirkte mehr als angeschlagen, ließ sich den Grund dafür jedoch nicht entlocken. Ins Badezimmer schloß er sich ein und kam erst wieder heraus, als Eva klingelte. Doch auch ihr erzählte er nichts.

Der Abend war nett. Zur Feier des Tages durfte ich den beiden Gesellschaft leisten und blieb so für dieses Mal vom tschechischen Fernsehen verschont. Meine Ahnung, daß er während seines Ausflugs etwas Verheerendes angestellt haben mußte, glaubte ich noch einmal bestätigt, als er gegen Mitternacht ohne besonderen Grund plötzlich zu weinen anfing. Eva erschrak und kümmerte sich rührend um ihn. Doch es half nichts. Die Tränen liefen nur so, wie ich es bis dahin von Rottenstein noch nicht gekannt hatte.

Es täte ihm leid, sagte er, nachdem er sich ein wenig beruhigt hatte: Mitunter quäle ihn einfach der Gedanke, daß es Dinge gäbe, die um keinen Preis der Welt mehr rückgängig zu machen seien. Eines Tages, zum Beispiel, jammerte er, reitet es dich: Du tust etwas, und hinterher wird es niemals wieder wie zuvor. Das ist beängstigend, findet ihr nicht?

Ich fürchtete schon, in einem amerikanischen Schinken mitzuspielen, so drehbuchartig kam mir diese Erklärung vor. Eva jedoch mußte verstanden haben, was er eigentlich meinte. Jedenfalls tröstete sie ihn: Es wäre ohne Bedeutung, ob er es getan habe oder nicht. Wir tranken einen Wein auf das unabänderlich Geschehene – Was immer es sei: *l'Chajim!* – und einigten uns, um die Situation zu entspannen, auf eine Runde Skat.

Kurz darauf schlug die Uhr. Das war Rottensteins zwanzigster Geburtstag.

Wie er mir später verriet, war er damals der festen Überzeugung gewesen, daß seine drei Wünsche sich eines Tages erfüllen würden. Ahnungen, verstehst du, Jacoby? Er glaubte fest daran. Warum also wunderte es ihn, daß Jiři Prochazka ihn aufgespürt hatte und ihm nun gegenübersaß: Juda Löw, der Rebbe, dem er damals seine dreisten

Wünsche ins Grab hinabgeschickt hatte. Eine Rohrpost ins Jenseits, das nun im Diesseits lag.

Kann denn ein kleiner Zettel so wichtig sein?, versuchte er, Prochazka zu beschwichtigen.

Hör zu!, erwiderte der barsch: Es paßt mir nicht. Aber es ist so beschlossen worden. Punktum. Rottenstein, dem die Knie zitterten, wäre inzwischen froh gewesen, nicht mehr erfahren zu müssen, als Prochazka ihm bereits eröffnet hatte. Es waren doch *drei* Wünsche!, barmte er, hören Sie: *drei*. Warum müssen Sie gerade den ersten erfüllen?

Zwei Wünsche waren es, nicht drei. Du kannst das eine nicht ohne das andere lernen. Was weißt du schon?, herrschte Prochazka ihn an. Er machte einen Satz auf ihn zu und schlug mit der Faust auf den Tisch: Ich kann nichts dafür, daß du blind bist. Was die Liebe angeht, hättest du besser hinsehen sollen. Sie kam. Sie hat dich berührt. Und du bist weitergegangen.

Rottenstein beschlich eine böse Ahnung, wer gemeint sein könnte. Und es schüttelte ihn, als Prochazka grimmte: Was rede ich? Nicht nur Wünsche erfüllen sich.

War es Mitleid, was nun in seiner Stimme mitschwang, oder Hohn? Rottenstein hätte es nicht sagen können. Ein einziges Mal erst in seinem Leben hatte er sich so erbärmlich gefühlt wie in diesem Augenblick. Damals, er war gerade sechs oder sieben Jahre alt, hatte der Nachbar ihn versehentlich im Keller eingeschlossen. Im Gehen hatte er das Licht gelöscht; und Rottenstein fand in seiner Aufregung den Schalter nicht. Es war stockfinster. Er rief, schrie, wimmerte. Doch es hörte ihn niemand. Er mußte sich Schritt für Schritt an der Wand entlangtasten. Und immer, wenn er an einem der Verschläge vorüber kam, biß er die Zähne zusammen und starb dennoch fast vor Angst, durch den großen Spalt zwischen Tür und Boden könnte eine Hand nach ihm greifen.

Jiři Prochazka mußte bemerkt haben, was in seinem Gast vorging. Mag sein, daß es ihn ein wenig versöhnlicher stimmte. Er faßte ihn am Arm und sah ihm fest in die Augen.

Nun zieh kein Gesicht. Du hast einen Zettel auf meinem Grab deponiert und dich nicht an die Regeln gehalten. Traurig, sagte er und schnippte mit den Fingern. Du hast von Gott geredet und vergessen, daß es ein furchtbarer Gott ist. Nun, setzte er nach einer Pause wieder an: Du wirst Dinge zu sehen bekommen, von denen du bisher nicht das geringste geahnt hast. Du wolltest die Namen wissen, lernen. Also: Bist du bereit? -

Rottenstein, dem inzwischen klar geworden war, daß es ohnehin kein Zurück mehr geben konnte, senkte den Kopf, als beugte er sich einem Urteilsspruch. Vor vier Jahren hatte er die Wahl gehabt, den Rabbi zu bitten oder nicht. Er hatte es getan. Und nun?

Jiři Prochazka schien zufrieden. Beruhigen Sie sich, sagte er: Wenn sie dabei sterben, ist es ein grausamer Tod, aber spannend! Möchten Sie einen Cognac?

Rottenstein nickte abwesend. Sein Gastgeber lächelte, schlurfte in die Kochnische und kehrte kurz darauf mit einer Flasche und zwei Cognacschwenkern zurück. Böhmisches Kristall; Rottenstein hatte schon einmal aus diesen Gläsern getrunken. Gemeinsam mit Eva – und mir.

Bittschön... Prochazka setzte sich, schenkte sich einen Einfachen und Rottenstein einen Doppelten ein. Sie werden's brauchen können, sagte er und schob den Schwenker über den Tisch zu ihm hinüber. Er nahm einen Schluck, ließ ihn sichtlich zufrieden über die Zunge rollen, schluckte und schien dem Cognac noch durch die Kehle hinterher zu schmecken. Als er sah, daß Rottenstein zögerte, lehnte er sich zurück und rief nach seinem Sohn.

Der Junge öffnete die Tür und trat ins Zimmer. Das Stirnband hatte er abgelegt. Doch kein Zweifel: Das war der Wicht, den Rottenstein damals, in der Nacht vor *Hoshannah Rabbah,* auf der Karlsbrücke gesehen hatte. Mit ausgestrecktem Arm hatte er in den Himmel gezeigt und gelacht.

Die drei Buchstaben auf der Stirn des kleinen Teufels leuchteten ihm nun entgegen – ein Hohn, ein Spottvers, mein lieber Belsazar: *Steht auf, ihr Engel, es klopft an der Tür. Die Narren studieren und spotten nicht mehr.*

Spätestens in diesem Augenblick zerstob Rottensteins letzter, sorgsam behüteter Zweifel. Er schloß die Augen und stürzte seinen Cognac.

5

Jaroslav Vonka gesteht einen Irrtum ein, versteckt die Axt und wird dennoch betrauert.

Im Jahr der Campingaxt, wie er es später nannte, war Jaroslav Vonka gerade zweiundzwanzig. Er trank Wodka, stets pur und aus vereisten Gläsern, und verzichtete bei seinem Leibgericht, Kalbsleber gedünstet, auf Zwiebeln und Knoblauch. Ein Gaumenstümper? Oh nein!, versicherte er immer wieder: Doch aus Rücksicht auf die Frauenseelen im Saal müsse man Prioritäten setzen.

Zu seinen Auftritten erschien Jaroslav in weißem Hemd und hellem Anzug, die Fliege unverwechselbar kühn gebunden. Er war nichts weniger als schüchtern, einer jener Menschen, die keinen Raum betreten können, ohne von allen bemerkt zu werden. Und da er Ovid und Knigge nicht nur gelesen hatte, schwebten die weiblichen Gäste des Vonkaschen Lokals in ständiger Gefahr. Als musikalisch begabter Sohn des Hauses Kapucinská 4 genoß Jaroslav das Vorrecht, Lydia Marková und ihre Tochter am Flügel zu begleiten. Sein Spiel hatte durchaus einen gewissen Reiz. Es sei nicht nur die Kunst des Flirts, sich im rechten Moment zurücknehmen zu können... Vor dem Gesang der beiden Frauen allerdings konnte es nur verblassen.

Kein Wunder!, pflegte der alte Vonka zu behaupten: Sie sind Engel und ihre Stimmen lebendiges Feuer. Da reicht nichts heran. Und Vonka mußte es wissen. Denn Lydias Gesang hatte sein Lokal zu einer wahren Wallfahrtsstätte werden lassen, ihn so vor dem Bankrott bewahrt und obendrein sein altes, verstocktes Herz aufgeweicht wie einen Zwieback in Milch. Von einer sehnsüchtigen Liebe des Alten zu Lydia Marková wurde gemunkelt. Einen wie auch immer gearteten Beweis dafür blieben die Schwätzer jedoch schuldig. Und sollten sie nicht gelogen haben, steht fest, daß Vonka sich seine Gefühle verbot und gleiches auch von seinem Sohn erwartete.

Bin ich ein Kinderschänder?, witzelte Jaroslav, als sein Vater ihm dringend riet, die Finger von Lydias Tochter zu lassen.

Sie fällt um, wenn du sie nur ansiehst. Halt deine vorwitzige Schlacke im Zaum!, drohte der Alte: Ich zieh dir die Axt übern Schädel, so wahr ich dein Vater bin!

Die Wahrheit ist, daß das Unglück mit eben jener Gardinenpredigt begann. Denn an jenem Abend achtete Jaroslav Vonka zum ersten Mal auf Mirijams Augen. Ginsterkohlen glichen sie, im Halbdunkel des Restaurants. Und wie gebannt folgten sie Jaroslavs Händen, die so schwungvoll über die Tasten jagten, daß es ihr ein Jammer schien, nicht der Flügel zu sein, sondern nur ein für Vonka viel zu junges Mädchen, das von allen mit begehrlichen Blicken bedacht wurde, nur nicht von ihm. Jedenfalls bis zu jenem Abend und von da an auf weitere, für beide quälend lange sieben Jahre. Denn die Warnung des alten Vonka war zu deutlich gewesen, als daß Jaroslav gewagt hätte, seinen Vater ernsthaft herauszufordern.

Sowohl für Mirijam als auch für Jaroslav war es eine Zeit notorischer Herzschwäche und Schlaflosigkeit. Dunkle Ränder unter den Augen, wich die marmorierte Blässe aus ihren Gesichtern nur für die wenigen Sekunden, in denen sie wagten, einander offen anzusehen. Jaroslav, der immer ein guter Esser gewesen war, verlor seinen Appetit und folgte schließlich dem Rat eines Freundes, sich einen Bart stehen zu lassen, um die verräterisch eingefallenen Wangen ein wenig zu kaschieren.

Mirijam stand die Blässe gut zu Gesicht. Wenn man nur flüchtig hinsah, konnte man glauben, sie sei geradezu aufgeblüht. Doch niemand, der nicht ganz mit Blindheit geschlagen war, konnte leugnen, daß der geheimnisvolle Schimmer in ihren Augen einzig von der Glut in ihrem Innern herrührte.

Während Mirijam in keiner Sekunde gezögert hätte, ihre Liebe zum jungen Vonka einzugestehen, verlegte sich Jaroslav auf Täuschungsmanöver und versuchte, kühl zu wirken, was ihm zunächst auch gelang. Doch infolge der

Nervenanspannung, die das allabendliche Schauspielern während seines Zusammenseins mit ihr für ihn bedeutete, litt er schon bald an erschreckend hohem Blutdruck. Mehrmals pro Abend mußte die Musik unterbrochen werden, weil dem Pianisten Blut aus der Nase schoß. Der schließlich in Sorge konsultierte Arzt brauchte ganze zehn Minuten für seine Diagnose: Entweder es gibt sich von selbst oder bleibt für immer.

Zweifellos trug Jaroslav die schwerere Bürde. Anders als Mirijam, konnte er sich niemandem anvertrauen, da das Mädchen, dem er schweigend Stück um Stück seiner Gesundheit opferte, Mittelpunkt unzähliger, zwar sinnlos, doch um so eifersüchtiger ausgefochtener Platzkämpfe war. Mit Sicherheit hätte selbst Jaroslavs bester Freund ihn an seinen Vater verraten, um wenigstens einen Konkurrenten unwiderruflich aus dem Felde zu schlagen.

Der alte Vonka nämlich ließ keinen Zweifel daran, daß er seine Drohung wahrmachen würde. Die handliche Campingaxt, die seit dem Tage der Gardinenpredigt auf der Flurkommode der Vonkaschen Wohnung bereitlag, mahnte Jaroslav täglich, die Entschlossenheit seines Vaters nicht zu unterschätzen. So blieb ihm nur das Zipfelchen Hoffnung, Mirijam könnte doch ihn gemeint haben, als sie einmal mitten im Lied zu weinen begann.

»Mein König liegt gefesselt in Schlingen«, hatte sie gesungen, bevor sie von der Bühne sprang, auf die Kapucinská hinausstürzte und erst zu weinen aufhörte, nachdem ihre Mutter ihr geschworen hatte, genau zuzuhören und wie ein Grab zu schweigen.

Im Grunde bedurfte es keiner Erklärungen und erst recht keiner Ratschläge. Lydia Marková wußte ohnehin längst, daß ihre Tochter gewählt hatte und nun, mehr noch als sie selbst damals, unter der schrecklichsten Art Ungewißheit litt, die es nur geben konnte. Und sie wußte auch, daß eine Marková nur einmal wählt, gleichgültig, was immer Väter oder Mütter dagegen einzuwenden hätten. So blieb ihr nichts anderes übrig, als ihre Tochter fürs erste zu trösten und sich nun ihrerseits ein Geständnis abzuringen.

Bisher hatte sich Mirijam nur aus den entstellenden Erzählungen Václav Markovs ein Bild von ihrem Vater machen können. An jenem Abend nun hörte sie die Geschichte zum ersten Mal aus der Sicht ihrer Mutter.

Mir hätte eine Nacht nicht genügt!, war ihr knapper Kommentar. Und so entschieden, wie sie dies beteuerte, hätte Lydia Marková ahnen müssen, daß die Geschichte ihrer Tochter auf den ersten Blick ähnlich und doch gänzlich anders verlaufen sollte als ihre eigene. Mirijam würde es nicht ihrem Großvater überlassen, Jaroslav Vonka zu verfluchen, wenn der es wagen sollte, sie zu verlassen. Nein, sie selbst würde ihm vor allen, die es hören wollten, den Feuertod an den Hals wünschen.

Soviel war sicher.

Wie auch immer; da sie ihr Geheimnis mit jemandem hatte teilen können, fühlte Mirijam sich um etliches erleichtert und war zuversichtlicher denn je, Jaroslav Vonka eines Tages für sich zu gewinnen. In ihrer Mutter fand sie eine schweigsame Verbündete, die sie nicht nur tröstete, wenn sie fürchtete, wahnsinnig werden zu müssen, sondern die ihr schließlich auch half, an ihrem dreiundzwanzigsten Geburtstag der Ungewißheit ein Ende zu bereiten. Am frühen Nachmittag eben jenes 22. Juli '69 schlich Jaroslav Vonka mit einer blutverschmierten Campingaxt in den Keller hinab, um sie dort zwischen allerlei Gerümpel und Lumpen zu verstecken. Zum ersten Mal seit vollen sieben Jahren wirkte er ruhig und besonnen. Er vergewisserte sich, daß der Griff der Axt zwischen den Lumpensäcken deutlich sichtbar hervorragte. Die kleine Reisetasche mit dem, was er am nötigsten brauchen würde, lag bereits in einem Schließfach auf dem Bahnhof Holešovice. Paß und Fahrkarte trug er bei sich.

Mit Recht sprach halb Hradčany noch Jahre später von jenem denkwürdigen Abend, an dem der alte Vonka vor den Augen aller Gäste den guten Flügel zerhackt hatte, woraufhin er wutschnaubend das Lokal verließ, um auf ebenso rätselhafte Weise zu verschwinden wie sein Sohn.

Nur wenige Tage darauf verlangte Mirijam zum Frühstück Hering mit Schlagsahne und verwünschte sich selbst für ihren Liebesleichtsinn, bevor sie sich schließlich, Rotz und Wasser heulend, auf dem Klo übergab.

Jaroslav wurde betrauert. Denn daß die Axt bereits mit seinem Blut besudelt war, *bevor* Vonka den Flügel zerhackte, bestätigten die Zeugen des Vorfalls übereinstimmend. Einzig der Umstand, daß Mirijam ihren Geliebten verfluchte, *lebendigen* Leibes zu verbrennen, gab Anlaß zu Verwunderung, wurde jedoch damit entschuldigt, daß sie unter Schock stehe, zudem schwanger sei und also nicht wisse, was sie rede. Daß außer den beiden Männern auch noch der Paß und einige persönliche Sachen Jaroslavs verschwunden waren, ließ sich damit allerdings nicht erklären.

Jaroslav Vonka selbst dürfte der einzige gewesen sein, der über die damaligen Ereignisse in der Kapucinská erschöpfend hätte Auskunft geben können. Da er jedoch als Zeuge nicht zur Verfügung stand, mußten die Beamten sich mit Mutmaßungen begnügen.

Feststeht, daß Lydia Marková am Morgen jenes Tages ihrer Tochter den einzigen Geburtstagswunsch erfüllte: Sie übergab Jaroslav einen Brief, der ganze fünf Worte enthielt. Diese knappe Botschaft genügte, ihn vollends verrückt zu machen. Er beschloß, sich nicht länger von der Angst knechten zu lassen und traf alle nötigen Vorbereitungen. Gegen Mittag steckte er Lydia, die, wie verabredet, noch einmal zu ihm gekommen war, einen zwanzig Seiten langen Brief an Mirijam zu, den er noch am Abend der Gardinenpredigt verfaßt hatte, um ihn die folgenden Jahre über Tag für Tag neu zu schreiben. In dem am entscheidenden letzten Tag hastig hingekritzelten Postskriptum schlug er Mirijam vor, kurzerhand zu fliehen, bevor sein Vater Wind von der Sache bekäme. Er erwarte sie am Abend im Lokal, wo sie die Einzelheiten besprechen könnten, da der alte Vonka mit Freunden auf Sauftour sei. Vor Mitternacht brauche man mit ihm nicht zu rechnen.

Die einzigen Worte jedoch, die Jaroslav über die Lippen brachte, als er Mirijam um neun Uhr abends in der Vorratskammer des Vonkaschen Lokals zum ersten Mal umarmte, waren: Jetzt wird alles gut.

Die Kaltmamsell, die das Paar durchs Schlüsselloch beobachtete, war sich dessen weniger sicher und verfolgte den Fortgang des verbotenen Treffens um so nervöser.

Um es vorwegzunehmen: Da die Vorratskammer von einer Taschenlampe, die Jaroslav an einem Wandhaken aufgehängt hatte, nur dürftig beleuchtet war, entging der Mamsell das entscheidende Detail, und zwar, daß Jaroslavs linke Hand mit Mull umwickelt war. Für die Miliz wäre dieser Hinweis sicher von größerem Nutzen gewesen als ihre Beteuerung, Jaroslav sei entschieden der Urheber von Mirijams Schwangerschaft. Selbstredend zufällig und sozusagen gezwungenermaßen sei sie, die Kaltmamsell des Vonkaschen Lokals, bei der Zeugung dabei gewesen.

Während sie, nicht ganz so zufällig, wie sie später behauptete, den beiden durchs Schlüsselloch zusah, verfluchte sie ehrlichen Herzens den Tag, an dem sie ihren Stiesel von Mann geheiratet hatte, dem in dreißig Jahren Ehe nichts annähernd Vergleichbares eingefallen war, um sie zu beglücken. Die für ein erstes Zusammensein erstaunliche Leidenschaftlichkeit der beiden scheint nur dadurch erklärlich, daß Jaroslav aus früheren Zeiten bereits über einen beachtlichen Erfahrungsschatz in Liebesdingen verfügte und Mirijam als lebendiger Feuerengel dazu prädestiniert war, ihn dennoch zu verblüffen.

Zugegeben: Als sie ihm den ersten, noch scheuen Kuß auf die Lippen hauchte, ging jenes Zucken durch Jaroslavs Körper, das die Mamsell nur als Schlußsignal unter Schmerzen erduldeter Ehepflicht kannte. Das Gebirge, das sich zwischen Jaroslavs Schenkeln aufgetürmt hatte, als er Mirijam umarmte, stürzte augenblicklich in sich zusammen. Und nach der jahrelang tapfer ertragenen Erektion wußte er nun nicht, ob er vor Glück oder Trauer weinte.

Die verbundene Hand hinderte Jaroslav nicht, den Reißverschluß ihres engen Kleides geschickt in einem Zug zu öffnen. Während er es ihr, sehr langsam, von den Schultern streifte, so daß es schließlich zu Boden glitt, biß sich die vor dem Schlüsselloch hockende Kaltmamsell in die Hand, um nicht aufzuschreien. Zu keiner Zeit ihres Lebens hatte sie einen so vollkommenen Körper gesehen, geschweige denn selbst besessen, wie dieser Engel, den Jaroslav nun mit der begehrlichen Neugierde eines halbwüchsigen Jungen betrachtete. Kupfern schimmerte Mirijams Haut im matten Licht der aufgehängten Taschenlampe. Die Zuschauerin vor der Tür fuhr sich hastig mit dem Zipfel ihrer Schürze über die schweißfeuchte Stirn: *Himmel, was machen die nur!*

Mirijam zog Jaroslav zu sich heran. Er hob sie hoch und trug sie hinüber zu dem Tisch, über dem an der Wand die Taschenlampe hing und auf dem die Kaltmamsell Brot schnitt, wenn es nicht, wie in jenem Augenblick, Aufregenderes zu erleben gab. Die Beine angezogen, stützte sich Mirijam mit den Fersen auf die Tischkante, während Jaroslav sie langsam nach hinten sinken ließ. Unter ihrem Po piekten die Brotkrumen, und sie schrie kurz auf, als sie sich ganz hatte fallen lassen und die kalte Klinge des Brotmessers unter ihrem Rücken spürte. Vorsichtig zog Jaroslav es hervor und legte es auf ihren Bauch.

Die sind wahnsinnig!, schimpfte die Kaltmamsell in sich hinein, als Jaroslav das Messer wieder in die Hand nahm und es betrachtete: Lassen sich Zeit, bis der Alte kommt und die Axt schwingt.

Idioten!, Idioten!

Jaroslav hielt das Messer nun fest an beiden Enden und schabte mit der Klinge über Mirijams Bauch. Wie elektrisiert sträubten sich die feinen blonden Härchen; und Mirijam schloß die Augen. Noch einmal schrie sie auf: als Jaroslav das Messer fallen ließ und seine Hand sanft in ihren Schoß legte.

Während die Kaltmamsell noch immer durchs Schlüsselloch lugte, beflügelten die Geräusche der beiden Liebenden, die bis ins Lokal drangen, die Phantasie der Gäste. Keiner von ihnen konnte umhin, sich genau vorzustellen, was sich in ebenjenen Minuten in der Vorratskammer abspielte. Und ebenso zahlreich, wie sie zu Ehren von Mirijams dreiundzwanzigstem Geburtstag erschienen waren, fielen später die Geschichten über Eva Markovás Zeugung aus.

Roh von hinten habe er sie genommen wie ein Tier... Aber nicht doch, nein! Vielmehr hätten sie stundenlang eng umschlungen unter dem Brottisch gelegen, im Innersten keusch bis zur letzten Minute: Wie anders könnte die Zeugung eines Engels vonstatten gehen?

Aber bitte, wer sollte das wissen?

Der Punkt jedenfalls, in dem sich die Schilderungen der Gäste wieder trafen, war das plötzliche und vorerst letztmalige Auftreten des alten Vonka. Als er das Lokal betrat und alle Gäste verstummten, spürte er sofort, was die Stunde geschlagen hatte. Mit schlafwandlerischer Sicherheit lief er, statt in die Wohnung, in den Keller und steuerte zielstrebig auf die Lumpensäcke zu. Die Axt in Händen, stürzte er die Treppen wieder hinauf, stürmte auf die Bühne und brüllte, er schenke demjenigen tausend Kronen, der ihm verrate, wo das Schwein sich verkrochen habe. Das eisige, unerbittliche Schweigen der Gäste steigerte seine Wut nur noch mehr.

Also gut, schrie er – und drosch auf den Flügel ein, daß es eine Art war. Nur der Rahmen und ein Haufen Kleinholz nebst den sich kringelnden, zerrissenen Saiten erinnerten noch an den guten Bechstein, als Mirijam auf die Bühne kam, dem rasenden Vonka gegenübertrat.

Ein Raunen ging durch die Menge. Und Vonka, der begriff, daß er zu spät gekommen war, um seine Drohung wahr zu machen, schlug die Axt ins vorderste der Bühnenbretter, verließ das Lokal und blieb von jenem Moment an unauffindbar.

6

Rottenstein wird philosophisch, erfährt am eigenen Leib die Macht eines einzelnen Buchstabens und nimmt Aspirin.

Rottenstein wagte noch immer nicht, die Augen zu öffnen.

Noch einen, bitte, forderte er seinen Gastgeber auf und balancierte den Schwenker zurück auf den Tisch, während er die andere Hand auf seine Lider preßte. Zwei Möglichkeiten, ging es ihm durch den Kopf: Entweder bist du irre; oder du wirst es gerade.

Sie denken jetzt sicherlich…, lenkte Prochazka ein, während er reichlich nachschenkte: Ja, Sie denken, daß der menschliche Verstand nicht dafür geschaffen sei, mehreren Wundern auf einmal standzuhalten. Und Sie mögen recht haben.

Er drückte ihm das Glas in die Hand und winkte seinem Sohn, sich zu ihm aufs Sofa zu setzen. Der kam auch gehorsam angetrabt und hockte sich neben seinen Vater auf ein grellbuntes Plüschkissen. Jiři Prochazka legte seinem Junior den Arm um die Schulter, und der Junge lehnte sich an ihn.

Ich vermute doch, fuhr er schließlich fort, Sie kennen die Geschichte von den vier Rabbinen, die in den Pardes aufstiegen, bis direkt vor den göttlichen Thron?

»Vier waren es, die eintraten in den Pardes: Ben Asai, Ben Soma, Acher und Rabbi Akiwa.

Ben Asai stieg auf und ab, kehrte heim und starb. Ben Soma stieg auf und ab, kehrte heim und verfiel dem Wahn. Auch Acher stieg auf und ab und kehrte heim. Er fiel ab, riß die Schößlinge aus und glaubte fortan den Worten nicht mehr. Über ihn heißt es: ›Gestatte deinem Mund nicht, dei-

nen Leib in Schuld zu bringen. Und wenn alle gerettet werden – er nicht.‹

Nur Rabbi Akiwa stieg auf und ab, kehrte heim und blieb unversehrt. Und über ihn schließlich heißt es: ›Zieh mich dir nach, wir wollen laufen. Der König führte mich in seine Gemächer.‹«

Einen von vieren... Es ist verrückt, seufzte Prochazka: Warum meinst ausgerechnet du, verschont zu bleiben?

Rottenstein klammerte sich an sein Glas. Warum, fragte er zurück, haben Sie es geglaubt?

Das ist, weiß Gott!, das einzige, was uns verbindet!, Prochazka lächelte verständnisinnig: Auch ich habe mir eingebildet, etwas Besonderes zu sein. Es wird schon gutgehen, sagte ich mir. Doch das, mein Junge, ist ein Irrtum. Gut geht es nie.

Rottenstein hielt es für besser, klein beizugeben. Laß gut sein, hätte seine Mutter ihm geraten, und: Sieh der Wahrheit ins Gesicht. Noch ehe er fragen konnte, was nun geschehen sollte, hatte ihn der kleine Teufel schon an die Hand genommen und bugsierte ihn hinaus auf den Balkon.

Prochazka wandte sich ab. Er nahm das ledergebundene Bändchen und die Blechdose mit den vergilbten Zetteln vom Tisch, schlurfte, die Cognacflasche unter den Arm geklemmt, ins Nebenzimmer und warf die Tür hinter sich ins Schloß, daß die Schrankscheiben klirrten.

Ist das nicht wunderbar?, schwärmte der kleine Teufel, nachdem sein Vater verschwunden war. Er stieß den schlotternden Rottenstein an und zeigte über die Balkonbrüstung hinaus auf die Stadt. Rottenstein nickte irritiert. Er wird dich hinunterstoßen!, dachte er und flehte zu Gott und allen Engeln, Prochazka möge doch wieder zu ihnen kommen und ihn vor seinem unheimlichen Junior beschützen. Umsonst.

Jan Prochazka zog das rote Stirnband aus der Hosentasche, legte es vorsichtig um und bat Rottenstein, es hinter seinem Kopf zu verknoten.

Die Leute dürfen es nicht sehen, sagte er. Mein Vater schimpft immer, wenn ich es vergesse. – Sie werden dir noch das Leben von der Stirn reißen, du Wicht!, äffte er seinen Vater nach. Verstehen Sie das?

Rottenstein zog schweigend den Knoten fest. Ein Fall für die Miliz, dachte er: Wenn's einer bemerken würde...

Ohne es zu ahnen, hatte er damit den Nagel auf den Kopf getroffen. Denn während er im vierzehnten Stock jenes Hochhauses in der Leninová auf dem Balkon stand und noch nicht ahnte, was folgen würde, hatte sich die Miliz seines Falles bereits angenommen. Eine Familie Prochazka spielte in den Ermittlungen allerdings keine Rolle. Einzig Rottenstein, und zwar als Beschuldigter und Opfer zugleich. Der Tatbestand lautete auf »fahrlässige Brandstiftung in schwerem Fall, Gefährdung von Menschenleben in Tateinheit mit Beschädigung staatlichen Eigentums sowie Entziehung der Strafe durch Selbstverbrennung...«

Wie bitte, Sie verstehen nicht ganz? – Trösten Sie sich. Auch mir kam die Einsicht in die Zusammenhänge erst reichlich spät. Meinem Freund übrigens ebenso. Als er mir jedoch, aus Prag zurückgekehrt, die Geschichte erzählte, verblüffte er mich an dieser Stelle mit einer Frage, wie ich sie von ihm nicht erwartet hätte.

Hast du je über die Verlogenheit des Wortes »jetzt« nachgedacht?

Ich bitte dich, unterbrach ich ihn schroff. Natürlich

wollte ich, wie Sie jetzt, wissen, was weiter geschah. Aber er ließ sich nicht bremsen.

Verlogen, schrie er, verlogen! Natürlich, dozierte er und spießte seine Worte mit dem ausgestreckten Zeigefinger auf: Natürlich glaubst du nicht, daß es möglich ist, zur selben Zeit an verschiedenen Orten zu sein. Immerhin gibt es die Physik. Und die sagt: Das gibt es nicht, fuhr er fort und peitschte mit seiner Hand die Luft, als wolle er den absurden Gedanken entschieden fortwischen. Jacoby!, schrie er und rüttelte mich an der Schulter: Der Fall ist sonnenklar. Die Wissenschaftler glauben nicht an Bestimmung.

Ah ja, bemerkte ich nur und schaute wohl recht blöde drein. So sonnenklar schien mir das Ganze dann doch nicht.

Rottenstein faßte sich wieder ein wenig und begann noch einmal von vorn: Sobald Bestimmung ins Spiel kommt, sagte er, gibt es kein Jetzt, kein Später und kein Zuvor mehr. In einem Moment bildest du dir ein, etwas zu tun. Aber weit gefehlt, du hast es längst getan. Du glaubst zu leben, dabei ist dein Leben schon gelaufen. Es findet nicht statt. Heute ist heute, aber auch gestern und morgen. Verwirrend, was sag ich...

Unser Diskurs war damit durchaus nicht beendet. Doch ich will sie nicht langweilen. Mir schien sein Einwand ohnehin nicht sonderlich originell. Warum also erwähne ich ihn?

Nun, so abstrus und unphilosophisch mir Rottensteins Idee nach wie vor scheint: sie birgt zumindest den Anflug einer Erklärung dafür in sich, was Prochazka lapidar als *Spiegelungen* abtat, als gäbe es nichts Gewöhnlicheres. – Wo stehen wir? Vor oder hinter dem Spiegel?, neben oder mitten in der Geschichte? Ich rate Ihnen, sich vorzusehen. Am Ende geraten auch Sie in den Strudel. Nach Prag sind sie bereits entführt worden, warum nicht noch weiter? Sie tun gerade so, als hätten Sie noch nie eine Frau sitzenlassen oder um ein Wunder gefleht. Schneller, als man denken möchte, stürzt man mitunter ins Bodenlose. Und dann gibt's kein Halten mehr. Ganz gleich, was Sie tun.

Rottenstein, zum Beispiel, schrie laut auf.

Der Prochazka jr. hatte ihm ein Goldstück in die Hand gedrückt. Ein einfaches Aleph war auf beide Seiten der ovalen Münze geprägt. Unter die Zunge sollte er sie sich schieben und darauf achten, daß sie dort bliebe.

Ganz gleich, was auch geschieht, sagte er und kratzte sich mit dem Zeigefinger unruhig die Stirn. Rottenstein fügte sich. Nachdem er die Münze hin und her gewendet und eingehend betrachtet hatte, schob er sie sich in den Mund.

Gut, gab sich der kleine Teufel zufrieden. Er packte Rottenstein fest an der Hand und flüsterte ein Gebet, dessen Wortlaut mein Freund nicht verstehen konnte. Vielleicht waren es gar keine Worte, sondern nur Buchstaben, ganze Reihen: Sätze, die nur Gott selbst verstand. Eine Beschwörung. Rottenstein schloß die Augen. Und wenn er auch nichts sah: Er spürte es. Wie er langsam den Boden unter den Füßen verlor, wie er schwerelos wurde und zu schweben begann. Es schien ihm, als löste sein Körper sich, von außen nach innen, langsam auf: dieses Prickeln in Armen und Beinen!, ein Rasen und Pochen des Blutes, bis er schließlich gar nichts mehr spürte und fürchtete, nur noch ein Torso zu sein, ja womöglich bald ganz in Luft verwandelt zu werden, was sag ich: ein Lüftchen, nicht mehr, das über Prag die Wolken antreibt oder hinabfährt, durch die Gassen weht und keck den jungen Frauen unter die Röcke greift...

Er schrie. Dabei gab es ihn noch: in voller Größe und vorerst beinahe noch unversehrt. Zusammen mit dem Junior, der ihn noch immer fest an der Hand hielt, war er aufgestiegen. Und flog.

Es ging langsam abwärts. Und als Rottenstein schließlich wagte, die Augen zu öffnen, standen sie beide auf der Straße vor Prochazkas Haus. Vielmehr: Sie schwebten; eine Handbreit über dem Pflaster.

Gehen wir, sagte der Junge und lachte hämisch über Rottensteins vergebliche Versuche, vorwärtszukommen. Du weißt wirklich nichts, stichelte er und gab ihm einen Stoß, daß er taumelte. Der vorwitzige Rottenstein – wie ein Blatt im Wind!

Der kleine Teufel grinste. Ohne mit den Füßen den Boden zu berühren, stiefelte er los und zog Rottenstein, der sich hilflos an ihn klammerte, mit sich fort. Der wagte vor Angst kaum zu atmen, denn er ahnte wohl, daß spätestens jetzt alles zusammenbrechen würde, woran er geglaubt hatte, was er für möglich und unmöglich hielt. Der Stirnbandteufel riß ihn hinter sich her, um ihn kurz darauf von hinten anzustoßen und zu rufen: Da hast du's, da hast du's nun!

Es war eine stürmische Fahrt durch die Prager Straßen. Autos und Straßenbahnen blieben wie Schnecken hoffnungslos hinter ihnen zurück. Sie rasten die Leninová entlang und bogen nach Petřiny ab. In Sekundenschnelle hatten sie das *obchodny dům* erreicht.

Das Hotelhaus Na Petřinach 392, gleich gegenüber, in dem Rottenstein wohnte, war in pulsierendes, abwechselnd rotes und blaues Licht getaucht. Beißender Rauch schlug ihnen entgegen. Und so bemerkten sie die auf der

Straße aufgeregt debattierende Menschenmenge nicht sofort. Während sie sich die tränenden Augen rieben, heulten die Sirenen los, ein schriller Ruf, der sich kurz darauf mit den Signalen der herandröhnenden Löschzüge zu einem grausigen Chor verwob. Die Menschenmenge stob auseinander, machte den Wagen Platz und spornte die Feuerwehrmänner mit lauten Rufen an.

Das alles sah Rottenstein noch, bevor es ihn mit gewaltiger Wucht in die Höhe riß. Er konnte kaum atmen und glaubte, sein Kopf müßte zerspringen. Sieh hin!, schrie ihm der Junge ins Ohr: Wir müssen hier weg.

Nein, er wollte nicht hinsehen; doch etwas zwang ihn, die Augen offen zu halten, ja aufzureißen, damit ihm nichts entginge und er am Ende nicht behaupten könnte, es sei nicht vorhersehbar gewesen, was ihn erwartete. Durch den immer dichter werdenden Rauch hindurch starrte er auf das Fenster, aus dem sich die schwarzen Wolken herauswälzten.

Näher!, rief er, ohne daß er es wirklich gewollt hätte, dem Jungen zu und hielt die Luft an, während sie auf den Balkon zustürzten. Fassungslos stierte er durch das Fenster in die Flammen hinein. Und für einen Augenblick verzog sich der Rauch, gerade lange genug, um einen Blick in das verwüstete Zimmer zu werfen.

Ein von der Hitze zersprungener Aschenbecher stand auf dem Bett, das unter den Flammen in der Mitte durchgesackt war. Von dort her kam der Gestank. Die Schaumstoffmatratze war in sich zusammengeschmolzen und brannte nun, müde hell grün und blau flackernd, langsam aus. Rußflocken tanzten über ihr in der Luft und wirbelten in den tiefschwarzen öligen Schwaden hinein, der vom Bett aus zum Fenster zog.

Rottenstein hustete, würgte und wollte nichts als fort. Doch der Junge stieß ihn noch näher heran. Er zeigte auf das Bett; und nun entdeckte auch Rottenstein jenen traurigen Klumpen Fleisch, der auf den glühenden Schlängelbändern des Federbodens nach und nach immer mehr verkohlte und der – einmal ein Mensch gewesen sein mußte.

Ein Mensch... Rottenstein schlug die Hände vors Gesicht und schrie noch einmal, hemmungslos und aus Leibeskräften. Er schrie, denn ihm war klar geworden, daß es seine Wohnung war, die hier im Feuer aufging, und niemand anders als er selbst von den Flammen zerfressen wurde.

»*Was warst du einst? Staub.*

Und was wirst du sein? Den Würmern ein Fraß...«

Vom Rauch beinahe erstickt, riß der kleine Teufel ihn fort.

Rottenstein wimmerte. Und Jan Prochazka lachte: *dahin, dahin...* Er klopfte ihm auf die Schulter. Und ehe er sich noch besinnen konnte, waren sie schon wieder aufgestiegen, hatten Petřiny, das Feuer und den Rauch hinter sich gelassen und flogen nun in weitem Bogen über den Weißen Berg, das Sternschloß und den herbstlichen Park hinweg in Richtung Hradčany. Rottenstein klammerte sich an die Hand des Jungen und atmete tief durch. Augenscheinlich lebte er, lebte! Also konnte er nicht verbrannt sein, sagte er sich: Spinnerei!

Er beschloß, sich ganz einfach geirrt zu haben, und genoß, derart erleichtert, den frischen Wind, der ihm auch noch den letzten Rest des üblen, süßlichen Rauchs aus den Lungen putzte. Was Jan Prochazka flüsterte, hörte er nicht; und wer weiß, ob er es begriffen hätte: Sehen und sehen, hören und hören sind zweierlei Dinge. Was ließ ihn sich nur so sicher fühlen?

Die Nase im Wind, gab er sich dem so gänzlich neuen Gefühl der Schwerelosigkeit hin; ein Traum von Stärke und Ohnmacht zugleich. Er genoß es. Doch der Stirnbandteufel gönnte ihm kaum zwei Minuten. Schon schwebten sie über der Burg. Da zog der Junge ihn mit sich hinab; und sie segelten, über den Kleinseitner Platz hinweg, durch die Mostecká auf die Karlsbrücke zu.

Wie durch ein Wunder schien es mit einem Mal mitten in der Nacht und die Brücke völlig verwaist zu sein. Und erst, als es schon beinahe zu spät gewesen wäre, entdeckte Rottenstein die junge Frau, die, neben der Holz-Statuette des gekreuzigten Jesus, mit den Beinen in Richtung Moldau auf der Brüstung saß und keinen Zweifel daran ließ, daß sie jeden Moment springen würde. Es donnerte.

Mirijam!, hörte Rottenstein seinen eigenen Schrei, und das, obwohl er hätte schwören können, diese Frau weder gekannt noch je gesehen zu haben. Er hielt sich erschrocken den Mund zu; und die junge Frau, die bereits die Zähne zusammengebissen und sich von allem verabschiedet hatte, fiel hintenüber aufs Pflaster.

Bock!, rief der Junge und preßte schmerzhaft Rottensteins Hand: Engel reihenweise, was? Das könnte dir so passen. Er zog ihn fort und zwang seinen Blick in die Höhe. Rottensteins Kinn schoß nach oben. Und es knackte gefährlich in seinem Genick. Hör auf!, bettelte er. Der kleine Teufel grinste: Hast recht; wir sind noch nicht am Ende. Dann packte er ihn am Kragen und sauste mit ihm durch unzählige kleine Gassen in Richtung Altmarkt.

Unterdessen war es wieder taghell; ja, um genau zu sein, die Apöstelchen der Rathausuhr begannen gerade ihren

Elf-Uhr-Rundgang. Eine Menschentraube drängte sich auf dem Altmarkt zwischen U Bindru und Wechselstube, um den Glocken zu lauschen und die alten Holzmänner erscheinen, sich drehen und wieder verschwinden zu sehen.

In vollem Flug hatte Jan Prochazka auf die Sehenswürdigkeiten heischende Versammlung zugesteuert. O nein!, war es Rottenstein entfahren, der die beiden schwarz bemäntelten und behüteten jungen Männer dort schon, grob umgerissen, im Dreck liegen sah. Doch wie auf ein geheimes Zeichen hin teilte sich die Menge vor ihnen und ließ sie hindurch. Niemand sah sich nach ihnen um; ja es schien, als würden sie gar nicht bemerkt.

Wenn auch nur für einen winzigen Augenblick, argwöhnte Rottenstein noch einmal, ob er nicht vielleicht doch träume oder ob dieser Flug womöglich die erste Stufe einer Karriere als Irrenhausinsasse sein könnte. Dieser letzte Gedanke beunruhigte ihn sehr. Denn ein Traum konnte es nicht sein: Wer träumt in Breitwand und Technicolor?, mit Wind um den Kopf und den eklen Gerüchen der Pommes-frites-Buden in der Nase?

Sie hatten den Altmarkt bereits verlassen, im Eilzugtempo die Melantrichová durchquert und bogen nun in den Přikope-Boulevard ein. Rottenstein schob den Gedanken an Zwangsjacken, Anstaltsfrühstück und zermürbende Therapieversuche mit Gewalt beiseite. Eher, frohlockte er, stellen sie den Alten dort kalt... Er erkannte den meschuggenen Akkordeonspieler schon von fern: Wie ein frühvergreister Rocker warf er den wirren Grauschopf nach hinten und wippte im Takt seiner besten und einzigen Nummer. Jeden Tag spielte er hier, zwischen Staatsbank und Wenzelsplatz; und die Leute mochten ihn sogar, wenn er ihnen nur mit seinem aufgehaltenen speckigen Hut in der Hand nicht zu nahe kam.

Rottenstein und verrückt? Er flog; na und? War das etwa ungewöhnlicher als das grausige Geschäft des Schwertschluckers, der auf seinem angestammten Platz vor *Adam Moda* die Passanten schaudern und ihr Portemonnaie zücken ließ? Drei Schwerter im Rachen stieß er sich zwei rostige Zwölf-Zoll-Nägel bis zum Anschlag in die Nasenlöcher und zwinkerte dabei noch vergnügt mit den Augen. Nein, es war alles wie sonst. Und Rottenstein hätte wahrscheinlich nicht einmal mehr hingesehen, wäre er, wie üblich, zu Fuß hier vorüber gekommen, nicht in rasendem Flug und, wie es schien, von allen unbemerkt. Wo's von Verrückten wimmelt, droht keine Gefahr.

Bist du sicher?, fragte der kleine Teufel und riß Rottenstein beinahe den Arm aus, als er ruckartig in der Luft stehenblieb, während Rottenstein noch ein Stück weitersauste. Der Junge zog ihn grob zurück und sagte: Fürs Vergnügen ist der Rummel da. Mein Vater zieht mir die Ohren lang, wenn er erfährt, was wir treiben. Aber sieh mal, da! Jan Prochazka zeigte in das Büro, vor dessen Fenster sie so plötzlich Halt gemacht hatten. *Večernik Praha!*, krähte er, ganz so wie die Zeitungsverkäufer am *Můzeum*. Er zwickte Rottenstein in den Arm und erklärte ihm, daß er in genau diesem Augenblick Zeuge eines der miesesten Geschäfte sei, die man sich nur vorstellen könne.

Rottenstein begriff nicht, was der Junge meinte. Der feine Herr Lansky da, flüsterte der Stirnbandteufel ihm ins Ohr, ist Redakteur des Prager Abendblatts und wird gleich Besuch bekommen.

Tatsächlich: Ein fetter Mittvierziger kluckte dort im Drehsessel hinter seinem Schreibtisch. Mit schnarrender

Stimme rief er: Herein! und winkte den älteren Herrn, der daraufhin schüchtern die Tür öffnete, zu sich heran. Und nun stellen Sie sich die Verwunderung meines in der Luft hängenden Freundes vor, als der den bärtigen Alten erkannte. Auf Filzpantoffeln ging er dem Redakteur entgegen. Und nichts anderes als eine verbeulte Blechdose voller Schnipsel war es, die er ihm in die schweißfeuchten Hände drückte, um sich gleich darauf höflich zu verbeugen und wieder zu verschwinden.

Das Schwein!, fluchte der Junge. Sieh dir an, was er treibt... Und Rottenstein, der nicht die Spur einer Ahnung hatte, was Lansky mit den Zetteln anfangen sollte, sah nun, wie der Redakteur, fies grinsend, nach dem Telefon angelte.

Wir müssen verschwinden, flüsterte der Junge: Dicke Luft.

Rottenstein begriff zwar nicht, warum die Luft sich verschlechtert haben sollte, nur weil Lansky telefonierte; doch das konnte wohl auch nicht mehr von Bedeutung sein. Denn kaum waren sie wieder richtig in Fahrt gekommen, glaubte er, endgültig dem Tod ins Auge zu sehen. Ein diabolischer Zug machte sich breit auf dem Gesicht des Jungen. Und ich frage Sie: Was anderes als die Endstation aller Reisen sollte dieses schwarze Granitungeheuer denn sein?, eine überdimensionale Grabplatte, die ihnen inmitten der Prager Herbstluft jäh den Weg verstellte und auf die sie unaufhaltsam zurasten? *Mal'ach ha-Metim, der Totenengel Azrael...* – ein Monstrum in Stein!

Lydia Marková, entzifferte Rottenstein die goldenen Lettern. Das Heulen der Sirenen, Mirijams Fluchen und Kindergreinen drangen ihm ins Ohr, das Glockenspiel der Rathausuhr und das schrummelnde Akkordeon des meschuggenen Alten. Eine schwindelerregende Mischung von Tönen, ein Pfeifen, Sausen, Rasen... Er schlug die Hände vors Gesicht und schrie wie irr in Erwartung des Aufpralls.

Dann fiel er. Tiefer und tiefer.

Es war still geworden.

Rottenstein spürte den Jungen nicht mehr neben sich und riß die Augen auf. Im ersten Moment wollte er nicht glauben, was er sah. Doch kein Zweifel: Er saß auf dem Sofa in Prochazkas Wohnzimmer und – war allein.

Es war bereits dunkel geworden, was ihn noch mehr verwirrte, als er ohnehin schon war. Sein Kopf dröhnte, als hätte er wie ein Kutscher gesoffen. Tatsächlich lag die leere Cognacflasche zwischen seinen Füßen. In der einen Hand hielt er das Oberteil, in der anderen den abgebrochenen Fuß des Kristallschwenkers. Hatte er denn den ganzen Tag nichts anderes getan, als auf diesem Sofa gesessen, gecognact und rauschgeträumt? Aber wie war er dann hierher gekommen?

Zlešicka 146, hatte er den Jungen noch rufen hören, bevor er aufschrie und fiel: Er sollte am Morgen nach Chodov kommen.

Ein Spuk, dachte Rottenstein: Zuviel Schnaps, verdammte Hütte! Er würde nach Hause gehen, ein Aspirin nehmen und schlafen. Mit Mühe hievte er sich aus dem Sessel, rieb sich die Augen und ging. Die Wohnungstür stand offen.

7

Ein kleiner Exkurs über die Geburt von Seraphen, ihr gefährlichstes Alter und die Kunst, durch verschlossene Türen zu gehen.

Wie ich Ihnen sicher schon vorgeklagt habe, steht es um meine Biographie nicht zum besten. Ich habe einige ebenso erstaunliche wie aufschlußreiche Etappen durchlebt: Vier Semester jüdischer Religionswissenschaft zählen dazu. Eine Erfahrung übrigens, die ich mit Freund Rottenstein teile. Er allerdings hat das Studium beendet. Und so konnte ihn wenigstens die Existenz leibhaftiger Feuerengel nicht schrecken.

Ich muß gestehen, daß ich mich für Mystik nicht sonderlich interessierte, bevor ich die Gründe für Rottensteins drastische Wandlung erfuhr. Ich bitte Sie: Himmlische Paläste, unterirdische Städte, Engel, Siegel und Fliegerei... Und das im einundzwanzigsten Jahrhundert! Kurz: Ich hielt das alles für Märchen. Und entsprechend skeptisch folgte ich damals den Seminaren unseres für mystische Belange zuständigen Professors Seligmann.

Verstehen Sie mich bitte nicht falsch. Ich schätzte Seligmann durchaus. Schon etwas betagt, untersetzt und cholerisch: ein sympathischer Akademiker und, wie ich schwören könnte, selbst heimlicher Mystiker. Rottenstein hing wie ein Süchtiger an seinen Lippen, wenn er über die Mysterien dozierte, die es in den Schriften zu entdecken gäbe.

Was nun das Phänomen leibhaftiger Seraphen betrifft: Rottenstein hatte zwar mein Interesse geweckt; er selbst jedoch war nicht bereit, weiter mit mir darüber zu reden.

So blieb mir nichts anderes übrig, als Professor Seligmann zu schreiben und um Rat zu fragen.

Seine Antwort kam, nach nur einer Woche, im doppelt versiegelten Brief:

Verehrter Jacoby,

was leibhaftige Feuerengel betrifft, kann ich Ihnen versichern, daß sie unstrittig existieren. Ich muß es wissen, denn ich bin mit einem solchen verheiratet.

Wenn Sie in meinen damaligen Seminaren auch meist zu schlafen beliebten, wird Ihnen doch sicher nicht verborgen geblieben sein, daß ich ein entschiedener Verfechter mystischer Theorien bin. (Mein angeschlagener Ruf innerhalb unseres weltlichen Instituts ist wohl vor allem darauf zurückzuführen.) Und Seraphen, verehrter wissensdurstiger Skeptiker, suchen mit Vorliebe die Nähe von Mystikern. Meine Ehe mit einem solchen Wesen ist daher nicht verwunderlich.

Als ich meine Frau kennenlernte, war sie knapp siebzehn. Inzwischen geht sie auf die Fünfzig zu, was alles sagt; und sie ist einverstanden damit, daß ich Ihnen, gewissermaßen aus erster Hand, einige Einzelheiten über den Charakter dieser besonderen Kategorie von Engeln anvertraue.

Erstaunlich ist zumeist schon ihre Geburt. Meine Frau, zum Beispiel, kam als prächtig entwickeltes Sechsmonatskind zur Welt. Eine Kleinigkeit. Interessanter ist schon, daß Seraphen (obgleich zu 99,8% weiblichen Geschlechts) häufig zunächst für Jungen gehalten werden, ein Irrtum, der selbstredend für Verwirrung sorgt. Meist jedoch klärt er sich schon nach kurzer Zeit auf.

Ein Hinweis darauf, wenn auch kein Beweis, daß es sich bei einem Wesen um einen Seraphen handelt, ist die Gin-

sterkohlenglut in dessen Augen, ein Merkmal, das sich leicht erklären läßt: Bedenken Sie immer, daß die Seele eines Seraphen vollständig aus Feuer besteht.

Eine Seraphin verläßt man demnach besser nicht; eventuelle Versuche enden unvermeidlich im Inferno. Doch wenn Sie bereit sind, diesen Umstand zu akzeptieren, kann ich Ihnen – in Abwandlung von Mischle 31; 10 – nur dringend raten: »Heiraten Sie sie, denn höher als Perlen ist ihr Preis!«

Verehrter Jacoby, ich versichere Ihnen, daß Ihre Anfrage mich über einen trüben Herbstnachmittag gerettet hat, und verbleibe mit besten Grüßen

ganz der Ihre
gez. Simon Seligmann

PS: Da Sie auf den Rabbi Löw von Prag anspielten: Vor etwa vier Jahren ist aus unserer Bibliothek eine sehr wertvolle Handschrift mit dem Titel »Ha-Alephbeth d'Jehuda Liva« [Das Alphabet des Juda Liva] gestohlen worden. Es handelte sich um eine Abschrift des »Sefer Yezirah« [Buch der Schöpfung] nebst einem sehr interessanten Kommentar des Rabbi Löw ben Bezalel. Die Sache ist bis heute nicht aufgeklärt.

PPS: Sagen Sie, glauben Sie etwa tatsächlich an Engel?

Aber ja! Und nun also wissen wir mehr.

Das vierundzwanzigste Lebensjahr sei das gefährlichste im Leben eines Seraphen, erklärte mir Seligmann, als ich ihn, auf seinen Brief hin, im Institut besuchte. Eine heikle Zeit, vertraute er mir an: Depressionen gehörten zum Alltag; und sollten sich die Wesen dann zu allem Überfluß noch unglücklich verlieben, gäbe es kaum noch ein Halten. Nicht nur zu drastischen Flüchen, nein, zu beinahe allem seien sie dann fähig, ohne Rücksicht auf ihr eigenes Leben. Und wenn man bedenkt, daß Mirijam Marková eben an ihrem dreiundzwanzigsten Geburtstag von ihrem Geliebten verlassen wurde, ist es nicht verwunderlich, daß sie nur einen Ausweg sah: die Moldau.

Sechs Wochen nach dem Verschwinden des alten und des jungen Vonka schrieb sie auf einen abgerissenen Zeitungsrand: Warte nicht mit dem Essen, Mama. Ich komme später.

Wenn sie auch nicht vorgehabt hatte, überhaupt je zurückzukommen – der Himmel über Prag, Rottenstein und Jiři Prochazka wollten es anders. Neben der Statue des Gekreuzigten hatte sie auf der Balustrade der Karlsbrücke gesessen: wie Rottenstein in der Nacht des Mitternachtsblitzes, doch mit den Beinen in Richtung Wasser. Es kümmerte sich niemand um sie. Ja, in der Sekunde, als sie beschloß, sich – *jetzt, jetzt!* – fallen zu lassen, schien es sogar, als hätten all die Spaziergänger sich pietätvoll zurückgezogen. Obgleich noch früh am Abend, war die Brücke menschenleer und Mirijam sich selbst, ihren Fragen und ihrer Angst überlassen.

Was sollte sie mit einem Kind ohne Vater? Mußte denn alles sich wiederholen? Machte das Sinn? Sie begriff es nicht. Noch einmal verfluchte sie den alten Vonka: ein axtschwingender Irrer, der seinem Sohn nicht gegönnt hatte, die Tochter der Frau zu erobern, der er sich nicht einmal zu erklären wagte. Sie dachte an Jaroslav und das über Jahre so sinnlose Warten ihrer Mutter. Schon glaubte sie, es geschafft zu haben. Gerade wollte sie sich fallen lassen – als es donnerte und eine Stimme sie erschrocken zurückrief: *Mirijam!*

Den Hinterkopf schlug sie sich auf, als sie hintenüber von der Balustrade fiel. Mist!, fluchte sie und schnauzte den unschuldigen Nozri an: Was ausgerechnet ihm einfiele, sich in ihren Tod einzumischen! Sie gehöre nicht zu seiner Truppe.

Wütend trat sie gegen das Kreuz, setzte sich auf das warme Brückenpflaster und weinte die Moldau neidisch. Sollte die Statue etwa ihren hölzernen Mund geöffnet haben, um sie zu halten? Nein, feige bin ich, sagte sie sich. Das ist alles: Feige!

So also nicht, dachte sie. Und als sie sich ein wenig beruhigt hatte, stand sie auf und lief stundenlang ziellos durch die abendlich stillen Gassen. Sie weinte noch immer und biß sich die Finger blutig, um wenigstens einen faßbareren Schmerz zu spüren als den, der sie von innen her quälte. Doch es half nicht.

Gegen zehn Uhr abends klingelte sie in Bubenec bei einer Freundin.

Himmel, Mirijam, wie siehst du aus?, was ist passiert?

Red nicht!, schnitt Mirijam schroff ihre Fragen ab: Was würdest du tun, wenn deine Regel ausbliebe?

Schwanger?!, kreischte sie und schlug sich sofort auf den Mund. Sie vergewisserte sich, daß niemand sie gehört hatte, winkte Mirijam herein und setzte sich mit ihr in die Küche.

Du meinst... Bist du sicher?

Ja, antwortete Mirijam fest.

Und das Mädchen: Wo doch der Vonka tot ist...

Weißt du's?

Hör doch auf, das macht keinen Sinn, Miri. Ich sag's dir.

Mirijam tupfte sich mit einem Taschentuch das Blut von den Fingern und schwieg. Das Mädchen grübelte. Was sollte sie ihr auch raten? Seifenpunsch und heiß baden? Davon jedenfalls hatte sie ihre Mutter einmal reden hören. Eine Tortur sei es; doch manchmal würde es klappen.

So recht mochte Mirijam nicht daran glauben. Meinst du?, fragte sie und schrieb es mit dem Finger auf den Tisch: Seifenpunsch… Heiß baden… Dampfbäder… Und alles auf einmal… Wenn's ginge gleichzeitig…

Sie schloß die Augen und sagte sich, es könne nicht schlimmer sein als auf der Brücke. Sie rieb sich die Schläfen, überlegte noch einen Moment. Und als sie schließlich aufstand und ging, hatte sie schon beschlossen, es wenigstens zu versuchen.

Am nächsten Tag fragte sie ihre Mutter, ob sie am Abend nicht ausgehen wolle. Im Kino gäb's Schwejk. Nein: Es sei schon nichts weiter.

Ich will nur allein sein, Mama, sagte sie: Nur heute abend.

Lydia zuckte die Achseln und fragte nicht weiter. Gut, meinte sie, geh ich halt aus. Aber denk dran: Wenn du auch noch verschwindest, wird's doll.

Mirijam versuchte ein Lächeln und schüttelte den Kopf: In unserer Familie verschwinden nur Männer, sagte sie: Und bin ich einer? Na also.

Wenig später dampfte auf der Kochmaschine ein Topf Rotwein mit Gewürznelken, schwarzem Pfeffer und Seife. Mirijam hatte so heiß gebadet, daß ihr der Schweiß aus allen Poren brach. Sie zwang sich, ein Glas von dem Punsch zu trinken und mußte sich übergeben. Sie goß sich noch einmal ein. Das Zeug schlug Blasen im Glas. Und im Magen, dachte sie: Es ätzt dich aus. Sie krümmte sich und trank dennoch, ein Glas und noch eins. Dann goß sie das Dampfbad auf.

Unterdessen wußte sie einen Moment lang nicht mehr, was sie tat. Sie schwitzte und fror; ihre Haut überzog sich mit roten Flecken. Das alles kam ihr absurd vor: Die Dämpfe, der starke Geruch von Nelken und Alkohol und der bittere Seifenschleim, der auf ihrer Zunge brannte, brannte...

... eine Hexenküche.

Sie räumte den Wohnzimmertisch ab, stieg hinauf und sprang. Mindestens zehnmal!, hatte ihre Freundin gesagt. Und Mirijam war eben dabei, noch einmal hinaufzusteigen, als ein wildfremder Mann in die Stube trat und sie mit wahrem Schraubstockgriff am Handgelenk packte. Auf Filzpantoffeln war er dahergekommen und trug keine Jacke über dem karierten Hemd, gerade so, als wäre er nur eben über den Flur gegangen.

Nein, sie schrie nicht. Und sie sagte auch nichts. Der Fremde schüttelte den Kopf: Habe ich dich vor der Moldau bewahrt, damit du nun anderen Unsinn treibst? Mirijam zitterte. Sie starrte ihn an. Sein Griff schmerzte; und sie versuchte, sich zu befreien.

Nein, sagte er und schüttelte noch einmal den Kopf. Das Kind sei ein Engel und seine Geburt unabänderlich beschlossen.

Aber warum?

Es ist so, sagte er: Also komm. Und er half ihr vom Tisch.

Sie hüllte sich in das Badetuch, das der Fremde ihr gereicht hatte, und legte sich auf den Boden. Kurz darauf wurde sie von einem hemmungslosen Schluchzen geschüttelt. Der Seifenpunsch brannte noch immer auf ihrer Zunge und im Bauch; ja, sie glaubte, ihr ganzer Körper brenne.

Aber ja, sagte der Mann: Es war schon immer so. Du hast es nur nicht bemerkt. Er setzte sich zu ihr und strich ihr das Haar aus der Stirn.

Ein Mädchen wird es, flüsterte er: Ein Seraph in Menschengestalt. Wie du.

Mirijam wußte nicht, wieviel Zeit vergangen war, als sie erwachte. Sie lag in ihrem Bett, nackt. Der Fremde mußte sie zugedeckt haben, bevor er gegangen war. Der Punschgeruch hing noch immer im Raum. Doch in Mirijams Augen flammten schon wieder die Funken. Drei Dinge sagte sie sich, während sie den Rotweinsud ins Klo kippte und das Wasser aus der Wanne ließ:

Jaroslav lebt.

Er hat mich verlassen.

Ich will das Kind trotzdem.

Sie trocknete ihr Haar und zog das schönste Kleid an, das sie besaß. So kam sie in die Kapucinská und ging vom Eingang aus direkt auf die Bühne. Neben den noch immer nicht abtransportierten Überresten des zertrümmerten Flügels stand sie, warf die Haare zurück und hob stolz das Kinn.

Eines Tages, sagte sie, wird Jaroslav Vonka lebendigen Leibes verbrennen!

Langsam trat sie nach vorn an die Rampe. Die Axt, die der alte Vonka ins vorderste Bühnenbrett geschlagen hatte, war von der Miliz beschlagnahmt worden. Der Spalt jedoch, in dem sie gesteckt hatte, war noch zu sehen. Und genau dort blieb Mirijam stehen – und sang.

»Ich bin das Feuer,
vielfach entzündet...«

Ein trockenes Scheit, verdorrtes Gras würde er sein. Früher oder später hol ich dich ein, sagte sie. Es applaudierte niemand. Der Saal war leer, das Restaurant seit dem Vorfall noch immer geschlossen.

Den Schlüsseldienst habe sie rufen müssen, erzählte Lydia Marková, Jahre später, ihrer Enkelin. Niemand, und am wenigsten Mirijam selbst, konnte sich erklären, wie sie in das verschlossene und versiegelte Lokal hineingekommen war.

Ein Spukhaus, raunte es in der Menge, die sich vor dem Restaurant in der Kapucinská versammelt hatte. Mirijam Marková, eine Königin: Sie schob den Polizisten, der sie sofort mit ärgerlichen Fragen bestürmte, einfach beiseite, trat hinaus auf die Gasse und wiederholte vor allen, die dort standen, ihren Fluch.

Die Ärmste, wisperte eine alte Frau ihrem Ehemann zu: Sie kann's nicht verwinden.

O doch! – In jenem Moment hatte Mirijam es bereits verwunden. Und es kümmerte sie nicht, ob die Leute sie für verrückt hielten. Sie wußte, daß Jaroslav sich am Abend vor dem Rendezvous an der linken Hand verletzt hatte und daß die blutige Axt also gar nichts bewies. Der verschwundene Paß, sein Gerede von Flucht und daß die Fahrkarten schon gekauft seien. Nein, der Schuft lebte. Und ihr Fluch würde ihn einholen. Über kurz oder lang; und sei's mit schon gespaltenem Schädel!

Nach den bemerkenswerten Umständen ihrer liebevollen Zeugung deuteten mehrere Eigentümlichkeiten bei Evas Geburt darauf hin, daß auch sie, wie Lydia und Mirijam, ein außergewöhnliches Menschenkind sein mußte. Zum einen rief Lydia Marková bereits nach Ablauf von sechs Monaten nach der inzwischen uralten und schon etwas tüdeligen Hebamme. Zum anderen wurde das Kind unmittelbar nach der Geburt zweifelsfrei als Junge identifiziert, obgleich es ein Mädchen war. Doch damit nicht genug.

Wenn es auch neunzig Tage weniger Zeit gehabt hatte zu wachsen: Das Kind entschlüpfte Mirijams Schoß nach Gewicht und Entwicklungsstand einem Neunmonatskind entsprechend. Wie einst ihre Mutter öffnete es, von der Hebamme an den Beinen gehalten, seine Ginsterkohlenaugen und betrachtete die Welt mit zunächst angehaltenem Atem. Volle drei Minuten vergingen, bevor es seinen ersten Schrei hören ließ.

Ein Junge!, frohlockte die bärtige Alte, der Mirijam von der Prophezeiung des Fremden erzählt hatte. Doch kaum hatte sie dies verkündet, wäre das Kind beinahe ihren Händen entglitten. So sehr erschrak sie über die Stimme, die ihr meckernd ins Ohr drang: Bist du meschugge? Ein Mädel isses!

Und tatsächlich: Das Jungenszipfelchen, das sie doch eben noch gesehen zu haben glaubte, war verschwunden. Sie mußte dem Fremden recht geben, der sie auf den Irrtum hingewiesen hatte und nun auf Filzpantoffeln hinter dem schweren Fenstervorhang hervorgeschlurft kam. Er nahm ihr das Kind aus dem Arm. Und während er es liebevoll ein erstes Mal badete und die Hebamme sich japsend die Herzseite preßte, war Mirijam nicht im geringsten erstaunt, daß der Mann, der sie damals getröstet hatte, ausgerechnet jetzt wieder aufgetaucht war.

Wie soll sie denn heißen?, fragte sie ihn, nachdem er ihr das nach Milch duftende Bündelchen in den Arm gelegt hatte.

Er schwieg zunächst und schob die Hebamme, der ähnliches während ihrer gesamten Berufspraxis noch nicht widerfahren war, aus dem Zimmer. Dann setzte er sich zu

Mirijam aufs Bett, berührte mit seiner Hand das Köpfchen des kleinen Wurms und flüsterte einige unverständliche Worte, bevor er ihr antwortete.

Eva, sagte er: Das Neue beginnt in Eden.

Daß Mirijam den Alten wenige Tage darauf im Tabakgeschäft am anderen Ende der Kaprová wiedererkannte und zum Essen einlud, sollte nicht unerwähnt bleiben; und daß er von da an gleichsam zur Familie gehörte und Mirijams Mutter, ein wenig nur und unaufdringlich, den Hof machte, ebenso. Vorerst jedoch gab er Mirijam einen Kuß auf die Stirn und verschwand: hinter dem Vorhang durchs geschlossene Fenster.

8

Max Regensburger fällt vom hohen Roß, wünscht sich, ein Floh zu sein und verscheucht einen Schmetterling.

Wäre es nur die Schwindsucht gewesen… Daran stirbt man, vierzig Jahre nach dem Krieg, doch weder in Harrachov noch in Prag. Nein, *Cancer,* hatte Doktor Pokorny geflüstert, auf Englisch, um es zu sagen und doch nicht zu sagen. Lydia verstand ihn nicht.

Brustkrebs, Frau Marková; und es sieht schlimm aus. Er könne ihr nur noch ein Jahr versprechen. Und Schmerzen, Frau Marková: Ich will ehrlich sein.

Aber hör mal, Mutter, versuchte Mirijam, sie zu trösten: Du bist ganze Sechzig. Du kannst noch einmal so lange leben, wenn du willst.

Nein, Miri, antwortete sie: Das ist eine Strafe des Himmels. Ich weiß nicht wofür, aber es ist so.

In den folgenden Wochen spie Dr. Pokorny Gift und Galle über die beispiellose Sturheit seiner Patientin. Bestrahlungen? Nein. Operation? Erst recht nicht. Und Sie meinen doch nicht etwa, ich lasse mich mit ihren Pillen vergiften?

Dennoch ging es Lydia besser, als zu erwarten stand. Das Geheimnis ihrer scheinbaren Genesung kannte nur sie selbst: Seit sie erfahren hatte, daß ihre Tage gezählt seien, hoffte sie wieder um so mehr auf Max Regensburger. Denn daß er vor ihrem Tod noch einmal nach Prag kommen und ihr begegnen würde, daran zweifelte sie in keiner Sekunde. Dieses Wiedersehen allerdings hatte sie sich anders vorgestellt, als es dann tatsächlich zustande kam.

Am 17. Juli blieb ihr beinahe das Herz stehen, als sie am Abend den Fernseher einschaltete, um die Nachrichten zu sehen. Eine Delegation des Zentralkomitees der SED wurde in der Prager Parteischule begrüßt. »Veteranen der revolutionären Arbeiterbewegung aus unserem benachbarten Freundesland«, verlas der Nachrichtensprecher die offizielle Meldung, während im Hintergrund ein kurzer Filmbericht eingespielt wurde. Lydia Marková hörte nicht auf die belanglosen Einzelheiten.

Auf den ersten Blick schon hatte sie ihn erkannt. Wenn sein Gesicht auch vom Quartalssuff verquollen war und die buschigen Brauen inzwischen grauweiß wie auch sein Haar: Er war es, Max Regensburger und niemand sonst. Ein Mal noch brachte ihn die Kamera des Nachrichtenteams groß ins Bild. Ein Gespenst schien er ihr, von den Augen her; und wie er sich steif verneigte, mechanisch Hände schüttelte. Eine traurige Marionette.

Sofort stürzte Lydia zum Telefon. Mit fliegenden Händen blätterte sie im Telefonverzeichnis, fand schließlich die Nummer und rief in der Parteischule an. Das Fräulein am anderen Ende der Leitung schnauzte: Na hören Sie mal, da könnte ja jeder kommen. Nein, über die Mitglieder der Delegation gebe es keine Auskünfte. Sie solle die Zeitung lesen. Und basta.

Lydia tat die ganze Nacht über kein Auge zu und schlich gleich um sechs Uhr früh hinüber in Jiři Prochazkas Tabak- und Zeitschriftengeschäft. Er stand hinterm Ladentisch und wunderte sich kein bißchen, als er Lydia, so früh am Morgen schon, eilig trippelnd über die Straße auf sein Geschäft zukommen sah.

Heute mal die »Rote Postille«?, fragte er, als sie schließlich, übernächtigt und nervös bibbernd vor ihm stand. Lydia nickte, riß ihm die Zeitung geradezu aus der Hand und blätterte darin herum.

Steht nicht drin, was Sie wissen wollen, Frau Lydia, flüsterte Prochazka. Aber er ist es, das können Sie glauben. Lydia Marková hielt erschrocken inne.

Sie sind ja unheimlich, Mann, entfuhr es ihr.

Prochazka zuckte mit den Achseln und vertraute ihr an, daß ihr die Aufregung durch alle Knopflöcher blitze. Er müßte kein Hellseher sein, um zu wissen, daß Max Regensburger wieder in Prag sei. Immer die Ruhe, versuchte er, ihr Fiebern ein wenig zu dämpfen. Ich hab mich mal umgehört. Sie wissen ja: Der Herr Sekretär ist ein hoffnungsloser Verehrer ihrer Tochter...

Was wollen Sie damit sagen?, kam es barsch zurück.

Nun ja, Prochazka hob abwehrend die Hände: Nur, daß er mindestens einmal in der Woche mit seinen Beschützern in der Kapucinská auftaucht und Mirijam Blumen überbringen läßt, die sie nie annimmt.

Und…?, erkundigte sich Lydia skeptisch.

Er wird auch heute kommen, sagte Prochazka, und mit der Delegation in der Kapucinská speisen. Und wenn Sie mich fragen: Ziehen Sie sich was Nettes an. Singen Sie heute noch einmal – mit ihrer Tochter zusammen. Das wär doch was, oder nicht?

Lydia war sprachlos. Seit das Lokal in der Kapucinská 4, ein halbes Jahr nach dem plötzlichen Verschwinden der beiden Vonkas, unter staatlicher Regie wieder eröffnet worden war, hatte sie nicht mehr dort gesungen. Sie warf die Zeitung zurück auf den Ladentisch und verließ grußlos das Geschäft. Der Gedanke jedoch bohrte. Gegen Mittag schließlich eröffnete sie ihrer Tochter, daß sie fest entschlossen sei, noch ein letztes Mal in der Kapucinská aufzutreten. Mirijam sah ihre Mutter verwundert an.

Ich habe ja nichts dagegen, Mama, aber warum?

Das wirst du schon sehen, speiste Lydia sie ab. Sie hätte es eilig, müsse noch zum Friseur und ein vernünftiges Kleid kaufen. Sie habe ja gar nichts zum Anziehen.

Mirijam wurde daraus nicht schlau. Erst Jiři Prochazka gab ihr eine weniger nebulöse Erklärung: Das Gespenst ihres Liebsten sei aufgetaucht, traurige Sache. Er wird sie abservieren wie nichts, sagte er. Kümmere dich um sie. Sie wird es brauchen.

Vom Friseur zurück und von Kopf bis Fuß neu eingekleidet, schien Lydia Marková gute zehn Jahre jünger und keine Spur krank. Zunächst in der Küche der Markovschen Wohnung, dann auf der Straße und in der Tram sang sie sich ein. Noch einmal sprang in ihrer Kehle jener unvergleichliche Funke auf, der den Chasan der Altneu-Schul einst beinahe um den Verstand gebracht hatte. Die Leute sahen sich nach ihr um. Und wenn einige sie auch erkannten, sagte doch niemand etwas. Ihre Stimme ließ sie verstummen.

Schon fürchtete Mirijam, sie würde an diesem Abend keinen Fuß auf die Bühne bekommen und die Show ganz und gar ihrer Mutter überlassen müssen. Doch es kam anders. Neben dem inzwischen auch schon nicht mehr ganz unversehrten, zur Wiedereröffnung angeschafften staatlichen Flügel standen sie nebeneinander und waren als Duo unschlagbar. Das Publikum, an jenem Abend handverlesen und eher spärlich erschienen, feierte Mutter und Tochter, zwischen allen Schattierungen des Gefühls hin und her gerissen. Und die Hände der Zuhörer waren vom Klatschen bereits rot und leicht geschwollen, als mehrere Ordnungshüter in Zivil das Lokal betraten.

Kurz darauf tauchten auch die zehn Herren und zwei Damen Veteranen in dem kleinen Restaurant in der Kapucinská auf. Während Lydia und Mirijam eine kurze Pause einlegten, um eine Kleinigkeit zu trinken, nahm die in korrekten Anzügen und konservativ adretten Kostümen auftretende Gesellschaft an der für sie reservierten Tafel Platz. Der Wirt begrüßte sie und kündigte geschwollen ein wahres kulturelles Ereignis an. »Eine Ehre für die Stadt Prag und unser ganzes sozialistisches Land, liebe Genossinnen und Genossen.« Zwei Stimmen aus Feuer: Lydia und Mirijam Marková.

Während die übrigen Besucher, die die beiden schon gehört hatten, sogleich wieder in Beifall ausbrachen, blieb der Applaus der Delegierten vorerst höflich verhalten. Und einer der Herren klatschte nicht.

Max Regensburger, am Ende der Tafel zwischen zwei ehemaligen Kreissekretären, wurde aschfahl im Gesicht. Ein nervöses Zucken huschte darüber. Und als die beiden

Frauen schließlich die Bühne betraten, senkte er mit angehaltenem Atem den Kopf.

Lydia und Mirijam sangen, ein Lied und zwei. Die Begeisterung des übrigen Publikums steckte die Delegierten wie auch die verkniffenen Zivilen an. Max Regensburger blickte verschämt um sich, überall hin, nur nicht auf die Bühne, und schien in den Applaus nur träge und der Höflichkeit halber einzufallen.

Mirijam, die den irritierten Außenseiter bemerkt hatte, flüsterte ihrer Mutter unauffällig etwas zu.

Ja, das isser, antwortete sie. Und Mirijam zog die Lippen kraus. Kurz bevor der Beifall verebbte, sagte sie: Ein feiges Schwein. Nicht mehr.

Sie ließ sich von ihrer Mutter nicht zurückhalten, stieg von der Bühne und ging langsam auf die Delegierten zu. Die Zivilen, augenblicks wieder aufmerksam wie lungernde Hunde, wollten ihr schon in den Weg treten. Doch der Erste Sekretär, der die junge Frau mit begehrlichen Blicken geradezu verschlang, nickte ihnen zu; und sie zogen sich in ihre Winkel zurück. Der Sekretär lächelte und überlegte, wie er Mirijam, die zum ersten Mal an seinen Tisch kam, begrüßen könnte. Doch der erwartungsvolle Glanz in seinen Augen wich kurz darauf schon wieder einer enttäuschten Leere. Denn nicht auf ihn, sondern auf einen der Gäste ging Mirijam zu.

Max Regensburger sprang auf. Intuitiv hatte er begriffen, daß er seiner eigenen Tochter gegenüberstand. Er wollte zurückweichen. Doch die Stuhlkante ließ ihn in den Knien einknicken; und er sackte zurück auf seinen Stuhl. Während er sich wieder zurechtzupfte, nahm einer der Zivilen Mirijam vorsichtig am Arm und zischte: Gehen Sie zurück!

Sie tat es, machte kehrt, stand kurz darauf wieder neben ihrer Mutter auf der Bühne und sang, ihrem Vater zum Hohn, a capella Simonovs Warten.

»Wart auf mich, ich komm zurück,
aber warte sehr…«

Lydia Marková erschrak. Sie selbst hatte sich die Melodie zu jenem Gedicht ausgedacht und es immer wieder gesungen, während sie auf das Ende der *Nemzis* und Max Regensburgers Heimkehr wartete.

Lydia hatte deutsch gesungen. Die Zivilen und der erste Sekretär, der den Text nicht verstanden hatte, musterten beunruhigt die Delegierten. Und Max Regensburger wünschte, entweder augenblicklich zu sterben oder doch zumindest auf Flohgröße zu schrumpfen, um sich in den Dielenritzen verkriechen zu können. Im Lokal blieb es totenstill, bis Lydia, in Sekundenschnelle wieder gealtert, von der Bühne geschlichen, ihren Mantel genommen und hinausgegangen war.

Als müsse am ehesten er ihnen eine Erklärung geben können, wandten sich die Gäste zu Max Regensburger, der unruhig an den Knöpfen seines Jacketts nestelte.

Zugabe!, ja eine Zugabe!, forderte der Erste Sekretär, in der Hoffnung, die Atmosphäre wieder zu entspannen. Mirijam jedoch verschränkte die Arme vor der Brust und entschied: Nein. Hängt mich auf, wenn ihr wollt. Ich singe keinen Ton mehr.

Der drahtige Herr hinterm Tresen, der seine letzte Stunde als Wirt dieses Lokals gekommen sah, winkte hastig nach den Kellnern. Und während Mirijam, von den Zivilen unbehelligt, ihrer Mutter hinterher lief, kamen bereits die Kalbsfilets. Der Wirt, froh, die Situation wieder in den Griff bekommen zu haben, nickte dem ersten Sekretär zu:

Lassen Sie mal, die beiden sind eigen, aber sonst ganz in Ordnung. Weiß der Teufel, was sie eben geritten hat.

Jiři Prochazka, auf den Stufen vor der Markovschen Tür sitzend, hatte die beiden Frauen bereits erwartet.

Du hättest ihr sagen müssen, was auf sie zukommt!, zischte Mirijam ihn an, während Lydia ihn keines Blickes würdigte. Das war's, flüsterte sie, ließ ihn stehen und legte sich angezogen ins Bett. Mirijam musterte den vermeintlich verräterischen Freund der Familie abschätzig und bat ihn zu gehen: Das verzeihe ich dir nicht, sagte sie, niemals.

Ein einziges Mal noch sah sie Prochazka wieder: auf Lydias Beerdigung, in Želivského. Dennoch brach die Verbindung nie ganz ab. Einmal im Monat schickte sie Eva zu ihm ins Geschäft, um ihr die *Československá Moda* zu kaufen und ihn fragen zu lassen, wie es so stehe. Was sie nicht ahnte: Seit dem Tod ihrer Großmutter saß Eva ohnehin fast täglich auf einem Anglerstühlchen bei ihm im Geschäft. Sie brauchte Geschichten. Und Jiři Prochazkas Vorrat an wundersamen Berichten schien beinahe noch größer, als der ihrer Oma gewesen war.

Die Geschichten vom zerhackten Flügel und dem im Alter nur noch jämmerlichen Max sowie Jiři Prochazkas plötzlichem Auftauchen bei ihrer Geburt – all dies hatte Eva erst erfahren, als sie schon fünfzehn war. Große Reisen und fernste Orte hatte Lydia Marková erfunden und ihrer Enkelin davon erzählt, nur um nie von den Wundern in ihrem eigenen Leben sprechen zu müssen. In der Angst, was zweimal geschehen war, könnte auch ein drittes Mal wiederkehren, hatten Lydia und Mirijam alles zurückzudrängen versucht, was an Max und Jaroslav erinnerte. Die Nachbarn und Bekannten der Familie schwiegen, Eva und auch ihren eigenen Kindern gegenüber. Lydia Marková hatte es so gewollt. Und jeder in Hradčany kannte damals noch ihre Entschiedenheit, wenn sie forderte. Erst Jiři Prochazka hatte dem Mädchen eines Tages eröffnet, daß sie nicht weniger als ein leibhaftiger Engel sei.

Eine Seraphin, hörst du?, sagte er: mit einer Seele aus Feuer.

Aber wie denn?, wunderte sich Eva.

Nun ja, versuchte Prochazka zu erklären: Das sei so eine Sache...

Natürlich bestürmte sie ihre Großmutter mit Fragen. Doch da war es ohnehin längst an der Zeit, sie auf das vorzubereiten, was aller Wahrscheinlichkeit nach auch sie erwartete, ein Verhängnis, zumindest ähnlich dem, das ihrer Großmutter und auch ihrer Mutter widerfahren war.

Was soll man machen? Schau mich an, schau deine Mutter an: Es wiederholt sich alles.

Lydia Marková betrachtete lange schweigend das Bild, das Eva ihr ans Bett gebracht hatte, und sie verriet ihr, daß sowohl Max als auch Jaroslav damals haargenau so ausgesehen hätten, wie sie sie gezeichnet hatte. Und dieser hier..., setzte sie hinzu und tippte auf den jungen Mann an Evas Seite, der unterm Tisch nach ihrer Hand griff: Eines Tages wird er kommen; verlaß dich drauf. In der Nacht, bevor du ihn triffst, wirst du von ihm träumen. Und wenn du's nicht glaubst: Ich geb dir ein Zeichen.

Ein Zeichen, flüsterte Eva und glaubte doch nicht daran. Am nächsten Morgen kam Dr. Pokorny noch einmal und kurz darauf ein schwarzer Kleintransporter.

Die Gemeinde drängte, Lydia dem Gesetz entsprechend

noch am selben Tag zu beerdigen. Sie selbst jedoch hatte verfügt, daß man sie obduzieren solle.

Schade, daß ich nicht sehen kann, wie das Skalpell aufglüht, wenn ihnen meine Seele entgegenspringt. So jedenfalls stand es in ihrem Testament. Und wer weiß...

Tagsüber saß Eva nun auf ihrem Anglerstühlchen in Jiři Prochazkas Geschäft. Sie weinte nicht, sah nur unaufhörlich vor sich hin in ein scheinbares Nichts, das für sie jedoch ein Garten voller Cheruben und Seraphen, sprechender Tiere und anderer Wunderwesen war. Bis zum Tag der Beerdigung starrte sie so vor sich hin und sprach zu niemandem auch nur ein einziges Wort.

Erst als die vier jungen Männer den Sarg hinabgelassen hatten, stieß sie ihren Onkel Prochazka an und flüsterte: Ein Schmetterling, ein Schmetterling!

Der Zitronenfalter, den Eva entdeckt hatte, flatterte über dem Kopf ihrer Mutter unruhig hin und her. Da!, rief sie. Und Mirijam sah nach oben.

Der Falter setzte sich zuerst auf ihre linke Wange, flog dann einmal um sie herum und streifte mit seinen Flügeln auch ihre Stirn und die andere Wange, bevor er zu Eva flog, einen Moment lang über ihr in der Luft tanzte und schließlich auch sie küßte. Jiři Prochazka schmunzelte. Und der Falter kam auch zu ihm, setzte sich auf seine ausgestreckte Hand und schlug mit den Flügeln.

Mach dir bloß keine Sorgen, sagte Prochazka und hob die Hand. Die breite Promenade über den Friedhof-Želivského entlang taumelte der Falter davon.

Den versoffenen Alten, der währenddessen scheinbar ziellos zwischen den Gräberreihen umherging, bemerkte niemand. Auch ihn besuchte der Falter. Er tanzte vor seinem Gesicht umher, bis der Alte ihn unwirsch verscheuchte.

Zwei Jahre später, am Tag vor dem Laubhüttenfest, erinnerte sich Eva sowohl an das Versprechen ihrer Großmutter, ihr zur rechten Zeit ein Zeichen zu geben, als auch an die Szene auf dem Friedhof Želivského. Denn ein Zitronenfalter war es, der an jenem Tag durch die Wagenluke in die Straßenbahn hineingeflogen kam, mit der Eva zur Arbeit in das Lebensmittelgeschäft auf der Leninová fuhr. Er setzte sich auf die aufgeschlagene Seite des Buches, das Eva in der Hand hielt, und rührte sich nicht. Eva ließ sich zunächst durch den kleinen Gast nicht stören. Sie las weiter bis zu jener Stelle, die der Falter mit seinen Flügeln verdeckte. Eva blies ihn vorsichtig an. Und, als mache er nur einen Hüpfer, schlug er kurz mit den Flügeln und landete auf ihrer Hand. Der erste Satz, den Eva las, nachdem der Schmetterling beiseite geflattert war, laute schlicht: »Vergiß es nicht – morgen hast du ein Rendezvous.«

Eva schrak auf. Der Falter tanzte vor ihrem Gesicht. Wie damals, auf dem Friedhof, berührte er ihre Stirn und ihre Wangen und taumelte schließlich davon, den Gang entlang bis zur Fahrerkabine, dann wieder ein Stückchen zurück und schließlich durch die Luke hinaus.

Am Abend rief Eva ihren Onkel Prochazka an. Ich hoffe, deine Großmutter hat dir Bescheid gesagt?, fragte der. Eva schwieg verblüfft und legte auf. Also war es soweit.

In jener Nacht träumte sie von einem jungen Mann. Und zweifellos ihn sah sie am kommenden Morgen auch tatsächlich verschlafen in das kleine Lebensmittelgeschäft kommen. Um diese Zeit waren nur wenige Kunden im Laden. Und der Mann stand kurz darauf ganz allein vor ihr.

Siebzehn fünfzig, sagte sie, auf deutsch. Denn Jiři Prochazka hatte ihr vor längerer Zeit schon anvertraut, der Betreffende würde aus Deutschland kommen. So hatte sie, seinem Rat folgend, einen Intensivkurs an der Jazyková Škola belegt. Der Junge sei nicht eben sprachbegabt und würde so seine Probleme mit dem Tschechischen haben.

Woher wissen Sie, daß ich aus Deutschland komme?, fragte der junge Mann verblüfft und ein wenig beschämt. Eva lächelte und sagte...

Doch das wissen wir bereits.

Erwähnt werden sollte lediglich, daß die Präservative, die der junge Mann für den Fall der Fälle mit auf die Reise genommen hatte, nicht ganz einwandfrei waren. Es kam, wie Lydia und Mirijam Marková es befürchtet hatten: Auch Eva gelang es nicht, den Mann ihrer Bestimmung für die wenigen Tage zu genießen, ohne schwanger zu werden. Anders als ihrer Mutter und Großmutter jedoch, wollte es Eva durchaus nicht einleuchten, warum die Frauenfamilie durch sie noch um einen Seraphen größer werden sollte, wenn es zu demselben keinen Vater gab. Denn daß der Kerl ebensowenig zurückkehren würde wie einst Max Regensburger und Jaroslav Vonka, daran zweifelte sie, nach all den Voraussagen, die sich bereits erfüllt hatten, nicht im geringsten.

Mach, was du für richtig hältst, war die einhellige Meinung sowohl ihrer Mutter als auch ihres Onkels. Ich weiß nur nicht warum, fügte Jiři Prochazka hinzu: Er wird dir ein neues machen. Soviel steht fest.

Eva ging dennoch in die Klinik und riskierte eine Anzeige wegen verbrecherischen Betrugs. Der Fötus nämlich, von dem der Arzt sie befreite, ließ keinen Zweifel daran, daß die zwölfte Schwangerschaftswoche bereits erheblich überschritten sein mußte. Einzig der Umstand, daß der Arzt selbst diagnostiziert hatte, Eva könnte höchstens im zweiten Monat sein, bewahrte sie vor dem Schlimmsten.

9

Während Rottenstein sich lautstark in Petřiny einführt, inszeniert Jiři Prochazka mit Hilfe und auf Kosten des Redakteurs Lansky einen Medienskandal.

Rottensteins Ansichten über die Möglichkeit, sich zur selben Zeit an verschiedenen Orten aufzuhalten, habe ich Ihnen bereits mitgeteilt. So unwahrscheinlich mir das Ganze bis heute auch scheint, anders läßt es sich kaum erklären, daß mein Freund in genau jenem Moment in Praha-Holešovice aus dem Baltorient-Expreß stieg, als er doch just, wie er beschwor, vor dem Fenster des Redakteurs Lansky in der Luft hing. Erwiesenermaßen jedenfalls wurde er Zeuge des miesesten Deals, den Lansky sich je leistete und der ihn den Kopf kosten sollte. Und ebenso unzweifelhaft war er diesen Morgen mit dem Expreß in Prag angekommen. Wenngleich auch letzteres wenige Stunden zuvor noch nicht ganz entschieden war.

Am Abend vor seiner Abreise nach Prag nämlich, die Koffer waren bereits gepackt, war Rottenstein noch einmal aufs Dach seines Hinterhauses in der Kreutziger Straße geklettert, hatte dort zwei Dutzend Zigaretten geraucht, eine Flasche *Frascati* geleert und schließlich befürchtet, er würde niemals von hier weggehen. Heute nicht und morgen erst recht nicht.

Vom Dach aus hatte er beste Sicht auf die nächtliche Umgebung. Den nahen Kreuzberg sah er ebenso wie die Stalinbauten in der Frankfurter Allee und den Brunnen am Strausberger Platz. Und während er die Lichter, das Autogedröhn und die Klarinettenmusik aus dem Vorderhaus zum ersten Mal weder kitschig noch sonst irgendwie unangenehm finden konnte, fiel ihm als einzig treffendes Wort nur jenes ein, das er in seinen lausigen literarischen Versuchen ums Verrecken nie benutzt hätte. Immerhin ist Berlin eine durchaus deutsche Stadt. Und welcher in Deutschland geborene Intellektuelle würde eine deutsche Stadt seine *Heimat* nennen?

Dennoch, ein anderes Wort fiel ihm nicht ein. Und in jenem Augenblick liebte er diese Stadt, daß es wehtat. Hustend und vom Wein ein wenig angeschlagen, griff er wenig später dennoch seine Koffer, schloß die Wohnung ab, warf der Nachbarin die Schlüssel in den Briefkasten und machte sich auf in Richtung Bahnhof.

Ach, Rottenstein, hättest du nur deinem Gefühl geglaubt und wärst du geblieben! Wie wunderbar könnte alles sein. Als konvertierter und dennoch liberaler Jude, ein wenig über dem Durchschnitt wissend und trotz der Kiepa unverkennbar deutsch, würdest du noch immer auf literarischen Ruhm hoffen und dein Auskommen haben. Wir würden am *Yom Kippur* im Restaurant über die Qualität von argentinischen Steaks streiten. Es wäre so schön. Aber nein, du mußtest ja unbedingt in verbotenen Büchern lesen, mit Buchstaben Unfug treiben und das Letzte riskieren. Was hast du dir nur dabei gedacht?!

Wenn Sie mich fragen: Schon als er in Lichtenberg in den Zug stieg, hätte ihm klar sein müssen, daß Prag sich verändert hatte. Keine Wanderkraxen mehr in den Gepäcknetzen, kein vertrauter Berliner Slang. Und selbst, nachdem der Zug in Dresden gehalten hatte, drang durch all das Französisch, Englisch, Schwedisch und weiß der Teufel nicht was für Sprachen kein einziges gemütlich sächsisches Wort. Wenn schon der Zug okkupiert war von adretten westlichen Jungtouristen, wie sollte Prag dann noch in abgeschiedener Ruhe dahindämmern?

Im Jahr des Mitternachtsblitzes, ja, war Prag noch ein paradiesischer Ort gewesen. Wie wohltuend hob es sich ab gegen das Grau Ost-Berlins. Zumindest als Ost-Fremder konnte man glauben, daß hier alles anders wär als daheim. Die Gassen, die wir damals von morgens bis abends durchstreiften, hatten bedächtiges Leben geatmet. Besonders die Josefsstadt schien überzogen von einer Patina morbiden Charmes. Über allem lag die dumpfe Melancholie von Krankenzimmern. Und die Geschichten! Ich sage Ihnen…

Das Wissen um den Herbst '68, von dem die Eltern nur hinter vorgehaltener Hand gesprochen hatten. Der unausrottbar tief sitzende Humor der Prager. Und Juda Liva ben Bezalel, genannt Rabbi Löw… Ein Fest war es uns, das können sie glauben.

Nun, als Rottenstein seine Koffer verstaut und sich zurechtgesetzt hatte, nahm er das fremdsprachige Stimmengewirr um sich herum kaum mehr wahr. Der *Frascati* trieselte in seinem Kopf. Er schloß die Augen und sagte sich: Nichts wie weg hier!

Du glaubst es nicht, erzählte er mir später am Telefon: All die kleinen Weinstuben sind verschwunden. Computershops und Geschäfte für Satellitenantennen! Früher bist du gleich vom Bahnsteig aus ins nächste Lokal gefallen und hast dich bis zum Prusten mit den besten Knödeln der Welt vollgestopft. Vergiß es, Jacoby; man ißt hier jetzt Steak mit Pommes frites. Und die Mauern der kleinen Häuser in der Altstadt sind unter der Flut von Werbeplakaten mit Sicherheit längst erstickt.

Na hör mal, sagte ich: Die haben jetzt einen Präsidenten

und sind frei. Irgendwoher muß das Geld kommen. Und im übrigen gebe es auch in der Warschauer jetzt Pommes rot/weiß. Schauerlich. Was willst du eigentlich?

Nein, mit nur ein bißchen mehr vorausschauendem Verständnis hätte er ahnen müssen, daß auch das Prager Abendblatt unterdessen abgedriftet war und zwielichtigen Gestalten wie dem Redakteur Lansky beste Chancen für üble Geschäfte bot.

Doch greifen wir nicht vor.

Noch sitzt Rottenstein im Zug, das heißt, gerade eben kommt er in Holešovice an. Er nimmt sich ein Taxi und düst ab in Richtung Petřiny, zu seiner von der Jazyková Škola angemieteten Wohnung: dem Apartment 616 im Hotelhaus Na Petřinach 392. Bereits kurz nachdem Rottenstein beim Pförtner den Schlüssel in Empfang genommen hatte, wußte das ganze Haus, daß ein junger Deutscher eingezogen war. Einen lauten Knall gab es. Glas splitterte, und das einzig angemessene Wort, das meinem Freund in diesem Augenblick entfuhr, schallte durchs ganze Haus.

Seine frühe Bekanntschaft mit Dr. Pokorny verdankte Rottenstein also einem Mißgeschick: Als es nebenan schepperte, wußte der Doktor sofort, daß der angekündigte neue Nachbar eingetroffen war. Denn nur einem uneingeweihten Fremden konnte noch passieren, was die meisten Mieter irgendwann einmal durchgemacht hatten, wenn sie nicht rechtzeitig auf die Tücken ihrer neuen Wohnungen hingewiesen worden waren.

Im Grunde hätte man gleich an der Eingangstür eine Tafel anbringen sollen: *Wenn Sie in diesem Haus eine Tür öffnen, gehen Sie so schnell wie möglich hindurch und schließen Sie sie sofort wieder!* Denn der in der frühen

Husák-Zeit aus schmuddeliggrauen Betonplatten zusammengeschusterte Bau hatte den entscheidenden Nachteil, daß es immer und überall wie Hechtsuppe zog. Was passierte, wenn man auch nur einen Augenblick lang eine der mit großen Glasscheiben ausgestatteten Zimmertüren offenstehen ließ, lernte Rottenstein schon wenige Minuten nach seiner Ankunft.

Kostet Sie nichts, beruhigte ihn der Doktor. Die staatliche Hausverwaltung hätte noch immer die neuen Scheiben bezahlt.

Ist doch schöner als Sperrholz, pflege der Hausmeister zu sagen. Und nu: Dem Chef der Glaserei von gegenüber sei der Mercedes zu gönnen.

Dr. Pokorny half seinem neuen Nachbarn, die Scherben aufzufegen; und schon waren sie im besten Gespräch. Doch, um die Hoffnung gleich ein wenig zu dämpfen: Diese Bekanntschaft half Rottenstein wenig. Weder erfuhr er von Dr. Pokorny, daß Eva Marková von ihm, Rottenstein, ein Kind erwartet, auf Anraten ihrer Mutter und gegen den Willen ihres Nennonkels Jiři Prochazka jedoch abgetrieben hatte; noch konnte ihn der Doktor, obgleich er als erster das Feuer gerochen hatte, vor seinem späteren Flammentod bewahren. Vorerst aber half er ihm, benachrichtigte den Hausmeister und wünschte ihm einen angenehmen Schlaf. Denn Rottenstein, dem vom vielen *Frascati* und der üblen Luft im Zug der Kopf gehörig dröhnte, wollte sich erst noch einen Moment aufs Ohr legen, bevor er in die Jazyková Škola fahren würde, um seine glückliche Ankunft zu melden.

Unterdessen liefen die polizeilichen Ermittlungen gegen Jiři Prochazka auf Hochtouren. Wie wir bereits wissen, hatte der Redakteur Lansky, unmittelbar nachdem er die Blechdose in Empfang genommen und den wunderlichen Alten wieder verabschiedet hatte, nach dem Telefon gelangt und die Miliz verständigt.

Sie können ihn gar nicht verfehlen, röhrte er in den Hörer: Obgleich es bereits herbstlich kühl sei, trüge der – im übrigen vollbärtige – Alte keine Jacke überm karierten Hemd und an den Füßen Filzpantoffeln.

Ein Idiot wahrscheinlich. Oder er wohne gleich nebenan, was er aber nicht glaube, denn er hätte ihn zuvor noch nie gesehen. Lansky legte auf und grinste, sichtlich zufrieden über den Coup, den er soeben gelandet hatte. Am Abend zuvor war er sich noch nicht sicher gewesen, ob er auf die phantastische Titelstory nicht vielleicht doch verzichten müßte:

Tumba des Rabbi Löw geöffnet!
Die Wünsche der Bittenden sind kein Geheimnis mehr!

Immerhin: Der Informant – und offenbare Grabschänder! – wollte anonym bleiben, allerdings auch kein Geld annehmen. Das war schon mysteriös und hätte ihm, Lansky, nur allzu leicht gefährlich werden können.

Wie bitte?, hörte er schon die zornigen Fragen des Staatsanwalts: Sie haben die Information mitsamt den dreihundertsiebzehn Wunschzetteln umsonst bekommen? Das wieder angebrochene Zeitalter der Boulevardpresse mag ja noch nicht sehr lange dauern, Herr Lansky, aber bittschön, das können Sie mir nun doch nicht erzählen! Ist es nicht vielleicht vielmehr so, daß Sie selbst das Grab geöffnet und die Zettel gestohlen haben, um eine reißerische Headline für ihr Blättchen zu bekommen?

Nein, mehr als die Auflagenhöhe des *Večernik Praha* lag ihm dann doch seine eigene Sicherheit am Herzen. Und Untersuchungshaft?, er strich sich liebevoll über den Wanst, das riskierte er lieber nicht. Dennoch hatte er den anonymen Anrufer zu sich bestellt.

Lanskys Plan sah denkbar einfach aus. Wenn er es so drehte, daß der Grabschänder zu ihm ins Büro käme, ihm die Blechbüchse mit den Zetteln verkaufen wollte, er jedoch, als gesetzestreuer Prager und Redakteur umgehend die Nummer der Miliz gewählt habe und der Verbrecher daraufhin geflohen sei – ohne die Büchse, versteht sich – dann, ja dann könnte er am Abend, ohne Ärger zu riskieren, die Nachricht auf der ersten Seite bringen. Siehe oben, jedoch mit dem Zusatz versehen, daß nach dem Übeltäter bereits gefahndet werde. Tja, und daß er dann noch, gewissermaßen als unbedeutendes, jedoch aufschlußreiches Bonbon den Lesern verraten würde, worum der Hohe Rabbi im Laufe der Jahre so gebeten worden war, versteht sich von selbst.

Im Ergebnis der beharrlichen Ermittlungsarbeit der Prager Kriminalbehörden würde der Informant freilich über die Klinge springen. Geschenkt. Denn: *News are money, aren't they?* Und nicht jeden Tag konnte man mit einem humorigen Dienstbier-Spruch aufwarten, wie etwa: Man brauche in Prag keine neuen Wohnungen, weil die Mieten ohnehin derart steigen würden, daß die Leute zusammenrücken. Daß er diesen denkwürdigen Ausspruch hatte drucken können, war nun auch schon wieder zwei Wochen her.

Kommen Sie gleich früh, am besten noch vor sechs, tönte Lansky: Dann sieht Sie niemand, okay?

Der Mann am anderen Ende der Leitung war einverstanden und klopfte am nächsten Morgen auch, wie verabredet, pünktlich an Lanskys Tür. Er übergab die Blechbüchse mitsamt brisantem Inhalt. Natürlich, versicherte Lansky, werde niemand etwas erfahren, das verstehe sich schließlich von selbst.

Nachdem Jiři Prochazka sich höflich verabschiedet hatte und Lanskys Anruf bei der Miliz eingegangen war, lief zunächst alles so, wie der Redakteur es sich vorgestellt hatte. Der Gedanke, daß der seltsame Alte womöglich schon eingefangen und in die Psychiatrie überstellt worden sei, erheiterte ihn ungemein. Beschwingt tippte er seinen Aufmacher, gab ihn gleich in Druck und überzeugte den Chefredakteur telefonisch davon, daß die heutige Ausgabe unbedingt in höherer Auflage erscheinen müsse.

Bevor schließlich am Abend die Straßenverkäufer das Blatt mit dem von Lansky ersonnenen Sensationsschrei an die verblüfften und erschütterten Prager Bürger brachten, hatte die Polizei der rechten Szene in der Stadt bereits ihren ultimativen Besuch abgestattet.

Die properen Jungmänner waren ehrlich bestürzt.

In zünftigen Stiefeln, das ja, aber sie würden doch nie und nimmer in Filzpantoffeln auf die Straße gehen! Schließlich seien sie von gesundem tschechischem Geiste und außerdem ganz der Auffassung Zar Peters, der Rauschebärte für Zeichen geistiger Rückschrittlichkeit ansah. Im übrigen wären auch einige von ihnen geborene – wenn auch unreligiöse – Juden und hätten selbst gelegentlich ein Zettelchen mit dem einen oder anderen Wunsch beim Rabbi Löw hinterlegt. Was sollte das also?

Die Ermittlungen kamen durch diesen Ehreneid der Rowdytruppe selbstredend noch lange nicht ins Stocken. Denn Lansky schreckte nicht davor zurück, auch noch ein mit seiner Hilfe erstelltes Phantombild des Zettelüberbringers in seiner Postille abdrucken zu lassen. Jiři Prochazkas Filzpantoffeln, grauschwarz kariert und mit aufgesetzter roter Bommel, waren daneben gesondert abgebildet.

Spätestens diese Zeichnungen setzten Lanskys Karriere ein jähes Ende. Mag es nun sein, daß die beschriebenen Filzpantoffeln, weil dem Prager Geschmack besonders entsprechend, von übermäßig vielen Herren daheim getragen wurden, was eine Welle ungerechtfertigter Denunziationen befürchten ließ, wenn man nicht umgehend Lansky selbst der Tat überführte... Oder sei es, daß die abgedruckten Wunschzettel – erstaunlicherweise ausnahmslos in tschechischer Sprache abgefaßt – so allgemein gehalten waren (Geld/Glück/Liebe), daß jeder Prager Bürger, der je den Rabbi an seinem Grab aufgesucht hatte, nun meinen mußte, ausgerechnet seine Bitte sei von Lansky veröffentlicht worden. Jedenfalls rissen die Protestanrufe nicht ab.

Das Telefon in Lanskys Redaktionsstübchen lief heiß, das des Chefredakteurs ebenso. Und der erste Anrufer, den er zähneknirschend noch angehört hatte, versicherte ihm, es werde weiter ununterbrochen bei ihm klingeln, bis der feine Herr Lansky seinen Posten geräumt habe und bei Škoda am Fließband arbeite.

Das ging dem Redakteur an die Nieren. Er wagte schon gar keinen Brief mehr zu öffnen, geschweige denn die Päckchen mit ominösen Absendern wie *Ruhe-Sanft-Weg, Beirut* und ähnlichen Geschmacklosigkeiten.

Lansky erfreute sich nicht mehr lange seiner Position. Als die Existenz des Blättchens ernsthaft gefährdet schien, da die Redaktion des *Večernik Praha* durch ständig blockierte Telefone mehrere Tage lang nicht hatte arbeiten können, wurde er kurzerhand gefeuert. Wenig später kam ihm die Miliz mit einem Durchsuchungsbefehl ins Haus.

Und da man in seinem Küchenschrank sowohl einen Requisitenbart als auch ein Paar Filzpantoffeln der erwähnten modischen Machart fand, blieb ihm nichts anderes übrig, als sich verhaften zu lassen.

Es darf nicht unerwähnt bleiben, daß dem Polizeipräsidenten der Stadt Prag im folgenden ein gravierender Fehler unterlief. Ja, möglicherweise verursachte er mit seiner Anweisung, den auf dem Phantombild dargestellten Herrn weiter suchen zu lassen, um sich bei ihm in aller Form entschuldigen zu können, erst die jähe Wendung in unserer Geschichte. Jiři Prochazka nämlich hatte nicht die geringste Lust, sich beim entschuldigenden Händeschütteln im Amtszimmer des Polizeipräsidenten von den Pressefotografen ablichten zu lassen. Er beschloß, seinen Wohnsitz vorübergehend an einen für die Prager Miliz unerreichbaren Ort zu verlegen und seinen neuen Schüler Alexander Rottenstein mit auf die Reise zu nehmen.

10

Rottenstein mißachtet den wohlmeinenden Rat seiner geliebten Mama, hört Stimmen und stirbt. Unterdessen setzt sich in der Jeruzalémská ein ekstatischer Beter für die Synagogenrenovierung ein.

Mit dem festen Vorsatz, zwei Aspirin zu nehmen und sich der verfluchten Wirklichkeit zu entträumen, war Rottenstein die paar Schritte bis zur Metrostation Pankrác eher getaumelt als gegangen. So jung und schon ein Säufer!, mochten die von der Arbeit Heimkommenden denken, die ihm von den Metroausgängen her entgegenströmten und ihn beinahe umrissen. Er bot einen erbärmlichen Anblick: grau im Gesicht und nervös grimassierend. Seine Hände zitterten, als er sich am Laufband der Rolltreppe festklammerte, um nicht zu stürzen.

Ganze zwei Stunden saß er unter der Erde im Neonlicht auf einer Bank. Zug um Zug ließ er fahren, weil ihm schlichtweg der Mut fehlte, von seiner Bank aufzustehen und einzusteigen. Kurz vorm Vyšehrad müßte die Bahn eine Schlucht überqueren. Und wer sagte ihm, daß die Brücke nicht gerade heute und unter jenem Zug zusammenbrechen würde, in dem er saß? Nach dem, was geschehen war, schien ihm ein weiteres Unglück nur folgerichtig.

Zu Fuß jedoch, dachte er schließlich, wäre es noch gefährlicher: Wie viele Straßen, wie viele Autos, die ihn kurzerhand überfahren könnten. Dann doch lieber die Metro.

Zwischen Pražskeho povstáni und Vyšehrad hielt er die Luft an, bis der Zug in die Station hinter der Brücke einfuhr. *Boruch ha-Shem!*, schrie er innerlich auf. Dieses Stück Wegs war gemeistert. Bis nach Petřiny jedoch gab es noch einige Gefahrenpunkte mehr unbeschadet zu überwinden. Immerhin müßte er an der Hradcanská noch in die Straßenbahn Nr. 18 umsteigen – ein wahrlich höllisches Verkehrsmittel! – und mit ihr durch enge Straßen im rushhournden Verkehr bis nach Petřiny kommen. Und selbst dann blieb noch, zwischen zwei Wellen rasender Škodas, von der Straßenbahninsel aus den Gehsteig zu erreichen. Vom noch immer auf der Eingangstür des Hauses Na Petřinach 392 prangenden leuchtendroten Aleph wollen wir gar nicht reden. Und vom Fahrstuhl erst recht nicht. Es erübrigt sich wohl zu erwähnen, daß er noch immer nicht funktionierte.

Später wußte er selbst nicht mehr zu sagen, wie er es geschafft hatte, lebend die sechste Etage und seine Wohnung zu erreichen. Telefonisch klingelte er Dr. Pokorny an und bat ihn zu sich herüber.

Eine Partie Schach, junger Mann?, freute sich der Doktor, dessen Selbstbewußtsein als Spieler in den vorangegangenen Wochen auf Rottensteins Kosten erheblich gewachsen war. Springermatt im zehnten Zug und vergleichbare Kostbarkeiten: Er hatte die Siege in vollen Zügen genossen.

Ein Gläschen Cognac dazu?, erkundigte er sich vergnügt.

Meinetwegen, stotterte Rottenstein: Aber Schach?!

Also auf eine kleine Plauderei, dachte Pokorny, klemmte die Cognacflasche unter den Arm und klingelte bei seinem Nachbarn.

Es dauerte einen Moment, bis sich am Spion etwas rührte. Kurz darauf öffnete Rottenstein die Tür. Und Dr. Pokorny glaubte, einem leibhaftigen Gespenst gegenüber zu stehen: Der Tod auf Latschen, wenn nicht gar Schlimmeres! Und so daneben lag er mit seiner Blitzdiagnose ja nicht.

Kurz und gut, es gehe ihm hundsmiserabel. Er brauche den Doktor als Arzt. Und einen Krankenschein, bitte Doktor, ich bin am Ende.

Ganz augenscheinlich hatte Pokorny kaum Grund, seinem Nachbarn nicht zu glauben. Er stellte den Cognac ab; und während er noch einmal in seine Wohnung hinüberlief, um sein Köfferchen zu holen, schenkte Rottenstein sich ein. Er löste die Aspirin im Schnaps auf und kippte das Ganze mit Todesverachtung.

Von leicht erhöhtem Blutdruck einmal abgesehen, stellte Pokorny, der ihn gleich darauf untersuchte, keine verdächtigen Symptome fest. Worauf soll ich Sie krank schreiben?, fragte er: Sie haben nichts.

Wie?, schrie Rottenstein auf: Schauen Sie mich an! Schock, Erschöpfung, reaktive Depression, was sie wollen! Tatsächlich erschöpft ließ sich Rottenstein aufs Bett fallen und winkte resigniert ab.

Gut, gut, ich versteh schon, lenkte Pokorny ein, setzte sich an den Tisch und schrieb stirnrunzelnd den Schein für die Jazyková Škola.

Die werden Sie vermissen, meinen Sie nicht?

Wennschon, gab Rottenstein zurück: Wenn ich tot bin, kann ich gar nicht mehr reden.

Nun reißen Sie sich aber mal zusammen!, herrschte Pokorny ihn an. Sprach's, stempelte den Schein und verschwand, sichtlich verärgert, mitsamt seinem Schnaps und dem Köfferchen. Rottenstein langte den Zettel vom Tisch, war zufrieden und schlief wenig später bereits fest wie ein Toter auf Probe. Allerdings nur für ganze zwei Stunden.

Gegen Null Uhr fuhr er zum ersten, jedoch nicht letzten Mal in jener Nacht aus einem wirren Traum auf. Und als er gegen vier Uhr morgens endgültig aufgab und sich aus dem Bett quälte, hätte er schwören können, nicht nur Zeuge der beiden Eklats im Hause Kapucinská 4, sondern auch auf dem Friedhof Želivského gewesen zu sein, wo es der Chasan der Altneu-Schul mit Zustimmung der anwesenden Männer einer Frau, und zwar Mirijam Marková, überließ, das Totengebet für ihre Mutter zu singen, was es in Prag bis dahin noch nie gegeben hatte.

Es würde unserer Geschichte mit Sicherheit nicht gerecht, die erwähnten Phänomene kurzerhand als Träume abzutun. Rottenstein jedenfalls – und in diesem Punkt teile ich seine Auffassung – sah das Problem diffiziler. Schließlich: Kann man real sterben und im Traum weiterleben?

Eben; das meine ich auch.

Um vier Uhr früh, wie gesagt, stand Rottenstein auf, todmüde, doch entschlossen, wach zu bleiben. Er duschte kalt und brühte sich einen starken türkischen Kaffee. Während er ihn ein wenig ziehen ließ, lauschte er gespannt hinaus in den frühen Morgen. Keine Schritte, keine Tram, kein einziges Auto auf der Straße. Nur eine leichte Brise pfiff über die Balkone. Ein wenig träge rührte er in seinem Kaffee und hielt erschrocken inne, als er mit dem Löffel ans Porzellan der Tasse stieß. Wie ein ferner Glockenschlag klang es, verloren, leise, doch unüberhörbar.

Trotz der kalten Dusche saß ihm die Müdigkeit noch in allen Gliedern. Und die Szenen, deren unfreiwilliger Zeuge er über Nacht geworden war, tanzten Horra in seinem Kopf, ein Springen, Stampfen und Sichdrehen vorwitziger Bengels mit roten Stirnbändern, flügelzerhackender Wilder und Seraphenfrauen. Es war zum Verzweifeln.

Rottenstein ging hinaus auf den Balkon. Wie damals, von Jiři Prochazkas Wohnzimmer aus, konnte er die halbe Stadt überblicken. Rechterhand lag die Burg. Und geradezu führte die Straße zur Kleinseite hinunter, deren Häuser er im Morgendunst kaum ausmachen konnte. So von fern schien es dieselbe Stadt, dieselbe Zeit. Und doch war sie es nicht. Mag sein, daß die Stille ihn mißtrauisch hätte machen müssen. Doch seine Beobachtungsgabe ließ an jenem Morgen ebenso zu wünschen übrig wie Wochen zuvor im Zug, dem Baltorient-Expreß von Berlin über Prag nach Bukarest. Wenigstens fiel ihm die Leblosigkeit auf, in die ganz Prag versunken schien, und das grünbläuliche Dämmerlicht, das er so noch an keinem Morgen gesehen hatte. Er fröstelte. Es war noch zu früh, um sich auf den Weg nach

Chodov zu machen, wohin der alte Prochazka ihn bestellt hatte. Und noch war er sich auch nicht sicher, ob er es tatsächlich wagen sollte.

Er zündete sich eine Zigarette an, ging zurück ins Zimmer, verriegelte die Balkontür und legte sich noch einmal aufs Bett. Er sog tief das schwere Aroma des Tabaks ein. Nie, so schien es ihm, hatte er so gut geschmeckt.

Ja ja, ich weiß, ermahnte er sich selbst und äffte die vorwurfsvolle Stimme seiner Mutter nach: *Selbst noch im Bett, Alexander, es wird dein Tod sein, eines Tages, höre auf mich! Ich sage es dir heute schon.*

Vielleicht war es die plötzliche tiefe Zufriedenheit im Genuß, die ihn noch schläfriger machte. Er lehnte sich zurück ins Kissen und schlief bereits, als die Zigarette ihm aus der Hand und die Glut, unmittelbar vor seinem Bett, auf den Teppich fiel.

Jetzt träumte er wirklich. Er sah Jaroslav Vonka in der Kapucinská am noch unversehrten Bechstein sitzen und spielen. Lydia und Mirijam sangen. In ihre Stimmen mischte sich das Getuschel mehrerer Männer, der Stundenschlag der Altmarktglocken und ein fernes Teekesselpfeifen.

Die Tabaksglut fraß sich unterdessen in den Teppich und an den Rändern des verkohlten Loches stetig weiter. Es dauerte nicht lange, bis feiner Rauch vor Rottensteins Bett aufstieg und schließlich ein, zunächst kleines, blaues Flämmchen an dem schmuddligen Laken leckte, das bis auf den Teppich herunterhing. Das Flämmchen verfärbte sich, je mehr Stoff es zu fassen bekam, wurde gelb und orange, schließlich purpur und grün, bevor es die Decke ergriff und munter zu lodern begann.

Rottenstein erwachte erst, als sein Bett und der Teppich ringsum schon in Flammen standen. Aufspringen wollte er;

doch wie mit Schlachterhänden zwang ihm jemand, den er nicht sah, Beine, Brust und Schultern nieder, fest auf die brennende Decke. Der beißende Rauch nahm ihm den Atem. Und er sah nichts mehr.

Wie fordernde Hände griffen die Flammen nach ihm. Sie zerrissen sein Hemd. Und während er noch einmal in irrer Angst aufschrie, fuhr ein rasender Schmerz in seinen Körper. Das Herz, mein lieber, das rohe, das bloße Herz! Er hörte nichts mehr, glaubte nur noch zu fallen.

Rottenstein war bereits tot, als sein Nachbar den Brandgeruch bemerkte, die Wohnungstür aufriß und auf den Flur hinausstürzte. Aus der Wohnung des Deutschen drängten Rauchwolken. Durch den schmalen Spalt unter der Tür hindurch wälzten sie sich über den Gang. Dr. Pokorny löste den Alarm aus, trat die Tür zur Wohnung 616 ein und blieb wie angewurzelt stehen. Die gesamte Einrichtung stand in Flammen. Rußflocken und ein bestialischer Gestank schlugen ihm entgegen: verbranntes Holz, Kunststoff, Haare und Fleisch.

Wenig später dröhnten die Löschzüge die Straße entlang in Richtung Petřiny. Ein Wohnungsbrand, mehr wußten die Männer mit den silbernen Helmen nicht. Anders jedoch, als Rottenstein es im Flug beobachtet hatte, blieb die Straße vor dem Hotelhaus Petřiny menschenleer. Niemand spornte die Männer an, die das Feuer schon bald unter Kontrolle hatten.

Wie durch wunderbare Fügung begnügten sich die Flammen, trotz des barbarischen Zugs auf den Gängen und Fluren des Hauses, mit dem Apartment 616, als hätte ihr Interesse nur ihm und seinem Bewohner gegolten. Nichts und niemandem sonst. Von Rottenstein blieben nur verkohlte Gebeine: ein stinkendes, klebriges Etwas, das kaum mehr an einen Menschen erinnerte. – *Was warst du?, und was wirst du sein? Selbst noch im Bett, Alexander... Staub, und den Würmern ein Fraß... Eines Tages, höre auf mich!*

In etwa um die selbe Zeit, das heißt: gegen fünf Uhr zwanzig, klingelte es beim Schammes der Synagoge Jeruzalémská 7 Sturm. Barfuß und noch im Nachthemd stapfte er fluchend zur Tür und hielt einen Augenblick den Atem an, als er geöffnet hatte. Jetzt erst nahm der frühe Besucher seinen Daumen vom Klingelknopf. Er trat einen Schritt zurück; und seine Brauen zuckten. Durchaus ein wenig bedrohlich, dachte der Schammes: Der Kerl kam ihm seltsam verkleidet vor. Einen breitkrempigen, gut gebürsteten und gedämpften Hut trug er, aus schwarzem, festem Filz. Der ebenfalls schwarze Pferdedeckenmantel reichte ihm bis zu den Knöcheln. Ein wenig zu weit fiel er aus: Ohne einen Spitzbauch markieren zu müssen, hätte er mit Leichtigkeit ein Maschinenpistölchen darunter versteckt tragen können.

Die Terroristen werden auch immer jünger, konstatierte der Schammes. Und die Tarnung perfekter, dachte er, während er sich das Ohr wundkratzte, unschlüssig, ob er die Tür nicht besser gleich wieder schließen sollte. Da der Fremde jedoch keine Anstalten machte, unter den Mantel zu greifen, sondern stattdessen mit eingezogenem Kopf noch einen Schritt zurücktrat, besann sich der Schammes, reckte sein Kinn in die Höhe und besah sich den Kerl genauer.

Mag sein, daß er sich täuschte. Der orthodoxe Aufzug des penetranten Klinglers schien zu gelungen. Einen strahlendweißen Betschal hielt er zusammengelegt unter die linke Achsel geklemmt. Dort zumindest hatte kein Halfter mehr Platz.

Die blonden Schläfenlocken, obgleich hinter die Ohren geschoben, waren als solche nicht zu verkennen. Und in seiner Rechten, die er dem Synagogendiener unverständlich vorwurfsvoll entgegenstreckte, entdeckte der nun auch ein Paar offenbar nagelneue Gebetsriemen. Normalerweise sind sie zwar abgenutzter, dachte der Schammes, winkte jedoch gleichzeitig innerlich ab: Die Nacht war für ihn ohnehin vorbei. Und da der Fremde ihn nur stumm fragend ansah, rieb er sich den Schlaf aus den Augen, atmete tief durch und streckte gewichtig den Bauch vor.

Nu, wos is schoin, bocher?, fragte er, um das Jiddisch des Fremden zu testen. Um dessen Mundwinkel spielte etwas wie ein Lächeln. Er ließ die Hand mit den Gebetsriemen sinken und kam einen Schritt näher.

Dawenen, erwiderte er und bestand den Test. Er deutete eine Verbeugung an und entschuldigte sich für die frühe Störung. Der Schammes möge ihm doch bitte die Synagoge aufschließen. Er habe keine Wohnung in Prag und wolle nicht auf der Straße beten.

Zuschauer, flüsterte er mit einem Seitenblick auf die Straße und eine Spur zu vertraulich vielleicht: Es sei ihm unangenehm.

Der Schammes prustete: *Dawenen?, um halber sechs?* Er schlug mit der Faust gegen den Türpfosten und wackelte mit seinen nackten Zehen. Na, besann er sich: Soll sein, aber Moment bittschön. – Er lehnte die Tür an und tappte zurück in die Stube. Während er in die Hosen stieg, schüttelte er seufzend den Kopf: Die Kerls werden immer verrückter. Er zog den Gürtel fest, langte den Schlüsselbund vom Haken; und als er schließlich auf den Treppenflur hinaustrat, wippte der Fremde bereits ungeduldig von einem Bein aufs andere.

Es ist wichtig, müssen Sie wissen, entschuldigte er sich noch einmal.

Was sie nicht sagen...

Der Schammes ging voran. Und nachdem er dem Fremden aufgeschlossen hatte, wusch der sich, ohne sich auch nur eine Sekunde umgesehen zu haben, unter dem dürftigen Strahl des ewigen Wassers die Hände, murmelte zwei Segenssprüche und ging hinein in die Schul.

Der Schammes runzelte die Stirn: Geb's Gott, daß ich bleib liberal!, feixte er. In die finsterste Ecke, in der es, nach den Berechnungen des Schammes, durch die zerbrochenen Scheiben hindurch barbarisch ziehen mußte, dorthin verkroch sich der Fremde. Er legte die Tephillin auf dem Boden ab, zog seinen Mantel aus und setzte, statt des Hutes, ein weißes Käppchen auf. Auch Hose, Hemd und Weste des jungen Mannes waren weiß, was der Schammes, des langen Mantels wegen, zuvor nicht bemerkt hatte. Zunächst wunderte er sich noch über den hellen Aufzug. Doch: Schon schüttelte er müde den Kopf und folgte gern dem bittenden Wink des Fremden, ihn allein zu lassen: Hatte er schon nicht ausschlafen können, würde er sich nun wenigstens ein opulentes Frühstück gönnen. Bevor er die Tür der Schul hinter sich ins Schloß fallen ließ, hörte er noch die ersten Segenssprüche des Morgengebetes, die der Fremde nicht etwa in Eile herunterrasselte, sondern Wort für Wort genüßlich aussprach und schließlich sogar sang: *Aus Tiefen rufe ich zu dir, o Herr!*, und in einer Art, die dem Schammes heiße Schauer über den Rücken jagte.

Bei seinem Tempo... Drei Stunden, schätzte er und beschloß, nachdem er geheizt und gefrühstückt hätte, noch einmal nach dem eifrigen Beter zu sehen.

Um acht Uhr jedoch, als er, satt und zufrieden, seine erste Selbstgedrehte geraucht und, um sich selbst guten Willen zu beweisen, sogar abgewaschen hatte, war der Fremde eben erst richtig in Fahrt gekommen. Hin und her schwingend und von Zeit zu Zeit mit hocherhobenen Armen betend, konnte er gerade einmal die Psalmen gesagt haben. Und als dem Schammes nun die heiklen Selbstanschuldigungen des *Al Cheth* ins Ohr drangen, ging ihm ein Licht auf.

»Die Sünde, die ich begangen habe vor dir
durch Zwang oder freiwillig;
lösche aus:
die Sünde, die ich begangen habe vor dir
durch ein verstocktes Herz ohne Erkenntnis,
durch das Wort meiner Lippen,
durch Torheit des Mundes und freche Stirn…«

Der Schammes grinste: Himmel, dem Kerl war nicht zu helfen. Ein Versöhnungstag im Jahr mit Zerknirschung und Selbstkasteiung genügte dem nicht; der brauchte noch einen zwischendurch. Dem mußte was Grausiges widerfahren sein. Oder er hatte arg was auf dem Kerbholz. Vielleicht sogar beides.

Oi, laß ihn machen: Der hat's nötig.

Und tatsächlich: Gegen Mittag betete der junge Mann noch immer. Unser Schammes wunderte sich, daß den *bocher* seine inbrünstige Stimme noch nicht verlassen hatte. Es vergnügte ihn, wie der Fremde jedes Wort drei- und vierfach auf der Zunge schmeckte, bevor er es endlich zu den Ohren des Herrn aufsteigen ließ. An seine Kindheit erinnerte es ihn, an die zunächst noch gestammelten ersten

Gebete, als er diese verrückte Sprache noch nicht verstand und in jedem Wort ein Mysterium sah: eine Zauberformel.

Er beschloß, den Fremden besser nicht zu stören und wollte schon kehrt machen, als der Beter nach einem lauten *Amen* plötzlich innehielt und sich abrupt zu ihm umwandte. Auf eine der hinteren Bänke zeigte er, gleich neben der Eingangstür. Der Schammes verstand nicht sofort, entdeckte dann aber das Stück Papier, das der junge Mann dort deponiert haben mußte.

Ein Scheck! Über eine Summe mit einer Anzahl von Nullen, wie sie der Schammes dem jungen Kerl keinesfalls zugetraut hätte, und in einer Währung... beinahe sympathischer als tschechische Kronen.

»Lassen Sie die Fenster in Ordnung bringen und die Wandmalereien. Herzlichen Dank! N. N.«

Es muß schlimmer um ihn stehen, als ich dachte, ging es dem Schammes bei diesen Zeilen durch den Kopf: anonym bleiben wollen, bei der Summe! Wie ein Kleinod trug der Schammes den Scheck vor sich her und ließ den Fremden allein. Der würde sich schon melden, wenn er sich genug angetan hatte.

Ob der Eifer des jungen Kerls den Beifall der örtlichen Autoritäten gefunden hätte, wage ich zu bezweifeln. Allein: Der Wille zählt. Und der bewies Macht. Der Synagogendiener jedenfalls, dem die Ausdauer des Fremden gegen neun Uhr abends dann doch unheimlich wurde, glaubte seinen Augen nicht, als er noch einmal hinüber in die Schul ging, um nach dem spendablen Frommen zu sehen. Er erkannte sein Bethaus kaum wieder.

Offenbar hatte der bußfertige Alleingang des Fremden dessen in Reue umgekehrten Geist in höchste Höhen erhoben, so daß zumindest eine seiner Bitten schlagartig erfüllt worden war: Nicht nur, daß die Fenster der Schul bereits ausgewechselt waren; nein, auch die Wandmalereien waren mehr als nur wiederhergestellt.

In flammendem Rot und eisigem Blau: Ornamente; und zwischen ihnen eine Versammlung von Männern, Frauen und Kindern mit Esels-, Hühner- und Rinderköpfen. Eine reich gedeckte Tafel – Lammkeulen, Mazzes, Kräuter und Wein – zog sich, die Wände entlang, rings im Kreis. Man aß und sang und schien sich zu vertragen. Ein seltenes Pessach, wenn niemand sich streitet. Eine Paradiesvision? Der Schammes jedenfalls hatte ähnliches noch nicht erlebt.

Ein einziger Platz an der Tafel war frei geblieben, ein Gedeck unbenutzt. Doch durch die Tür, die überdimensional auf die Decke gemalt worden war, lugte der Mann, dem der Sessel bestimmt war. Eine geflickte Brille trug er und auf dem Löwenhaupt ein Barett mit weiß-blauem Emblem. Dennoch, dachte der Schammes: Das muß Elia sein. Er verkündet den Hühnern den Tag des Herrn: *Rückt zusammen, Leute, der Messias kommt!*

Pah!, der Schammes mußte sich setzen. Er grübelte, ob das Gemälde dem Rabbiner gefallen würde; zweifelhaft, doch was sollte er tun? Überdies stand außer Frage, daß niemand anders als Gott selbst hier den Pinsel geschwungen hatte. Eine Malerkolonne wäre ihm aufgefallen. Nein nein, das war das Werk eines forschen Gebets.

Überhaupt: Wo war der Kerl?

Der Schammes fand ihn in seiner zugigen Ecke. Mit verdrehten Gelenken lag er am Boden. Er atmete noch, doch bedrohlich flach. Einen Arzt..!, dachte der Schammes nur und rannte. Was müssen die Kinder auch Wunder vollbringen; der Scheck hätte vollauf genügt. Er telefonierte nach einem Rettungswagen und stürzte zurück in die Schul. Doch er kam zu spät.

Ein Dreikäsehoch mit knallrotem Stirnband machte sich bereits in der Ecke zu schaffen. Und der bärtige Alte dort: Hatte er dessen Bild nicht gerade in der Zeitung gesehen? Er zischte dem Jungen etwas Unverständliches zu und lud sich den bewußtlosen Beter kurzerhand auf die Schulter. Mit einiger Mühe, doch flink genug, trug er ihn zum Hinterausgang hinaus. Der Dreikäsehoch sprang aus dem Fenster. Und als der Schammes angehetzt kam, waren die beiden bereits verschwunden, als hätten sie sich mitsamt dem Fremden, seinem Hut und seinem Mantel in Luft aufgelöst.

Der Synagogendiener prustete und hob die Arme: Bin ich im Irrenhaus? Schon sah er sich mit der Mannschaft des Rettungswagens debattieren: Wer raubt denn hier Menschen bitte? Und nicht anders kam es. Die Herren reagierten ärgerlich und nahmen statt des angeblichen Patienten den Schammes mit. Doch die Wunder rissen nicht ab.

Das Bußgeld, das er wegen des offensichtlichen Fehlalarms aufgebrummt bekam, fand er bei seiner Rückkehr auf Krone und Heller im offenen Kuvert auf seinem Küchentisch. Erzähl's deiner Mutter; und sie wird dich enterben! Er schwor sich, künftig vorm Weckerklingeln ums Verrecken niemandem mehr zu öffnen: Sei's Elia persönlich! – Sprach's und trank auf den Ärger einen Slibovitz.

Der junge Mann übrigens fand sich, als er Stunden später erwachte, in einem feuchtkalten Keller wieder. Auf Strohsäcken lag er. Und er meinte, sie seien Schuld daran, daß er sich vor Gliederschmerzen kaum rühren konnte. Daß er gefastet und fünfzehn Stunden lang stehend gebetet hatte, daran erinnerte er sich ebensowenig wie an den Kauf des

Gebetsmantels, in den er noch immer gehüllt war. Er rieb sich die Stirn: Da rumorte es, kreischte, Himmel!, ein ganzes Sägewerk. Mühsam rappelte er sich auf und sah sich um.

Der Keller war als Lernstube eingerichtet; karg: die Strohsäcke, ein Schemel und ein niedriger Holztisch, auf dem zwei Kerzen müde flackerten. Ein halbblinder Spiegel hing über dem Tisch an der Wand. Sein Mantel und sein Hut lagen nahe der Tür auf dem Boden. Das ließ ihn glauben, daß er noch lebte: Sicher hätte er das Zeug abliefern müssen, ob am Eingang zur Hölle oder zur kommenden Welt. Dennoch: Er kam nicht darauf, wo er war und noch weniger, wie es ihn in diesen Winkel verschlagen hatte. Er ging hinüber zum Tisch und wunderte sich, während er in den Spiegel sah, über die Schläfenlocken, die ihm über Nacht gewachsen sein mußten. Keinesfalls, dachte er, wäre er jemals so auf die Straße gegangen.

Zu komisch – schon wollte er lachen; doch er zuckte zusammen: Was war das? Schritte. Er hatte es deutlich gehört und sprang auf. Kurz darauf ging die Tür.

Der junge Mann preßte sich in die äußerste Ecke des kleinen Raums. Die Tür stand offen. Doch niemand trat ein. Er hielt den Atem an und hörte noch einmal die Schritte: ein dumpfes Schlurfen, wie von Filzpantoffeln...

Und es ging eine Art Stimme hervor, die ihn anrief und sprach: Danke dem Herrn, der die Toten belebt!

Es ist an der Zeit.

II

Die zwölf Einfachen
oder
Vom Bruch der Gefäße

11

Ein Berliner Geschäftsmann verbrennt lebendigen Leibes, wenngleich mit dem Kopf unterm Arm. Während seine Seele in einen anderen Körper fährt, verfrachtet die Polizei den alten Vonka ins Psycho-Spital.

Zwei volle Monate mußten vergehen, bevor die Gerichtsmedizin den Leichnam des Herrn Slosil zur Einäscherung freigab. Eine überaus lange Zeit, wenn man bedenkt, daß Slosils Seele noch in seinen mit Blutgerinnseln verstopften Adern auf den Tag lauerte, da die Ofentür hinter dem Sarg mit seinem Leichnam zuschnappen würde: Denn nur durch Feuer war sie zu erlösen.

Ein ähnlich gelagerter Fall war den Charlottenburger Kriminalbehörden seit Jahren nicht untergekommen: Mit einer Campingaxt zwischen linkem Schläfen- und Stirnbein hatte Frau Slosil den Kopf ihres Mannes auf dessen Schreibtisch gefunden. Seine Augen standen offen; und wenngleich mit zur Nase hin grimmig zusammengezogenen Brauen, lächelte er. Herrn Slosil selbst entdeckten die Beamten der Spurensicherung zusammengekrümmt im Aktenschrank seines Büros; und es gab demnach keinen Anlaß, den Mann nicht für tot zu halten.

Am selben Abend verfielen zwei Karten für die Philharmonie. Frau Slosil hatte sie reservieren lassen. Und da ihr Mann eine halbe Stunde vor Beginn des Konzertes noch immer nicht zu Hause gewesen war und im Firmenbüro niemand ans Telefon ging, witterte sie Verrat. Es wäre, weiß Gott, nicht das erste Mal gewesen. Diesmal jedoch, beschloß sie, würde sie ihn sofort zur Rede stellen. Und sie fuhr in die Firma.

Ja, der Herr Gatte sei wohl noch oben, hatte der Pförtner ihr bestätigt; und sie war mit dem festen Vorsatz in den Fahrstuhl gestiegen, ihm eine gehörige Szene zu machen: O nein, der Name der Schlampe interessierte sie nicht. Erst ihm, dann ihr, schwor sie sich, streifte die Pumps von den Füßen und hämmerte mit den Stilettabsätzen gegen die Kabinentür.

Slosils Verspätung jedoch klärte sich, wie gesagt, wenig später auf. Seine Frau reagierte zunächst besonnen. Sie telefonierte nach einem Krankenwagen und wählte die Nummer der Polizei. Kein bißchen hysterisch und ohne das geringste Zittern in der Stimme gab sie die Adresse durch. Dann aber war es vorbei. Ihre Lider begannen, nervös zu flattern. Ein stechender Schmerz raste ihr von den Füßen herauf in die Stirn. Sie preßte die Fäuste gegen die Schläfen und atmete tief ein. Doch sie konnte nicht schreien. Bibbernd kauerte sie sich in die äußerste Ecke des Büros und starrte unverwandt auf die Axt, die, mit dem Griff nach oben, in Slosils Schädel stak.

Warum hatte der Kerl sich den Kopf abgenommen? Und warum grinste er so? Sie begriff es nicht, wimmerte und argwöhnte noch immer, es sei ein Trick dabei: ein ganz übler Scherz. So dachte sie, bis die Polizei eingetroffen war und ein halber Junge in Uniform mit Igelkopf und Pickeln auf der Stirn seinen Kaugummi verschluckte. Aus einer Art unheimlichem Instinkt heraus hatte er den Aktenschrank geöffnet, und der kopflose Slosil fiel ihm entgegen. Der

Uniformigel fluchte. Frau Slosil sackte in ihrer Ecke zusammen. Und es lag auf der Hand, daß sie nicht schauspielerte.

Zwar gab der Pförtner zu Protokoll, die Gattin des Chefs sei derb fluchend in den Fahrstuhl gestiegen. Als Täterin jedoch kam sie nicht in Betracht. Denn der Tod ihres Mannes war bereits Stunden zuvor eingetreten, während sie sich im Frisiersalon *Lentz* die Haare toupieren ließ. Es muß was Besonderes sein, hatte Frau Slosil der Friseuse ins Ohr geflüstert. Sie habe ein neues Kleid gekauft – Logenplätze, das verstehen Sie doch? – und die Frisur dürfe nicht die Spur hinter dem seidenen Fummel zurückbleiben. Die Friseuse erinnerte sich genau: Die Flechtfrisur sei ihr, bei aller Bescheidenheit, vortrefflich gelungen.

Einzig ein Umstand ließ den Polizeiarzt stutzen. Nachdem er Frau Slosil mit einer Salmiakampulle wieder zu sich gebracht hatte und ihr eine Beruhigungsspritze gab, stammelte sie: Dieser Hanswurst!

Er hätte es mir sagen müssen, beteuerte sie ein ums andere Mal: Er hätte es mir sagen müssen. Woran genau sie dabei gedacht hatte, konnte sie jedoch bei der ersten Vernehmung, zwei Wochen darauf, nicht mehr mit Bestimmtheit rekonstruieren. Die Ambulanz, die Frau Slosil für ihren Mann gerufen hatte, brachte nun sie in die Klinik. Es bedurfte einiger Mühe, sie zu beruhigen. Die Ärzte versuchten es mit Zureden, Ruhe und Medikamenten; doch ihr Körper ließ sich nicht überlisten. Sie war unfähig zu sprechen und mitunter zwischen Fieberschauern und Schüttelfrost über Stunden blind. Nach eineinhalb Wochen glich ihr Körper einem mit Valium vollgesogenen Schwamm, und sie schlief zum ersten Mal seit dem verpatzten Konzert eine ganze Nacht durch.

Am Morgen darauf konnte sie wieder klar denken. Und jetzt erst erlaubte sie sich zu weinen.

Es war in der Tat ein Mysterium, sowohl um Slosils Tod also auch um seine Leiche. Selbst der Gerichtspathologe schauderte, als sie, zweigeteilt, auf seinem Seziertisch lag.

Er zog die Axt aus dem Schädel und mußte sich setzen: An den Rändern der klaffenden Wunde zwischen Stirn- und Schläfenbein tanzten blaue und grüne Flämmchen. Müde flackerten sie, wie die Flamme seines Kochers für die Campingsaison, wenn die Gasflasche ihr letztes bißchen Propan hergab. Ein Indiz hätte es sein können, daß Slosil trotz Herzstillstand und Kopflosigkeit noch nicht ganz hinüber war. Der Pathologe jedoch beschloß, sich ganz einfach geirrt zu haben. Immerhin war er Wissenschaftler und glaubte den Naturgesetzen mehr als seinem offenbar momentan etwas spinnerten Hirn.

Im Obduktionsbericht erwähnte er seine Beobachtung mit keiner Silbe. Slosil hatte seinen Kopf verloren, und zweifellos daran war er gestorben. Erst im Nachhinein wurde ihm der Schädel gespalten. Dies stellte der Pathologe eindeutig fest. Und warum also sollte er von Propanflämmchen reden? Eine Sinnestäuschung, sagte er. Für ihn war der Fall damit erledigt.

Der Frau des Toten hingegen standen noch einige Erschütterungen bevor. Nicht nur, daß die Polizei etliche Mietshäuser in Hamburg-Eimsbüttel und Praha-Bubenec, Bars, Firmen und sonstige Besitzungen Slosils ermittelte, von denen seine Ehefrau zu seinen Lebzeiten nicht das Geringste erfahren hatte. Es wurde sogar festgestellt, daß Slosil in engem Kontakt zu steckbrieflich gesuchten Finanzkünstlern stand. Unlautere Tricks ließen sich jedoch nicht beweisen. Slosils Bücher waren perfekt geführt. Und tauchten tatsächlich einmal ungewöhnlich hohe Einnahmen auf, war ihre Herkunft aus honorigen Geschäften eindeutig belegt. Ob der kleine Holzhandel im tschechischen Pribram tatsächlich Millionen erwirtschaftet hatte, stand auf einem anderen Blatt. In jedem Fall aber waren die Gewinne ordnungsgemäß versteuert.

Eine wirklich pikante Note bekam der Fall für Frau Slosil bei der Testamentseröffnung. Ihr Mann hatte die Frage seines Nachlasses auf den ersten Blick oberflächlich und dennoch bis ins Detail geregelt.

Quasi alles, was er besessen hatte, sollte zu Geld gemacht werden: die Bars, sämtliche Aktien und die sechs Firmen ebenso. Ja, selbst den bestgehenden Betrieb, die *Slosil Logistic GmbH*, wollte er nach seinem Tode verkauft wissen. Einzig ausgeklammert: die elf Mietshäuser in Hamburg und Prag.

Das mit dem Verkauf zu betrauende Maklerbüro und einen neuen Steuerberater bestimmte er ebenso wie die Institution, der das Geld, abzüglich des Pflichterbteils seiner Frau, zu überlassen sei: einer noch zu gründenden *Stiftung für seraphische Studien*.

»Um die Gesellschaft vor zu befürchtenden Verbrechen zu schützen«, hatte Slosil verfügt, »sollte sich ein qualifiziertes Neurologenteam als erstes mit der Erforschung psychopathologischer Veränderungen im männlichen Gehirn befassen, die auf den Einfluß leibhaftiger Seraphinen zurückzuführen sind.« Im übrigen würden die seraphischen Studien der Physik unschätzbare Dienste erweisen: »Telekinese und Fernentzünden von Lebewesen... Sie werden staunen!«

»Meine Urne ist auf dem Friedhof Praha-Želivského beizusetzen«, mit diesem Satz schloß Slosils Testament. Es war auf den letzten Tag seiner Flitterwochen datiert. Auf einen Tag also, volle acht Jahre vor seinem Tod, der ihn demnach weniger unvorbereitet getroffen hatte, als man bei einem kerngesunden, gerade Vierzigjährigen hätte vermuten müssen. Der beiliegende Brief an Frau Slosil trug das gleiche Datum.

Setzen Sie sich lieber, gnädige Frau, hätte der Notar ihr wohl raten müssen, als er ihr das Kuvert überreichte. Doch sie saß bereits: Seraphische Studien! Schlimmer konnte es kaum noch kommen, sagte sie sich und las den Brief.

Liebes Bärchen,

ich ziehe es vor, meinen Nachlaß schon heute zu regeln. Und ganz gleich, was ich zum Zeitpunkt meines Todes besitzen sollte: Ich bestehe darauf, daß wie ausgeführt verfahren wird. Die Mietshäuser werden einiges abwerfen, zum Leben mehr als genug. Du wirst die Villa halten und Dir sicher sein können, daß kein dahergelaufener Matz Dir nur des Geldes wegen den Hof macht. Das wäre doch unangenehm.

Im Testament nicht erwähnt ist ein Luxemburger Konto (s. beiliegende Papiere). Ich habe eine Tochter in Prag. Sie heißt Eva und wird das Geld brauchen können. Ich vermache es ihr unter dem Vorbehalt, daß sie das kleine Restaurant in Prag, Kapucinská 4, sobald als möglich vom Staat zurückkauft. Sie kann es selbst führen oder verwalten lassen; das ist mir gleich. Aber sie muß es kaufen!

Soweit das Angenehme.

Übrigens war es nett mit Dir. Am Anfang hat mich Deine Beharrlichkeit zwar etwas verunsichert und daß Du immer von Geld reden mußtest... Im Café beim Cappuccino (»Zweimal dreifünfzig!, meine Güte«) und im Theater

(»Woher bloß nimmst du das Geld für Logenplätze?!«); aber ich denke: Es ging Dir wirklich um mich. Und das ist doch etwas.

Ich nehme an, es wird eine Campingaxt gewesen sein, mit der ich erschlagen wurde. Das ist dumm. Als Mörder kommt nur mein Vater in Betracht. Und ich nehme an, er wird sich bald stellen. Doña Rosa will ohnehin nichts von ihm wissen.

Stellt er sich nicht, ist es hoffnungslos, nach ihm zu suchen. Er heißt wie ich und eben nicht Slosil. Doch das, mein Schatz, tut nichts mehr zur Sache und braucht Dich nicht kümmern: Meine Geburtsurkunde, der Paß und mein Name sind mit ehrlichem Geld bezahlt; das verspreche ich Dir.

Es wird in meinem Leben und Tod manches nicht mit rechten Dingen zugegangen sein. Wenn Du mich liebst, sei tapfer und sieh zu, wenn man mich in den Ofen schiebt! Die Axt und das Feuer... eine code message an Eva: »Wir werden das Rätsel nicht lösen.«

Kopflos in Liebe
Dein Jaroslav

Gleichgültig, wie erschütternd Slosils Beichte zunächst auf seine Witwe wirkte: Einmal mußte er sie geliebt haben. Und da er den Brief im Laufe der Zeit nicht korrigiert, ja nicht einmal den Kosenamen, bei dem er sie damals nannte, geändert hatte, glaubte sie nun, ihm wäre bis zum Ende mehr Gefühl für sie geblieben, als sie ihm jemals zugetraut hätte. Und vielleicht ist es so zu erklären, daß sie beschloß, ihm seine Wünsche zu erfüllen. Ja, sie würde nach seiner Tochter suchen lassen. Und im Krematorium, schwor sie sich, würde sie neben dem Sarg auf der Hebebühne stehen und sich mit ihm versenken lassen, um dabei zu sein, wenn Slosil ins Feuer fuhr.

Ihren Vorsatz in Ehren: doch ganz so leicht war es nicht.

Slosil hatte seiner Frau zwar gebeichtet, daß sein Sterbename ein gekaufter sei; seinen wirklichen jedoch und den Nachnamen seiner Tochter hatte er ihr nicht verraten. Und so forschte sie nach ihrer Miterbin wie die Polizei nach Slosils Mörder: ebenso fieberhaft und mit der gleichen Erfolglosigkeit.

Sie erkundigte sich auf dem Konsulat nach sämtlichen alleinstehenden Prager Müttern mit einem Kind namens Eva und investierte immens in Bestechungsgelder. Sie durchforstete das Prager Telefonbuch, gab etliche Annoncen in tschechischen Blättern auf und engagierte einen Privatdetektiv. Doch Slosil sollte recht behalten: Weder konnte sie Eva zu ihrem Erbe verhelfen, noch ihr die Botschaft zukommen lassen, daß das Rätsel nicht zu lösen sei. Denn dies genau war der Punkt: Sie selbst löste es nicht.

Wenigstens würde sie Slosils Verbrennung zusehen. Vielleicht, sagte sie sich: Vielleicht käme die Antwort ja mit dem Feuer; und sie würde am Ende ihr Versprechen noch einlösen können. Doch die Flammen hatten es nicht eben eilig.

Nein, wurde ihr, volle zwei Monate lang, immer wieder beschieden: Man wolle noch warten, bis man einen Verdächtigen habe. Die Konfrontation mit dem Opfer könne ein Geständnis bewirken und dem Staatsanwalt einige Mühe ersparen: Indizienprozesse, Verehrteste, sind eine widerliche Sache.

Diese Begründung leuchtete Frau Slosil zu Anfang noch ein. Ihr Verständnis jedoch nahm von Tag zu Tag ab. Je mehr Zeit verging, um so dringlicher wurde ihr Bitten: Es sei doch entwürdigend für ihren Mann, monatelang ohne Kopf...

Doch es führte vorerst kein Weg ins Feuer. Slosil blieb in der Gerichtsmedizin, und ein Ende des Wartens schien nicht in Sicht.

Alles in allem also war es um Slosil ein tragischer Fall: Nach wochenlangen ergebnislosen Untersuchungen fürchteten Presse und Behörden, daß er unaufgeklärt bleiben würde. Und nicht anders wäre es wohl auch gekommen, wenn... ja, wenn Slosils Vater nicht pathologisch irre gewesen und, zwei Monate nach dem Verbrechen, in der Firma seines Opfers aufgetaucht wäre.

Der Pförtner der *Slosil Logistic GmbH* war nahe daran, den Sicherheitsdienst zu rufen, um den Penner hinauswerfen zu lassen. Mit verdreckten Schuhen war der über den grauen Teppich in der Eingangshalle auf die Pförtnerloge zugewankt, hatte seinen verschlissenen Parka zurechtgezupft und gehüstelt. Dann kramte er aus einer der drei Plastiktüten, die er, mit einem Lederriemen zusammengebunden, als Rucksack vor dem Bauch trug, eine nagelneue Campingaxt hervor. Und da dem Pförtner sein Kopf lieb und teuer war, telefonierte er vorerst nicht nach den Rausschmeißern, sondern beschloß, den Besucher anzuhören.

Schön, konstatierte der Penner und wischte sich die Nase am Ärmel ab. Nun schau sich doch einer mein Beilchen an..., sagte er und schlug die Axt in die kostbare Eichentäfelung der Pförtnerloge. Der Portier wich zurück, und der Alte grinste. Kurz darauf jedoch verzog er sein allerdings glattrasiertes Gesicht und schluchzte: Es sei wohl nicht genug, daß er seinen Sohn verlieren mußte! Nein, sagte er. Zu allem Überfluß habe er auch noch sein Beilchen in Slosils Büro vergessen: Ein Verlust, verstehen Sie? Verlust... Wissen Sie überhaupt, wovon ich rede, Mann?!

Ganz verstand der Pförtner zwar nicht, was der Kerl von ihm wollte. Die Anspielung auf den grausigen Tod seines Chefs ließ ihn jedoch eifrig nicken.

Er blinzelte, und sein Kopf zuckte gefährlich. Immer die Ruhe, und tief atmen, sagte er sich, stolperte rückwärts aus seiner Loge, um die Axt nicht aus den Augen zu verlieren. Die ließ der Schmok, Gott sei Dank, zurück, was den Pförtner wieder hoffen ließ. Er vertraute darauf, daß die Putzfrau die Dreckspuren auf dem Teppich in Kürze bemerken und mit der Schaummaschine ins Foyer stürzen würde. Dann, so rechnete er, könnte ihr auch die Axt nicht verborgen bleiben. Und das Telefon stand ja gleich daneben...

Zeit schinden, dachte er nur und schlug vor, die Treppen zu nehmen: Im Fahrstuhl wisse man nie, wer zusteigt undsoweiter. Das leuchtete dem Penner ein. Er nickte und ließ sich zum Treppenhaus führen. Doch wenngleich Slosils Büro im zehnten Stock lag und die beiden Männer zehn Minuten lang ordentlich prusteten, bis sie schließlich oben angelangt waren: Die Zeit genügte der Reinemachefrau zwar, die Teppichkatstrophe im Foyer und die Axt zu entdecken; die Polizei jedoch, die sie geistesgegenwärtig sofort alarmierte, war nicht so schnell wie sie.

Der Pförtner versuchte zwar, seinen Begleiter auf dem Flur im zehnten Stock zu einer Zigarettenpause zu überreden. Da er selbst jedoch nicht rauchte, kam dem Alten sein Angebot zu windig vor. Er zog die Brauen zusammen. Aber flott!, schnauzte der Penner und schubste den Pförtner vor sich her.

Nur noch fünfzehn Schritte bis zu Slosils Büro... Der

Pförtner hätte sein Hemd unterdessen auswringen können. Was die Beobachtungsgabe betraf, schien er sich wohl in der Putzfrau getäuscht zu haben. Und wie, bitte, sollte er dem Penner nun erklären, daß er ihn bis hierher geführt hatte, obwohl doch die Axt seit Wochen requiriert war?

Himmel, jetzt käme er auch noch dran. Schon wollte er mit dem Alten zu feilschen beginnen: Ich habe zwei Frauen und fünf Kinder, einen Invalidenpaß und im Altersheim eine kranke Mutter! Doch der Penner hatte das Amtssiegel an der Tür bereits heruntergefetzt und stand nun mitten in Slosils Büro.

Es amüsierte ihn sichtlich, daß der Aktenschrank offenstand und das Blut noch nicht abgewischt war. Krämerseelen, flüsterte er und schlich um Slosils Schreibtisch herum, ein protziges Mahagoni-Möbel, an dem man mit gespreizten Beinen sitzen konnte: Es war nach vorn hin verblendet, ein edler Tisch, doch leider, wie der Aktenschrank, mit Blut befleckt.

Der Penner schob Slosils Stuhl beiseite und hockte sich hinter den Tisch, gerade so, daß nur noch sein Kopf über die Tischkante ragte. Er riß die Augen auf und lächelte, ganz so wie Slosil oder besser: sein Kopf, als seine Frau ihn fand. Und tatsächlich: Wenn die Axt auch fehlte, der Kopf des Penners ähnelte Slosils auf erschreckende Weise. Das Blut tat ein übriges. Und als der Alte nun, noch immer hinter dem Tisch hockend, nach der Axt fragte, begann der Pförtner zu fürchten, er würde selbst mit Feilschen nicht mehr davonkommen.

Er schrie, hysterisch, wich zurück und zuckte wie elektrisiert zusammen, als er plötzlich zwei Hände im Rücken spürte. Zwar griffen die Hände grob nach ihm, doch glücklicherweise fand er sich wenig später auf dem Flur wieder.

Und er sackte, mit dem Rücken an der Wand hinabrutschend, auf den Boden.

Keine Sekunde zu früh waren die Beamten angerückt. Die Läufe ihrer Maschinenpistolen auf Slosils Schreibtisch gerichtet, erschraken sie dennoch über den Kopf des Penners. Aber er ist ja noch dran, meine Herren, beruhigte er sie. Und er nutzte den Augenblick Verwirrung, um die Beamten höflichst zu bitten, ihm doch seine Axt wiederzugeben.

Ein Jammer, barmte er: Ich hatte mich so an sie gewöhnt. Dann stand er auf, zog den Kopf ein und hob die Arme. Gegen die Handschellen hatte er nichts einzuwenden. Er fügte sich und wiegte nur dumpf den Kopf. Auf den Stufen vor dem Eingang zur Slosil Logistic, während man ihn ins Auto verfrachtete und während der halben Fahrt beteuerte er immer wieder, er habe sie doch geliebt!

Die Axt?, oder was?, frozzelte einer der Polizisten.

Ihr habt ja keine Ahnung von Engeln, ihr mieses Pack!

Halt endlich dein Maul!, schrie man ihm ins Gesicht. Und von nun an schwieg er – im Wagen und in seiner Zelle, ja, selbst bei der Vernehmung am folgenden Tag. In dem Protokoll, das der Staatsanwaltschaft übergeben wurde, stand jeweils nur: Er nickt, er nickt… Unterschrieben hatte er es in krakeligen Druckbuchstaben: Petr Vonka, ehemals Prag.

Am Abend jenes Tages erhielt Frau Slosil einen Anruf: Der Mörder sei überführt und geständig. Sein Motiv sei zwar nach wie vor unklar. Doch in jedem Fall stände der Kremation ihres Mannes nun nichts mehr entgegen.

Frau Slosil flüsterte nur müde ein »Ja, ist schon gut«. Und es war nicht mit Sicherheit auszumachen, ob sie erleichtert war. Nachdem sie aufgelegt hatte, zog sie das

Kleid an, das sie an Slosils Todestag gekauft hatte. Wenn schon nicht in der Philharmonie, würde sie es wenigstens zu Slosils Einäscherung tragen.

Soll es mal kommen, das Feuer, sagte sie sich: Es reinigt. Und dieser Gedanke hatte am Ende sogar etwas Tröstliches.

Der Leichnam des Herrn Slosil wurde an einem Dienstag ins Krematorium überführt: in einem ungebeizten Fichtensarg und auf den Tag genau zwei Monate nach dem Verbrechen. Die Verbrennung sollte am Freitag stattfinden, gegen zehn Uhr morgens.

Neben einem nagelneuen olivgrünen Zweireiher hatte Frau Slosil dem Bestattungsinstitut, das den Leichnam für die Trauerfeier herrichten sollte, auch das dunkle Kaschmirhalstuch ihres Mannes per Boten zustellen lassen. Denn Slosils Kopf war wieder angenäht worden, allerdings recht lieblos: mit zwölf groben Zwirnstichen.

Das Halstuch hatte sie Slosil vor Jahren zu irgendeinem Nichtanlaß geschenkt. Und wenn er es überhaupt einmal getragen hatte, dann nur, um ihr einen Gefallen zu tun. Jetzt aber bestimmte sie, was ihn kleidete oder nicht. Das Kaschmirtuch jedenfalls würde ihm stehen und, darüber hinaus, auch die grobe Naht verdecken.

Wenn es heißt, das letzte Hemd habe keine Taschen: Slosils Anzug hatte mehrere. Und seine Frau dachte an alles. Einen halben Tag lang suchte sie in Kurzwarenläden und Boutiquen nach einer Seidenserviette in genau jenem Rotton, den sie sich für Slosils linke Brusttasche wünschte. Alle nur erdenkliche Sorgfalt verwendete sie auf die Auswahl dieses letzten Geschenks. Sie verglich, begeisterte sich und verwarf. Jedes einzelne Tuch rieb sie nahe am Ohr zwischen den Fingern, um das Rascheln des Stoffes zu prüfen. Und dann: nein, vielleicht ist es doch eher dieses Rot, oder jenes? Und sie ließ sich, nachdem sie vorgegeben hatte, sich entschieden zu haben, noch weitere hundert Tücher zeigen, einzig um am Ende nach einem anderen Geschäft zu fragen: ein Drama für jede Verkäuferin.

Doch sie fand das Rot. Und nachdem schließlich auch Slosils Toten-Make-up, auf ihren speziellen Wunsch hin, nicht wie üblich wächsern, sondern sehr lebendig frisch ausfiel, war sie ganz mit sich zufrieden. Warum nur hatte der Kerl erst sterben müssen, um endlich einmal so angezogen zu sein, wie sie es sich immer gewünscht hatte; nicht protzig edel, nein: nur elegant.

Die weißen Leinenbänder, die ihm fest um Kopf und Stirn gebunden werden mußten, um den gespaltenen Schädel zusammenzuhalten, ließen ihn (böswillig betrachtet) zwar wie eine männliche Nonne wirken. Das jedoch, dachte seine Witwe, ließ sich verschmerzen. Schön war er dennoch; und: Er widersprach nicht mehr.

Ganz anders der Direktor des Krematoriums. Der nämlich war durchaus nicht bereit, Frau Slosil mitsamt dem Sarg auf der Hebebühne in den Ofenvorraum hinabfahren zu lassen. Es gäbe da ohnehin nichts zu sehen. Denn die Ofentür sei weder durchsichtig, noch habe sie irgendein Fenster. Das muß ihr Mann sich ausgedacht haben, gnädige Frau, versicherte er ihr: Es wäre Unfug, schlichtweg Bubenschmonzes.

Sie haben ja keine Ahnung, mein Herr, wie…

Wie bitte?, fuhr der Direktor gereizt dazwischen: Das ist nicht ihr Ernst! Die Verbrennung von Toten ist, bitteschön, immerhin mein Beruf. Und im übrigen, und das dürfen Sie mir getrost glauben: Im Tod sind sie alle Wichte und unterscheiden sich durch nichts voneinander. Das Feuer hat immer die gleiche Farbe. Und am Ende gibt's für ausnahmslos jeden dasselbe nette Aschenweiß. Also tun Sie mir, bitte, den Gefallen und erzählen Sie nicht, ich hätte keine Ahnung von Leichen im Feuer!

Frau Slosils Einwand hätte den Direktor unter anderen Umständen wohl kaum bekümmert. Doch: Noch während er sprach, setzte sie das Lächeln von Frauen auf, die fest entschlossen sind, um keinen Preis klein beizugeben. Nein, sie blieb hartnäckig. Und selbst nach zweistündigem zermürbendem Gespräch, in dem der Direktor ihr die schlaflosen Nächte ausgemalt hatte, die ihr zweifellos bevorstünden, bestand sie noch immer darauf, sich mit in den Vorraum versenken zu lassen und dort zu bleiben, bis die Ofentür hinter dem Sarg ihres Mannes zufallen würde.

Keine Sekunde länger, meinetwegen; aber ich werde es tun. Und wenn ich den Laden hier kaufen muß.

Der Direktor blieb stur. Und erst, als Frau Slosil den letzten Trumpf ausspielte, beschloß er schließlich doch einzulenken. Im Garten ihrer Villa, hatte sie gedroht, würde sie den Scheiterhaufen aufrichten lassen und die Verbrennung selbst in die Hand nehmen, als Schauspiel für sämtliche Nachbarn und Passanten und mit dem deutlichen Hinweis, sie sei dazu gezwungen worden, da das Städtische Krematorium sich außerstande gezeigt hatte, ihr einen einzigen kleinen Gefallen zu erweisen.

Sakra!, fluchte er. Die Frau war einfach nicht zu bremsen. Also gut; er gab auf. Allerdings, schränkte er ein, müsse er eine Bedingung stellen.

Und die wäre?

Nie und nimmer allein!, beharrte er. Ein Fachmann müsse sie begleiten, zu ihrer eigenen Sicherheit.

… und der ihres Sessels?, stichelte sie. Doch sie war einverstanden.

Der junge Kerl, den der Direktor als Begleitung für Frau Slosil ausgewählt hatte, war durchaus kein Fachmann, sondern schlicht ein versoffener Leichenwäscher, der sich für den Auftritt in einen schwarzen Anzug aus dem Kostümverleih hatte zwängen müssen. Er musterte Frau Slosil, als wäre sie eine Psychopathin. Und als sie ihn zurechtwies, sie sei keineswegs verrückter als die übrigen Anwesenden, ihn und den Direktor eingeschlossen, wand er sich betreten in dem zu engen Jackett und zog es vor, der Frau besser nicht mehr in die Augen zu sehen, bis die Sache vorüber sei.

Ist nicht meine Klasse, dachte er und zog den Kopf ein.

Den Direktor plagten ähnliche Gedanken. Er jedoch versuchte, souverän zu wirken. Während die Trauergäste sich bereits nach und nach in der Feierhalle einfanden, begann er, Frau Slosil die technische Seite des Unternehmens auseinanderzusetzen. Mag sein, daß er sich in den Kopf gesetzt hatte, sie durch Details im letzten Moment noch umzustimmen: Ich werde Ihnen erklären, wie der Zauber funktioniert. Und schon räsonierte er über die Funktionsweise der Verbrennungsöfen. Die glutheiße Luft, die ihren Gatten entzünden sollte, würde erst in den Ofen geleitet, nachdem die Tür sich geschlossen habe.

Und erst dann brennt er, Gnädigste, volle achtzig Minuten lang. Kein Rauch, kein Gestank, versicherte er. Wir tüten ihn ein; und sie haben ihn wieder. Als Asche, versteht sich: weiß wie ein Brautkleid, wenn Sie gestatten. Aber zu sehen, drang er noch einmal in sie, zu sehen ist da reinweg gar nichts. Es sei denn, Ihr Blick dringt durch Stahl.

Sie verschwenden Ihre Zeit, erwiderte Frau Slosil gelassen. Den gehässigen Unterton hatte sie beflissentlich überhört und drängte den Direktor nun, endlich zu den praktischen Fragen zu kommen: Wann genau solle sie sich auf die Hebebühne stellen?, wie lange würde es dauern? Hören Sie: Der technische Kram ist für mich ohne Belang.

Also gut, auch diese Runde ging an Frau Slosil. Der Ofenvorraum liege knappe vier Meter unterm Boden der Feierhalle. Man sei also einszweifix unten. Die Ofentür würde automatisch geöffnet, der Sarg mittels Hydraulik hineingeschoben und die Tür sich kurz darauf wieder schließen.

Und Finis!, spulte der Direktor den üblichen Fahrplan herunter. Im übrigen würde er Frau Slosil und ihrem Begleiter rechtzeitig ein Zeichen geben.

Ich bitte darum, drohte sie: Sollte auch nur eine Kleinigkeit schiefgehen und ihr Mann in der Versenkung verschwinden, bevor sie bereit sei, wäre sie zu allem entschlossen. Ich springe!, und wenn's dreimal vier Meter sind. Ich warne Sie jetzt schon.

Nein, dieser letzten Drohung hätte es schon nicht mehr bedurft. Der Direktor war unterdessen voll und ganz von Frau Slosils Entschlossenheit überzeugt. Indreiteufelsnamen, was immer Sie wollen: Ich bin einverstanden. Und damit waren die Vorbereitungen abgeschlossen.

Zu der Trauergesellschaft, die an jenem Tag erschienen war, ist nicht viel zu bemerken. Neben den höheren Angestellten seiner Firmen und den nahen Verwandten waren auch einige der früheren Geliebten gekommen, um Slosil versinken zu sehen. Insgesamt eine Versammlung erlesen gekleideter Herrschaften, die der letzten Laudatio auf Jaroslav Slosil mit mehr oder weniger Teilnahme lauschten. Denn, was die Angestellten betraf, hatte Slosil dafür gesorgt, daß ihre Zukunft nun, des bevorstehenden Verkaufs der Firmen wegen, ein wenig zumindest im Ungewissen lag. Und manche der abgelegten Damen (ausnahmslos brünette Typen mit Naturlocken), die aus der Zeitung von Slosils Tod erfahren haben mußten, trauerten wohl ebenfalls nur halb. Immerhin hatte er sie alle irgendwann einmal verlassen. Und Beschämung gehört zu den Dingen, die eine Frau selbst Liebe vergessen lassen.

Als die Damen und Herren jedenfalls vom Direktor in die Feierhalle geführt wurden, war Slosils Sarg bereits auf einem mit schwarzglänzendem Tuch verhängten Katafalk aufgebahrt. Man konnte ihn nicht übersehen; und dennoch brach das Getuschel unter den Gästen nicht ab. Die Gesellschaft merkte erst auf, als Frau Slosil, auf das vereinbarte Zeichen des Direktors hin, aufstand und, die Handtasche unter den Arm geklemmt, nach vorn schritt: auf den Katafalk zu, auf dem ihr Mann aufgebahrt lag. Gut sieht er aus, dachte sie noch einmal und bemerkte mit Genugtuung, wie hervorragend ihm das Rot doch stand, das sie für ihn ausgesucht hatte.

Sie vergewisserte sich, richtig zu stehen, und maß mit einem skeptischen Blick noch einmal ihren Begleiter, der sich, zum allgemeinen Erstaunen der Gäste, neben sie postiert hatte. Der Sarg wurde zugedeckelt. Und es ging abwärts.

Die Gäste sprangen auf. Sie begannen zu debattieren: Was hat sie nur?, gute Frau, machen Sie sich nicht unglücklich!, und ähnliche Plappereien. Doch schon war der Katafalk mitsamt der Witwe und ihrem Begleiter verschwunden. Und die Luke schloß sich über ihnen mit einem dumpfen metallischen Schnappen.

Sowohl Slosil als auch seine Witwe sollten recht behalten. Zwar löste sich das Rätsel nicht; doch zumindest gab das Feuer eine Antwort auf manche Frage. Die erste bemerkenswerte Erscheinung bewirkte es bereits, als es noch nicht einmal losgebrochen war. Der Deckel von Slosils Sarg hatte sich, während der wenigen Sekunden Abwärtsfahrt nicht nur gehoben, nein, nun schwebte er sogar: einen halben Meter über Jaroslav Slosils lebendiggeschminktem Gesicht.

In jenem Augenblick zitterte Frau Slosil bereits am ganzen Körper. Doch während ihr Begleiter es vorzog, die Augen zusammenzukneifen, zwang sie sich, genau hinzusehen. Vielleicht wäre es klüger gewesen, auf den Anblick des Folgenden zu verzichten. Die schlaflosen Nächte jedenfalls blieben nun tatsächlich nicht aus, wenngleich aus einem gänzlich anderen Grund, als dem, den der Direktor ihr ausgemalt hatte: Sie würde hautnah dabei sein, wenn ihr Mann die Schwelle zur körperlosen Existenz überschritt, hatte er sie zu warnen versucht. Aber das war es ja nicht.

Anders, als der Direktor es ihr erklärt hatte, loderte das Feuer bereits auf, als der Sarg noch vor dem Ofen stand. Und es war durchaus keine glutheiße Luft, die Jaroslav Slosil entzündete, sondern die Flammen krochen aus ihm selbst hervor. Sie tanzten in seinen Augen, sie krochen über sein Gesicht, über die Brust, die Arme entlang zu den Händen und über die Hüften weiter hinab bis zu den Zehen. Es dauerte kaum länger als zehn Sekunden, bis ihm das Feuer aus allen Poren brach: eine weißrote Glut. Und in dem Augenblick, als Slosil sich aufrichtete, schien es, als sei sein Körper von einem Feuerfilm überzogen.

Er sah sie an. Er lachte. *Mirijam!*, schrie er und war, einen Augenblick später nur, bereits völlig verbrannt, zu Asche zerfallen, einer Asche von haargenau der Farbe wie das

Tuch, das kurz zuvor noch in seiner linken Brusttasche gesteckt hatte; und die Asche wurde selbst nach Tagen nicht weiß, nein, sie behielt ihr Rot und schien noch immer zu glühen, als man die Urne, Wochen später, auf dem Friedhof Praha-Želivského begrub.

Die Staatsanwaltschaft hatte es für angemessen gehalten, Petr Vonka, ehemals Praha-Hradčany, Kapucinská 4, umgehend auf seine Zurechnungsfähigkeit hin untersuchen zu lassen. Der Verdacht des Untersuchungsrichters bestätigte sich: Das auf seine Anordnung hin erstellte Dossier wies pathologische Veränderungen in Vonkas Gehirn aus. Von Straffähigkeit könne keine Rede sein. Und so hatte der behandelnde Arzt darauf plädiert, ihn von der Untersuchungshaftanstalt Moabit nach Reinickendorf zu verlegen. Die Staatsanwaltschaft stimmte zu.

Auch Petr Vonka nickte zufrieden, als er von der Entscheidung erfuhr. Es schien ihn sogar ein wenig zu freuen. Und so leistete er keinen Widerstand, als er an eben jenem Freitagmorgen, an dem sein Sohn für Sekunden noch einmal auferstanden war, in die geschlossene Abteilung der Bonhöffer-Klinik überstellt wurde. Der Park rings um die Klinik gefiel ihm. Er mochte die weißen Puppen in ihren Rollstühlen, und noch viel mehr hatte er übrig für die Kerls, die schweigend im Nachthemd auf den Fluren standen und dumpf hin und her wippten, scheinbar im Takt einer Musik, wie sie früher einmal in seinem Lokal gespielt worden war.

Die, sagte er sich, wissen, was Sinn macht. Und er zögerte keine Minute, es ihnen gleichzutun. Er schloß die Augen und begann, sich im Takt der Melodie zu wiegen, die in ihm umging, seit er Prag verlassen hatte: »Vor mir: Lydia…«, sang er:

»... hinter mir: Mirijam;
zur Linken mein Sohn und zur Rechten
ein kleiner, ein netter Fluch.
Und über mir, über mir...«

Das Feuer – während er sang, zerfraß es seinen Sohn. Und Vonka tanzte. Er tanzte.

Ebenfalls an jenem Freitagmorgen und um dieselbe Zeit durchstöberte Alex Rottenstein, ein Junge von damals knapp zwölf Jahren, die Regale im Lesezimmer seines Onkels Franz nach einem Buch. Es war eine Schwarte aus den zwanziger Jahren über »Das Weib bei den Naturvölkern«; und er war sicher, daß sie irgendwo in diesem Teil der Bibliothek zu finden sein mußte. Also suchte er. Denn Franz Regensburger hatte sich im Bad eingeschlossen. Er saß in der Wanne und würde sich, für die nächste Stunde jedenfalls, nicht um die Studien seines Neffen kümmern.

Der Junge suchte verbissen. Auf das Bild des Mädchens aus Java hatte er es abgesehen. Und bei aller Liebe zu seinem Onkel: Heute würde er es aus dem Buch reißen und klammheimlich mitgehen lassen. Er hatte es sich fest vorgenommen. Denn wenn er, seit seinem letzten Besuch bei Franz, von einem Mädchen geträumt hatte – und das tat er beinahe jede Nacht – dann von dieser Javanerin.

Es waren die Grübchen über ihrem schlanken, birnigen Po, von denen er seinen Blick so lange nicht hatte lösen können, bis ihn der Onkel schließlich mit dem Buch ertappte. Er hatte es zugeschlagen und versucht, es noch schnell zu verstecken, was ihm jedoch nicht gelang. Himmel, nie in seinem Leben war ihm so heiß gewesen! Und was hatte der Onkel gesagt?

Hübsch, nicht? Könnt ich auch schwach werden für. Oha!

Seitdem mußte er immer wieder an diese Lendengrübchen denken. Er konnte sie sich nicht anders erklären, als daß sie von Daumen stammen mußten, den Daumen irgendeines verfluchten Javaners, der von hinten mit beiden Händen ihre Taille umfaßt hatte. Und sie dann küßte – wie er den Kerl verwünschte! – ja, auf diese Grübchen mußte er sie einfach geküßt haben, wenn er kein Idiot war. Oder auf den Nacken?, oder den Po?, oder die Fingerspitzen? – Sie hatte den rechten Arm gehoben und steckte mit leicht gespreizten Fingern ihren Haarknoten fest. Verdammt, es gab keine einzige Stelle, auf die er sie nicht hätte küssen wollen. Und er tat es auch. Doch das Papier blieb natürlich nur immer Papier und roch nach den Zigarren seines Onkels Franz und nicht nach…, nach… Er wußte nicht, wie es riechen müßte, um wenigstens dem Geruch nach javanisches Mädchen zu sein, mit Lendengrübchen und diesem Nacken, den haarlosen Achseln und den Fingerspitzen Kniekehlen Schultern und –

Zweihundert Seiten weiter hatte der Junge noch ein anderes Foto entdeckt, auf dem das Mädchen in der gleichen Pose, doch von vorn fotografiert war. Und da er nun ihr Gesicht kannte, hatte er versucht, einen Namen für sie zu erfinden. Doch in seiner Hose zitterte, drängte und pulsierte es. Er konnte sich einfach keinen Namen denken. Und dann kam der Onkel und sein »Hübsch, nicht?« und der Vorsatz, die beiden Fotos bei der nächsten sich bietenden Gelegenheit verschwinden zu lassen. Und was hatte er gewartet! Bei allen Javanerinnen: Was sind schon Tage, Monate!

Doch nun war es soweit. Er hatte das Buch gefunden.

Die Seitenzahlen, die er wohl nie wieder vergessen würde, so oft hatte er sie sich seit dem letzten Besuch bei seinem Onkel vorgesagt: dreiundzwanzig, zweihundertsiebenundzwanzig, dreiundzwanzig, zweihundert... Er schlug die Seiten auf und trennte sie vorsichtig aus dem schon etwas morschen Band. So, dachte er, müssen sich Einbrecher fühlen, wenn im Korridor plötzlich das Licht angeht.

Könnte er doch aufs Klo! Da konnte man sich einschließen, ohne Verdacht zu erregen. Doch im Bad trödelte ja Onkel Franz...

Nein, er hielt es nicht aus. Er zog die Bilder wieder unterm Hemd hervor, betrachtete und küßte »seine« Javanerin, dieses Mädchen und diese unglaublichen Grübchen, für die er einfach hundert Jahre zu spät geboren war und im verflucht falschen Land und überhaupt als der falsche Mensch: Sie würde dich nicht einmal ansehen, sagte er sich. Selbst aus dem Foto heraus sieht sie durch dich hindurch, kühl, selbst wenn du sie küßt. Und schon wieder drückte es, bewegte sich, zuckte und drängte sich ins Hosenbein.

Der Junge öffnete den Reißverschluß seiner Hose in genau jenem Augenblick, als sich der Feuerfilm um Jaroslav Slosils wiedererwachenden Leichnam legte. Und als Slosil schrie, *Mirijam!*, flüsterte der Junge den Namen, der ihm nun endlich doch eingefallen war. Und als ihm dann diese streng nach Kastanien riechende Milch über die Hand lief und er schon glaubte, jetzt sei es vorbei... Da begann es erst.

Er stürzte und japste nach Luft. Und was sich als sachtes Ziehen in seinen Waden angekündigt hatte, fiel nun als Beben über ihn her, ein reißender Schmerz, Zuckungen, die von den Waden her langsam aufwärts wanderten, über die Beine in den Bauch, und die schließlich seinen ganzen Körper auf dem Boden des Lesezimmers hin und her warfen, ihm den Kopf in den Nacken zwangen und seine Beine mit Macht nach hinten zogen: Eine Fleischsichel, die jeden Moment zerbrechen würde, wenn es nicht aufhörte: zu zerren, zu reißen, ihn zu verdrehen und umherzuwälzen, und es hörte nicht auf, nicht, bis er schließlich noch einmal schrie: den Namen?, den er gefunden hatte, oder es war ein Fauchen oder ein Kreischen oder nur eine zersprengte Heiserkeit, zwischen Drohung und Angst.

Als Franz Regensburger ihn fand und der Junge, nach einigen Minuten, wieder bei Bewußtsein war, erinnerte er sich nur ungefähr: an ein dunkles Mädchen mit Lendengrübchen, das sich die Haare steckte. Doch er erkannte die Fotos nicht wieder, die er zerknüllt in seinen Fäusten hielt. Sicher fühlte er, daß etwas Grundlegendes mit ihm geschehen sein mußte. Es mochte mit den Fotos zusammenhängen oder mit den Dutzenden fremden Händen, die nach ihm gegriffen und ihn beinahe zerrissen hatten.

Nein, kein plötzlicher Schock, keine Entgleisung der Nerven, behauptete Jiři Prochazka später: Nichts anderes als Jaroslav Vonkas Seele sei es gewesen, die in jenen Sekunden aus seinem brennenden Körper in den des Jungen fuhr. Sie grub sich in ihn ein. Sie schoß durch seine Adern. Die Vermischung, als er sich auf dem Boden wand: Ein Schmerz und ein Schluckauf, ein ganz gewöhnlicher, alberner Schluckauf. Das ging über Stunden und dennoch schließlich ebenso plötzlich vorüber, wie es gekommen war.

Alex' Urgroßmutter Anna wußte sofort, was die Stunde geschlagen hatte, als sie von dem Anfall erfuhr. Das sei wie bei Apfelbäumen, meinte sie: Man muß einen Zweig der anderen Sorte aufpfropfen, wenn er ordentlich tragen soll. Also schenkt euch den Arzt.

Mehr gäbe es dazu nicht zu bemerken. Oder doch: Sie würde sich schlafen legen, verkündete sie. Und den anderen empfehle sie dasselbe. Denn ein Mittagsschlaf sei unbestritten das beste in solchen Fällen. Und sie sagte es, als könne es Gewöhnlicheres nicht geben.

Nein, als Anna Regensburger, auf ihre Ankündigung hin, tatsächlich ins Bett ging, fürchtete sie sich noch nicht im geringsten. Im Gegenteil: Wenn es etwas wie Bestimmung in ihrem Leben geben sollte, so, dachte sie, wäre sie ihrer Erfüllung heute ein Stück näher gekommen.

Zwar wußte sie nicht, wessen unsterbliches Wesen an diesem Vormittag in den Körper ihres Urenkels gefahren war, doch in jedem Fall eine Seele, die gereinigt und erlöst worden war. Und gemeinsam mit der ihres Urenkels, mit der sie sich zweifellos vereinigt hatte, würde sie nun ein ganz besonderes Gespann abgeben: Reines und Unreines in einem, ein Teil Reife und ein Teil kindliches Suchen. Diese Vorstellung begeisterte sie. Und da es nicht etwa nach ihrem Tod geschehen war, sondern heute, an diesem Tag und also zu ihren Lebzeiten noch, schien es ihr auf der Hand zu liegen, daß dieses Ereignis vom Beginn an bereits auf dem Programmzettel ihres Lebens gestanden haben mußte.

Ein Etäppchen mehr, sagte sie sich, deckte sich zu und schloß zufrieden die Augen. Daß der ihr noch verbleibende Weg sich nun um ein weiteres Stück verkürzt hatte, bekümmerte sie nicht: »Ich bin gegangen und werde weitergehen...« Wie sollte sie auch ahnen, daß nur ein winziges Stück Wegs noch zum Ende fehlte? Ja, um genau zu sein: Es blieb knapp Zeit genug für einen Mittagsschlaf.

So gegen eins mochte es gewesen sein, als Anna sich schlafen legte. Und es war Sommer, wie wir bereits wissen:

August. Nach etwa einer halben Stunde wachte sie noch einmal auf, ganz kurz nur.

Zu dumm!, nuschelte sie: Ist doch gar nicht die Zeit für Kastanien. Und während sie schon wieder in tiefen Schlaf hinüberdämmerte, schüttelte sie den Kopf. Warum nur fühlte sie sich plötzlich so leicht?, als wäre sie wieder ein Mädchen – *Annileben, meine Schlüsselblume* – und säße auf Papa Salomons Schoß.

Nicht die Zeit für Kastanien..., mümmelte sie noch einmal vor sich hin. Und war vielleicht in diesem Moment schon nicht mehr bei uns.

12

Anna versinkt. Sie schämt sich ihrer Irrtümer als Hellseherin. Die himmlischen Heerscharen applaudieren: Die Höhe stimmt.

Die Gasse... Riechst du es?, fragte die Frau.

Anna nickte. Sie roch es ganz deutlich. *Gummi arabicum,* dachte sie. Und das hieß: Wien.

Nein, sie erinnerte sich nicht mehr an den Namen jener Wiener Gasse, in der sie beide wie auf stumme Verabredung hin plötzlich stehengeblieben waren, direkt neben dem Eingang zur Gummikocherei. Zäh hing der Geruch zwischen den Häusern. Drei Straßenecken zuvor schon hatten sie ihn bemerkt: streng süßlich, entfernt Lakritz. *Gummi arabicum,* hatte er geflüstert, was sie ungemein beeindruckte, denn weder hatte sie das Wort jemals zuvor gehört, noch konnte sie sich etwas darunter vorstellen.

Während er versuchte, ihr auseinanderzusetzen, daß man dieses Araberzeugs aus Akazien herauskochen müsse, war der Geruch noch intensiver geworden. Sie blieben stehen. Anna krauste die Nase, und er faßte nach ihrer Hand, die sie erschrocken zurückziehen wollte. Doch er ließ es nicht zu.

Ma bella Signorina, sagte er, als glaubte er, das sei genug. Und er drückte ihre Hand so fest, daß sie sich fürchtete. Allerdings hielt sie dennoch still. Er hatte ja recht. Es ist niemand hier außer uns, sagte er: Wovor fürchtest du dich?

Und da sie direkt vor dem Eingangstor der Gummikocherei standen und er sie küßte und es so sehr nach diesem *Ar...wasdicum* roch und sie weder ihren ersten Kuß vergessen würde, noch diesen durchdringenden Geruch – wie sollte sie das alles nicht wiedererkennen? Auch ohne daß diese Frau ihr den Namen der Gasse verriet, den sie sofort wieder vergaß: Was sollte sie jetzt, nach beinahe siebzig Jahren, noch mit Namen?

Und überhaupt: Wer war diese Frau?

Sie lag ja noch immer im Bett. Und es war ihre Wohnung. Und hier hatte sie niemand zu stören und niemand Fragen zu stellen und ihr Namen zu nennen, die sie doch nur wieder vergessen konnte.

Hören Sie?, und Anna richtete sich auf.

Doch die Frau antwortete zunächst nicht. Sie strich sich das glatte schwarze Haar aus dem blassen Gesicht und rieb sich die Augen, als versuchte sie, eine Wimper herauszufischen. Dabei waren ihre Lider wimpernlos: rot und geschwollen. Und sie flatterten.

Die Frau legte den Zeigefinger auf die Lippen und öffnete mit der anderen Hand ihren schweren Mantel, schwarz und schmucklos: eine Pferdedecke, die ihr bis zu den Knöcheln reichte. Nein, sie antwortete noch immer nicht, sondern schüttelte Annas Kopfkissen auf und riet ihr, sich wieder hinzulegen: Fühlen Sie sich nicht schwach? Ich könnte schwören, sie müßten sich schwach fühlen. Und müde. Sind Sie nicht müde?

O doch, das war sie: Zum Umfallen müde sogar, so müde, daß sie nicht noch einmal fragen konnte und sich wieder hinlegte, den Kopf in das frisch aufgeschüttelte Kissen. Und die Frau lächelte und zog ihr die Decke zurecht. Sie werden frieren, sagte sie: Ich könnte schwören, es wird kalt. Glauben Sie mir.

Was für ein Unfug! Sie brauchte nicht schwören. Fror sie denn nicht tatsächlich schon? Und wie sie fror! Warum war es auf einmal so kalt?

Keine Angst..., die Frau strich ihr mit ihren blauhäutigen Fingern über die Stirn: Rücken Sie näher ans Feuer. Sehen Sie? – Sie müssen nicht immer fragen.

Anna spürte einen stechenden Schmerz in der Brust und ein Ziehen im Rücken, bis in den Nacken hinauf. Sie schloß die Augen und fühlte sich viel zu matt, um die Frau noch zur Rede zu stellen. War sie je so müde gewesen? Stunden würde sie schlafen, Tage, wenn sie die Augen jetzt nicht sofort wieder öffnete. Und sie tat es nicht. Denn mit einem Mal wurde es wieder wärmer. Und sie mußte wohl schon eingeschlafen sein; denn sie begann zu sehen, zu hören und zu riechen wie damals in der Gasse bei der Gummikocherei...

Er hatte sie geküßt, obwohl sie erst zwölf war und er schon über die Zwanzig, und sie hatte nicht geweint und war nicht fortgelaufen. Und das, obwohl Salomon immer drohte: Die russischen Duellpistolen seines Vaters selig würde er ausgraben gehen. »Und ich kriege den Schmok, der nur kosten will. Solltest dich trotzdem besser gleich tüchtig wehren, mein Kind. Wegen der Frauens-Ehre und so. Ist keine nette Sache…«

Aber »nett«, das war es, und aufregend, daß ihr die Hände feucht wurden. Und es hatte nicht wehgetan. Nichts war geschehen: kein Blitz, kein Donnern und Sturm. Er hatte sie geküßt, und jetzt fühlte sie sich auf einmal ganz so, wie sie sich »Erwachsensein« immer vorgestellt hatte: Wenn er fragt, geb ich's zu, sagte sie sich – und daß es schön war. Es wird ihn beeindrucken, und er wird gar nichts sagen. Und die Duellpistolen bleiben vergraben.

Der Gummigeruch mußte sich regelrecht in ihre Kleider gefressen haben. Er ging ihr einfach nicht aus der Nase, so daß sie selbst am späten Abend noch, als sie im Bett lag und die Augen schloß, glaubte, sie stünde noch immer vor der Gummikocherei…

Anna lächelte immer, wenn sie später, als junge Frau, auf der Straße eins dieser Mädchen traf, die wie sie damals mit erhobenem Kopf gingen, die Schultern stolz zurückgezogen und mit achso!erwachsenem Blick. Sie winkte den Mädchen dann zu. Und meist grüßten sie auch zurück, als begriffen sie, daß Anna sie erkannt hatte und vielleicht sogar ein wenig beneidete.

Zu Hause angekommen, fühlte sie sich dann jedoch eher trostlos und flüsterte: *Gummi arabicum*. Eine Zauberformel, mit der sie ihr Gedächtnis bestechen konnte. Und das mußte sie, um diesen Wiener Nachmittag, den Spaziergang und den Kuß vor der Gummikocherei noch schön finden zu können.

Wahrscheinlich, dachte sie, hätte sie selbst nach einem Spaten gesucht und die Duellpistolen ausgegraben oder besser noch: den Kerl sofort erschlagen. Hätte er nur nicht so gotterbärmlich gekotzt, daß ihm der Magen schon in der Kehle hing. Und hätte ihr Vater nicht neben dem Pult mit den Schalthebeln auf der Erde gelegen.

Was redest du?

Die Frau schien beleidigt. Sie verschränkte die Arme vor der Brust und schlug die Beine übereinander. So weit sind wir noch nicht, sagte sie. Das Durcheinander hast du hinter dir. Zum letzten Mal laufen die Dinge geordnet ab. Und geordnet, das heißt: Am Anfang schien alles noch anders. Und es war warm.

Das Feuer, Anna, sagte sie: Er blies in die Holzkohlenglut und sprang zurück, als die Funken aufstoben. Und es roch nicht nach arabischem Gummi. Es roch nach Kastanien.

Wie gebannt starrte Anna auf den kleinen provisorischen Grill: nicht mehr als eine verbeulte Metallröhre von einem halben Meter Durchmesser, die er auf ein Blech gestellt hatte. Am unteren Rand der Röhre entdeckte Anna eine quadratische Öffnung, gerade groß genug, um eine Handvoll Holzkohle nachlegen zu können, ohne sich zu verbrennen. Unter dem verrußten Kuchenblech, mit dem der Grill abgedeckt war, quoll grauer Rauch aus den Belüftungslöchern, die er offenbar mit dem Hammer und einem breiten Schraubenzieher notdürftig aus dem Blechmantel herausgestanzt hatte.

Der junge Mann hatte die Glut ordentlich angeblasen und sich die Hände an den Hosen abgewischt. Er sammelte eine Handvoll Kastanien aus dem halb verschlissenen Rucksack, der neben dem Grill stand, und ritzte die braune Haut der Früchte mit einem Taschenmesser auf, bevor er sie schließlich auf das heiße Kuchenblech warf. Das alles tat er in Ruhe und mit der verschwiegenen Ernsthaftigkeit eines religiösen Rituals.

Dabei roch es zunächst einfach nur verbrannt, nach Holzkohlenrauch. Doch es dauerte nur wenige Minuten; und die Kastanien platzten auf. Sie verfärbten sich, von hellgelb bis walnußfarben. Und kurz darauf lag der halbe Rummel unter einer Duftglocke. Anna sog tief den Geruch der Kastanien ein. Und es störte sie nicht, daß ihr der Rauch in den Augen brannte.

Sie schlich sogar noch ein Stück näher an den Fremden heran, und der Mund stand ihr offen, während sie beobachtete, wie er mit bloßen Fingern die heißen Kastanien auf dem Blech hin und her wendete.

Maroni, Maroni!, Signore e Signori, rief er nun: Köstlich geröstete Kastanien, eine Wohltat und Gaumenfreude, die Tüte zehn Stück, zwei Sechser nur und Sie haben sie! Und er lächelte Anna aufmunternd zu, als hätte er mehr zu ihr gesprochen als zu den vorüberschlendernden Rummelbesuchern. Sie wollte schon nicken, doch Vater Salomon, der den Fremden nicht weniger interessiert beobachtet hatte als sie, legte ihr seine schweren Hände auf die Schultern. Anna sah nach hinten zu ihm auf, und Salomon schüttelte den Kopf, während der Fremde weiter seine Kastanien anpries.

Ca-sta-nea!, meine Damen und Herren, köstlich geröstet und so gut wie geschenkt! Und wieder lächelte er und zwinkerte der kleinen Hiller-Tochter zu, die nun, das Kinn auf die Brust gedrückt, verschämt auf das Blech mit den Kastanien schielte und ihren Rock zwischen den Händen knautschte. Salomon stand noch immer hinter ihr. Und seine Hände sagten ihr »nein«.

Der Mann zuckte die Achseln und fischte eine Kastanie

vom Blech über der Holzkohlenglut. Er ließ sie ein paarmal hin und her über seinen gelben Handteller rollen und hielt sie schließlich dem Mädchen unter die Nase. Anna hob die Schultern und drehte den Kopf zur Seite. Sie sollte doch nicht...

Aber he, *ma bella Signorina*... Da hörte sie es zum ersten Mal. Der Maroni-Mann krauste die Lippen. Wahre Zauberkugeln, versicherte er ihr: Glaub mir, beste Ware.

Wer weiß, brummte Salomon Hiller dazwischen: Zauberkugeln?, das glaub ich gern. Und er grinste: Nimm dich in acht, Annileben, der kommt aus Sizilien und ist flott dabei.

Der Maroni-Mann winkte ab: Nicht doch. Piemont, verstehen Sie? Darauf bestand er: Sizilien!, da sei meine Mutter vor!

Salomon vergrub die Hände in den Taschen seiner Arbeitshose und schien zu grübeln. Piemont oder Sizilien, sagte er schließlich: Italiener bleibt Italiener.

Aber Salli!, hörte Hiller von hinten die Stimme seiner Frau: Das Mädel ist ganze zehn!, tat sie entrüstet. Sie hatte die Szene vom Wohnwagen aus mit angesehen; und nun preßte sie die Lippen aufeinander und konnte das Kichern, das ihr in die Kehle rollte, kaum unterdrücken.

Und du?, brummte Salomon, mit schiefem Blick auf den Bauch seiner Frau, zurück. Und Annas Mutter schlug sich kokett mit der Hand auf die Hüfte, drehte sich auf der Trittleiter zum Wagen einmal um sich selbst und verschwand wieder, ohne ein Wort.

Luderle!, zischte Salomon. Er rieb sich ausgiebig das Ohrläppchen und musterte den Kastanienverkäufer nun von Kopf bis Fuß. Den schien sein Mißtrauen wenig zu kümmern. Mit einem Schwung aus dem Handgelenk warf er die Kastanie wieder zurück aufs Blech und stemmte die Fäuste in die Hüften: Also bitte, mein Herr, entrüstete er sich mit Bühnenbaß: Bin ich ein Verbrecher?

Salomon kniff die Augen zusammen und reckte sein Kinn vor. Nu, das vielleicht nicht, süßelte er zurück: Nur ein wenig zu braun vielleicht für meine Nachbarschaft: *Maronino*.

Wenn's weiter nichts ist... Der Italiener hob entschuldigend die Hände: Das gibt sich, so Gott will, den Winter über ein wenig. Und er lachte, daß es über den ganzen Rummelplatz zu hören sein mußte, bis hinüber zur Aaltrudelbude und den Messerwerfern.

Also sollte es sein? Es sollte.

Salomon kitzelte seine Tochter mit dem Ende ihres Zopfes im Nacken. Na gut, lenkte er ein. Und nun durfte sie die erste geröstete Marone ihres Lebens probieren. Sie pulte die Schale ab und betrachtete die nackte Kastanie noch einen Augenblick lang, bevor sie schließlich zaghaft hineinbiß. Ein winziges Stück nur wollte sie kosten; doch dann steckte sie sich die Kastanie gleich ganz in den Mund. Und sie schmeckte tatsächlich: süßlich-mehlig, ein wenig vielleicht nach in heißer Asche gebackenen Kartoffeln und in jedem Fall – nach mehr...

Zwei Sechser, Tatenju!, bettelte sie nun und hüpfte wie ein Gummiball vor ihrem Vater hin und her. Bin ich Rothschild, Mädel?, seufzte Hiller theatralisch. Er öffnete umständlich den Verschluß der grauledernen Geldkatze, die vor seinem Bauch an den Gürtellaschen baumelte, kramte die Münze hervor und drückte sie dem neuen Nachbarn in die Hand.

Da haben wir's, frozzelte er weiter: Ist erst ein paar Stunden hier, der Mann, und verdient schon an uns.

Ganz unrecht hatte Hiller damit sicher nicht. Doch es sollte ein Verdienst auf Gegenseitigkeit daraus werden. Nachdem der Italiener seine Kastanien verkauft hatte, lud er Hiller auf ein Bier in den Prater ein.

Es ist doch so, versuchte er zu erklären: Ich könnte mich wohl fühlen mit meinem Grill neben ihrem Karussell. Also sollten sie wissen, woher ich komme...

Ich denke Piemont?!, unterbrach Hiller ihn und fuchtelte mit dem Zeigefinger vor Maroninos Gesicht herum. Oder doch Sizilien?, argwöhnte er: Das kostet dich dann zwei... drei Bier – und 'ne Tracht Prügel. Du verstehst?

Maronino hob abwehrend die Hände: Wo denken Sie hin? Werd ich's mir gleich verderben? Kommen Sie, wir gehen in den Prater: auf einen Langen und einen Kurzen. Das können Sie mir doch nicht abschlagen, oder?

Hiller war einverstanden: Wenn es denn sein sollte, dann richtig. Also klopfte er an die Holzwand des Wohnwagens, rief seiner Frau zu, daß er mal eben zum Prater rüberhuschen würde: mit dem falschen Sizilier, auf gute Nachbarschaft.

Sie wollten schon gehen, als Annas Mutter aus dem Wagen stürzte. Sie bekam ihren Mann gerade noch am Gürtel zu fassen: Das bleibt besser hier, mein Goldstück, lamentierte sie und zeigte auf die Geldkatze vor Hillers Bauch: Bier ist gut, aber wir wollen auch essen.

Gut, da er eingeladen war, gab er die mageren Einnahmen des Vormittags gern heraus. Sie solle sich nicht sorgen. Lange würde es sicher nicht dauern. Und: Hätte er jemals die *Parnosse* zum Biertisch getragen? Reden wir nicht davon! Und sie machten sich auf in Richtung Donauauen.

Das Riesenrad..., sagte der Italiener und zeigte auf die roten Gondeln, die sie im Nachmittagslicht schon von fern ausmachen konnten: Dahin wollte ich. Und er zuckte die Achseln: Weiß der Teufel, als Mechaniker, Kartenverkäufer, Lagerschmierer oder Trittbrettputzer. Was glauben Sie, wie die daheim gestaunt hätten. »Vincenzo im Wiener Prater! Und wer weiß, vielleicht heiratet er noch ins Riesenradgeschäft...« Das wär's gewesen!

Die Augen des Italieners leuchteten, ja: ein Glimmen zwischen Verträumtheit und verbissenem Wunsch. Vielleicht hätte Salomon hellhörig werden sollen bei diesen unbedacht offenen Worten: Er habe schon immer von Rummel und Zirkus geträumt wie manch andere Jungen in seinem Dorf auch. Nur habe er sich geschworen, eines Tages entweder Schausteller zu werden oder ein berühmter Clown beim *Zirkus Togliatti*.

Sie müssen wissen, sagte er: In Santo Stefano lebt ein beharrlicher Menschenschlag; und ich bin der Sturste aus Santo Stefano.

Ein Clown..., schwärmte er: Das Zirkuszelt ist bis auf den letzten Platz besetzt, mit Kindern, schönen Frauen und finsteren Männern. Und ich bringe sie zum Lachen, zum Lachen.

Hiller hörte kaum noch auf das Geschwätz des Italieners: Ein grüner Junge, sagte er sich, knappe fünfundzwanzig, wenn's hochkommt, und redet von Beharrlichkeit wie ein alter Firmenchef, der als Salomon Hiller geboren wurde.

Ob er ihm ein Handtuch besorgen solle, fragte er.

Bitte?

Na, um die Hände abzuwischen.

Der Italiener blieb mitten auf dem Bürgersteig stehen und streckte, halb spielerisch, halb vorwurfsvoll seine Hände vor: Sie sind sauber; ich bitte Sie.

Aber feucht, nicht?

Auch nicht feucht. Wie kommen Sie darauf?

Hiller feixte: Du bist romantisch wie ein Zwölfjähriger. Und die haben immer feuchte Hände. Also red nicht rum. Das Riesenrad kann ich nicht kaufen.

Maronino schwieg einen Augenblick und vergrub, während sie weitergingen, die Hände tief in seinen Hosentaschen, als sei er ernsthaft beleidigt. Die Nase lief ihm; und er zog den Schnodder hoch, spuckte ihn zur Seite gegen eine Hauswand und schüttelte sich. Was wollen Sie?, begann er noch einmal: Piemont ist schön, keine Frage. Aber ist das ein Leben auf Dauer: zwischen Hühnern, Pferden und Maische-Trögen?

Hiller zuckte die Achseln: Er kenne sich da nicht aus. Aber wenn er als Bauer geboren wurde, hätte es schon seinen Grund. Jeder lebt da, wo Gott ihn hingestellt hat. Oder hingeschubst, setzte er flüsternd hinzu: Aber das ist eine andere Sache.

Der Italiener nickte, als verstünde er völlig, was Hiller meinte. Hingeschubst, he?!, sagte er und klopfte Hiller auf die Schulter: Er für seinen Teil habe sich das Dorf ausgetrieben. Und – er blieb stehen und streckte den Zeigefinger in die Höhe – ich bekomme mein Riesenrad. Oder mein Karussell. Die Kastanien sind nur ein Anfang.

Bei diesen Worten durchzuckte es Salomon. Er blieb ebenfalls stehen und juckte sich den Nacken. Moment mal, schoß es ihm durch den Kopf: Er präsentiert mir sein Lebensziel, als sei ich ein Wunderrabbi, der ihm zum Glück verhelfen soll. Ein paar Minuten noch: Er bittet mich um die Hand meiner Frau. Und eins, zwei Bier; und er fordert sie.

Ach, weißt du, kehrte Hiller nun den Lustlosen heraus: Vielleicht sollten wir das mit dem Umtrunk verschieben. Mir ist mit einmal so schwummerig.

Aber...

Nein nein, Salomon winkte ab: Lassen wir's gut sein für heute. Verkauf deine Kastanien. Auf ein Bier gehen wir später mal.

Zwar verstand der Italiener nicht im geringsten, was Hiller so plötzlich umgestimmt hatte. Doch da ihm sein neuer Nachbar bereits ultimativ die Hand gedrückt und kehrtgemacht hatte und da er keinen Zweifel daran ließ, daß er allein nach Hause zurückschlendern wollte, bohrte er auch nicht weiter nach.

Komischer Kerl, sagte er sich. Einen Moment lang sah er Salomon noch hinterher, der, ohne sich noch einmal umgesehen zu haben, bei der nächsten Gelegenheit rechts abbog. Dann schüttelte er den Kopf und ging allein weiter. Von wegen »feuchte Hände«, wetterte er: Bei Santo Stefano!, das werden wir noch sehen.

Wenn der erste Versuch, einander näher kennenzulernen, auch unerfreulich endete: Sie blieben Nachbarn. Der Italiener zog fortan mit dem kleinen Rummel über Land, von Wien nach Bratislava, über Prag, Karlsbad und Pilsen letztendlich nach Dresden. Und die Wahrheit ist, daß Salomon Hillers Kettenkarussell von jenem Tag an mehr abwarf als je zuvor.

Zwei Sechser für Kastanien und zwei fürs Karussell... Es gab kaum ein Kind, das, mit der Maronentüte in der Hand, nicht auch sofort noch eine Runde auf Hillers Karussell hätte drehen wollen. Und es gab kaum einen Vater, der es sich leisten konnte, zwei Sechser für geröstete Kastanien auszugeben, und dann nicht bereit gewesen wäre, noch zwei weitere Sechser fürs Karussell draufzuzahlen. Ja, am Ende waren es sogar nur noch acht Pfennige. Denn Salomon Hiller und der Italiener hatten beschlossen, gemeinsam einen Vorzugspreis zu bieten, wenn Karussellrunde und Maronentüte in eins gingen. Dann gab Hillers neuer Nachbar zwei Kastanien weniger in die Tüte: Schon waren die zwei Pfennige beinah wieder wettgemacht. Und man konnte brüderlich teilen.

Was Salomon Hiller betraf, hätte er sich mit dem Italiener wahrscheinlich auch ohne diesen finanziellen Vorteil vertragen. Der übermäßige Ehrgeiz, der Maronino ganz offenbar trieb und den er allzu oft nicht verleugnen konnte, nervte Hiller zwar von Zeit zu Zeit gehörig. Er schrieb ihn jedoch seiner Jugend zu und meinte, eines Tages würde es der Junge schon schaffen, sich ein eigenes Karussell zu kaufen oder tatsächlich bei *Togliatti* unterkommen. Oder aber er würde den Traum sang- und klanglos zu Grabe tragen.

Quälender Ehrgeiz, meinte Hiller, verschwinde letztendlich mit zunehmender Reife. Und das mag wohl stimmen. Nur hatte er nicht bedacht, daß Reife nicht zwangsweise mit dem Alter einhergeht und verbissenes Streben manchem selbst noch die Auskleidung des Sarges versengt: Bis an die Grube!, auf Teufelkommraus...

In der gesamten Zeit, die sie gemeinsam umherzogen, gab es nur zweimal richtigen Streit. Der jedoch hatte es in sich. Beim einen Mal, das war noch in Wien, kam Maronino mit einem blauen Auge davon. Beim zweiten Mal hätte Hiller ihn beinahe erwürgt: Und das war in Dresden gewesen und in jener Minute, in der sie sich für Jahre zum letzten Mal sahen.

In Wien hatte Annas Mutter noch zu vermitteln versucht. In Dresden jedoch schwieg sie. Denn den Kuß vor der Gummikocherei hatte sie ihrer Tochter ehrlichen Herzens gegönnt: Ach, Salli, erinnere dich nur an unser erstes Rendezvous ohne die Eltern! Daß Salomon ihr selbst jedoch das Schäferstündchen mit dem Italiener keineswegs gönnte, dafür hatte sie nicht weniger Verständnis. Immerhin war er ihr Mann. Und – darüber hinaus – leuchtete ihr am Ende seine Lesart des Vorfalls sogar ein: Bei aller Liebe, mein Brautjuwel, ans Karussell will der Schmok und nicht an deinen Busen.

Da siehst du, was für ein Idiot er ist, was sag ich!, einem zwölfjährigen Mädchen den Schoß heiß machen und dann die Mutter verführen! Piemont muß noch ärger sein als Sizilien: Katholikenpack!

Salli...

Sei still, sonst laß ich dich taufen.

Und damit war die Diskussion beendet. Daß Salomon den Italiener nicht wirklich erwürgte, lag einzig daran, daß Anna mit einem Knüppel in der Hand dazwischenging, als die beiden Männer sich vor dem Wohnwagen rollten. Anna war inzwischen knapp siebzehn und hatte genügend Erfahrung und Phantasie, um zu begreifen, was sich abgespielt hatte, sowohl damals vor der Gummikocherei als auch gerade eben im Wohnwagen neben dem Karussell. Das genügte ihr, um ihn zu verachten.

Was bist du meschugge, Tate! Willst uns alle noch unglücklich machen wegen dem *Schmaddeten*?, brüllte sie ihrem Vater ins Gesicht, während der den Italiener widerwillig aus dem Schwitzkasten freigab: Bringst dich um ganze zwei Welten, nur um einmal in Dreck zu treten.

Die Flüche, die Maronino sich anhören mußte, während

er, so schnell wie noch nie in seinem Leben, seine Siebensachen zusammensuchte und sich davonstahl, sie hatten es in sich. Hiller schimpfte sein gesamtes Rummelvokabular herunter, von Jiddisch über Wienerisch bis Deutsch, an Demütigung mehr als genug.

Ich bin's, Salomon Hiller, rief er dem Maroni-Mann noch hinterher: Und mir nimmt keiner die Butter vom Brot! Ein Irrtum, wie sich später herausstellen sollte. Doch bislang ahnte er dies noch nicht im geringsten.

Ob nun aus allgemeiner Müdigkeit oder wegen des Streits mit Maronino, wenige Tage jedenfalls, nachdem der Italiener verschwunden war, meinte Salomon, er sei nun lange genug umhergezogen: höchste Zeit, seßhaft zu werden. Die Wanderei, sagte er sich, sei weder für ihn selbst noch für seine Tochter gut, von seiner Frau ganz zu schweigen. Wenn es keine Weiber gab, mit denen sie ab und an plauschen konnte, ohne daß die Namen und Familiengeschichten pausenlos wechselten, wie sollte sie da nicht auf dumme Gedanken kommen und mit dahergelaufenen Piemontesern flirten.

Also pachtete er von der Stadt ein Stück Wiese, nahe dem Dresdner Hauptbahnhof. Der Preis für eine Karussellrunde mußte freilich ein wenig erhöht werden, um neben dem Lebensunterhalt noch die Pacht zu erwirtschaften. Der guten Lage wegen jedoch lief das Geschäft durchaus passabel. Und es fiel nicht nur ein Versöhnungsgeschenk für seine Frau ab – ein neues Kleid: in Kobalt und Schwarz mit weißem Spitzenkragen – sondern ab und an auch eine Zigarre für ihn, und nicht von der schlechtesten Sorte.

So hätte alles wunderbar sein können, bis zu Annas Hochzeit und dann – *toi, toi, toi* – bis auf stolze »hundertzwanzig Jahr«. Und es sah auch, als Salomon Hiller im Februar '25 seinen Fünfzigsten feierte, noch nicht nach größerem Ärger aus als dem gewöhnlichen. Allerdings hatte er, trotz einer gehörigen Wodka-Dröhnung, in der Nacht nach dem Fest einen eigenwilligen Traum. Und der beschäftigte ihn Tage später noch – um so mehr, da ihm niemand erklären wollte, was er bedeuten könnte.

Zwar schien seine Frau genau zu wissen, worum es sich handelte. Sie blieb jedoch stur und ließ sich kein Wort entlocken. Dies war soweit noch nicht ungewöhnlich. Daß sie allerdings auch darüber hinaus kaum noch sprechen wollte und ihm jeder ihrer Blicke, ja jede Bewegung, die er beobachtete, als Inbegriff größter Besorgnis erschien – das ließ ihn dann doch unruhig werden. Und womöglich lag es eigentlich daran, daß er den Traum die folgenden Wochen über nicht mehr vergaß.

Ja, und als er, gute eineinhalb Monate später, auch ohne Wodka mitten in der Nacht aus dem Schlaf auffuhr und sicher war, genau dieselbe Szene wie in der Nacht nach seinem Geburtstag noch einmal geträumt zu haben, weckte er seine Frau. Er erzählte ihr von einem befremdlichen Erlebnis im Nachthemd – Was weinst de denn, Mädel? – doch sie antwortete auch jetzt nicht. Und nun war er sich endgültig sicher, daß dieser Traum kein x-beliebiger gewesen sein konnte, sondern vielmehr die wiederholte Ankündigung eines Schreckens, das sich nicht darum scheren würde, daß er gerade erst fünfzig war und es also zu früh über ihn kommen würde, viel zu früh.

... wie in Trance war er die pedantisch geharkten Aschenwege entlanggetaumelt, durch einen Park, den er nie zuvor gesehen hatte. Mächtige Platanen säumten die Wege, Jahrhundertstämme mit gekappten Kronen; und zwischen ihnen mattelte ein dumpfes Licht, ein weißblau-gelblicher Eisschimmer, durch den nur hier und da das satte Grün der dahinterliegenden Wiesen hindurchschien.

Gern hätte er sich abgewandt oder, besser noch: Er wäre umgekehrt. Doch es schien, als wäre es der Weg, der ihn gewählt hatte und nicht er den Weg. Er mußte weitergehen. Die Platanen führten ihn, wenn er auch nicht wußte wohin.

Eine kühle Brise ging, und er fror. Den Hut mußte er vergessen haben. Ja, er trug nicht einmal ein Käppchen und – nein, wie denn... Im Nachthemd hatte er sich auf den Weg gemacht! Doch er schämte sich nicht. Im Gegenteil. Er fand es beinahe lustig: seine nackten Füße auf dem Aschenweg und die behaarten Waden, die unterm Saum des Nachthemds hervorlugten – alles eine Frage der Mode. Und er lachte, während er an sich hinuntersah, und schüttelte den Kopf. Wäre die Kälte nicht gewesen, hätte ihm sein Aufzug sogar gefallen können. Es hatte durchaus etwas für sich, wie nackt umherzuspazieren, nicht eingeengt von Gürtel und Hose. Und da außer ihm offenbar niemand hier ging.

Aber es ging dort jemand. Und jetzt bemerkte er ihn. Oder sie. Das war auf die Entfernung nicht sicher auszumachen. In jedem Fall war es ein Mensch. Und der ging auf dem selben Weg. Er kam ihm entgegen. Und da er selbst nicht ausweichen, ja nicht einmal hinter einen Baum treten konnte, würde er ihm über kurz oder lang wohl begegnen: *im Nachthemd, Himmel!* Und nun sorgte er sich doch ein wenig.

Sein Aufzug würde Anstoß erregen, peinliche Sache. Wie sollte er sich erklären?; und die Anzeige wegen Erregung öffentlichen Ärgernisses? Und am Ende würde ihm noch der Pachtvertrag gekündigt, weil es unhaltbar sei, einen ausgewiesenen Exhibitionisten in der Nähe des städtischen Hauptbahnhofs ein Karussell betreiben zu lassen!

Doch was auch immer er dachte und was geschehen würde: Er konnte es nur geschehen lassen. Denn der Weg war ganz offenbar der ihm bestimmte, und er mußte gehen, wenn auch im Nachthemd. Im übrigen war es für Überlegungen bereits zu spät.

Höchstens dreißig Meter trennten ihn unterdessen noch von der Frau, die ihm entgegenging; ja, es war eine Frau. Und potz!, groß und schlank! Sie ging nicht; sie schritt, eine wahre Königin. Einen schwarzen Mantel trug sie, knöchellang und wie ein Talar geschnitten, doch vorn geöffnet, so daß er hinter ihr im Wind flatterte. Auch ihre übrige Kleidung, ja selbst ihr Haar war schwarz. Pomadisiert trug sie es, glatt nach hinten gelegt, ganz den Linien des Schädels nach...

Was für ein Schädel!, dachte er, ein Kopf!: Das waren Linien zum Verlieben. Kein Scherz: Beinahe hätte er beschlossen, sie anzusprechen, und wenn es ihn dreist den Pachtvertrag kosten sollte. Das Leben sei kurz, und man müsse ab und an schon mal was riskieren. Doch es kam nicht dazu. Denn als er eben auf sie zugehen und sie ansprechen wollte, schnürten zwei Schäferhunde aus einem nahen Gebüsch heraus auf sie zu.

Sollte er vor Hunden zum Helden werden? B'esrat ha-Shem! Das war durchaus nicht seine Art Humor.

Schon fürchtete er, sie würden sie anfallen. Doch weder bellten sie, noch fletschten sie die Zähne; nein, als sie schließlich bei ihr waren, tänzelten sie schwanzwedelnd um die Frau herum und hechelten zu ihr auf, was sie jedoch nicht im geringsten zu berühren schien. Sie würdigte die Hunde, wie übrigens auch ihn, keines Blickes.

Ein kurzes, energisches Winken der Hand, und die Hunde folgten ihr. Allerdings trotteten sie nicht neben ihr her, sondern liefen im Kreis um sie herum, so daß ihre Spuren den Weg der Frau wie Spirallinien einmal hinter ihr, einmal vor ihr kreuzten. Sie witterten und äugten, als wachten sie darüber, daß nichts und niemand sie behelligen, ja nur in ihre Nähe gelangen könnte.

Ein Spukbild?

Nein. Jetzt waren sie bei ihm, schräg vor ihm; und die Frau wendete ihr Gesicht ihm zu: ein blasses Gesicht, zart. Und mit leicht geöffneten Lippen lächelte sie und ging vorüber an ihm, ohne ein Wort.

Er wußte nicht, wieviel Zeit vergangen war. Dunkel war es geworden; eine plötzlich hereingebrochene Finsternis? Und die Frau: Wo war sie?

Hiller drehte sich um und sah sie eben noch, kurz bevor sie in einen kleinen Seitenpfad einbog. Immer kleinere Bögen beschreibend, folgten ihr die Hunde noch immer. Und sie sah sich nicht um.

Als sie schließlich, zur Seite hin, zwischen den Stämmen der geköpften Platanen verschwand, flogen zwei Raben, die er vorher nicht bemerkt hatte, von der Wiese hinter der Baumreihe auf. Auch sie folgten ihr. Und unnatürlich laut rauschten ihre Flügel im Auf und Ab…

Das Ende also?, das Ende…

Hillers Ahnung sollte sich früher bestätigen, als ihm lieb sein konnte. Wenige Wochen nur nach seinem fünfzigsten Geburtstag begegnete er tatsächlich der Frau aus seinem Traum. Und nun begriff er, warum er sich nicht geschämt hatte, als er damals halbnackt über die Aschenwege lief: Denn was er im Traum schlicht für ein Nachthemd hielt, war nichts anderes als sein Totenhemd. Und Tote haben ein Recht auf Blöße.

Schon, als er an jenem Morgen aufstand, spürte er einen dumpfen Schmerz in der Magengegend. Er fühlte sich schwach und hätte sich am liebsten wieder hingelegt. Seine Frau jedoch ermahnte ihn, er solle nicht trödeln: Das Karussell muß startklar sein, wenn der Acht-Uhr-Zug kommt. Wir brauchen das Geld, Salli. Also mach fix!

Um sich wenigstens guten Willen zu beweisen, tauchte er seinen Kopf in die Blechschüssel mit dem kalten Waschwasser. Doch es half nicht; die Trägheit ließ sich nicht vertreiben. Überhaupt schien es nicht sein Tag zu sein: Der Zichorienkaffee schmeckte noch weniger als sonst; und er brachte keinen einzigen Bissen Brot herunter, was seine Frau zwar verwunderte, doch kaum rührte. Ungefrühstückt also machte er sich an die Arbeit, und als um acht der Zug aus Berlin einfuhr, hatte er mit Mühe und Not alles vorbereitet. Umsonst allerdings; denn anders als gewöhnlich hasteten die Reisenden an ihm vorbei. Ja, selbst die Kinder; sie schienen die roten Gondeln des Karussells nicht einmal zu bemerken.

Ein verhexter Tag: Das Karussell stand bis zum Mittag still. Keinen Pfennig hatte er verdient. Und ihm fehlte auch jeder Elan, einen Sondertarif anzupreisen, um vielleicht doch noch ein paar Kunden zu locken.

Aufs Mittagessen verzichtete er gleich von vornherein. Laß man, Mädel, brummelte er, als Anna ihn in den Wohnwagen rief: Sparst es halt auf für morgen. Und so saß er, den Bart in die Hände gestützt, vor seinem Schaltpult neben der Standsäule des Karussells und hoffte nur, daß der Abend bald käme.

Die Schmerzen waren im Laufe des Vormittags stärker

geworden und aus der Magengegend in den Brustkorb gewandert. Was isses nur?, grübelte er: Magengeschwüre?, schlechtes Gewissen? Aber er wußte sich so direkt nichts vorzuwerfen. Gegen zwei Uhr nachmittags, als es auch im Unterkiefer und in der linken Schulter zu ziehen begann, argwöhnte er ein erstes Mal, ob's nicht – gottbewahre! – das Herz sein könnte. Doch er schob den Gedanken gleich wieder beiseite: Man muß ja nicht gleich »hypposchonnern«...

Gegen halb vier jedoch erinnerte er sich schließlich an seinen Traum, an seinen Spaziergang durch den Park, an die Raben und die Frau mit den Hunden. Und nun wurde ihm doch etwas mulmig. Da ist was Derbes im Anmarsch, sagte er sich. Und nicht anders war's.

Als er schon glaubte, den Tag überstanden zu haben, und sich eben von seinem Platz hinter den Schalthebeln aufgequält hatte, um Feierabend zu machen, schlenderten drei junge Männer über den Bahnhofsvorplatz in Richtung Karussell. Salomon hielt sich an einer der roten Kettengondeln fest und durchstöberte im stillen bereits seinen Wortschatz nach einem deftigen Schimpfwort. Denn niemand anders als der falsche Sizilier war es, der da auf ihn zukam. Und noch dazu begleitet von zwei Schlägertypen. Das konnte nichts Gutes bedeuten.

Salomon preßte seine Hand aufs Brustbein. Da zerrte es und stach. Was wollten die, bittschön? Es war weder der Tag, noch die richtige Stunde für einen Streit. Er wollte schlafen, sich ausruhen. Und also ignorierte er die drei Kerls. Er ging hinüber zum Wohnwagen und hatte schon die Klinke in der Hand, als der Italiener nach ihm rief:

Hallo, der Herr, wie wär's mit einer Runde?

Hiller fluchte: Wäre er nur einen Augenblick früher aufgestanden. Er könnte im Bett liegen und sich verleugnen lassen. Er hielt einen Moment inne und überlegte, ob er sich umdrehen und antworten oder aber die Tür hinter sich schließen sollte, ohne zu reagieren. Für Überlegungen allerdings schien es bereits zu spät zu sein. Mit zwei flinken Sätzen waren die beiden Schläger bei ihm. Der eine faßte ihn grob am Handgelenk und zerrte ihn von der Treppe, während der andere feixte und Maronino sich grinsend die Nase rieb.

Warum müssen die grad heute kommen? Hiller zitterte: Dieses Schwein!, warum gerade heute, wo es ihm schlecht ging und er sich nicht einmal wehren konnte?

Maronino grinste noch immer. Du wirst doch wohl nichts dagegen haben, daß ich eine Runde drehe auf deinem Rummelschrott?

Ich hab Feierabend, Jungs, tut mir leid, erwiderte Hiller: Ihr müßt wohl wiederkommen…

Ach nein?, tat der Italiener enttäuscht: Das kannst du uns nicht antun. Und dir erst! Fändest du es wirklich so schön, wenn wir noch einmal kommen müßten. Das glaube ich nicht.

Wer weiß? Hiller zuckte die Achseln: Ist eben aus heute, da kann man nichts machen. Und er versuchte, die Hand des Kerls abzuschütteln. Doch der ließ ihn nicht los.

Maronino rieb sich die Stirn. Du verstehst mich nicht, süßelte er und gab dem Typen ein Zeichen, noch etwas fester zuzudrücken. Ich bin gekommen, sagte er, um Karussell zu fahren und ein Schwätzchen zu halten. Und da ich dich so freundlich darum bitte, wirst du es mir doch nicht abschlagen, oder?

Nein, er hatte wohl keine Chance. Das Stechen in der Brust war noch stärker geworden; und der Typ drückte sein Handgelenk, als wolle er es zerquetschen. Schließlich, sagte er sich, wollte der Saukerl ja nur eine Runde drehen. Sollte er sich deswegen verprügeln lassen? Es nützte wohl nichts. Also nickte er und zeigte auf die Kerle: Aber loslassen müßten die mich schon. Ich kann das Ding schlecht von fern lenken.

Aber bitte! Maronino krauste die Lippen. Er schien sich mit Mühe ein Lachen zu verkneifen. Also gehen wir, sagte er und winkte Hiller an sich vorbei: Alter vor Schönheit.

Kurz darauf saß er bereits in seiner Kettengondel und wartete, daß Hiller den Motor anließ. Die beiden Typen hatten es sich auf der Trittleiter zum Wohnwagen bequem gemacht. Sie kramten ihre Zigaretten hervor und gaben sich Feuer. Und als das Karussell sich langsam zu drehen begann, nahmen sie einen tiefen Zug und nickten einander zufrieden zu.

Maronino lachte, als er Hiller hinter seinem Pult hocken sah: apathisch und die Faust aufs Brustbein gepreßt. Zunächst langsam noch schwebte er um ihn herum. Er sah ihn von vorn. Und er sah ihn von hinten: Ein Häufchen Elend, rief er: der große Herr Salomon. Ich wußte, du würdest nicht nein sagen können – wie deine Frau mein Lieber, wie deine Frau…

Nein, Hiller antwortete nicht. Was gab's auch zu sagen?

Da war der Kerl also wiedergekommen, nach Jahren erst, als hätte er seine billige Rache erst lange planen müssen. Wahrscheinlich war er noch immer nicht zu einem eigenen Karussell gekommen, ganz zu schweigen von einem Riesenrad oder einer Frau wie seinem drachigen Goldstück, das sich halt einmal hatte gehen lassen – geschenkt. Und nun sollte er die Tracht Prügel zurückbekommen, die er ihm damals verabreicht hatte. Eine feige Bagage. Da kommen sie zu dritt. Und das nennt sich Mann!

Er würde nicht antworten, beschloß er also. Soll er reden, der Sauschmock. Was soll's? Solange er in seiner Gondel hängt, kommt ohnehin niemand an mich heran...

Dieser Gedanke beruhigte ihn ein wenig. Er drückte den Steuerhebel bis zum Anschlag durch, auf große Tour: Das Karussell drehte sich, schneller und schneller. Die Gondeln flogen vorüber. Doch obwohl Hiller merkte, daß der Italiener immer stiller wurde und sich nun krampfhaft an seinen Sitz klammern mußte, um nicht hinausgeschleudert zu werden – die Angst blieb. Sie blieb dennoch.

Von der Brust stieg sie ihm in die Kehle und nahm ihm den Atem. Dabei hätte er lachen wollen, laut und schallend. Denn die Kerls, die Maronino sich gedungen hatte, waren unterdessen verwundert aufgesprungen und näher herangekommen. Maronino rief ihnen zu: Sie sollten dem Alten eins draufgeben und das scheiß Karussell anhalten. Ihm sei schon ganz schlecht. Doch sie wagten es nicht, unter den rasenden Gondeln hindurch zu kriechen.

Sind wir irre?, rief der eine zurück: Das drischt uns die Rübe ab. Da gehn wir nicht durch.

Hiller lächelte: So viele Schmocken auf einmal, und alle so hilflos. Dabei hatten sie ihm gedroht. Und jetzt hing der Sizilier in den Seilen. Und er schiß sich fast ein, während seine Kumpane dabeistanden und nur abwarten konnten, weil sie nicht weniger feige waren als er. Ein Fest, ein richtiges Fest!

Er würde die Gondeln flitzen lassen, nahm er sich vor: Er würde sie flitzen lassen, solange das Benzin reicht. Und dann, dann sollten sie ruhig kommen und ihn verdreschen, wenn sie noch Lust drauf hätten...

So dachte er und wurde die Angst dennoch nicht los. Alles Mutmachen half nicht und daß sein eigenes Karussell ihn schützte, solange es nicht stehen blieb. Die Angst kam woanders her. Tief in ihm selbst saß sie. Und es war keine Angst vor Prügel.

Es war die Angst vor dem Park, durch den er im Traum gegangen war. Es war die Angst vor den Aschenwegen, der Frau und den Hunden. Und es war die Angst von den Raben. Schon glaubte er, sie würden mit ihren Aas-Schnäbeln von innen seine Brust zerfressen, ihn aufbrechen wie ein Stück Wild…

Maronino schrie nicht mehr. Er lehnte sich aus der Gondel heraus und würgte. In hohem Bogen flog das Erbrochene in die Runde, rings um das Karussell. Die beiden Schläger sprangen zurück und wurden dennoch getroffen. Angewidert wischten sie sich mit ihren Taschentüchern den Dreck aus dem Gesicht und von den Händen. Das sah Hiller noch, bevor er in die Knie ging. Er weinte.

Im Fallen riß er den Schalthebel zurück. Der Karussellmotor heulte noch einmal auf. Maronino hing wie tot in der langsam auspendelnden Gondel. Und als das Karussell schließlich stand und er sich auf die Erde fallen ließ, waren seine Kumpane bereits verschwunden. Allerdings hatten sie nach einem Schupo gerufen. Und der stürzte nun auf Salomon zu. Doch er kam um Sekunden zu spät.

In jenem Augenblick ging Hiller bereits barfuß und im Nachthemd durch einen weiten Park: einen schnurgeraden Weg entlang und vorüber an unzähligen Platanen mit geköpften Kronen.

Wie fühlst du dich?, fragte die Frau. Sie räusperte sich und stupste Anna sanft in die Seite; doch sie rührte sich nicht. Ja, sie schien nicht einmal zu atmen. Dabei war es noch nicht an der Zeit, damit aufzuhören. Hörst du?, sagte die Frau: Wir haben noch gut eine Stunde.

Laß mich, erwiderte Anna müde. Sie lag auf dem Rücken, die Hände unter der Decke, und schien zufrieden darüber, daß ihre Lider sich partout nicht mehr öffnen wollten. Was interessierte sie noch die Frau?, das Zimmer? Sie hatte geglaubt, ihre Erinnerung schon beinahe verloren zu haben. »Man wird alt Kinners, und der Kopf immer leerer. Was weiß ich noch?« Und nun sah sie nach innen und glaubte, durch ihre Vergangenheit zu gehen wie ihr Urenkel Alexander vor Jahren durch die Saurierausstellung im Naturkundemuseum: *Wow*, Oma, wenn die mal nicht losmarschieren eines Nachts und uns im Schlaf überraschen, grrr!

Und was ist schon ein Saurierskelett gegen Papa Salomons Karussell. Noch einmal, noch einmal! Es sollte sich drehen! Sie wollte, daß die Gondeln nicht mehr aufhörten, im Kreis herumzusausen; ein Fest, ein Fest – und wie er japste, der Bräunling, der Schmok, wie er japste!

Du hattest Angst?, fragte die Frau und lehnte sich zurück: Mühe dich nicht. Alles wird verschwinden, wie es gekommen ist. Du kannst die Bilder nicht halten.

Anna glaubte ihr nicht. Sie kniff die Augen zusammen, doch es half nicht: Das Karussell blieb stehen. Die Gondeln flogen in alle vier Himmelsrichtungen davon. Und während sie noch hoffte, sie mögen zurückkommen, das Karussell sich wieder drehen und alles so sein wie vor dem Kuß in der *Ar...wasdikum*-Gasse – da leckten die Flammen schon an den Holzplanken, und die Standsäule begann zu brennen. Kurz darauf explodierten Motor und Tank. Und von jenem Augenblick an wußte sie, daß die Platanen längst entkront waren und die Raben schon ausschwärmten nach Aas.

Du hattest Angst!, sagte die Frau noch einmal. Sie war aufgestanden, hatte ihren Mantel ausgezogen und auf den Boden geworfen. Ein Haufen Schwarz, siehst du, kicherte sie und trat auf Anna zu: Sag's schon – du hattest Angst.

Anna gab auf. Das Bild ging unter im Feuer. Es löste sich auf. Und so sehr sie sich auch mühte, sie konnte nichts mehr erkennen. Es war vorbei. Also öffnete sie die Augen und sah der Frau ins Gesicht.

Du warst es, sagte sie: Aber ich dachte, du würdest den falschen Sizilier packen. Ich habe geschrien. Papa sollte das Karussell anhalten, damit der Kerl nicht krepiert. Ich dachte wirklich: Er will ihn umbringen. Und dann fiel er plötzlich. Erst habe ich gelacht, dann gebibbert.

Es war ein schöner Tag, kein Regen, kein Wind. Er wußte Bescheid, was willst du? Ich hatte ihn gewarnt.

Aber nicht so, erwiderte Anna.

Die Frau lächelte: Wäre er nicht gestorben, wärest du über ihn gegangen. Glaub mir, es war gut, ihn auf halbem Weg abzuholen. So hat er die Tore nur von fern gesehen.

Aber das Karussell, fuhr Anna auf: Das hätten sie nicht anzünden dürfen. Das nicht.

Warum nicht? Ihr hättet es verkauft, um den Alten pompös beizusetzen. Und was brauchte er einen Eichensarg mit Seidenauskleidung? Ich bitte dich! Hans hätte dich nicht einmal angesehen, wenn ihr eine solche Ausstattung verlangt hättet. Irre ich mich?

Ja. Hans, dachte sie, der hatte ein Faible fürs Einfachste.

Rosinen!

Das ist nicht wahr! Anna richtete sich auf und rieb sich die Augen: Es war ihm ernst.

Ein Weltverbesserer, Himmel! Daß ich nicht lache.

Ich habe ihn geliebt und basta!, unterbrach Anna sie. Es

langte: ein Vieh, dieses Weib. Was weiß die schon?! Sie legte sich wieder hin, drehte sich zur Wand und beschloß, nicht mehr zu antworten.

So? Die Frau begann, schallend zu lachen: Sieh ihn dir nur an. Sieh ihn dir an...

Ein Vieh..., dachte Anna noch einmal, doch sie protestierte nicht weiter. Ja, sie lächelte sogar. Denn kaum hatte sie die Augen wieder geschlossen, tauchten neue Bilder auf. Und das hatte etwas: in einer Wochenschau des eigenen Lebens zu sitzen. Solange sie sich erinnern durfte, meinte sie, war sie nicht wirklich zu treffen.

Regensburger – Bestattungen aller Art. Sie sah das Schild, das schwarz verhängte Schaufenster. Sie hörte die Türglocke und hätte schwören können, noch einmal wie damals in das Geschäft zu treten. Sie hatte einen Augenblick gezögert, während sie noch in der offenen Tür stand. Nur auf Zehenspitzen, hatte sie geglaubt, dürfe sie hier gehen. Man müßte flüstern und auf jeden Fall unnötigen Lärm vermeiden. Und so stand sie also in der Tür und grübelte, wie sie sie schließen könnte, ohne daß es noch einmal klingelte.

Allerdings zog es, und während sie unschlüssig wartete, fledderten im hinteren Teil des Ladens einige Papiere von Hans' Schreibtisch. Nur weg hier, Himmel! Selbst mit Röte im Gesicht und einem Lächeln könnte sie die Peinlichkeit nicht wieder wettmachen, ging es ihr durch den Kopf und: Was für eine Gruft!

Fotos, hatte sie sich vorgestellt, würde er ihr zeigen von den verfügbaren Modellen. Grotesk genug. Am liebsten wäre sie gleich wieder gegangen. Doch da hatte er die Tür schon geschlossen; und sie stand inmitten von Särgen neben ihm.

Erst meinte sie, er wäre nur ein Angestellter, irgendein Schreiner aus Regensburgers Sarg-Tischlerei, der in Anzug, Schlips und Vatermörder-Kragen gezwängt worden war, um eben mal für ein paar Stunden im Geschäft auszuhelfen. Er hätte ihren Vater mitsamt Sarg tragen können: ein Hühne mit Schrankschultern und abgeknabberten Nägeln an den Handwerkerhänden. Nur, daß er sie mit »verehrtes Fräulein« ansprach und dabei nicht ins Stottern geriet, verriet ihn.

Ein Prolet hätte ihr zum Abschied auch nicht die Hand geküßt, noch dazu in vollendeter Manier: ohne sie mit den Lippen auch nur zu berühren. Das hatte ihr schon mächtig Eindruck gemacht. Und wie er von Särgen sprach! Diese und jene Auskleidung. Fichte oder Eiche oder Ahorn… Intarsien… Kupfer- oder Eisennägel?

Ein Blender!, riß die Frau sie aus dem Traum zurück: Der alte Regensburger kam aus der Gosse. Und den Sohn zog's zurück. Das sag ich dir. Wenn ich eins hasse, dann Neureiche, die sich edel geben. Oder ist es üblich, sich vom Sarghändler die Hände küssen zu lassen? Deinen Vater hätte ich sehen wollen in dem Moment. Der hätte ihn verprügelt, wie den falschen Sizilier. Meinst du nicht?

Soll sie ihr Schandmaul halt aufreißen, sagte sich Anna im stillen: Es war aufregend, nicht weniger als der Kuß vor dem Tor zur Gummikocherei. Und wäre er ein »echter« gewesen, wie sie meinte, hätte er sie gar nicht erst angesehen. Schließlich hatten sie knapp das Geld für's einfachste Modell auftreiben können: ohne Auskleidung und Kissen, kaum mehr als eine Sarg-Attrappe. Und das Totenhemd, das sie für Salomon bestellte, war eigentlich nur ein Leinenfetzen, der Rücken und Hintern freiließ.

Das machte dich gerade sympathisch, meine Liebe.

Verflucht noch mal, kein Gedanke blieb dem Weib verborgen. Man redete mit ihr, selbst wenn man Mund hielt. Nebbich, zynelte die Frau: Er mochte Arme-Leute-Geruch. Er hat deine Hand nicht berührt – bewahre! – aber gerochen, das glaub man, gerochen hat er an dir, ob du auch arm genug bist zum Verlieben.

Er war halt nicht gern Kapitalist.

Sag ich doch, stichelte sie weiter: Ein Weltverbesserer, wie er im Buche steht. Soll ein gutgehendes Geschäft erben, und was tut er?: tritt bei den Kommunisten ein und führt Reden für die Partei, statt Wirtschaft zu lernen. Ein Schmok, sag ich dir.

Es war ihm ernst!

Aus Überzeugung dumm. Na, ich danke!

Das war mir gleich.

Aber du hättest gewinnen können: ihn und das Geld vom Alten.

Ich wollte es nicht, trumpfte Anna auf: Ich hab ihn auch so genommen.

Aber ja..., die Frau zog die Stirn kraus: Das hast du. Für die Wohnküche im vierten Hinterhof und ein, zwei Bälger hat's ja auch gereicht.

Und die Hochzeit!, schwärmte Anna: Die war doch...

Hör auf!, fiel ihr die Frau ins Wort: Jämmerlich war sie! Ein enterbter Bräutigam und eine Braut ohne Mitgift. Das will schon was heißen. Er war wirklich ein toller Kerl: Die Abende über hing er mit den »towarischtschij« über Plänen für die Weltrevolution. Und du hast Tee gekocht und durftest nicht mal die Gesichter der Typen kennen, geschweige denn ihre Namen. Am besten wäre es gewesen, wenn du nicht einmal ihn selbst je gesehen hättest. Der Konspiration wegen, wirklich großartig!

Sie hatten dreißig Prozent bei der letzten Wahl! Ist das nichts?, hielt Anna entgegen. Sie wäre der Frau am liebsten an die Gurgel gegangen. Konnte dieses Miststück kein gutes Haar an ihm lassen? Er hat nicht gesoffen, sie nicht geschlagen und war den Bengels ein passabler Vater. Er besorgte ihr die Aufwartungsstelle beim Bäcker um die Ecke und vertrug sich mit ihrer Mutter. Und: Er war jüdisch, nicht zu vergessen. Mehr hätte auch Salomon selig...

Sag ich doch, erwiderte die Frau: Schlimmer hätte es gar nicht kommen können. Pfeif auf den Suff! Daran zu krepieren ist doch was Reelles. Sie stand auf und ging, die Hände in die Hüften gestemmt, im Zimmer auf und ab: Draufgegangen ist er schließlich auch so. War nicht eben viel, was du von ihm hattest.

Und?

Was und?, frozzelte die Frau: Du hast nichts gelernt. Es ist wirklich ein Trauerspiel: mit knapp fünfundzwanzig schon Witwe. Das nennst du in Ordnung? Als dein Vater zu Boden ging und dir langsam klar wurde, daß er nicht gespielt hatte, sondern schlichtweg verreckt war an seinem Pult...

Ich hab mir geschworen, mich nicht noch einmal so sehr zu irren.

Eben! Als wäre es möglich, so auf einen Entschluß hin eben mal Hellseherin zu werden! Aber gut, dagegen will ich gar nichts sagen. Aber –, setzte sie gedehnt hinzu und schien nun zum ersten Mal während des Gespräches um eine Deutung verlegen: *Aber...*

Bevor sie weitersprach, zog sie ihren Mantel aus, breitete ihn über Annas Steppdecke und setzte sich zu ihr aufs Bett. Anna zitterte. Vielleicht, dachte sie noch, war es die plötzliche Nähe dieser Frau... Mit einem Mal fiel es ihr schwer zu atmen. Sie spürte einen Druck auf der Brust, als hätte die Frau ihr die Hände auf die Rippenbögen gelegt und würde nun langsam die Lunge zusammenpressen. Dabei saß sie nur, mit dem Rücken zu ihr, auf der Bettkante. Und es schien ihr zu genügen, einfach nur da zu sein und abzuwarten.

Nein, sie würde nicht weinen vor diesem Aas von Frau, schwor sie sich. Und sie wollte nichts wissen über dieses *Aber*. Hatte sie nur deswegen alles noch einmal sehen dürfen, damit dieses Weib nun sein zynisches »Ist es nicht gotterbärmlich sinnlos gewesen?« darüber sprechen könnte?, oder ein »Alles ist eitel, meine Liebe. Sei froh, daß es überstanden ist!«

Dennoch konnte sie nicht anders, als nach diesem *Aber* zu fragen. Wenn es denn tatsächlich keinen Sinn in allem geben sollte, könnte sie beruhigt mit ihr gehen. Über siebzig Jahre, immerhin: eine Witwenschaft, ein Krieg, die Arbeit auf dem Eisenbiegeplatz, zwei Schwiegertöchter und... und... Warum sollte sie sich nun vor einem *Aber* fürchten?, warum?

Also fragte sie: *Was aber?* Und während die Frau sprach, schloß sie fest die Augen. Sie wollte die Bilder, wenigstens die.

Die Frau räusperte sich. Unfaßbar?, überlegte sie laut. Nein, sie nannte es einfach: Das Sinnlose habe eine eigene Ästhetik. Wenn es alles ergreift, macht es schon wieder Sinn, schwärmte sie. Und darin solle sie einen Trost sehen. Es hätte am Ende viel für sich.

Eine Chance, meinte die Frau, hätte Anna noch gehabt: ihren fünfundzwanzigsten Geburtstag. Da habe wenigstens ihre Mutter Hellsicht bewiesen. Nur begriff während der Feier keiner der Anwesenden so recht, welchem ihrer

Ratschläge man ohne Zögern hätte folgen sollen. Und das war's dann schon, behauptete sie noch: Von da an war die Partitur versaut, Mädel. Und in jenem Moment klang es beinahe so, als täte es ihr tatsächlich leid: Dir blieb nur noch ein jämmerliches Finale: volle fünfzig Jahre und drei Irrtümer.

Drei Irrtümer, schloß sie: Mehr war da wirklich nicht. Mehr nicht.

Die Geburtstagsfeier?, versuchte Anna sich zu erinnern: Das war Anfang Januar '33 gewesen. Hans' Eltern ausgenommen, saß die ganze Familie in der Regensburgerschen Wohnküche rings um den Tisch. Anna hatte Kuchen gebacken und zur Feier des Tages sogar Bohnenkaffee gekauft. Man mümmelte und schwieg. Unterm Tisch beschossen sich die beiden Jungs, Max und Franz, mit Papierkugeln, doch ohne Geschrei. Man hörte nichts als das Klappern der Gabeln auf dem Porzellan, ab und an ein »Gibst du mal...« und »Danke...« und unterm Tisch das Papierkugelschnippen. Die Atmosphäre also war nichts weniger als angenehm.

Hans wollte in der Nacht noch Plakate kleben. Er war unterdessen zum Kopf der Ortsgruppe gewählt worden. Und die Braunhemden lauerten, so daß er kaum noch allein auf die Straße gehen konnte. Die Plakate aber lagen bereit. Und es schien, als würden alle, die um den Tisch herum saßen, dasselbe denken: Irgendwann kriegen sie ihn zu fassen. Dann knallen sie ihm die Rübe ein. Und Schluß.

Ob er nicht wenigstens am Geburtstag seiner Frau zu Hause bleiben könnte? Doch nein, in diesem Punkt ließ er Diskussionen nicht zu. Entweder die oder wir, behauptete er: Und da zähle jedes Plakat und jeder Auftritt.

Ein verdorbener Geburtstag also in jedem Fall, schien es

zunächst. Und damit hätte Anna sich womöglich noch abfinden können. Doch beim Schweigen allein sollte es nicht bleiben. Man bemühte sich schließlich doch um ein Gespräch, über entlegenere Themen zunächst. Irgendwann schickte Anna die Kinder in die Kammer: Sie sollten schlafen. Und als Hans gegen zehn schließlich vom Tisch aufstand und sich auf den Weg machen wollte, sprang Annas Mutter urplötzlich auf – und schrie.

Hans ließ die Plakate fallen, und Anna weinte vor Schreck. Die Hände auf die Tischkante gestützt, zitterte ihre Mutter, als wäre der Satan persönlich in ihren Körper gefahren. Der aber – war es wohl nicht.

Eine Schüttellähmung?, durchfuhr es die andern zunächst. Doch kurz darauf stand ihr gelblicher Schaum vor dem Mund. Ihre Nase begann zu bluten, und sie starrte an den Anwesenden vorbei ins Nichts, wie irr, daß es schien, als müßten ihr jeden Moment die Augäpfel aus den Höhlen springen. Und während die anderen noch nicht einmal hatten überlegen können, was zu tun sei, schrie Annas Mutter noch einmal auf. Das Zittern allerdings gab sich. Und nachdem sie schließlich wieder auf ihren Stuhl zurückgesackt war und sich Schaum und Blut aus dem Gesicht gewischt hatte, hob sie die Hände in die Höhe und deklamierte: Geh nur, Hans. Aber vorher will ich euch noch was sagen.

Der ganze Vorfall hatte nicht länger als zehn Sekunden gedauert. Und nachdem es vorüber war, machte Annas Mutter ganz den Eindruck, als wäre nicht das geringste geschehen. Sie schien nach wie vor völlig klar bei Verstand. Einen Augenblick lang zögerte sie noch. Dann legte sie ihre Hände mit gespreizten Fingern vor sich auf den Tisch.

Die Plakate sind einen Scheißdreck wert, behauptete sie mit fester Stimme.

Wenn ihr leben wollt, fuhr sie fort, dann packt eure Koffer und verschwindet so schnell wie's geht. Ich habe hinabgesehen ins *Gehinnom;* und es ist finsterer… als die Hölle. Die Köpfe werden hinter euch über die Straßen rollen und vor euch nicht minder. Also haltet eure Zungen im Zaum. Denn Salomon ist schon angekommen; und er läßt euch bestellen, daß er keinen Gott mehr kennt und schon gar keinen, der Hebräisch versteht. Vergeßt, sagt er, daß ihr von Jaakov kommt. Von heute an ist der Zauber vorbei.

Und daraufhin schwieg sie und sprach bis zu ihrem Tod, genau vier Monate darauf, kein einziges Wort mehr.

Nein, Hans glaubte ihr nicht. Von Gott hielt er ohnehin nicht viel und noch weniger von Engeln, zumal, wenn sie seiner Schwiegermutter erschienen sein sollten. Ist nicht dein Ernst…, erkundigte er sich. Doch wie wir bereits wissen, antwortete sie von nun an weder ihm, noch irgend jemand anderem.

Die Arme vor der Brust verschränkt und den Blick, ganz in der Art eines Yogis, ins Nichts gerichtet, saß sie reglos auf ihrem Küchenstuhl. Sie preßte die Lippen aufeinander, als hoffte sie, daß sie verwachsen würden. Und diese Schau einer Sturheit ließ einige der Gäste nun doch ein wenig daran zweifeln, ob Anna ihren eigenwilligen Anfall tatsächlich unbeschadet überstanden hatte: gesund an Leib und Seele… Und im Kopf vor allem?

Hans legte ihr die Hand auf die Stirn. Nach Fieber fühlte es sich nicht an. Und also verkündete er, die Feier sei beendet – er müsse auch los – sammelte die Plakate vom Boden auf und verließ grußlos das Haus.

Die Gäste tuschelten und beschlossen bald, sich ebenfalls auf den Weg zu machen. »Dies und das…«, fühlte sich der eine oder andere bemüßigt zu erklären: Man müsse haushalten mit seiner Zeit. In jedem Fall sei es nett gewesen.

Wenige Minuten also, nachdem Annas Mutter, wie sie berichtet hatte, kurzzeitig über dem Abgrund des Totenreichs geschwebt war, saß Anna allein mit ihr in der Regensburgerschen Küche. Sie weinte noch immer, ohne recht zu wissen, ob vor Schreck oder aus Angst davor, daß sich erfüllen könnte, was ihre Mutter im Dämmer vorausgesagt hatte.

Und dann auch noch dieses Schweigen! Anna flehte: Alles würden sie tun, nur eins eben nicht. Sie könnten nicht sofort abreisen, frühestens nach der Wahl. Und selbst, wenn die Nazis gewinnen sollten, würde sie alle nur erdenklichen Überredungskünste aufwenden müssen, um Hans zu überzeugen...

Weißgott!, lachte die Frau: Und selbst dann – mit geringsten Chancen! Sie riß ihren Mantel von Annas Deckbett und legte ihn sich um die Schultern. Was habe ich dir gesagt?, sprach sie weiter: Ein Dummkopf aus Überzeugung war er. Wenigstens eure Haut hättet ihr retten können. Aber nein, es mußte ja gleich ein ganzes Volk sein und nicht einmal eures.

Die Frau ging von neuem im Zimmer auf und ab. Und als sie sich nun auch noch eine Zigarette anzündete und schweigend vor sich hin zu paffen begann, gab Anna auf. Sie schlug die Bettdecke zurück. Also gut, sie würde reden, dem Weib Paroli bieten, beschloß sie. Oder aber...

Es gibt kein oder, erwiderte die Frau, ohne sich umzusehen: Du wirst mich begleiten. Die Frage ist nur, wie schwer es dir fällt. Also reden wir?, fragte sie, drehte sich um und sah Anna in die Augen.

Reden wir. Anna versuchte, notdürftig ihre Frisur

unterm Haarnetz zu ordnen. Als wär es noch wichtig, dachte sie und war erstaunt, wie leicht sie das Ende nahm. Gut, sagte sie noch einmal: Reden wir also über die Irrtümer.

Hmm, die Frau wiegte den Kopf, pendelte noch ein paarmal zwischen Tür und Fenster hin und her und setzte sich schließlich wieder zu Anna aufs Bett. Den ersten Irrtum, meinte sie, den hätten wir schon.

Der wäre? – Anna kratzte sich die Stirn. Sie fühlte sich mit einem Mal wieder ganz wie das Mädchen Anna, das im Wohnwagen in seinem Klappbett lag und Vater Salomon überredet hatte, eine Gute-Nacht-Geschichte zu erzählen: Über Irrtümer, bitte! – Als wäre ihr nichts wichtiger und lieber als Irrtümer, Irrtümer…

Die Frau lächelte. Sie schien auch jetzt zu wissen, woran Anna dachte. Ich sage es dir, setzte sie schließlich an: Der erste Irrtum war, daß es möglich sei, zu vergessen, woher du kommst. Du hast es deiner Mutter versprochen, als gäbe es für eine junge Frau keine leichtere Übung. Beinahe ein Witz, das mußt du schon zugeben, oder?

Gottja, das gestand sie gern ein. Aber Franz, der hatte es ja nicht vergessen. Und der Alex…

Deinen Urenkel meinst du?

Anna nickte: Die Seele ist jetzt in ihn gefahren. Heute Mittag…, ich weiß es. Der wird alles wieder umwerfen. Und wie!, das oberste zuunterst.

Vielleicht, gab die Frau zu: Es wäre immerhin möglich. Aber das… ist weder dein Verdienst, noch deine Schuld. Also braucht's uns nicht kümmern; jedenfalls jetzt nicht mehr. Möglicherweise wird er in Ordnung bringen, was ihr versaubeutelt habt. Oder… er treibt's noch ärger. Selbst das kannst du nicht wissen.

Tja, Anna nickte: Also mein Irrtum, der erste. Und weiter?

Den zweiten, erwiderte die Frau: Den eigentlich zweiten lassen wir aus. Der geht auf Hans. Er wußte, daß er als einer der ersten verhaftet wird. Wenigstens dich und die Kinder hätte er nach Prag schicken können. Deine Mutter hat's gesagt. Streng genommen ihre letzten Worte an euch: Packt die Koffer und verschwindet! Ihr habt's nicht getan.

Aber bitte, hielt Anna entgegen: Sie hatte Schaum vor dem Mund! Und als sie dann überhaupt nicht mehr sprach, glaubten wir, sie sei irre geworden. Woher sollten wir ahnen...

... was sie gesehen hatte? Die Frau schloß die Augen: Ich verrate es dir.

Ach?

Schweig! Das waren die Aschenwege: grauweiß und besät mit Knochen. Sie sah ihren Mann durch den endlosen Park taumeln. Die Platanen brannten. Und in diesem Licht sah er die Tore. Er rief nach ihr, faßte nach ihrer Hand. Doch sie wollte nicht, daß er sie berührt. Er sollte allein weitergehen. Und ging. Doch ihr Blick folgte ihm. Einen Augenblick lang schien es ihr sogar, als sähe sie mit seinen Augen. Er kroch nun auf allen vieren, und wann immer er nach rechts oder links blickte, starrte er hinab in einen Graben. Dort unten liefen die Hunde aus seinem Traum und rissen Fleisch. Was sie liegen ließen, verbrannte. Die Rauchwolken stiegen schwarz und ölig hinter ihm auf.

Die Frau warf den Kopf zurück und begann, schallend zu lachen, als hätte sie selten einen besseren Witz erzählt. Herrlich!, prustete sie: Ich hab es genossen. Das ist Liebe! Sie wollte seine Hand nicht mehr. Dahin wäre sie ihm nicht gefolgt. Romantik ade, das ist ein Ende! Sie hat ihn verrecken sehen. Sein Nachthemd riß auf, und mit einem Mal waren sein Hintern und der Rücken nackt wie die Waden. Er warf sich auf den Boden und schrie. – Vielleicht rief er nach ihr. Wennschon, was hätte es sie noch gestört? Kein Karussell in der Nähe, keine einzige Gondel…

Und der Rauch!, rief die Frau: Ich liebe ihn! Sie war aufgestanden, hatte ihren Mantel wieder übergezogen, und sie begann zu singen:

»Ich bin das Feuer,
vielfach entzündet,
in dem du dich selbst ablegst, wie eine Last…«

Anna preßte die Hände auf die Ohren. Sie wollte nichts hören. Ein Veitstanz, das war kein Mensch.

Was willst du, Närrin?, spottete die Frau: Ich habe dir gesagt, daß es zu Ende geht. Sie beruhigte sich, atmete ein paarmal tief durch, und nachdem sie sich mit dem Mantelärmel den Speichel von den Lippen gewischt hatte, setzte sie sich wieder.

Nimm die Hände von den Ohren, flüsterte sie schließlich und streichelte Annas Wange, als wäre sie tatsächlich ein Kind, das aus einem Alptraum aufgeschreckt war und beruhigt werden müßte, um wieder schlafen zu können.

In jenem Moment glaubte Anna, es sei soweit. Die Berührung schien alles von ihr genommen zu haben: alle Kraft, Wärme. Und vor allem: jedes Wort. Sie wollte sprechen, wollte die Frau beschimpfen, sie bespucken. Doch sie sackte nur in sich zusammen. Nicht einmal die Augen konnte sie offen halten. Ihre Hände rutschten auf die Bettdecke hinab; und es mochte eine halbe Stunde vergangen sein, bevor sie sich wieder rühren und die Bilder ordnen konnte, die auf sie eingestürzt waren, als die Frau sie berührte.

Die Männer kamen nachts. Es regnete; und vielleicht war es jenes lächerlich monotone Klopfen gewesen, das sie nicht hatte schlafen lassen. Auch Hans lag wach. Er rauchte. Und als es erst einmal, dann noch einmal und schließlich Sturm klingelte, schien er nicht einmal erschrocken. Er drückte die Zigarette im Aschenbecher auf dem Nachttisch aus. Und als er aufstand, begriff Anna, daß er Bescheid wußte und alles vorbereitet war.

Hose und Hemd lagen bereit. Er sprang hinein. Es dauerte keine zwanzig Sekunden: Er hatte den Gürtel festgeschnallt, einen verschnürten Stoffbeutel unterm Bett hervorgezogen und sie geküßt: Bis bald, sagte er, kann nicht lange dauern.

Und nun riefen die Männer auch schon, daß er die Tür öffnen solle. Sonst kämen sie so herein. Doch da war er auch schon in der Küche, zog den Türvorhang zurück, schloß auf und drückte die Klinke herunter.

Sie waren zu viert. Zwei hakten ihn unter, erklärten ihm, daß er verhaftet sei und führten ihn die Treppen hinab. Als Anna aufgestanden war, hörte sie die Hoftür gehen. Sie biß sich auf den Finger und rannte zur Tür. Doch die anderen beiden hielten sie zurück: Haussuchung. Das Wort schien Erklärung genug.

Die beiden Jungs waren aufgewacht. Max weinte, und der Große sah stumm zu, wie die Männer in den Schränken wühlten, Blumentöpfe auf den Fensterborden umstülpten und sämtliche Dosen und Gewürzbüchsen auf dem Küchentisch auskippten. Selbst Max' Sparbüchse zerschlugen sie, einen Fliegenpilz aus Porzellan. Sie wischten die Pfennige auf den Boden und fluchten: Nichts! Und nachdem sie auch noch die Kammer durchsucht hatten, sämtliche Kisten, Kistchen und die Koffer, zogen sie ab, ohne auch nur noch ein einziges Wort zu verlieren.

Anna schloß hinter ihnen die Tür. Dann der Rest der Nacht: Rotz und Wasser. Der folgende Monat: zwei Briefe. Und der vierzehnte Mai: ein Schreiben mit dem Stempel des Polizeigefängnisses.

Er habe sich mit seinem Taschentuch erhängt. Das versuchte sie sich vorzustellen. Einmal und immer wieder: mit seinem Taschentuch…

Am sechzehnten Mai durfte sie ihn sehen. Sein Gesicht war entstellt von Platzwunden und Blutergüssen. Doch von Würgemalen entdeckte sie nichts. Man händigte ihr ein Formular aus. Darauf stand, wo er beigesetzt würde: Block vier, Reihe sieben. Dann noch die Auflistung seiner persönlichen Sachen und der Beutel. Das war alles.

Am Tag darauf lüftete Annas Mutter die Wohnung ihrer Tochter. Sie hängte die Federbetten übers Fensterbrett und hantierte lautstark mit Töpfen und Pfannen. Im Bäckerladen an der Ecke hatte sie morgens gewischt und gebohnert. Der Bäckermeister gab sich mit einem Zettel zufrieden: Anna sei krank. Das genügte.

Die Kinder auf dem Hof merkten als erste, daß die Regensburgers verschwunden waren. Ist doch abgeholt, der Hans, tuschelten die Nachbarn: Vielleicht ham se sie auch noch jeholt… Sie fragten Annas Mutter; doch die sprach ja nicht mehr. Nur mit den Achseln habe sie gezuckt, ging es um auf dem Hof: »Nu, und dann ische fortjehatscht.«

Und das war sie, stumm und ohne sich umzusehen. Am Tag darauf kam sie nicht, weder zum Bäcker noch in die Regensburger-Wohnung. Es gab nichts mehr zu tun. Also zog sie die Schuhe aus, setzte sich in einen Hauseingang und hielt den Atem an.

In jener Minute wohnte Franz schon bei Freunden in Paris. Anna saß im Zug nach Moskau. Und Max bastelte mit Lydia Marková aus Stoffetzen eine Puppe.

Ja, als Anna im Polizeigefängnis den Totenschein gelesen und Hans' Gesicht gesehen hatte, war die Entscheidung schon gefällt. Über Prag nach Moskau, hatten Hans' Genossen ihr ultimativ vorgeschlagen. Max solle mit ihr fahren, Franz mit einem französischen Ehepaar nach Paris. Mit beiden Kindern an der Hand wäre es zu gefährlich, redeten sie auf sie ein. Und das hatte sie einsehen müssen.

Mit einer Reisetasche und Max' Kinderkoffer waren sie mit dem Zug bis Johanngeorgenstadt gefahren. Vom Bahnhof aus liefen sie direkt in den Wald. Kurz vor der Grenze wurden sie von einer Horde Jungen in Pimpfuniform entdeckt. Verbrecher!, schrien die und begriffen wahrscheinlich nicht einmal, daß die beiden wirklich flohen.

Anna ließ ihre Reisetasche fallen, packte Max und seinen Koffer und rannte. Nur noch die Grenzsteine sah sie, die Schilder mit dem tschechischen Wappen. Sie lief und preßte Max an sich, so stark, daß er sicher geschrien hätte, wäre die Angst nicht gewesen vor der Jungenshorde und ihren Rufen: Verbrecher, Verbrecher, da rennen sie!

Sie waren schon weit über die Grenze, als Anna stürzte. Sie sprang wieder auf, nahm Max an die Hand und wollte weiter. Wir dürfen nicht stehenbleiben!, schrie sie, und weil er nicht hinterherkam, trug sie ihn wieder. Erst, als sie das Ortseingangsschild des ersten tschechischen Dorfes sah, wurde sie ruhiger.

Wie sie mit Max zum nächsten Bahnhof gekommen war, daran konnte sie sich später nicht mehr erinnern. Sie würden erwartet in Prag, hatte der Mann gesagt, der Max zu ihr ins Zugabteil hob. Mehr wußte sie nicht. Und mehr zählte auch nicht.

In Prag angekommen, stand sie, Max an der einen Hand, seinen Koffer in der anderen, ratlos in der Bahnhofshalle. Und sie zuckte zusammen, als dieses Mädchen auf sie zustürzte und auf Tschechisch etwas rief, was sie zwar nicht verstand, doch in ihrer Unruhe für den letzten Verrat hielt. Hatte es noch Sinn, davonzulaufen? Doch das Mädchen, das gerufen hatte, sah sie an und lachte. Das waren Augen, ganz so, wie ihr Vater ihr einmal, in Wien noch auf dem Rummel, die Augen von Seraphen beschrieben hatte.

Ginsterkohlen, hatte er gesagt: Das sei das einzig passende Wort.

Und der Mann, der kurz darauf aus dem Gewühl der Menschen in der Bahnhofshalle auf sie zukam, trug keinen Ledermantel, sondern Zimmermannskluft. Er sprach deutsch, mit starkem Akzent und sehr schleppend, als müsse er nach jedem Wort erst lange suchen.

Er nahm ihr den Koffer ab und lotste sie durch die Menschenmenge auf einen der Bahnsteige. Das Mädchen hatte Max kurzentschlossen an die Hand genommen. Und so gingen die beiden Kinder vor ihnen her, als wären sie Geschwister. Der Mann erklärte ihr, daß sie allein weiterreisen müßte. Max würde in den nächsten Tagen zusammen mit anderen Emigrantenkindern auf die Krim verschickt. Ihr Zug nach Moskau ginge gleich ab.

Der Abschied war kurz: eine Umarmung. Du kommst ja bald nach Kindchen, sagte sie. (Irrtum zwei!, fuhr die Stimme der Frau dazwischen: Zwölf Jahre bleiben zwölf Jahre...) Dann kam das Signal des Schaffners, ein schrilles Pfeifen. Anna stieg in den Zug und fuhr kurz darauf weiter. Was für ein Wort war das eigentlich?, fragte sie sich, als der Zug den Bahnhof verließ, ein Nichtsnirgends, ein Keinwort: Exil.

»*Wajawoú schneij ha-mal'achim sedomah...*«, rezitierte die Frau, als Anna wieder zu sich kam: *Die Engel kamen nach Sodom am Abend. Und sie folgten der Order ihres Königs Wissarionowitsch, die Stadt zu erkunden und Bericht zu geben über das Maß ihrer Unwürdigkeit. Und die Männer der Stadt zogen die Köpfe ein und schwiegen, denn sie kannten die Strafe für ihre Verbrechen. Und so erging das Urteil des Feuerregens, daß er niedergehe und die Stadt verbrenne und ein Viertel derer, die darin wohnen. Und den Engeln folgten weitere Boten des Königs und besetzten, was übrig war von der Stadt. Und sie errichteten ein Haus und ein Denkmal: »Für die Erbauer des Hauses«. Und sie beschlossen, sehr wertvoll zu sein für die Überlebenden des Feuerregens, und achteten auf ihr Leben, und daß es ihnen nicht genommen werde. Und so lautete ihr Beschluß, daß sie chauffiert werden müßten und von Gardisten beschützt. Und jedem, der dies verhöhne, sollte es bitter werden. Und so herrschten sie, hausten und gaben sich ganz wie die Herrscher der Stadt vor dem Feuer. Doch Gott war es müde geworden, den Namen »Sodom« zu denken. Und er ließ sie gewähren, denn es schien ihm das kleinere Übel. Und es gab eine Frau, und es war ihr bestimmt, die Mutter eines der Boten zu sein. Und sie lächelte über Wagen und Gardisten, denn sie glaubte daran, daß ihr Sohn ein Engel sei. Denn sie liebte ihn wie einen Affen...*

Hör auf!, bettelte Anna: Ich weiß es ja.

Was weißt du?, fragte die Frau. Sie nahm Annas Hand. Und dieses Mal tat es Anna nichts. Sie spürte keinen Schmerz und keine Kälte. Nur müde war sie, müde. Und dennoch: Auf die letzte Frage, sagte sie sich, könne sie nun auch noch antworten.

Zwölf Jahre lang, flüsterte sie, wußte ich nichts von ihm. Da kamen keine Briefe, nichts. Als ich ihn wieder traf, hätte ich ihn um ein Haar nicht wiedererkannt. Er rauchte. Er redete von der Notwendigkeit eines neuen Staates. Und es hörte sich ganz so an, als würde er gar nicht wissen, was diese Worte bedeuteten. Ich habe alles... und für ihn... mußte ich doch... schließlich hatte er keine Mutter gehabt... Und als wir nach seiner Scheidung dann in die neue Wohnung zogen... und die war schon eingerichtet... und eine Frau wartete da und ein Kind, das von ihm war...

Das hast du nicht verstanden?

Nein, antwortete sie hart.

Das macht den dritten Irrtum, nebbich, kann passieren...

Anna hatte sich wieder hingelegt, und die Frau deckte sie zu, ja, sie wickelte sie ein in das Steppbett und versprach ihr, daß die Worte sich bald auflösen würden. Dann griff sie ihr unter Schulterblätter und Knie und hob sie aus dem Bett. Anna schlief wohl schon. Jetzt schlief sie wirklich. Und wenn sie also auch nichts mehr hörte und sah, die Frau sprach weiter, in einer Art Singsang, als würde sie beten:

Und Max Regensburger nahm sich drei Frauen: Lydia, Inge und Anne. Und er erkannte Lydia und verließ sie am Morgen; und sie gebar eine Tochter, die nannte sie Mirijam. Und Max kehrte heim, erkannte Inge und nahm sie zum Weib; und sie gebar eine Tochter, die nannte er Marianne. Und er verließ sein Weib Inge, weil sie bald vierzig war, und nahm sich deren Freundin Anne zum Weib. Und er erkannte Anne; und...

Aber lassen wir das; es ist eh schon so grauenvoll banal.

Die Frau lachte kurz heftig auf: ein Daumenkino... Sei froh, daß es geschafft ist. Weißt du, ich liebe es: dieses Nichts am Ende, den Rauch und die Hunde.

Sie lächelte und trug Anna zum Fenster. Es stand offen.

Bringen wir's hinter uns, flapste sie: Die himmlischen Heerscharen applaudieren schon. Wie ich sie kenne, basteln sie wieder mal Sinn. Du mußt es mit Fassung tragen, Anna, versprich es. Immerhin weißt du's besser als sie.

Die Frau knöpfte ihren Mantel zu. Ins Steppbett gewickelt, hatte sie Anna aufs Fensterbrett gelegt. Eine gute Höhe, sagte sie noch. Anna rührte sich nicht.

13

Slosil schickt Botschaften aus dem Totenreich, doch Rottenstein glaubt ihm nicht. Er sucht nach dem Feuer und findet es und in ihm die starke Hand.

Bis zum Nachmittag ihres plötzlichen Versinkens war Anna Regensburger die unumschränkte Matriarchin der Familie gewesen. Ihren Worten hatten Kinder, Enkel und Urenkel immer geglaubt, ganz gleich, ob es um Drohungen, Trost oder Voraussagen ging. Ihren letzten Rat jedoch schlug Rottensteins Mutter kühn in den Wind: Nein, sie würde sich den Arztbesuch nicht sparen! Und für diese Entscheidung mochte es mehr Gründe gegeben haben als nur den ihrer Sorge um den verzärtelten Sohn. Die Königin ist tot; es lebe die Königin! Was im Großen gelte, so dachte sie, müsse auch auf die Familie anwendbar sein. Und wer anders als sie, Marianne Rottenstein, geborene Regensburger, hätte besser geeignet sein können, den Familienvorsitz zu übernehmen?

Legt sich hin und stirbt, diese Frau, lamentierte sie: Was kann sie schon wissen über meinen Jungen! Und also telefonierte sie gleich nach zwei Krankenwagen: Großmutter und Sohn, es habe beide getroffen.

Für Anna kam jede Hilfe zu spät. Alex jedoch schien durchaus einen Arzt nötig zu haben. Seit seinem Anfall schlief er, volle zehn Stunden bereits; und sein Atem ging bedrohlich flach. Während der eine Notarzt Annas Tod feststellte, schätzte der andere im Nebenzimmer Alex' Zustand als durchaus kritisch ein. Es sei ratsam, ihn in die Klinik zu bringen und eingehender untersuchen zu lassen. Mit Epilepsie sei nicht zu spaßen.

Rottenstein selbst bekam von all dem Trubel nicht das geringste mit. Er schlief, selig und tief, noch weitere zwei volle Tage und konnte sich also, als er schließlich in einem der hellgetünchten Charité-Zimmer erwachte, zunächst nicht erklären, wie er in die Klinik gekommen war, und noch weniger, warum. Zwar erinnerte er sich an die Fotos mit seiner Javanerin und an den Anfall, der ihn geschüttelt hatte. Doch er fühlte sich gut, munter und fit, und sah nicht ein, warum man ihn in ein Klinikbett verbannt hatte.

Allerdings: Er war immerhin schon zwölf. Und man möchte meinen, daß er seine Mutter gut genug hätte kennen müssen, um zu wissen, daß ihrer Fähigkeit, sich um ihn zu sorgen, keine natürlichen Grenzen gesetzt waren. Die Klinikeinweisung war demnach nur folgerichtig. Dies begriff er wohl wenig später auch. Und da er das »Handbuch für an Mütter gekettete Söhne« eingehend studiert hatte, ließ er all die Tests und Vorsorgeuntersuchungen, die nun folgten, geduldig über sich ergehen.

Du mußt tapfer sein, ermutigte ihn seine Mutter. Nein, es gäbe keinen Grund zu ernster Besorgnis, wiegelte der Neurologe ab. Und Rottenstein nickte zu allem nur, als ginge es ihn nichts an.

Marianne Rottenstein glaubte, stolz sein zu können auf ihren Sohn. Ohne zu murren ging er, die Arme vorgestreckt, mit geschlossenen Augen schurgeradeaus. Seine Pupillenreaktionen waren vorbildlich. Auch das Reflexhämmerchen deckte keine Anormalitäten auf. Alex vollführte gekonnt einbeinige Kniebeugen, traf mit dem Zeigefinger genau seine Nasenspitze und widersetzte sich nicht einmal, als er in den Raum mit den Folterinstrumenten geführt wurde. Man verklebte ihm die Haare mit einem kühlen Gel und verkabelte ihn mit einer Höllenmaschine, die eine Viertelstunde lang mysteriöse Kurven auswarf, während er abwechselnd mit grellem Licht, schrillen und dumpfen Tönen, Atemanweisungen und ähnlichem Hokuspokus traktiert wurde. Nein, sein guter Wille, sich von der besten Seite zu zeigen, stand außer Zweifel. Und da er nach all jenen Übungen auf seine Mutter ganz den Eindruck eines Olympioniken machte, konnte sie nicht anders, als dem konsultierten Neurologen gründlich zu mißtrauen. Noch dazu, da dieser allzu junge Dr. Anthony nach den tagelangen Untersuchungen behauptete, die Ursache für den Anfall gefunden zu haben.

Ein Irrsinn, wie es Rottensteins Mutter schien. Für sie lag es nach den Tests auf der Hand, daß die Natur sich geirrt hatte. Ja, irrtümlicherweise nur hatte die Epilepsie ihren kerngesunden Jungen befallen, kurz nur und wenig drastisch, um sofort wieder abzulassen und sich auf den vermeintlich Richtigen zu stürzen.

Er hat doch gar nichts, Herr Doktor!, beharrte sie.

Leider doch, gnädige Frau, widersprach der Arzt und hielt ihr eines der mit Kurven übersäten Blätter entgegen, die die Maschine ausgeworfen hatte. Eine kleine epileptische Veränderung, Frau Rottenstein, sagte er und tippte auf eine Häufung zackiger Ausschläge in einer der Kurven. Zweifellos würde ihr Sohn sein Leben lang mit regelmäßig auftretenden Kopfschmerzen zu kämpfen haben, eine unangenehme Erscheinung, doch kein echter Grund zu Besorgnis. Ein erneuter Anfall sei zwar nicht auszuschließen, doch sehr unwahrscheinlich.

Betrachten wir's als ein Warnsignal, meinte der Doktor: Sie sollten dem jungen Mann noch ein paar Tage Ruhe gönnen. Dann geht es schon wieder. Und Ruhe, schloß er, das heißt: Sie erzählen ihm besser vorerst nicht vom Tod seiner Urgroßmutter, jedenfalls nicht, bis er entlassen wird.

Bei aller Skepsis: In diesem Punkt konnte Rottensteins Mutter dem jungen Arzt nur beipflichten. Selbstredend, versicherte sie, würde ihr Alex es erst erfahren, wenn er wieder ganz bei sich sei. Schließlich wisse sie, was sie seiner Psyche schulde. Einzig ihrer Fürsorge also war es zu verdanken, daß Rottenstein von Annas Tod erst am Tag ihrer Beerdigung erfuhr.

Warum sie in Schwarz gehen wolle, fragte er seine Mutter, als sie zum Frühstück in die Küche kam: Es sei sonnig draußen, an die dreißig Grad.

Ach weißt du, Alex, setzte Mutter Rottenstein betont weich an: Es ist, weil... Doch nein, vorerst sprach sie nicht zu Ende. Sie strich ihrem Sohn übers Haar; sie zog die Lippen zu einem Strich: ganz und gar Bedauern. Und in genau diesem Augenblick geschah es: Der bohrende Kopfschmerz, ein Schwellen und Hämmern, überfiel ihn zum ersten Mal in aller Unerbittlichkeit.

Erst meinte er, sein Schädel müßte zerspringen, so sehr pulste es von innen gegen seine Stirn. Dann schien es ihm, als würde ein Stahlband sehr langsam um seinen Kopf festgezurrt. Er preßte die Handflächen gegen die Schläfen und krümmte sich auf seinem Stuhl. Was ging dort um? Ein Sturm von Bildern und Worten, das alles raste durch ihn hindurch. Doch nichts ließ sich halten. Es flutete und wurde aufgeworfen, hin und her. Und am Ende glaubte er, in Flammen zu stehen: Es schießt mir aus den Augen, Mama. Ich habe Feuer in mir!

Sie ist tot, nicht wahr?, fragte er schließlich; und seine Mutter nickte. Sie biß sich auf den Finger und machte ganz den Eindruck, als wolle sie sich auf der Stelle geißeln: Hätte ich nur nichts gesagt!

Alex jedoch winkte ab: Er habe es eh schon gewußt.

Aber woher denn?

Die Stimme, flüsterte er. Dann preßte er seinen Kopf zwischen die Knie, und seine Mutter stürzte zum Telefon.

Dr. Anthony schien nicht im geringsten verwundert. Ich habe es ihnen gesagt, und da haben wir's nun. Er verabreichte Rottenstein eine Migräne-Kapsel. Und so war er nach gut einer Stunde wenigstens wieder ansprechbar.

So und so verhalte es sich, wurde er eingeweiht: Aller Wahrscheinlichkeit nach würden die Schmerzen wiederkehren. Treue Freunde, verstehst du?, versuchte der Arzt zu witzeln. Doch Alex hörte schon nicht mehr auf ihn. Denn er selbst hatte, was die Kopfschmerzen betraf, eine durchaus andere Vermutung als der Doktor.

Was auch immer die Kurven in Dr. Anthonys Diagnoseblättern beweisen sollten, das Feuer in seinem Kopf erklärten sie nicht. Und noch weniger, daß er eine Stimme gehört hatte, als der Schmerz am heftigsten war. Jawohl, eine Stimme. Vielleicht hatte sie der seines Onkels Franz geähnelt. Genau hätte er es nicht sagen können. Und er sah auch keinen Grund, davon zu sprechen. Sollten sie sich mit dem Schmerz befassen. Das würde ihm helfen.

Wenigstens, sagte er sich, sprach die Stimme aus ihm heraus zu ihm, nicht von außen her. Das beruhigte ihn. Aber was hatte sie nicht alles behauptet, was nicht alles!

Es schien, als hätte sich ein fremdes Ich in ihm eingenistet, ein Ich, das die Welt anders betrachtete, als er es bisher getan hatte. Und das stärkste Stück: Es bestand darauf, daß es einen Gott geben müsse, und er, Alexander Rottenstein, sei einfach nur dumm gewesen, dies bisher nicht bemerkt zu haben.

Rottenstein widersprach: Das könne nicht sein. Er glaube nicht an Hokuspokus, Lichtwesen in den Himmeln! Nein, er sei schließlich kein Tölpel.

Was weißt du schon?, erwiderte die Stimme. Und das war der Satz, den er von nun an immer wieder hören sollte: Was weißt du schon? Sei nicht dumm. Es gibt ein Bild hinter dem Spiegel und eine Stadt, tief unter dir. Es gibt Engel, die werden als Menschen geboren, und Menschen, die gehen in Flammen auf, weil Buchstaben ihre Plätze tauschen und die Welt auf den Kopf stellen, nicht mehr als ein Spiel.

Himmel, das sollte er glauben!

Ein wenig viel auf einmal für einen Zwölfjährigen. Und sicher fehlte in diesen Tagen nicht viel, und Rottenstein hätte seinen Verstand tatsächlich abgegeben. Der Doktor jedenfalls machte sich einige Sorgen: Feuer? Feuer! Und er müsse es zähmen... Was redet der nur?

Jawohl, hier!, beharrte Rottenstein und zeigte auf seine Brust. Hier gehe es um, jetzt hier! Er müsse doch wissen, was los sei in seinem eigenen Herz.

Der Arzt hob die Schultern, und Mutter Rottenstein rang fortan zu allem nur noch die Hände. Ach, das ist dann wohl die Pubertät, versuchte sie, sich und den Arzt zu beruhigen: Bald wird er Gedichte schreiben, der Ärmste. Jetzt ist es soweit.

Auch Dr. Anthony gab sich schließlich damit zufrieden. Denn irgendwelche Anzeichen von Bewußtseinstrübung ließen sich nicht nachweisen. Mysteriös, aber vielleicht hat er recht, sinnierte der Doktor, und nun zeigte auch er auf seine Brust: Mag es Feuer sein; das Alter hat er dafür.

Beide sollten sie recht behalten, sowohl der Arzt als auch Rottensteins Mutter. Bald schon entdeckte sie in seinem Laken die ersten steifen Flecken. Auf seiner Oberlippe zeigte sich ein leichter Flaum. Und die prophezeiten Gedichte ließen auch nicht mehr lange auf sich warten.

Ach, was heißt hier Gedichte? In der Mehrzahl waren es Oden, und zwar auf die Weiblichkeit, die er nun ganz zu entdecken hoffte. Denn nicht nur auf Java gibt es Mädchen, und was Rottenstein von nun an auf ungezählte Zettel stanzte und sonettierte, ließ an Deutlichkeit nicht zu wünschen übrig. Nur war das Leben ein wenig anders, eben ganz so, wie es sein mußte für den »jüngsten aller Männer«, wie Mutter Rottenstein ihren Sohn immer neckte.

Wenn man an Jaroslav Vonka denkt, dessen Seele munter in Rottenstein umging, kann man sich vorstellen, was er zu leiden hatte. Immer nur träumen, träumen! Und so blieb ihm nichts anderes übrig, als Thomas Mann zu lesen, sich insgeheim Tonio Kröger zu nennen und Liebesgedichte auf Vorrat zu schreiben – eine jämmerliche Zeit. In all den Romanen, die er aus Onkel Franz' Bibliothek entlieh, las er von aufregenden Frauen und von Liebschaften, Lieben, Himmel! Doch er – konnte nur lesen.

Die Mädchen in seiner Klasse kreischten, wenn ein Junge nur näher als zehn Schritt an sie heran kam und vielleicht ein einmal nicht rüpeliges Wort zu ihnen sprach. Sie küßten einander demonstrativ, wenn sie sich begrüßten oder sich verabschiedeten.

Anders schon diese Mo aus der zehnten Klasse, beinahe schon eine Frau. Eigentlich hieß sie Monika, aber das war ihr nicht aufregend genug. Sie trug das Haar offen und ihre kurzen Röcke mit dem Bewußtsein, daß man nach ihren Beinen sah. Sie schien es sogar zu genießen, wenn sie bemerkte, wie Rottenstein sich verschämt an der Wand des Schulflurs entlangdrückte, um ihr zwar nah, doch nicht zu nahe zu sein. Ihren Stundenplan hatte er auswendig gelernt, um immer zu wissen, in welcher Pause er sie auf welchem Flur und in welchem Raum für eine Sekunde sehen könnte. Sicher hatte sie sein Umherstreunen längst bemerkt und lachte insgeheim über ihn. Dieser Gedanke quälte, doch mehr noch hätte es ihn gequält, sie nicht zu sehen. Dabei hatte er Angst. Denn Mo ging mit dem Hünen aus der Elektrikerwerkstatt gegenüber der Schule. Und so ließ er es bei seinen Streifzügen durch die Schulkorridore bewenden. Die Liebesbriefe, von denen er jeden Tag mindestens zwei verfaßte, landeten statt im Briefkasten in der Mülltonne – unzerrissen allerdings, als hoffte er tatsächlich, irgend jemand würde sie finden und ungefragt überbringen. Dann wüßte Mo Bescheid, doch er könnte sich herauswinden, wenn der Elektrikerlehrling ihn zur Rede stellte.

Angst und Unsicherheit ließen sich eben noch ertragen. Schlimmer waren die Nächte. Denn daß sich ein Großteil Verliebtheit weder in der Brust noch in irgendeinem Winkel des Herzens, sondern ein gutes Stück weiter unten bemerkbar macht, spürte er allzubald. Und seine Bemühungen, wenn er ins Bett ging, ans Kommutativgesetz, Halbtonreihen oder Versmaße zu denken, gerieten zu einem schwierigen Sport, bei dem er meist auf der Strecke blieb. Er dachte dann vielleicht nicht direkt an Mo, doch an verrückteste Dinge, die, er war sicher, auf wunderbare Weise mit diesem Mädel zu tun haben mußten. War er erst so weit, war an Schlaf gleich überhaupt nicht mehr zu denken. Ein Rendezvous malte er sich aus: Im *Monbijou-Park*, natürlich!, würde er sie treffen. Und zwischen den Fliederhecken, vor neugierigen Blicken verborgen, würde sie ihn zum ersten Mal küssen… Wie würde er schlucken!

Doch Mo dachte nicht im geringsten daran, sich mit ihm zu treffen. Und so wälzte er sich schlaflos im Bett, umarmte und küßte sein Kopfkissen. Der Vonka in ihm flüsterte pausenlos: Sag ihr endlich, daß du sie liebst! Doch dafür sollte sein Mut nicht reichen.

Um wenigstens nicht immer wieder in seine Schlafanzughose greifen zu müssen, ging er schließlich dazu über, Zwiegespräche mit seiner inneren Stimme zu führen. Denn zumindest die war immer bei ihm, wie sein Verlangen. Und wenn sie auch nicht Mos weibliche Qualitäten besaß – sie hörte ihm zu. Das jedenfalls glaubte Rottenstein fest. Und mitunter, ja, hatte sie sogar einen Rat auf Lager, der ihm bedenkenswert schien. Jenen zum Beispiel, er solle anhand seines schwerwiegenden Problems die Behauptung, es gebe einen Gott, auf Herz und Nieren prüfen.

Wie erobert man eine Zehntklässlerin?, neckte der Vonka-Slosil und riet, Alex solle IHN doch um die Lösung des Rätsels befragen; ein Vorschlag, der Rottenstein durchaus gefiel. Einerseits belustigte ihn der Gedanke, andererseits knüpfte er Hoffnungen an den Versuch. Konnte man wissen, ob er am Ende nicht wirklich antwortete?

Also..., fragte er den Gast in sich: Sprechen wir mit ihm?

Der Slosil lachte: Oh nein! Gott, verstehst du, ist nicht wie deine Mutter. Ihn mußt du um Ratschläge bitten. Das erste Problem sei die Richtung, in die er sich wenden müßte, das zweite das Wort, IHN zu nennen, und das schwierigste schließlich: die Antwort zu hören und ihr standzuhalten. Einige Bücher aus Onkel Franz' Bibliothek könnten ihm sicher helfen. Es gäbe da ein Regal mit Lektüre für Gottsucher; denn dem Onkel sei es zu einer anderen Zeit ähnlich ergangen, wenn auch aus etwas anderen Gründen. Genauer wollte der Slosil sich jedoch nicht erklären.

Wenn Rottenstein auch nach wie vor nicht recht glauben mochte, daß etwas dran sei an dem Gerede von Engeln, heiligen Himmels-Tieren und dergleichen mehr, immerhin, sagte er sich, mußte es einen Grund geben für diese Stimme aus seinem Innern und das Feuer in seinem Kopf, die ihn seit seinem Anfall in Onkel Franz' Bibliothek nicht mehr in Ruhe ließen.

Franz Regensburger empfing seinen Neffen im Bademantel, die Zigarre in der einen, das Cognacglas in der anderen Hand, und er schmunzelte. Weiß der Teufel, von wem er seine Ahnungen bezog, jedenfalls wußte er, worum es Rottenstein an diesem Nachmittag ging. In der Vitrine unterm hinteren Fenster würde er finden, was er suche. Während Rottenstein schnurstracks in der Bibliothek verschwand, ließ Franz sich im Wohnzimmer in einen Sessel fallen. Durch die offene Tür zur Bibliothek beobachtete er, wie Alex die Titel auf den Buchrücken studierte, nahm einen tiefen Zug und blies den Rauch durch die Nase.

Wie lange war es her, daß er sich diese Bücher in Antiquariaten zusammengekauft hatte? Lauter phantastische Traktate, die allesamt behaupteten, Antwort gefunden zu haben auf derart pikante Fragen wie jene, wer Gott sei, wie er heiße und wohne, und wo?, und warum? Ein wahrer Schatz rabulistischer Schriften war das, ein tiefer Brunnen, in den er selbst als junger Mann hinabgestürzt war, um auf lange Zeit, ja vielleicht selbst bis zu jenem Tag nicht wieder aus ihm aufzutauchen. Und nun genoß er es, Alex in diesen Büchern stöbern zu sehen.

Aller paar Tage tauchte Alex bei seinem Onkel auf, um ihm Bücher zurückzubringen und sich mit neuem Lesestoff zu versorgen. Und wenn er nun nachts wachlag, dann nicht, weil der Gedanke an Mo ihn nicht schlafen ließ. Er schlug die Bücher erst zu, wenn die Schrift vor seinen Augen zu verschwimmen begann. Selten schlief er vor Mitternacht ein. Und wenn er irgendwann im Laufe des Vormittags seine Müdigkeit überwunden hatte, selbst dann war er abwesend, beinahe den ganzen Tag.

Über die Reinkarnationen des Gottes Vishnu grübelte er nach, als sein Mathematiklehrer ihn vergeblich nach der Bedeutung des Bogenmaßes fragte. Und während es im Biologieunterricht um die Fortpflanzung der Sporenpflanzen ging, beschäftigte Rottenstein wesentlich mehr das Gleichnis vom Yogi und den Blättern des Baumes, unter dem er saß: so wenige Wiedergeburten nur noch bis zum Eintritt ins Nirwana...

Nach Glückseligkeit zu fragen und dabei nicht an Mo zu denken... Sein Interesse mußte gehörig verflacht sein. Und, wer weiß?, vielleicht wäre es am Ende ganz der Gleichgültigkeit gewichen, hätte Mo nicht eines Tages zitternd und ganz und gar Träne auf dem Schulhof gestanden und den

Elektrikerlehrling verflucht. Denn der war kurz zuvor mit einer zickigen Blondine an der Hand vorüberflaniert.

Ein Saukerl!, schluchzte Mo, so laut, daß alle es hören mußten. Und da Rottenstein über Monate nichts anderes gehofft hatte, als daß sein vermeintlicher Konkurrent sich eines Tages selbst ausknocken würde, weckte Mos Kummer nun nicht nur wieder das alte Gefühl in ihm, sondern er erinnerte ihn auch daran, warum er vor etlichen Wochen begonnen hatte, in Onkel Franz' Bibliothek nach einer Wegbeschreibung zu Gott zu fahnden.

Welche Worte müßte er anbringen, um Mo zu trösten? Das wollte er wissen. Und niemand anders als der Erfinder aller Worte sollte ihm Antwort geben. Nur wie? Das Problem stand nach wie vor. Nach all der Lektüre jedoch, meinte Rottenstein, müßte es sich leichter lösen lassen als zunächst befürchtet. Ja, wenn er es recht bedachte, kam nur ein Weg in Frage: das Feuer.

Einen Brief würde er schreiben und ihn verbrennen. Wenn die Flammen nicht als Boten taugten, fragte er sich: Was dann? Vielleicht wäre es nicht der sicherste Weg, der kürzeste aber bestimmt.

Die Vorbereitungen nahmen zwei volle Tage in Anspruch. Kompliziert genug, sich für die passende Anrede zu entscheiden; der Brief selbst aber forderte einen stilistischen Gang auf Messers Schneide. Mit Ehrenbezeugungen durfte er sicher nicht geizen und mußte dennoch fordern: Antworte, meinerSeel, beinahe ultimativ.

Darüber hinaus, meinte Alex, würde ein wenig Hokuspokus sicher nicht schaden. Und: Ein ordentliches Feuer mußte her, soviel stand fest. Also entwendete er aus der Kammer seines Onkels eine Flasche Feuerzeugbenzin, einige Räucherstäbchen aus China und ein rotes Kunstseidentuch. Das schien ihm an Zubehör ausreichend. Für's Feuer war gesorgt, der Geruch dem eines Opfers hoffentlich wenigstens ähnlich. Wenn er das Tuch über seine Nachttischlampe hängen würde, erschiene das Ganze auch im rechten Licht. Denn Rot passe vorzüglich zu seinem Anliegen, zum Feuer ohnehin. Es gab also nur noch eins zu tun: Er mußte die Stunde wählen für sein Experiment. Und wofür er sich schließlich entschied, bewies, nach allen übrigen Vorbereitungen nur Konsequenz. – Um Mitternacht würde er es wagen.

Als Vater Rottenstein in jener Nacht nach der Sportschau ins Bett fiel, rümpfte er angewidert die Nase. Der Patchouli-Geruch, der sich innerhalb der letzten Minuten in der gesamten Wohnung verbreitet hatte, schien ihm, bei aller Toleranz, eine Spur zu intensiv. Und das zur Nachtruhe...

Schau mal nach, was dein Sohn schon wieder treibt, brummelte er seiner Frau zu. Dann prustete er und wälzte sich auf den Bauch. Und Mutter Rottenstein blieb nichts anderes übrig, als ihren Krimi beiseite zu legen. Mit einem unnachahmlichen *Na prima!* schlug sie die Bettdecke zurück, stand auf und ging der Erscheinung auf den Grund.

Je näher sie der Zimmertür ihres Goldsohnes kam, desto aufdringlicher wurde der Geruch. Die Patchouli-Wolken drängten aus dem Schlüsselloch. Himmel!, er müßte erstickt sein, dachte sie, Minimum: Rauchvergiftung. Sie rüttelte an der Tür. Denn entgegen jeglicher Anweisung hatte der Junior sich auch noch eingeschlossen.

Drinnen mußte Erstaunliches vorgehen. Sie hörte ihn fluchen, stampfen. Ihre Besorgnis war echt. Doch erst, als Alex schließlich die Tür öffnete, erkannte sie das wahre

Ausmaß der Katastrophe. Sie rang die Hände: Zündet uns das Haus überm Kopf an! Die Divandecke und der Teppich vor Rottensteins Bett, beide zur Hälfte verbrannt, stanken martialisch. Die Patchouli-Schwaden, die blau und schwer das ganze Zimmer verhängten, taten ein übriges. Und über allem schwebte der stechende Geruch von Feuerzeugbenzin. Eine Hexenküche, ein Schmockenkessel! Und ihr Sohn mittendrin.

Alex hatte das Benzin in eine Salatschüssel gekippt, den Brief hineingetaucht und mit dem glimmenden Räucherstäbchen entzündet. Das loderte feierlich; und der Brief verbrannte. Nur hielt die Schüssel der Hitze nicht stand. Das Glas zersprang. Das Benzin – und damit das Feuer – schoß über die Divandecke und auf den Teppich. Und beinahe wäre das Inferno perfekt gewesen.

Sichtlich erleichtert, das Feuer gebändigt zu haben, schienen Chaos und Gestank ihn nun aber wenig zu kümmern. Mit glänzenden Augen saß er inmitten der Bescherung und beteuerte, es habe funktioniert, funktioniert, funktioniert! Dann verstummte er. Und Mutter Rottenstein schüttelte den Kopf. Während sie sich daran machte, die Folgen des Experiments, so gut es eben ging, zu beseitigen, konnte sie die Tränen nicht mehr unterdrücken.

Ist eben doch meschugge, der Kleine, barmte sie: Nun sei es sicher.

14

Rottenstein erfährt, woher er kommt und wohin er geht. Jacoby streikt. Und Malkowitz zieht sich den Zorn seines Gottes zu.

Ich erinnere mich noch gut: Sheary und ich, wir waren ganz aus dem Häuschen. Denn solange wir Jacoby kannten, war er immer eine treue Seele gewesen. Wie ich schon sagte: jeden Dienstag war er pünktlich um acht zur Stelle. Krankheit gab es für ihn nicht. Ganz selten nur gestattete er sich eine Laune. Und selbst seine Flasche *Moskovskaya,* die er kaum einmal nicht bis auf den letzten Tropfen austrank, vertrug er derart blendend, daß er noch mit Anstand die Treppen hinunter kam, wenn er uns gegen Mitternacht verließ. Wir hatten also allen Grund zum Schwärmen. Dieser Mann war ein Glücksfall für uns, keine Frage. Um so verwunderter, ja geradezu bestürzt waren wir, als er sich, an einem Dienstagabend im letzten September, plötzlich strikt weigerte, die Geschichte weiterzuerzählen.

Nein wirklich, er habe genug!, jammerte er und klammerte sich an die *Moskovskaya*-Flasche, als fürchtete er, unsere erste Reaktion könnte sein, den Wodka wieder einzuziehen. Und wenn ich ehrlich bin: Ganz grundlos war diese Befürchtung sicher nicht. Denn so, wie wir an seinen Lippen gehangen hatten, wenn er erzählte, mußten wir nun ganz den Eindruck machen, als seien wir, um zu weiteren Geschichten zu kommen, zu allem entschlossen.

Jacoby aber schüttelte nur den Kopf. Es sei ja, unbestritten, eine Freude, über Seraphen zu erzählen, gab er zu, über brennende Körper und den göttlichen Funken im arglos dahingesprochenen Wort. Wenn ihn jedoch etwas im

Leben effektiv langweile, dann die Mär von Rottensteins achso! fataler Jugend, seiner Einsamkeit in den Nächten, den unerfüllten Lieben und pubertären Gottsuchereien. Es sei schlicht zum Kotzen!

Da waren wir ratlos. Zum ersten Mal, seit wir Jacoby engagiert hatten, konnten wir uns nicht zurücklehnen und einfach zuhören. Dabei brannten wir darauf, zu erfahren, wie sich das Zwiegespräch zwischen Rottenstein und der Stimme aus seinem Innern weiterentwickelt hatte. Und ausgerechnet jetzt machte Jacoby Sperenzien – ein Drama. Aber auch wir konnten stur sein.

Sie haben einen Vertrag unterschrieben, erinnerte ich Jacoby und war bereits drauf und dran, den Zettel herauszukramen und ihm unter die Nase zu halten. Doch er blieb ungerührt. Über den Inhalt der Geschichten, trumpfte er zurück, sei in dem Papier nichts vermerkt, und erst recht nicht, daß er zur Vollständigkeit verpflichtet sei. Was ich eigentlich wolle?

Nicht beschissen werden!, murrte Sheary.

Nu, nu...

Na, wie würde er das denn nennen? Uns einfach sitzenzulassen in unserer Neugier. Und mit welcher Begründung!

Jacoby atmete tief durch, schnaufte und suchte demonstrativ umständlich nach seinen Zigaretten. Wir sollten uns nicht grämen, lenkte er schließlich ein. Selbst Rottenstein, der zu einer gewissen Zeit seines Lebens diese Phase des Geschehens für ungemein wichtig gehalten habe, hätte später darüber gelächelt. Und genau dies sei der Punkt. Er, Jacoby nämlich, sei betrogen worden, und zwar gründlich.

Das müsse er nun aber erklären, warf Sheary schmeichelnd

ein. Und, als hätte er nur darauf gewartet, noch einmal gebeten zu werden, warf er sich nun in die Brust und zog eine gewichtige Miene.

Das sei so eine Sache…, mümmelte er. Und schon glaubten wir, ihn zu haben. Betrug, fuhr er fort: Wie soll ich es anders nennen? – Daß es Rottenstein war, dem Herr Eijnsoph in einer Budapester Gasse erschien, einem deutschen Goj und nicht etwa mir, der sich mit dieser verdrießlichen Religion von Geburt an herumzuschlagen hatte. Und daß Malkowitz schließlich *ihn* in die Geheimnisse der Buchstaben einführte, obwohl er viel zu jung und überhaupt in jeglicher Hinsicht noch nicht soweit war. Ist das nicht ungerecht?

Eijnsoph?, fragten Sheary und ich wie aus einem Mund.

Unendlich, sagte Jacoby, ist die Anzahl der Formen, in die das Ungenannte sich hüllt: sei es Feuer oder eine Stimme aus dem Innern, sei es die Gestalt eines einzelnen Buchstabens, mit dem eine Geschichte beginnt, oder die eines Bettlers in den Straßen von Budapest. Sei es ein Fluch oder ein sorgsam gehütetes Schweigen.

Jacoby fiel nun wieder ganz in seinen gewohnten Erzählton zurück. Ja, sagte er: ein Schweigen über Generationen, wie Salomon Hillers Frau es der Familie verordnet hatte: Vergeßt, daß ihr von Jaakov kommt und haltet eure Zungen im Zaum! Aber gehört nicht zu jeder Geschichte ein Störenfried, zu jedem verordneten Schweigen ein Aufmüpfiger, der es bricht? – O ja!, Jacoby hob die Hände. Er aschte ab, lehnte sich zurück und nahm einen tiefen Zug von seiner schwarzen Französischen. Und diese Geste kannten wir gut. Kam er nun doch noch in Fahrt?

Ich, erzählte Jacoby weiter, lernte Rottenstein in der

Schwendener Straße kennen, im Berliner Judastischen Institut. Wir waren beide im ersten Semester und besuchten ein Seminar über die kleinen Propheten. Ich weiß nicht mehr, wer wen angesprochen hatte. Tatsache ist, daß keine Veranstaltung ohne einen heftigen Disput zwischen uns endete und wir schließlich dazu übergingen, die Debatten nach dem Seminar im Café fortzusetzen. Rottenstein meinte gleich, einen neuen Freund gefunden zu haben. Und bei dieser Interpretation beließen wir es. Daß wir uns mochten, ließ sich nach einigen Wochen und mehreren Treffs im Café nicht mehr leugnen.

Für Rottenstein bedeutete Freundschaft vor allem Offenheit, und so verschonte er mich weder mit seiner Familiengeschichte noch mit Mo und dem Drama der brenndenen Divandecke. Auch von Onkel Franz erfuhr ich und daß der sich seinen Neffen zur Brust genommen hatte, als er von Rottensteins Tanz ums Feuer erfuhr. Ja, sein Onkel Franz sei es gewesen, der das Schweigen gebrochen und ihm von Salomon Hillers Kettenkarussell erzählt hatte, von Salomons Tod und der Vision seiner Frau im Jahr '33. Sein Onkel hätte gemeint, es ihm nicht länger verschweigen zu dürfen. Zu abenteuerlich sei der Weg, den er eingeschlagen habe. Und der Rat, den er bekam, war eindeutig: Viele Wege führten dorthin, wohin er wolle. Doch bevor er durchs Feuer ginge, sollte er es lieber auf dem Weg des Wissens versuchen.

Offenbar hatte Rottensein rasant gelernt. Ich bin durchaus nicht eitel, sagte Jacoby, glauben Sie's. Aber daß er mich, als wir uns kennenlernten, in Gesetzesfragen locker in die Tasche steckte, wurmte mich mächtig. Gleichgültig, woher seine Familie kam: Die Kette war zerrissen, und nach rabbinischem Recht war er nichts anderes als ein deutscher Goj. Da gab's nichts zu klittern oder zu interpretieren. Das wußte er genau. Nur wahrhaben wollte er es nicht. Er ließ sich, soweit es ihm gelang, einen Bart stehen und achtete hysterisch darauf, was er aß. Er lernte passabel Hebräisch, betete wie ein Weltmeister und brachte es sogar fertig, am Schabbat nicht zu rauchen.

Ja, auch ich nahm die Gesetze genau. Dennoch trennten uns Welten: Er war ein Goj. Ich nicht. Das Rabbinat ließ ihn zappeln: Da könnte ja jeder kommen! Und insofern wirkte sein Ernst schlicht absurd. Ich nannte ihn Rabbi Schloimo ben Unecht und zog ihn auf: der jüdischste Goj, den die Welt je gesehen hat! Und vielleicht trugen meine Scherze mit dazu bei, daß er sich entschloß, Herrn Eijnsoph herauszufordern.

Wir hatten bereits ein ganzes Jahr gemeinsam studiert. Die Semesterferien gingen dem Ende zu, und wir beide meinten, es sei ein Jammer, daß wir sie so trübselig hatten verplätschern lassen.

Wie wär's?, fragte ich: Wir könnten uns auf die Strümpfe machen und Prag überfallen? Der Vorschlag gefiel ihm. Auf die Gefahr hin, in Depressionen zu verfallen, checkten wir unsere Finanzen.

Doll is man nich..., mußten wir feststellen. Aber Rottenstein bot sich an, seinen Vater anzupumpen. Ich erzähl ihm, es wär eine Studienreise, sagte er: Dann wird er schon was zuschießen. Und – er spendierte tatsächlich ein passables Sümmchen. Genug offenbar, daß Alex sich noch einen zusätzlichen Abstecher nach Budapest leisten konnte.

Hoshannah Rabbah in Prag!, frohlockten wir. Alex würde eine Woche früher abreisen: nach Budapest. Wir verabredeten uns auf den ersten Tag des Laubhüttenfestes:

zehn Minuten vor dem Gottesdienst, am Eingang zur Altneu-Schul. Rottenstein versprach, pünktlich zu sein. Und zwei Tage später nur düste er ab.

Warum er unbedingt allein nach Budapest fahren wollte, verriet er mir nicht. Ich vermutete einen brünetten Grund: die stille Krystina, eine Ungarin, die gemeinsam mit uns studierte. Die Semesterferien verbrachte sie immer zu Hause. Und Semmelweis utcá 4, das Haus, in dem Alex sich einmieten wollte, war ihre Heimatadresse.

Die Irreführung gelang ihm perfekt. Krystinas wegen stellte ich keine näheren Fragen, der Art etwa: Was willste nur tun so allein, die ganze Woche lang? Mit Krystina hätte auch mich keine Sekunde gelangweilt.

Als wir uns schließlich, wie verabredet, in Prag trafen, schien sein Zustand meine Vermutung vollauf zu bestätigen: Phantastisch übernächtigt kam er daher. Und ich biß mir vor Neid auf die Lippe. Also war ihm nach allem auch dieses Mädchen noch zugefallen? Himmel!, Ben Jomin sollte er heißen, dachte ich, Sohn des Glücks. Wie konnte ein einzelner Kerl nur solchen Dusel haben?

Doch ich irrte mich. Wie ich nach den Ferien erfuhr, hatte Krystina die fragliche Woche mit ihrem Verlobten am Balaton verbracht. Noch später erfuhr ich, daß Alex in Budapest vor Angst kein Auge zugetan hatte. Und er selbst dankte allen beteiligten Blinden, daß sein Aufenthalt so glimpflich abgegangen war. Denn er hatte die Chuzpe weiter getrieben als alle Vorwitzlinge der Stadt zusammengenommen jemals zuvor.

In jenem Jahr fiel Yom Kippur auf Schabbat. Und am Freitagmorgen vor Yom Kippur, so gegen acht etwa, kam Alex mit dem Zug am Keleti pu. an. Mit der Metro fuhr er direkt bis vor die Haustür in der Semmelweis utcá. Und er war sichtlich in Eile, als er, das dürftige Gepäck unter die Arme geklemmt, die Treppen des alten Bürgerhauses Nr. 4 hinaufstapfte. Auch hier funktionierte der Fahrstuhl nicht.

Genau so mußte Krystina ihn der Nachbarin beschrieben haben: dürftiger Bart und den schwarzen, steifen Hut nach Brooklyn-Art ins Genick geschoben. Als er den Schlüssel aus dem Versteck neben dem Sicherungskasten langte, öffnete die Nachbarin einen Spaltbreit ihre Tür und begutachtete ihn, fest entschlossen offenbar, jeden Nicht-Hutträger ohne viel Federlesens der Polizei zu übergeben. Doch zum Glück befand sich Alex in jener Woche auf dem orthodoxen Pfad und trug, trotz der sengenden Hitze, seinen Hückel wie selbstverständlich.

Das isser, mußte die Nachbarin gedacht haben, keine Frage. Bevor Alex sich umdrehen und sie grüßen konnte, war ihr grauer Haarnetzschopf schon wieder aus dem Türspalt verschwunden. Vielleicht riskierte sie ja noch einen Blick durch den Spion. Alex winkte. Dann schloß er Krystinas Wohnungstür auf und staunte.

Er stand auf tadellosem Parkett. Schon die Diele hatte die Ausmaße eines mittleren Ballsaals. Ein bourgeoiser Palast, dachte Alex, nachdem er die beiden Zimmer, Bibliothek, Küche und Bad inspiziert hatte: Alle Achtung!

Eigentlich, hatte Krystina ihm anvertraut, sei es ja die Wohnung ihrer Eltern gewesen. Die aber arbeiteten irgendwo in Afrika. Und so hatte sie die Wohnung bekommen. Allerdings, sagte sie, müsse sie übers Semester beide Zimmer an Budapester Studenten vermieten und selbst auf dem Sofa in der Bibliothek übernachten, wenn sie mal zu Besuch sei. Anders könne sie dieses wahre Kolosseum einfach nicht halten. Dabei hätte sie melancholisch gelächelt, was Alex jedoch nicht zu deuten verstand.

Wie auch immer, die beiden Studenten genossen vermutlich gerade selbst ihren Urlaub. Alex hatte die Wohnung für sich allein. Er ließ sein Gepäck in der Diele stehen und verschwand im Bad. Er duschte, zog sich um. Und wenig später führte ihn sein erster Spaziergang geradenwegs an der Metrostation, etlichen Cafés und einer Nachtbar vorüber – zur Synagoge in der Dohány utcá. Sie lag knapp drei Minuten von seiner Wohnung entfernt, durchaus nicht zufällig. Denn er hatte seinen Aufenthalt genau geplant. Ja, es mag sein, daß die unmittelbare Nachbarschaft zur Torah-Talmud-Schul ihn überhaupt erst auf die Idee gebracht hatte, sich bei Krystina einzumieten.

Zur Torah-Talmud-Schul, hatte Krystina ihm verraten, käme er nur durch den Hintereingang der Synagoge, von der Sip utcá aus. Und er solle bloß nicht deutsch reden, sonst ließen die ihn bestimmt nicht rein. Alex spazierte also an den hohen Eisengittern und dem Tränenbaum im Synagogenhof vorüber, die Wesselenyi utcá entlang. Dann bog er rechts ab. Und als er den Polizisten entdeckte, meinte er, richtig zu sein.

Seine Tageslosung hieß Chuzpe. Und also versuchte er zunächst, ohne eine Erklärung an dem Uniformierten vorüberzuhuschen. Der jedoch wachte bestens und hielt Alex grob am Ärmel zurück. Er schimpfte irgend etwas absolut Unverständliches in einer breiten Sprache, die lediglich aus tausenden Vokalen und vor allem harten, kurzen O's zu bestehen schien. Dennoch tat Alex, als sei es der Polizist, der hier etwas mißverstand und grundlos unverschämt wurde. In einem Hebräisch, das vermutlich nur durchging, weil der Polizist protestantischer Ungar war und kein einziges Wort mitbekam, blaffte er den Uniformierten an: Er wolle zum Rabbi.

Daß es sich bei dem kurzen, doch um so erregteren Wortschwall des jungen Kerls um Hebräisch gehandelt haben mußte, schien der Polizist sich gerade noch zu denken. Er bedeutete Alex, daß er warten müsse, und verschwand im Innenhof. Kurz darauf kehrte er zurück. Der junge Mann, der ihn begleitete, maß an die zwei Meter. Wäre er vorausgegangen, hätte er den Polizisten mühelos vollständig verdeckt. Alex schluckte und grübelte, ob er nicht vielleicht ein wenig zu forsch losgelegt hatte.

Der Riese jedoch gab sich friedlich. Sah man genau hin, war er kaum älter als Rottenstein, wenn auch eine unvergleichbar imposantere Erscheinung. Sein Profil hätte nicht semitischer ausfallen können. Sein Bart ähnelte am ehesten einem College-Green. Und dazu der Gang... Ein schwebender Fels. Wenigstens so viele Frauen wie König Salomon, fluchte Rottenstein neidisch in sich hinein. Schüchtern drückte er die Pranke, die der Kerl ihm entgegenstreckte, während er sich vorstellte.

David Malkowitz, sagte er.

Alex Rottenstein, sagte Alex. Und vermutlich ließ seine Aussprache des Namens den hebräischen Akzent vermissen. Der David jedenfalls grinste breit, ließ ihm kumpelhaft seine Bärentatze auf die Schulter fallen und meinte: Hallo mein Lieber, herzlich willkommen! – Und zwar auf deutsch.

Alex wurden die Knie weich. So kurz unterwegs und schon enttarnt, dachte er. Der David jedoch winkte dem Polizisten, daß alles in Ordnung sei, und bugsierte Alex über den Hof zum Eingang der Schul.

Sag nichts!, dröhnte er: Du bist fremd, brauchst Schul, Bett und Mischpoche über die Feiertage. Richtig?

Nu, sagte Alex.

Was nu?, fragte der Fels. Und Alex antwortete: Ein Bett habe er, mitsamt Wohnung drumrum. Mit der Mischpoche sei's so eine Sache. Aber die Schul, die suche er gerade, ja.

Na bitte, sagte Malkowitz. Bist genau richtig bei mir. Wie lange soll's gehen?

Rottenstein wiegte den Kopf. Eine Woche so, sagte er schließlich. Er wolle lernen, aber das meiste fehle ihm noch.

Neu im Geschäft?, fragte Malkowitz und lachte schon wieder übertrieben laut. Alex schwitzte Blut und Wasser. Wenn der hellsieht, bin ich erledigt!, dachte er. Doch Malkowitz tippte daneben: Ein junger, deutscher *Baal T'schuwa,* sagte er, was einen Juden meint, dem es eben noch gut ging und der plötzlich religiös wird. Das amüsierte ihn, doch er schien es zu respektieren.

Was brauchst du denn?, fragte er. Und nun meinte er's ernst.

Wissen, erwiderte Rottenstein zaghaft: Tallith und Tephillin.

Forsch biste, frozzelte Malkowitz. Na gut, sagte er: Wollen mal sehen, was der Rebbe sagt. Wart hier auf mich. Und mit diesen Worten verschwand er, kaum länger, als der Polizist fortgewesen war. Alex fürchtete schon, er würde mit einem noch beängstigenderen Typen zurückkehren. Doch er kam allein.

Alles klar, sagte er: Stell dir vor… – und er lachte schon wieder laut kollernd – fragt mich der Rebbe, ob du jüdisch bist! Sag ich: Kennen Sie einen Deutschen, der scharf ist auf Torah? HAHAHA, donnerte er, und Rottensteins Schulter knackte unter dem Aufprall seiner Pranke.

Der ist gut, was?, ob du Jude bist, fragt er: Mannomann!

Alex atmete bereits nicht mehr. Und hätte Malkowitz

nicht ebenso plötzlich aufgehört zu lachen, wie er losgeprustet hatte, wäre er vermutlich blau angelaufen. Viel fehlte nicht. Doch zum Umkehren war es zu spät. Malkowitz hatte ihn bereits okkupiert.

Unter uns, sagte er: Ich bin auch erst vor kurzem verrückt geworden. Und er ringelte mit den Fingern seine Schläfenlocken, die er keck hinter die Ohren geschoben trug, so daß nur zwei schwarze Spitzen unter den Ohrläppchen hervorgelugt hatten. Alex versuchte einen Atemzug. Der schien zu gelingen. Er versuchte einen zweiten. Auch der gelang. Und so redete er sich wenig später selbst Mut zu: Ist doch alles okay, was willst du eigentlich? Dabei wußte er es. Vor allem wäre er liebend gern nicht als Goj hier gewesen, als womöglich erster nicht-koscherer Talmudschüler, den die Budapester Schul erlebte. Aber das sagte er sich in dieser Deutlichkeit dann doch lieber nicht.

David Malkowitz schrieb ihm die Gebetszeiten auf einen Zettel. Und immer schön pünktlich, sagte er und: ob Alex nicht Lust habe, vor dem großen Yom-Kippur-Fasten am Nachmittag mit ihm zu essen. Zwei entzückende Mädels seien auch dabei... Doch Alex lehnte ab. Er müsse erst einmal richtig ankommen.

Nach dem Fasten vielleicht, morgen nacht?, schlug er vor.

Malkowitz nickte: Warum nicht, sagte er, und Rottenstein mußte noch einmal seinem Schulterklopfen standhalten: Das ist stark, wunderte sich Malkowitz noch ein letztes Mal. Ich dachte schon, ich bin der einzige, den's mit achtzehn erst richtig erwischt.

Und daraufhin schwebte der Fels davon.

Für Rottenstein begann das Fasten nicht erst am Abend,

sondern sofort. Keinen Bissen hätte er runtergebracht, so sehr saß ihm das eiskalte Schaudern über Malkowitz' Humor noch in den Knochen. Ohnehin, sagte er sich, könne es nicht schaden, das Fasten ein wenig auszudehnen. Immerhin müßte ihm an jenem Tag verziehen werden, daß er sündigte, während er um die Vergebung seiner Sünden beten würde. Eine immerhin eigenwillige Situation. Von der darauffolgenden Woche ganz zu schweigen.

Er versuchte, ein wenig zu schlafen, was ihm jedoch nicht gelang. Er war aufgekratzt wie selten zuvor. Ja, wenn er ehrlich war, kannte er dieses Hämmern in Schädel und Bauch nur von seinen früheren Ausflügen durch die Schulkorridore, als es Mo noch gab und ihn – als nichtsahnenden Pubertierer mit Liebeskummer.

Verdammte Hütte!, schimpfte er: Was, um alles in der Welt, stell ich da an? Eine Frage, die er schleunigst beiseite schob. Die Gedanken hätte er sich früher machen sollen. Jetzt mußte er wohl oder übel zur Schul. Malkowitz jedenfalls wartete auf ihn. Und er mußte sich bald auf den Weg machen, denn es begann schon zu dämmern.

In der Synagoge Dohány utcá hatten sich an jenem Abend die Seelen der Verstorbenen zusammengefunden – in Gestalt unzähliger Teelichte, die rechts und links auf dem Boden den Weg vom Eingang der Schul zum Bethaus säumten. Die Synagoge war zum Bersten gefüllt: Männer, Frauen, Jungen, Mädchen, vom Säugling bis zum Methusalem, war alles gekommen. Das laute Raunen, das den Raum erfüllte, legte sich erst, als der Chasan zu beten begann. Sehr langsam nur, und in den hinteren Reihen riß es überhaupt nicht ab. Dennoch hörte Rottenstein deutlich die Worte, die ihm gerade heute besonders bitter schmeckten:

»Die Sünde, die wir begangen haben vor dir

durch Zwang oder freiwillig;
lösche aus:
die Sünde, die wir begangen haben vor dir
durch ein verstocktes Herz ohne Erkenntnis,
durch das Wort unserer Lippen,
durch Torheit des Mundes und freche Stirn…«

Er glaubte, für dieses Mal zumindest, nicht daran, daß ihm die Selbstbezichtigung etwas nützen würde. Zu freiwillig, dachte er: zu verstockt und zu frech. Wer sollte ihm das schon abnehmen können. Am nächsten Tag ging es ihm nicht viel anders. Zum ersten Mal in seinem Leben betete er mit Tallith. Und das hieß: Zum ersten Mal in seinem Leben fiel er im Bethaus nicht auf. Als Eindringling, als Fremder, irgendein sonstwer. *Schloimo ben Unecht.* War er es je mehr gewesen als in diesen Stunden?

Sagen Sie mir, wer ich bin, sollte er den Hohen Rabbi Löw von Prag, wenige Tage später nur, ratlos befragen. Er wußte es nicht, trotz Fasten und Maskerade. Vielleicht, fragte er sich, war er ja nur eine Maske. Ein Instant-Jidde, ein Schmocken-Bengel ohne eigenes Gesicht. Wer sollte ihm antworten?, die Slosil-Seele, die in ihm umging? Oder besser: in ihm umgegangen war. Denn sicher war er sich seines Gastes nicht mehr. Seit Monaten schwieg er unerbittlich. Hatte er ihn verloren?, oder war er nur nicht mehr mit Sicherheit auszumachen? Er wußte es nicht.

Die Fragen zermürbten. Dazu der Hunger. Am Abend glaubte er, nur noch eine einzige Leere zu sein: ein Nichtsniemand-Weißnichtsmehr. Er kam sich durchaus nicht sehr mutig vor, eher schäbig. Dennoch, beschloß er, würde er sich mit Malkowitz treffen. Hoffentlich fielen nach dem Fasten wenigstens dessen Schulterklopfer weniger herzlich aus. Sie hätten ihn niedergestreckt. Doch Malkowitz winkte ihm nur müde zu, von der entlegensten Ecke des Synagogenhofs aus und über die Köpfe der anderen hinweg. Auch er hatte seine frische Gesichtsfarbe verloren. Und wenn Alex nicht alles täuschte, war auch in diesem scheinbar unerschütterlichen Fels etwas durcheinandergeraten. Der Witz allerdings schien ihm, anders als Rottenstein, nicht ausgegangen.

Schlapp wie'n Goj schaust aus!, flüsterte er ihm zu, zum Glück so leise, daß niemand von den anderen es hörte. Rottenstein traf es wie ein Leberhaken.

Schmock!, zischte er, und Malkowitz kicherte: Alles Berechnung, mein Lieber – vierundzwanzig Stunden nullonixo im Magen. Kenn ich alles. Er schneuzte sich in ein liebevoll behäkeltes Taschentuch und schüttelte sich.

Machen wir dem Drama ein Ende, sagte er: Mann, bin ich platt...

Der Abend mit Malkowitz mußte Rottensteins Zweifel gründlich hinweggefegt haben. Bis tief in die Nacht hatten sie debattiert und durchaus nicht nur über Dinge, die die Seele betrafen. Allerdings, man sagt: »Ein Weib erquickt die Seele erst richtig.« Und genau diese Worte waren es, die Malkowitz am liebsten zitierte. Alex hatte sich nicht getäuscht. Dieser Fels war ein rechter Filou. Was schwärmte er über die Budapester Frauen, ob jung oder eher älter. Das sei in dieser Stadt ohne Belang, meinte er: Erst recht, ob sie jüdisch sind oder nicht!

Vielleicht beruhigte es Rottenstein, daß die Lieblingsbeschäftigung seines neuen Bekannten – Ich brauche einfach zwei Rendezvous pro Tag! – auch nicht ganz im Rahmen der Gesetzlichkeit lag. Der Rabbiner jedenfalls erführe besser nichts von seinen Eskapaden, flüsterte Malkowitz hinter vorgehaltener Hand. Doch bei aller Beruhigung: Alex' Hände blieben feucht, als wäre er wieder vierzehn und stünde nur zwei Schritte entfernt von Mo. Daß er nicht abreisen würde, was er Stunden zuvor noch ernsthaft überlegt hatte, stand nun jedoch fest.

Auf Krystina!, prostete Alex.

Auf ZsusáMartáJudith!, donnerte Malkowitz.

Am nächsten Morgen trafen sie sich verkatert in der Schul, unmenschlich früh, wie Alex meinte. Malkowitz hatte ihm nun auch noch Tephillin besorgt und zeigte ihm, wie er sie sich um Arm und Stirn legen müßte. Um sechs klopfte der Chasan auf sein hölzernes Vorlesepult; und sie dankten ihrem Schöpfer, von den Toten auferstanden zu sein.

Damit begann Alex' Woche als Talmudschüler. Der Rabbi hatte sein O. K. gegeben. Und da Malkowitz sich, wie es schien, bestens mit dem Gast auf Durchreise vertrug und sich um ihn kümmerte, murrte auch niemand, geschweige denn, daß jemand auf die Idee gekommen wäre, irgend etwas könnte mit diesem jungen Kerl nicht ganz koscher sein.

Sicher, er hatte noch eine gehörige Portion zu lernen. Sein Hebräisch war lausig. Den Disputen aber, die Malkowitz, so gut er konnte, flüsternd übersetzte, folgte er mit geradezu passioniertem Ernst. Und wenn er, was auch vorkam, selbst einmal etwas beitrug, nickte der Rabbi ein paarmal sogar anerkennend, als wolle er sagen: Aus dem könnte was werden – wenn er's nur will.

Alex versuchte, für diese Tage zumindest, seine Arroganz zu bremsen. Die Herren um ihn halfen ihm eifrig. Was hatte er nicht alles zu wissen geglaubt! Studium hin oder her: Was hier diskutiert wurde, ließ ihn schlicht verstummen. Um frei in der Luft schwebende Türme ging es, volle zwei Tage: Wie wird Unreines rein? Wie wandeln sich Worte, wenn man sie verschieden liest? Und was sagen sie dann? Beinahe hätte Alex vergessen, daß er als Schwindler gekommen war, als Schloimo ben Unecht, ein kaum belehrbarer Versucher. Die Verführung, sage ich: diese erste Berührung, die alles verspricht, ohne nur annähernd alles zu geben. Alex war längst gefangen.

An den Abenden, wenn er sich von Malkowitz verabschiedet hatte und, allein in Krystinas Wohnung und dennoch hinter sorgsam verschlossener Tür, ein Bad nahm, fiel ihn die Angst wieder an. Er sah hinunter an sich, und jenes verfluchte Stück Haut, das zu einem Talmudschüler nun einmal gar nicht passen wollte, erinnerte ihn penetrant an den Namen, den ich ihm verpaßt hatte: mein lieber Schloimo!, wenn Malkowitz dich so sehen würde – in deiner gojischen Nacktheit. Der weißGott! erste Jude, bei dem's wieder nachgewachsen ist!, würde er grölen. Fraglich nur, ob er lachen könnte.

Die Abende aber gingen auch vorüber. Es kam ein neuer Tag mit immer neuen Disputen, die Alex selbst dann noch beschäftigten, wenn er im Koscheren Restaurant in der Nähe der Schul sein Mittagessen bestellte und schließlich, satt und froh, wieder zurück zur Schul ging.

Nicht anders war es auch an jenem letzten Tag vor seiner Abreise nach Prag. Er hatte das Tischgebet gesagt und bezahlt. Beinahe hüpfend kam er die Stufen des Restaurants hinunter, direkt auf den tüdeligen Alten zu, der dort stand und außerordentlich leidend in den Himmel starrte. Alex wollte schon an ihm vorüber auf die Straße huschen, als eine durchaus nicht leidende Stimme ihn anrief: Gut gelaunt heut, was?, Schloimo!

Alex zuckte zusammen.

MannGottes!, er drehte sich um und sah dem Alten ins Gesicht. Der lächelte, hielt seine Hand auf und bat ihn um ein paar Forint. Für die Familie, sagte er. Doch wie er aussah, schien die einzige Familie, die er je gehabt hatte, eine Galerie bauchiger Flaschen gewesen zu sein.

Habe ich Sie erschreckt?, fragte der Alte scheinheilig. Doch Rottenstein winkte ab. Nicht die Spur, beeilte er sich zu versichern und drückte dem alten einen Hundertforint-Schein in die Hand, um ihn nur rechtzeitig loszuwerden, bevor er seinem *Schloimo* noch ein *ben Unecht* hinzufügen könnte. Auf der Stelle, schoß es Rottenstein durch den Kopf, wäre er tot umgefallen vor Scham. Sapperlott!, der Alte hat Nerven.

O ja, und im Gegensatz zu Rottenstein behielt er sie auch. Er machte sich keineswegs sofort aus dem Staub. Vielmehr bedankte er sich, wenigstens eine Spur zu überschwenglich. Und damit nicht genug: Er könne, da Alex ihm geholfen habe, nun für ihn ein Problem lösen. Er müsse nur die Frage stellen.

Klare Frage, klare Antwort!, schlug der Alte vor: Was immer es sei. Er habe einen Draht, beteuerte er und zeigte mit dem Daumen in Richtung der Dächer. Also los, frag schon!

Rottenstein wippte von einem Fuß auf den anderen. Meine Güte!, dachte er: Noch so ein Schmok, was soll das?!

Nu?, spornte der Alte ihn ungeduldig an. Ein junger Kerl wie du wird doch wohl was zu fragen haben.

Rottenstein rieb mit dem Daumen seinen dürftigen Bart. Also gut, sagte er schließlich. Und schon konnte er wieder breit grinsen. Der Alte würde passen müssen, dachte er. Eine schwierige Frage hatte er sich ausgebeten, ganz nach der Art eines zwanzigjährigen Wichtigtuers.

Worauf, fragte er, steht ein schwebender Turm? Der Alte krauste verärgert die Stirn.

Witzig?, sagte er: Willst witzig sein, he? Aber laß nur, die Frage ist nicht dumm, mein lieber Schloimo, sagte er gedehnt: Sie ist sogar – sehr gut. Der Alte rieb sich seine Säufernase, überlegte einen Augenblick. Und als Rottenstein, der finstren Miene des Alten wegen, schon fürchtete, er würde gleich losposaunen: Einem Unecht verrate er gar nichts... – da schnippte der Alte mit den Fingern, hob die Brauen und sagte:

»Zweiundzwanzig Buchstaben sind in die Sprache eingegraben und in den Hauch graviert: Drei Mütter sind es, sieben Doppelte und zwölf Einfache. Auf diesen steht die Welt; und auf ihnen ruht jeder schwebende Turm. Darüber grüble, daraus ziehe deinen Schluß und kehre um. Und dein Name wird genannt werden in Israel...«

Doch Rottenstein hörte nicht mehr, wie sein Name in Israel genannt werden würde, wenn er umkehrte. Er rannte wie ein Weltmeister.

Verflucht nochmal: *Shabbatai Zwi Beth,* murmelte der Alte verärgert. Doch dann lachte er. Ein Blitzdonnerlachen, das Alex einholte. Es traf ihn, ein Hieb ins Genick. Kein Zweifel, hämmerte es in Rottensteins Hirn: *Schloimo benUnechtbenUnechtbenUnecht!,* mußte der Alte gerufen haben. Was nur wußte dieser versoffene Alte von Alexander Rottensteins Umkehr?

Er hechelte durch die Straßen des Viertels um die Dohány-Schul. Hinter jeder Ecke sah er den Alten hocken, hervorspringen wie eine Hyäne und seinen Spottnamen rufen, so daß die ganze Stadt es erfuhr: Woher kommst du, und wo gehst du hin? – Was warst du, und was wirst du sein? Eine schaurige Antwort, mit der der Alte ihn da verfolgte.

Irgendwann ging ihm die Luft aus. Er hockte sich in einen Hauseingang und prustete. Abreisen!, beschloß er: Sofort, sofort würde er verschwinden, verdammte Chuzpe, wohin war er da nur geraten! Tut sich am Ende noch der Boden auf und verschlingt mich. Gerade wollte er wieder losschießen in Richtung Semmelweis utcá, um seine Sachen zu packen und ohne jedes Trara zu verschwinden, da stockte ihm noch einmal für Sekunden der Atem: Malkowitz hatte ihn am Ärmel gepackt.

Also wußten schon alle Bescheid?

Er riß sich los und sprintete. Mann, Kerl!, schrie Malkowitz ihm hinterher: Hast den Deibel gefressen, oder was? Und drei, vier Felsschwebeschritte und er hatte den Schmocken ein. Alex gab auf. Er war bereit, sich zu ergeben. Im Grunde hätte die Situation ihm liegen müssen. Für pathetische Momente war er ja immer zu haben.

Doch Malkowitz wußte es offenbar noch nicht!

Spinnst du, oder trainierste auf'n Rekord, frozzelte er: Himmel!, siehst ja aus wie'n Glas Wodka inner Sonne. Was ist denn passiert?

Rottenstein winkte ab. Ist nichts, prustete er. Irgend so ein Irrer hat mich verfolgt.

Sag bloß, dröhnte Malkowitz: Ich dachte schon, du rennst vor dir selber davon. Mann, und den Witz fand er auch noch saukomisch.

Worauf steht ein schwebender Turm?, platze Rottenstein noch einmal mit seiner Frage heraus. Malkowitz zog die Stirn kraus, haargenau so, wie der Alte es getan hatte, und er kratzte sich den Kopf.

MeineGüte, sagte er: Das ist aber mal keine Frage für einen Straßendisput.

Er knallte Alex seine wieder erstarkte Rechte auf die Schulter. Das ist diffizil, gab er zu und lud Rottenstein auf einen Kaffee in seine Junggesellenbude ein.

Keine schnelle Antwort?, erkundigte Alex sich.

Jedenfalls nicht auf der Straße, wehrte Malkowitz ab. Und er legte seinen Zeigefinger auf die Lippen. Die Frage wird dir nicht von eben auf jetzt gekommen sein. Und ebenso wenig ist sie einszweifix zu lösen. Alles klar?

Nichts war klar, jedenfalls nicht für Rottenstein. Malkowitz hakte ihn kumpelhaft unter, was Alex nur wieder in seiner Angst bestätigte, in Wirklichkeit abgeführt zu werden, geradenwegs vor den Gerichtshof. Immerhin hatte er gegen diesen noch dazu pfeilschnellen Felsblock nicht den Hauch einer Chance.

Nun sag's schon, drängelte er ihn, weniger um die Antwort zu hören, als vielmehr, um sich zu vergewissern, daß Malkowitz wirklich nur auf einen Disput aus war und nicht etwa auf Exekution.

Er habe die Bücher nun mal zu Hause!, zischte Malkowitz. Und außerdem seien diese Fragen für solch junge Spunde, wie sie beide waren, eigentlich tabu. Verstehst du? Wir müßten grüner sein, als wir sind.

Ja – ja, erwiderte Rottenstein, obgleich er nie weniger klar gesehen hatte. Wenn er doch nur schon fort wäre aus dieser verflixten Gegend! Vielleicht lauerte der Alte ja doch noch in irgendeinem Aufgang, um ihn zu denunzieren. Phantastische Vorstellung, doch da standen sie schon vor Malkowitz' Haus.

Also gut, mein Lieber, sagte er: Diskutieren wir das Problem mit dem Turm. Aber eins sag ich dir: Halt – umallesinderWelt – deinen Schnabel, okay?

Rottenstein nickte nervös. Blöde Frage. Er würde zu keinem in dieser Stadt auch nur ein Sterbenswörtchen reden, wenn dieser mysteriöse Alte nur ebenfalls schwieg. Wer weiß, wo er sich rumdrückte in diesem Moment. Alex schlotterte regelrecht. Erst, als David die Wohnungstür hinter ihnen verriegelt und die Vorhänge zugezogen hatte, fühlte er sich halbwegs sicher.

Schwebende Türme, begann Malkowitz sofort: Das sag ich dir, sind was ganz Delikates. Aber wie verdammt, fragte er, kommst du mit einem Mal darauf?!

Alex grübelte. Was sollte er sagen? Daß ein wildfremder Alter ihm in die Augen gesehen und ihn erkannt hatte – an einer einzigen vorwitzigen Frage? Aber ach, dachte er: Wenn es sein sollte, daß er am Ende dieser Woche doch noch aufflog, dann sollte es eben sein. Der Schuß Fatalismus wirkte wie Psychopharmaka. Mit einem Mal war Rottenstein wieder die Ruhe in Person.

Zweiundzwanzig Buchstaben, sagte er mit fester Stimme: So fing er an.

Wer?, fragte Malkowitz.

Ein Penner, ein Schmok, versoffnes Gesicht und dreckig vom Ohr bis zum Zeh.

Und das hat er gesagt?, erkundigte sich Malkowitz betroffen.

Ja.

Hast du ihm Geld gegeben?

Ja. Alex zuckte die Achseln. Was soll's? Er hat mich gebeten. Ich hatte was bei. Und hab's ihm gegeben. Konnte doch nicht ahnen, daß er mich hochnimmt.

Malkowitz' Züge entgleisten. Eindeutig, sagte er: Das muß Eijnsoph gewesen sein.

Wer?

Eijnsoph, sagte Malkowitz und rieb sich die Stirn: So

nennt man ihn. Endlos – vielleicht, weil er noch mit Abstand älter ist als alle Alten in der Gegend. Ab und an taucht er auf, meist um Yom Kippur herum. Er bettelt, das heißt, eigentlich hält er nur die Hand auf. Er spricht nicht. Und hier in der Gegend gibt ihm keiner was. Die haben Angst, hätte was Beunruhigendes, der Typ. Außerdem, flüsterte Malkowitz, soll er saufen. Und ihr Geld versaufen können die Leute selber. Aber – sagte er und schnippte haargenau so mit den Fingern, wie der Alte es getan hatte, bevor er mit seiner verfluchten Antwort herausrückte.

Was aber?, drängelte Rottenstein.

Aah... Malkowitz wiegte den Kopf. Er habe da so seine eigene Theorie. Er stand auf und suchte mehrere Bücher aus der zweiten, versteckten, Reihe seines Regals. Dann setzte er sich wieder zu Alex an den Tisch. Er legte seine Bärentatzen auf die Bücher. Siehst du, sagte er: Eijnsoph steht am Beginn, Gottendlos... Keiner wird so genannt ohne Grund. Und was hat er gesagt?

Alex schwieg. Mußte er antworten?

Willst du's nicht sagen?, fragte Malkowitz: Ich meine ja nur – du wolltest etwas hören über schwebende Türme.

Meine Güte, gab Alex auf. Ich sollte ihm eine Frage stellen, sagte er: Er würde sie mir beantworten, ganz gleich, was es ist.

Und du hast ihn...

... nach dem schwebenden Turm gefragt, ja, fiel Rottenstein ihm ins Wort. Worauf steht ein schwebender Turm? Ich meinte es spaßig. Muß er passen, dachte ich. Und dann fängt er von Buchstaben an. Ich hab kein Wort verstanden.

Pffft!, schnaubte Malkowitz. Das war Eijnsoph, so wahr

ich bin!, sagte er: Und er ist bestimmt kein Schmock. Schmocken haben wohl selten solche Antworten auf Lager.

Jetzt hör auf zu spinnen, murrte Rottenstein: Red Tacheles, ich hab keinen Schimmer!

Hmm, sagte Malkowitz und schüttelte den Kopf: Echt stark. Dann nahm er eines der Bücher, drückte es Rottenstein in die Hand und sagte: Schenk ich dir, Schloimo, da steht alles drin. Und während Alex, dieses widerlichen Namens wegen, erneut zusammenzuckte, zitierte Malkowitz aus dem Kopf:

»Zweiundzwanzig Buchstaben sind in die Sprache eingegraben und in den Hauch graviert: Drei Mütter sind es, sieben Doppelte und zwölf Einfache.

Zwölf Einfache gibt es in der Welt: Kaph, Zadej, Ayin, Samech, Nun, Lamed, Jud, Teth, Chet, Sayin, Wav, He – Nord-Osten, Süd-Osten, Hoch-Osten, Tief-Osten; Nord-Westen, Süd-Westen, Hoch-Westen, Tief-Westen; Hoch-Süden, Tief-Süden, Hoch-Norden, Tief-Norden – Sehkraft, Gehör, Geruch, Sprache, Geschmack, Beischlaf, Tat, Gehen, Zorn, Lachen, Denken, Schlafen. Die Grenzen erweitern sich und greifen ins Endlos und sind die Arme der Welt. Zwölf Einfache gibt es im Menschen: Zwei Hände, zwei Füße, zwei Nieren; Milz, Leber und Galle; Speiseröhre, Magen und Darm. Zwei grollen und zwei sind fröhlich; zwei geben Rat und zwei werden beraten; zwei rauben und zwei jagen. Er machte sie zum Widerstreit und ordnete sie nach der Art des Krieges, eins gegen das andere.

Er ließ He herrschen über die Sprache, und Wav ist über das Denken gesetzt; Er ließ Sayin herrschen über das Gehen, und über die Sehkraft setzte er Chet; Er ließ Teth herrschen über's Gehör, und Jud ist über die Tat gesetzt. Er hat sie gemeißelt und gegründet, sie verknüpft durch ein Band und gesiegelt, sie gesprochen und offenbart.«

Rottenstein schwieg. Und Malkowitz schwieg. Beiden schien es mit einem Mal, als gäbe es für sie nichts mehr zu sagen. Das dauerte Minuten. Dann verstaute Malkowitz die übrigen Bücher wieder sorgsam im Regal.

Fährst du gleich ab?, fragte er.

Wieso?, fragte Alex.

Stinkt doch was, kam es zurück. Und Alex nickte.

Sieh dich vor, riet Malkowitz: Mitunter tun sich Erdlöcher auf, kein Scherz, mitten auf der Straße – rrritsch! – so ein Graben. Da kann man sich leicht das Genick brechen. Also paß auf, alles klar? Und als hätten sie eben wortlos einen Pakt geschlossen – Tu mir nichts, ich tu dir nichts – schmunzelte Alex nun auch. Alles eine Frage der Stabilität, sagte er.

Zwei Stunden später fuhr sein Zug nach Prag.

Ich habe Alex selten so pünktlich erlebt. Zur verabredeten Zeit wartete er vor der Altneu-Schul auf mich. Eine Wohnung hätte er uns schon besorgt, in Dejvice: zwei Zimmer, Bad, Küche und ein Balkon mit phantastischem Ausblick. Sein Gepäck sei schon dort.

III

Die sieben Doppelten
oder
Die oberen und die unteren Städte

15

Die Tore öffnen sich…

Es mochten Tage vergangen sein oder auch nur Minuten. Schloimo erwachte in einem feuchtkalten, fensterlosen Raum. Auf Strohsäcken lag er. Und er meinte, sie seien Schuld daran, daß er sich vor Gliederschmerzen kaum rühren konnte. Daß er gefastet und in der zugigsten Ecke der Synagoge Jeruzalemská 7 volle fünfzehn Stunden lang gebetet hatte, daran erinnerte er sich ebenso wenig wie an den Kauf des Gebetsschals, in den er gehüllt war. Er rieb sich die Stirn: Da rumorte es, kreischte – Himmel!, ein ganzes Sägewerk…

Mühsam rappelte er sich auf und sah sich um.

Ein Verlies!, dachte er: Da waren die Strohsäcke, ein Schemel und ein niedriger Holztisch, auf dem zwei Kerzen flackerten. Ein halbblinder Spiegel hing über dem Tisch an der Wand. Ja, sagte er sich: Eine verfluchte Zelle im Kerker des himmlischen Gerichtshofs.

Wahrscheinlich war er schon tot oder zumindest drauf und dran zu sterben. Allerdings: Mantel und Hut, die nahe der Tür am Boden lagen, gehörten wohl ihm. Und wofür, fragte er sich, hätte man sie ihm lassen sollen, wenn dieses Kellerloch die Endstation aller Ausflüge sein sollte? Dieser Gedanke beruhigte ihn. Doch um so weniger konnte er sich erklären, wohin er geraten war und schon gar nicht, wie es ihn in diesen Winkel verschlagen hatte.

Er ging hinüber zu dem Tisch mit den Kerzen. Und als er in den Spiegel sah, wußte er nicht, ob er lachen oder jammern sollte. Wo nur kamen diese phantastischen Pajess her? Er zog daran, bis der Schmerz ihn zusammenzucken ließ. MeinerSeel!, nie und nimmer wäre er so auf die Straße gegangen... Die Schläfenlocken aber waren zweifellos echt.

Schloimo zuckte die Achseln und seufzte kurz. Amnesie, oder was?, schoß es ihm durch den Kopf. Ganz offenbar fehlte ihm ein gehöriges Stück Film. Doch er kam nicht dazu, sich zu bemitleiden. Denn bevor er einen weiteren Seufzer auch nur ansetzen konnte, hörte er Schritte, ganz deutlich: ein Schlurfen – wie von Filzpantoffeln. Und es blieb kaum Zeit, den Schreck zu verdauen. Denn schon ging die Tür. Sie öffnete sich lautlos. Doch niemand trat ein. Nur das Pantoffelschlurfen näherte sich unaufhaltsam.

Schloimo preßte sich in die äußerste Ecke des kleinen Raums. Er hielt den Atem an. Und kurz darauf wäre er beinahe wirklich gestorben; denn jene Stimme, die nun aus dem Nichts hervorbrach, sprang ihn an wie ein Tier. – *Danke dem Herrn, der die Toten belebt!*

Schloimo fiel hintenüber, zurück auf die Strohsäcke. Er atmete schwer. *Es ist an der Zeit...*, sagte der Schlurfer. Denn nun stand er in der Tür. Und Schloimo riß die Augen auf.

Was er sah? – Zwei knallrote Bommeln auf einem Paar karierter Filzpantoffeln. Dazu zwei Knirpsenschuhe, samt Knirpsenbeinen, Knirpsenleib und Knirpsenkopf. Es ist an der Zeit, sagte nun auch der Kleine, und er kratzte sich durch den Stoff seines Stirnbandes hindurch die Stirn.

Weißt du nun, wer du bist?, fragte er.

Schloimo zitterte. Er war sich durchaus nicht sicher. Einmal, dachte er, hieß ich Rottenstein und war der Sohn meiner Mutter. Das aber mußte wohl schon lange her sein. Die beiden Typen allerdings kannte er nur zu gut. Und wenn sie ihn nun auch noch eingesperrt hatten, konnte ihr *Es ist an der Zeit* nur das Schlimmste bedeuten. Jetzt bin ich endgültig fällig, schwante es ihm; und er heftete seinen Blick fest auf das Stirnband des Jungen. Sie werden mich töten, sagte er sich: Mit eins, zwei, drei Buchstaben... So fix geht das.

Er weiß es nicht, frozzelte der Junge: Er weiß es noch immer nicht!

Oh doch, wies der Typ mit den Bommelpantoffeln den Matz zurecht: Er will es nur nicht wahrhaben. Und das ist schlimmer. Meinst du nicht?

Der Junge zuckte die Achseln. Er fürchtet sich, gab er zu bedenken.

Weiß Gott!, lenkte der Pantoffelkerl ein: Puls hundertachtzig, keine Frage – tss! – und er wiegte den Kopf. Es schien ganz so, als wäre Schloimo den beiden nicht mehr als ein Anschauungsobjekt. »Er ist ein interessanter Kasus, Schloimo!«, müßten sie nur noch sagen. Und er würde sich die Lungen aus dem Hals schreien: Nur keine Erbsen! Ich will keine Erbsen essen!

Weißt du's nun?, fragte der Knirps. Und Schloimo nickte. Zumindest ahnte er es. Und wofür, fragte er zaghaft zurück...

...es an der Zeit ist?, nahm der Kleine ihm die Worte aus dem Mund. Schloimo schwieg. Das kannte er schon: Erst die Gedanken ablauschen, und dann geht's ab ins *Gehinnom*-Feuer.

Du bist ein großer Ahner, sagte der Alte und hob anerkennend die Brauen. Er setzte sich auf den Tisch zwischen die Kerzen und ließ die Beine baumeln. Die roten Bommeln schaukelten keck: auf und ab. Siehst du, sagte er: Du kommst deinem Ziel immer näher.

Schloimo ließ die Schultern sinken. Der Alte streckte ihm, beinahe freundschaftlich, seine Rechte entgegen. Ich werde dich führen, sagte er: Du wirst auch das überstehen. Schloimo blickte blöde drein, doch der Knirps nickte eifrig. Nur noch eine Lektion, meinte er wohl, den Gefangenen trösten zu müssen. Du lernst und lebst. Und er faßte nach Schloimos Hand: Nun schlag schon ein!

Habe ich eine Wahl?, erkundigte Schloimo sich müde. Der Alte lächelte. Jan?, fragte er den Kleinen: Was meinst du? Der Knirps schüttelte den Kopf. Nun, konstatierte der Alte: Sieht nicht danach aus, als könntest du jetzt noch zurück. Er ließ seine Hand sinken. Schloimo lehnte sich an die Wand. Er schloß die Augen und schwieg. Er dachte an Mo, und er dachte an Eva, an SalomonMaxAnnaFranz... »*Zweiundzwanzig Buchstaben...*«, hörte er die Stimme des alten Eijnsoph: »*...drei Mütter, sieben Doppelte und zwölf Einfache. Sieben Doppelte gibt es: Beth, Gimmel, Dalet, Kaph, Phe, Resch, Tav. Doppelt sind sie, sich selbst zum Spiegel – an die Stelle des Lebens tritt der Tod, an die Stelle des Friedens der Krieg, aus Wissen wird Unwissenheit, aus Reichtum Armut, aus Anmut das Angesicht des Aussatzes, die Saat zur Unfruchtbarkeit, und aus Herrschaft wächst Sklaverei.*«

Zwei Buchstaben, sagte der Stirnbandknirps: Zwei erbauen zwei Häuser, drei erbauen sechs, vier erbauen vierundzwanzig, fünf aber einhundertzwanzig und sechs erbauen siebenhundertzwanzig. Von da ab wächst ihre Zahl ins Ungezählte.

Schloimo zögerte. Ich bin nicht sicher, flüsterte er. Und der Stirnbandwicht lachte: Wir machen das auch nicht täglich.

Sei still!, wies der Alte seinen Sohn zurecht, und

Schloimo beruhigte er. Ich verspreche dir, sagte er, daß du zurückkehren wirst – von diesem Zimmer aus und schon bald.

Aber eben, dieses Zimmer, dachte Schloimo: Wenn er wenigstens wüßte, wohin sie ihn verschleppt hatten. Das ist leicht zu klären, brummte der Alte vergnügt. Und kaum hatte er es gesagt, begann Eijnsoph aus dem Verborgenen mit einer neuen Litanei:

Nach Ablauf von sieben mal sieben Jahren, wenn im siebten Hekhal die Posaune erschallt und das Jobeljahr kündet, fällt auf Erden für eine Minute alles Beseelte in tiefen Schlaf. Und es steigt auf und schwebt, eintausend Ellen über dem Land. Und in jener Minute senkt sich die Schechinah auf die Erde herab und mit ihr die Cheruben und Seraphen, die Engel des Dienstes und ihr Fürst Metathron. Und gemeinsam bedecken sie die Städte mit Sand, bis sie restlos verschwunden sind vom Antlitz der Erde. Und neu richten sie auf die Städte auf den Mauern der alten. Und die gleichen Städte sind es, doch nicht dieselben. Und in sie sinkt das Leben zurück und erwacht. Und nach einer Minute kehrt es zurück in die Straßen, die Gassen, auf die Plätze und in die Alleen, in die Häuser, Cafés und Fabriken. Und niemand ahnt, daß die Städte nicht mehr dieselben sind und das Alte verwaist im Untergrund fortlebt. Und es ruft; und man hört es nicht.

Die untere Stadt?

Ja, erwiderte Prochazka kühl. Von hier aus führt der Weg in die obere Stadt. Die Tore liegen direkt vor uns. Du kannst dich setzen, fügte er hinzu: Zu Fuß geht's hier nun wirklich nicht weiter.

Er sagte es und sprang auf Schloimo zu. Er preßte ihm seine Hand auf die Stirn und drückte ihm den Kopf in den

Nacken. Jan hopste auf und ab. *Jah!,* rief er; und auch Prochazka flüsterte: *Jah...* Und, zu seinem unfreiwilligen Schüler gewandt: Wage es nicht, nur ein einziges Wort zu verlieren!

Dann kam ein Wind auf, eisig, und Schloimo fiel. Die roten Gondeln eines Riesenrads tanzten vor seinen Augen. Sie flogen in hohem Bogen davon. Ein Dieselmotor wurde angelassen und explodierte. Und als das Kettenkarussell des alten Salomon Hiller sich dennoch zu drehen begann, roch Schloimo Patchouli, wenig später *Gummi arabicum* und schließlich Chlor. Vor ihm lag ein weitläufiger Park, ein breiter Aschenweg mit Gräben rechts und links. Und die Platanen brannten.

Anna!, sagte die Riesin: Dein Sohn Max taumelt sturzbesoffen durch sein Wochenendhaus. Er ist auf der Suche nach Neigen und bückt sich nach einer Cognacflasche, die unter den Tisch gerollt ist. Er schlägt lang hin und reißt im Fallen die Heizsonne um. Wie ein nasser Sack liegt er da und wimmert. Das Feuer frißt sich durch den Teppich bis zu ihm hin. – Anna!, sagte die Riesin: Willst du nicht gehen? Und sie stieß sie in den Graben hinab. Salomon, lachte sie hysterisch hinaus: Ist dir nicht nach Prophezeiung zumute? Und sie verschwand. -

Adonoy melech, sagte Eijnsoph: das erste Tor.

Wisse die Namen und siegle sie in dir und folge. Und sie gingen hindurch.

Schadday, sagte Eijnsoph: das zweite Tor.

Wisse die Namen und siegle sie in dir und folge. Und sie gingen hindurch.

Elohim Zebaoth, sagte Eijnsoph: das dritte Tor.

Wisse die Namen und siegle sie in dir und folge. Und sie gingen hindurch.

Adonoy Zebaoth, sagte Eijnsoph: das vierte Tor.

Wisse die Namen und siegle sie in dir und folge. Und sie gingen hindurch.

Elohay, sagte Eijnsoph: das fünfte Tor.

Wisse die Namen und siegle sie in dir und folge. Und sie gingen hindurch.

Elohim Gibbur, sagte Eijnsoph: das sechste Tor.

Wisse die Namen und siegle sie in dir und folge. Und sie gingen hindurch.

Chesed, sagte Eijnsoph. Und er nannte die Namen in ihrer Folge – einhundertvierundvierzig mal einhundertvierundvierzig: das siebte Tor.

Und ein Wind kam von Norden her, mächtige Wolken und loderndes Feuer, und es war ein Glanz um sie und inmitten des Feuers ein Kupferschein. Und es standen dort vier Gestalten nach Menschenart, doch jede mit vierfachem Angesicht und vier Flügeln. Ihre Beine standen gleich Säulen fest, ihre Füße fest wie die eines Stieres, und kupfern glänzten auch sie. Das waren Menschenhände unter den Flügeln an ihren vier Seiten. Und wenn sie gingen, wendeten sie sich nicht; immer gingen sie, wohin es sie trieb, in die Richtung eines ihrer Gesichter: eins gleich dem eines Menschen, eins gleich dem eines Löwen; eins glich dem eines Stieres und eines dem des Adlers. Zwei Flügel hielten sie nach oben gestreckt, mit zweien bedeckten sie ihren Leib. Und bei ihnen standen vier Räder: türkis und jedes in seinem anderen. Und bewegten sich die Gestalten, so rührten sich die Räder mit ihnen; und erhoben sie sich, folgten die Räder nach. Und es lag eine Glut auf ihnen, das Feuer von Ginsterkohlen.

Metathron Tutrusiyay, sagte Eijnsoph. Dies sind die Namen: So, wie ich bin, der ich sein werde, bist du, der du sein wirst. Und dein Name soll genannt werden in Israel Shabbatai Zwi Beth. Denn als Erwecker kommst du.

Da stob die Glut auseinander; und Jiři Prochazka thronte über dem Licht auf einem Holztisch und lachte. Er ließ die Beine baumeln, und die roten Bommeln auf seinen Filzpantoffeln wippten keck auf und ab.

Jessas!, rief der Polizist und verpaßte ihm einen kräftigen Stoß in die Seite: Aufwachen, bittschön! Das ist ein Park hier, kein Asyl... Rottenstein aber, der, vom Regen durchgeweicht und wie ein Embryo zusammengekrümmt, auf jener Bank im *Park družby* kauerte, schien auch das nicht zu stören. Ja, er schnaufte nicht einmal; sehr zum Ärger des Gesetzeshüters, der ihn nun fest an den Schultern packte und rüttelte: Wird doch nicht tot sein am Ende, oder?

Nein – halbtot vielleicht, jedenfalls aber lebendig genug, um zu knurren: Knall mich ab, wenn du willst. Ich hab genug.

Der Polizist trat verdutzt einen Schritt zurück und pfiff durch die Zähne. Muß der gesoffen haben, sagte er sich. Doch da Rottenstein noch immer keine Anstalten machte, schnarrte er: Bürger!, ich fordere Sie nicht noch einmal auf. Parkbankliegen... – macht hundert Kronen.

Ja..., brummelte Rottenstein und drehte sich, außerordentlich mühsam, auf den Rücken. Wann, dachte der Polizist, hatte er zum letzten Mal derart schwerfällig seine Augen geöffnet? Eine Schande – meineHerren! – so jung und schon derart versoffen.

Was is'n?, fragte Alex.

Hmm, räusperte sich der Polizist. Das Leben sei schwer,

sagte er: keine Frage. Aber hier könne er jedenfalls nicht bleiben.

Wo ist hier?, ging es Rottenstein durch den Kopf. Wenn er das erst mal wüßte.

»Park družby«, klärte der Polizist ihn auf. Offenbar bildete er sich ein, eine Ahnung davon zu haben, wie es momentan in diesem jungen Kerl aussah. Und, fügte er hinzu: ...falls ihm auch der Name der Stadt entfallen sein sollte – sie seien in Prag; Metro Pankrác fünf Minuten, in seiner Verfassung zehn.

Und jetzt stehen's schon auf, sagte er: Sonst gibt's Ärger.

Alles, was recht ist, dachte Alex: Den Ärger hatte er. Womöglich war er nur noch nicht ganz überstanden. Er setzte sich auf, kratzte sich die Stirn. Und als er sich, um den bohrenden Schmerz in seinem Kopf ein wenig zu lindern, die Schläfen massieren wollte, schrie er entsetzt auf.

Der Polizist amüsierte sich bestens über seinen Schreck: ein Effekt wie im Märchen vom kleinen Muck. Ihm waren ja keine Pajess gewachsen. Mit einem Mal war Alex hellwach.

Schloimooo!!, heulte er: Ist's nicht genug?

Wenn Sie nur bald weggehen, schon, frozzelte der Polizist: Wird's denn?

Rottenstein winkte ab. Jaja, sagte er und hievte sich von der Bank hoch. Es hatte geregnet. Sein völlig durchnäßter Mantel mußte, grob geschätzt, an die zehn Kilo wiegen. Tsss!, und dann noch dieses Schädelrasen!

Wie in einem schlechten Science-Fiction-Film erkundigte er sich nach dem Datum. Den Polizisten wunderte schon nichts mehr. Auch nicht, daß er scheinbar kaum fassen konnte, daß es August sein sollte, '91 auch noch. Wahrscheinlich, dachte der Uniformierte, würde er ihm jeden

Moment anvertrauen, daß er aus der Zukunft käme. Und spätestens dann, nahm er sich vor, würde er nach einer Ambulanz funken.

Der junge Mann aber hatte offenbar tatsächlich Sorgen. Er schlich mehr, als er ging. Und wie er die Schultern nach vorn zog! Der hat zu knabbern, konstatierte der Polizist kühl und winkte nun seinerseits ab: Der wird's schon machen.

Rottenstein war sich dessen weniger sicher. Wenn ihn nicht alles täuschte, und wenn das Datum stimmen sollte, das der Polizist ihm genannt hatte... Dann mußte er tot sein!, definitiv: Ja, sieben Tage zuvor war er in seinem Apartment im Hotelhaus Petřiny verbrannt, lebendigen Leibes, wie – verflucht nochmal – Eva Marková es ihm vor Jahren angedroht hatte.

Warum also ging er hier? Und weshalb waren ihm innerhalb von nur sieben Tagen derart prächtige Schläfenlocken gewachsen?

So gegen zehn mußte es sein, schätzte Rottenstein. Er sah in die Sonne. Zumindest ein wärmeres Licht als jenes, das er am Morgen seines vermeintlichen Todes flüchtig bemerkt hatte über den Dächern. Und auch die Stille um ihn hatte sich gelöst. Ein paar Schritte noch: Schon war er auf der Milevská. Und wenn es ihm auch unfaßbar erschien – nun mußte er glauben, daß er lebte.

Allerdings: Daß ihm eine volle Woche abhanden gekommen war, blieb beunruhigend genug. Aber fehlte sie ihm wirklich?

Nie hätte er es ernst nehmen können, wäre ihm, zwei Wochen zuvor nur, vorausgesagt worden, was ihm widerfahren würde. Jetzt aber, während er langsam die Milevská entlang in Richtung Metro ging, *glaubte* er, woran er sich zu erinnern meinte: An einen langen Tag aufreibenden Gebets in der Synagoge Jeruzalemská 7, an seinen Weg durch sein Selbst hindurch offenbar, hinab in die untere Stadt und vorüber an Riesenrädern, Karussells und einem Maronen-Grill, an Schaustellerwagen, Gräberreihen und geköpften Platanen. Er glaubte sich den Gang durch die Tore bis direkt vor den göttlichen Thron, ins Wirrwarr unentzifferbarer Zeichen, die Jiři Prochazka Namen nannte. Und während er, in Pankrác angekommen, mit der Rolltreppe zur Metro hinabfuhr, während er auf den Zug wartete und während der Fahrt durch den Tunnel bis hin zur Hradcanská, hörte er sie noch einmal: *Adonoy Melech – Schadday – Elohim Zebaoth.* Und er fror erbärmlich.

Als er an der Hradcanská ausstieg, sahen sich die Leute verwundert nach ihm um, so sehr klapperten seine Zähne. Ihn aber schien das alles nur wenig zu stören. Wenn seine Wohnung ebenso unversehrt geblieben war, wie er selbst, würde er heiß duschen und sich umziehen. Dann würde er in der Jazyková Škola anrufen, sich gesund melden und gleichzeitig kündigen. Denn er war sicher, daß, wenn er noch lebte, dies nur eins bedeuten konnte: Er mußte sich – volle vier Jahre nach seinem Gelöbnis auf der Karlsbrücke – nun endlich beim Wort nehmen. Und zwar schnell, bevor noch ein weiterer donnerloser Blitz über der Burg aufzucken würde.

Hatte er unsere Worte nicht noch im Ohr: Wenn's zu *Hoshannah Rabbah* um Mitternacht blitzt, kannst du dir was wünschen. Geht garantiert in Erfüllung.

Originalton Rabbi Wundersam, was?, hatte er geantwortet und: Wenn's um Mitternacht blitzt, soll der Golem vor unsern Augen über die Karlsbrücke gehen, und ich werd orthodox! So und nicht anders hatte er es gesagt. Und nun schien es ganz so, als bäte Gott höchstpersönlich sich die Erfüllung seines Versprechens aus. Und war es nicht also höchste Zeit für den Aufbruch aus Prag und einen Umzug nach *Hundert Toren*?

Als Rottenstein beim *obchodny dům*, Petřiny, aus der Tram gestiegen war, ging alles sehr schnell. Viel zu schnell, wie er mir später erzählte: Keinen einzigen klaren Gedanken hätte er fassen können. Alle Stimmen, die er je in sich und aus sich heraus gehört hatte, redeten nun im Chor auf ihn ein: Du mußt es tun, Alex, es ist höchste Zeit... usf. Und wenn sein Leben nicht bis dahin schon einer strengen Bestimmung gefolgt war, so gab es zumindest jetzt definitiv nur noch einen Weg für ihn; und der führte ostwärts, doch vorerst von der Straßenbahninsel über die Straße und direkt auf den asphaltierten Platz vorm Hotelhaus Petřiny.

Es hatte sich nicht die Spur verändert: Keine flammenzerdrückten Fensterscheiben, kein Ruß an der Fassade; und es stank auch nicht strenger oder gar brenzliger als üblich. Ja, selbst das rote Aleph prangte noch immer auf der gläsernen Eingangstür des Hauses Na Petřinach 392. Lediglich der Vorplatz war nicht mehr derselbe. Denn aus den Mietern unerklärlichen Gründen hatte der Asphalt über Nacht riesige Blasen geschlagen.

Als sei direkt unter dem Haus ein Vulkan aktiv geworden, hatte der Pförtner geunkt. Dem Gros der Mieter allerdings war das eine Spur zu phantasievoll gedacht. Und sie beließen es dabei, sich zu wundern und der Veränderung im übrigen ganz und gar tschechisch zu begegnen: mit größtmöglicher Ruhe.

Soll er blubbern, der Asphalt, hatte Dr. Pokorny gesagt: Solang's uns nicht sprengt. Da laufen wir halt Slalom um die Blasen, bittschön.

Rottenstein aber brachten die Asphaltblasen auf eine Idee: Mochte es genau an der Zeit gewesen sein ... *nach Ablauf von sieben mal sieben Jahren* ..., und der durchdringende Klageton des Shophar war erklungen und die Erde in Schlaf versunken, eben so, wie Prochazka es erklärt hatte: ... *und die Schechinah senkt sich auf die Erde hinab.* – War dieses Prag noch das Prag, in das er gekommen war, um an der Jazyková Škola wissensdurstigen Tschechinnen seine Muttersprache beizubiegen? Das Prag, das er von seinen früheren Besuchen mit mir kannte? Oder war es eine andere, eine originalgetreu neuerbaute Stadt auf dem Grund jenes älteren Prags, das sich von dem jetzigen nur durch eins unterschied: Daß in ihr, der verborgenen tieferen Stadt, die sechste Etage des Hauses Na Petřinach 392 ausgebrannt war, während das Hotel in jenem Petřiny, in dem die Menschen wiedererwacht waren, keinerlei Feuerspuren zeigte?

Das bleibt ohnehin nur in dir zurück, sagte Prochazka. Er hatte im Foyer des Hotelhauses auf seinen Schüler gewartet, was Rottenstein nicht im geringsten mehr wunderte. Im Gegenteil. Während er mit der Tram nach Petřiny hinausgefahren war, hatte er bereits fest mit seinem Lehrer gerechnet.

Gut, das mußte ich wissen. Und was ist zu tun?

Ganz einfach, sagte der Rabbi: Du packst deine Siebensachen.

Ja, sagte er: Er würde ihn zum Bahnhof bringen. Der Zug nach Berlin ginge um siebzehn Uhr von Holešovice, der Flug nach Israel sei für übermorgen gebucht. Er würde erwartet in *Hundert Toren*. Und wenn vielleicht auch unverdient, sei er doch wärmstens empfohlen worden, und zwar an eine der besten Schulen. Es bleibe also gerade noch Zeit, das Nötigste zu regeln. Denn dieses Studium könne unmöglich warten.

Nicht, daß Rottenstein widersprochen hätte. Nur, erkundigte er sich zaghaft: Wie stehe es mit seinen Schülerinnen an der Jazyková Škola? Immerhin hätte er einen Vertrag...

Ob er sich nach allem etwa noch um Kündigungsfristen schere?, wunderte sich Prochazka. Himmel!, das hätte er ihm doch beigebracht: Alles im Leben sei eine Frage der richtigen Kombination... Der Buchstaben, setzte er hinzu. Möglicherweise hätte Alex nie an dieser Schule gelehrt; und man würde ihn auslachen, wenn er ankäme, um zu kündigen.

Also war alles entschieden?, alle Vorbereitungen getroffen?

Aber ja, sagte Prochazka bestimmt. Er half Rottenstein, seine Koffer zu packen. Das dauerte keine Stunde. Mit Getöse war er in Petřiny eingezogen. Der Abschied war still. Als wüßten sie alle bestens Bescheid, kamen der Pförtner und Dr. Pokorny noch schnell auf einen Cognac zu ihm. Sie halfen ihm tragen. Zur Feier des Tages funktionierte sogar der Fahrstuhl! Und von der Tür aus, auf der das Aleph flammte, winkten sie ihm und Prochazka zu: Er solle wiederkommen, wenn es geschafft sei.

Nur was, das verriet ihm niemand.

Gegen vier Uhr nachmittags saßen sie schweigend auf einer Bank am Bahnhof Holešovice, die Jeruzalemská in Sichtweite. Eine Stunde noch, und sein Zug würde fahren. Sechs, sieben Stunden, und er würde bei mir, Jacoby, klingeln, um mir alles zu erzählen und mir zu eröffnen, daß er im Begriff sei, nach *Meah Shearim* umzuziehen.

Noch aber saßen sie dort auf der Bank, inmitten seiner

Koffer. Und Prochazka erzählte. Von erzählten Leben. Von erzählten Erzählern. Und er hörte nicht auf zu sprechen, bis der Zug einfuhr.

16

Von erzählten Leben und erzählten Erzählern.

Es gibt kein wirkliches Gelingen, hatte er gesagt: Nur verschiedene Grade des Scheiterns. Ganz so wie ein vorsorglicher Trost: Du darfst es dir nicht so zu Herzen nehmen. Wußte Jacoby denn an jenem Dienstagabend, daß er zum letzten Mal zu uns kam?, ja, daß er wenige Tage darauf nur in einem der weißgetünchten Charité-Zimmer verbrennen würde? Hatte er etwa seine Erbschaft schon geregelt? Und war also die Geschichte bereits mir aufgebürdet, ohne daß ich es nur im geringsten ahnte?

Eines wußte Jacoby in jedem Fall: Daß Rottensteins oder seine oder unser aller Geschichte ihn eingeholt hatte, und zwar ebenso unerwartet und unausweichlich, wie Jiři Prochazkas Offenbarungen zuvor über seinen Freund Alex gekommen waren. Das war knapp eine Woche nach dem Pessach-Fest. Und an jenem Abend nannte er uns seinen neuen Namen: Nathan ben-Gazi.

Etwas in dieser Art hatte ich befürchtet. Denn er trank keinen Wodka mehr. Die Flasche *Moskovskaya* jedenfalls war schon den zweiten Erzählabend über unberührt geblieben und die Ringe unter seinen Augen dennoch von einem für gewöhnlich bläßlichen Grün ins Schwarze übergegangen. Es gab also nur zwei Möglichkeiten: Entweder war er verliebt; oder aber etwas ähnlich Furchtbares ließ ihn nicht mehr schlafen.

Daß sein Erzählstil in den vergangenen Wochen geradezu fahrig geworden war, hatte Sheary ebenso bemerkt wie ich. Von Rottensteins Weg durch die Tore der – wie auch immer: oberen oder unteren – Stadt hatte er gesprochen und daraufhin geschlagene zehn Minuten geschwiegen. Das war zwei Wochen zuvor gewesen. Und am Dienstag darauf schließlich fertigte er uns geradezu unwirsch ab: »Dies und jenes«, als sei nichts weniger erstaunlich, als Tage nach dem eigenen Tod in einem Park wiederzuerwachen und sich ohne Murren nach Jerusalem verschicken zu lassen.

Natürlich – ich erinnerte mich an mein erstes Gespräch mit ihm im *Bella Montecatini*. Rottenstein, hatte er gesagt, sei bei ihm aufgetaucht, nur um ihm zu eröffnen, daß er unverzüglich umziehen würde. Ohne Zweifel war er tatsächlich, wie Jiři Prochazka es verlangt hatte, am Morgen darauf ins Flugzeug gestiegen. Und waren wir nicht also nun am Ende der Geschichte angelangt? Einem unbefriedigenden Ende meinetwegen, wenn Sie wollen, doch immerhin einem Ende?

Nein, etwas mußte geschehen sein, von dem Jacoby und wir, die wir ihn engagiert hatten, nur noch nichts oder allzu wenig ahnten. Eine Wendung?, eine Erfüllung? Eine Fortsetzung womöglich, der wir nicht mehr nur als einer Geschichte lauschen konnten, sondern in die zumindest Jacoby selbst verwickelt war. Dies jedenfalls schien mir wahrscheinlicher, als daß all dies nur erzählt und wiedererzählt worden sein sollte, einzig um einen Umzug zu erklären.

Sollten wir so enttäuscht werden?

Es lag an Jacoby. Und er schwankte wohl noch. Offenbar fiel es ihm schwer zu entscheiden, ob es schon an der Zeit wäre, das Geheimnis zu lüften. Und heute, im Nachhinein, denke ich, daß er das Richtige tat, indem er uns an jenem letzten gemeinsamen Abend hinhielt, übers Wetter schwatzte und über die steigenden Mieten. Möglicherweise wußte er ja, daß ihm ohnehin nicht mehr genügend Zeit geblieben wäre, um uns in die neuesten Verwicklungen einzuweihen. Denn Fakt ist, daß wir uns gerade erst zurechtgesetzt hatten, als es noch einmal klingelte.

Sheary erschrak; und Jacoby, der einen ausnehmend gefaßten Eindruck machte, warnte sie: Das sei mit Sicherheit die Polizei; und sie solle nicht leugnen, daß er bei uns sei. Er würde sich stellen.

Die Verhaftung war eine Farce. Sheary öffnete die Tür. Die beiden Herren wiesen sich aus, starrten ihr ungeniert auf die Beine und brachten ihre Frage an. Ja, Herr Jacoby sei bei uns. Und schon standen die beiden im Korridor und spannten hektisch wie Riesenhamster in die Runde. Jacoby zwinkerte mir noch ein letztes Mal zu und verzog daraufhin sein Gesicht zu einer schauerlichen Grimasse. Er watschelte geradezu durchs Zimmer auf die beiden Zivilen zu und knuffte den einen in die Seite.

Ach bitte, nehmen Sie mich mit, sagte er und zuckte, scheinbar unkoordiniert, mit Händen und Schultern.

Die beiden Zivilen wechselten einen ratlosen Blick. Während der eine Jacoby am Handgelenk packte, hielt der andere ihm einen Wisch vor die Nase. Der Haftbefehl oder etwas Ähnliches zumindest muß es gewesen sein. Von Landfriedensbruch und Gefährdung der öffentlichen Sicherheit war da die Rede, von Widerstand gegen die Staatsgewalt und mindestens noch drei weiteren Delikten mit derart aberwitzigen Bezeichnungen, daß ich sie mir beim besten Willen nicht merken konnte.

Ich holte tief Luft, doch noch bevor ich mich an diesem absurden Theater beteiligen konnte, trat mir Jacoby wie versehentlich auf den Fuß. Er blieb ganz in seiner Rolle, zog sich das Barett bis über die Ohren; und hätte er noch »Hänschen klein« gesungen, wäre er mit Sicherheit sofort in die Charité überstellt worden und hätte sich den Umweg übers Revier und die Untersuchungshaftanstalt gespart.

Auf Handschellen wurde im gegenseitigen Einvernehmen verzichtet. Die Zivilen nahmen unseren Erzähler in die Mitte. Wir sahen sie noch über den Hof auf die Straße hinausgehen. Und dann erst, als wir den Streifenwagen bemerkten und samt Jacoby und den Zivilen davonfahren sahen, glaubten wir, daß es kein Spiel war. Es war in dieser Nacht nicht nur die Angst um das noch nicht erzählte Ende unserer Geschichte, die uns beide wach hielt, sondern es war vor allem die Sorge um einen Freund.

Sheary und ich wurden für den nächsten Tag nach Moabit bestellt, um unsere Aussage zu machen. Worüber und vor allem, warum wir irgend etwas auszusagen hätten, war uns zwar nicht ganz klar. Doch das tat offenbar nichts zur Sache.

Der Staatsanwalt, zu dem wir erst nach längerem Warten vorgelassen wurden, war zunächst nicht bereit, uns nähere Auskünfte zu geben. Schließlich jedoch tippte er sich mit dem Zeigefinger an die Stirn und flüsterte: Beschwerden hin und her, alles keine Ursache… Es bestehe jedoch, allem Anschein nach, die »Gefahr der Gemeingefährlichkeit«. Genau so sagte er es. Und wir lachten herzlich. Gemeingefährlich!, das war nun wirklich grotesk. Hatte er jemanden bedroht?

Nein. – Auch Sie nicht?, fragte der Staatsanwalt zurück.

Nicht die Spur, antwortete ich brüsk. Ich sage doch: Wir sind Freunde.

Hm, brummte er, und mir schien es ganz so, als bedaure er, daß wir kein belastendes Material beisteuern konnten. Tja..., kam es recht unentschieden. Und dann faselte er irgendwelchen Unfug von brennendem Asphalt auf dem Kurfürstendamm und einer Beschwerde der Jüdischen Gemeinde. Kurz – als er schließlich meinte, Jacoby müßte wohl vorerst in eine geschlossene Anstalt überstellt werden, dachte ich nur, er selbst wäre dort vermutlich am besten aufgehoben. Das sagte ich auch. Und dann gingen wir.

Daß Jacoby, wahrscheinlich noch am selben Tag, wieder freigelassen werden würde, davon gingen wir aus. Es soll ja mitunter Verwechslungen geben. Und um etwas anderes konnte es sich hier kaum handeln. Es schien uns jedenfalls undenkbar. Allein, die Justiz scherte sich nicht darum, was wir uns dachten. Jacoby wurde nicht freigelassen. Und wenn auch nicht als Verbrecher, so behandelte man ihn doch als Psychopathen. Er wurde, in der Nervenklinik der Charité, der Obhut eines gewissen Dr. Anthony unterstellt, den wir ja später noch kennenlernten. Woran er denn leide, wollte uns aber niemand anvertrauen. Und so warteten wir auf den nächsten Dienstag, noch immer im festen Glauben, Jacoby würde wie immer abends um acht bei uns klingeln, seinen Schirm an die Flurgarderobe hängen und uns versichern, wie blendend er sich in der Klinik erholt habe. Man solle ihn ruhig öfter irrtümlich verhaften.

Doch er kam nicht. Und wir sahen ihn auch nicht wieder. An jenem Dienstag, morgens um neun, während

Sheary den Kaffee aufbrühte und ich mich rasierte, klingelte der Telegrammbote bei uns.

»bin verhindert da tot +++ notar meldet sich +++ beste grüße jacoby«

Das war alles, was er uns mitteilte. Und wir hielten selbst das noch für einen Scherz, für einen schlechten zwar, doch immerhin für einen Scherz. Ja erst, als wir zur Besuchszeit in die Charité gefahren waren und erfahren hatten, daß und wie Jacoby umgekommen war, ahnten wir, daß es keine Verliebtheit gewesen war, die ihn so übernächtigt hatte aussehen lassen.

Geheimdienste!, üble Machenschaften…, was ging uns nicht alles durch den Kopf in jenen Stunden. Wir waren alleingelassen. Allein mit der Trauer, ja Wut über Jacobys unerwarteten Tod. Allein mit einer nicht zu Ende erzählten Geschichte. Und bald darauf allein mit einem sehr eigentümlichen Nachlaß: jenem Paket mit Tonband- und Videokassetten, Notizzetteln und Zeitungsausschnitten.

Und vor allem ich war allein – mit einer kaum zu übersehenden Arbeit, der Auflage, einen Roman zu stricken aus den Mitschnitten seiner Erzählung, die vor dem Ende abbrechen mußte, da eben jenes Ende, wie er sagte, sich erst noch zutragen müsse.

Verwirrend. Und beunruhigend. Ja, fragen Sie mich, warum ich mich darauf einließ. Ich werde Ihnen ehrlich antworten: Ich weiß es nicht!

Ich sage: Sheary wollte es. Allerdings hatte es sie nur wenig Mühe gekostet, mich zu überzeugen. Und wer könnte schon einem gerade verstorbenen Freund die letzte Bitte abschlagen?

Theaterkritiken, mein Schatz, keine Romane!, hatte ich

Sheary damals geantwortet. Und sehen Sie, vielleicht war sogar dies der Grund. So eine Idee: auszubrechen, den Trott zu verlassen und anstatt immer nur andere und deren Vermögen oder Unvermögen zu besprechen, mich selbst besprechbar zu machen. Das alles ist möglich. Und sicher könnte ich, wenn ich wollte, noch tiefer graben. Doch unterdessen geht es nicht mehr darum, zu klären, weshalb ich mich auf diesen Unsinn eingelassen habe. Jacoby ist seit gut einem dreiviertel Jahr tot. Jetzt zählt nur noch, es mit Anstand zu Ende zu bringen.

Von den praktischen Dingen will ich gar nicht reden. Sheary arbeitet für zwei. Doch darüber beklagt sie sich nicht. Sie glaubt noch immer, daß wir fürchterlich reich werden mit dem, was ich in Jacobys postumem Auftrag fabriziere. Daß ich am Ende auch nur um des Erzählens willen erzählt haben werde, wage ich ihr gar nicht zu sagen. – Viel mehr nervt sie mein Hausmann-Getue. Sie warte regelrecht darauf, daß ich ihr abends, wenn sie nach Hause komme, in einer Kittelschürze öffne.

Von meiner Wort-Pfriemelei ganz zu schweigen. Sie begreift es nicht. Jacoby habe das doch alles in einem Ritt erzählt. Und dabei sei er jeweils gegen Ende des Abends sogar hoffnungslos betrunken gewesen.

Als ob Alkohol eine Lösung wäre! Ich sage ihr, schreiben sei eben schwieriger als plaudern. Aber je mehr Zeit vergeht, um so weniger tröstet sie diese Auskunft. Manchmal denke ich, sie glaubt einfach nicht mehr, was sie gehört und gesehen hat. Sie möchte in all dem eine nette Geschichte sehen, ein Märchen. Aber wir haben Jacoby gekannt. Ein ganzes Jahr lang kam er jeden Dienstag zu uns. Und die Tonbandkassetten? Die Videobänder?

Seit meine Recherchen um das Ende der Story – zugegeben – erfolglos verliefen, ist sie mehr als skeptisch. Ich suche nur eine Möglichkeit, mich dieser Arbeit zu entledigen, sagt sie den einen Tag. Und den anderen: Ich würde versuchen, das Ende hinauszuzögern. Dabei hoffe ich nur, die Lücken doch noch auszufüllen, die Jacoby offenlassen mußte. Und genau darüber streiten wir immer wieder: Wer erzählt wen? Was ist erzählt, und was ist wahr? Muß eine Geschichte ein Ende haben? Oder genügt ein Immer-wieder-Beginn?

Zu theoretisch, meinen Sie?

O nein!; und genau dies ist der Punkt: Spätestens seit gestern fürchte ich, Sheary wird unseren Pakt nun endgültig aufkündigen. Wenn sie mich nicht sogar für verrückt erklärt... Denn gestern, als ich vom Einkaufen nach Hause kam, wäre ich beinahe zu Tode erschrocken.

Ich war sicher, die Wohnungstür abgeschlossen zu haben. Doch als ich kam, stand sie sperrangelweit auf. Die Katze saß auf der Schwelle; und durch den Korridor sah ich, wer bei uns »eingebrochen« war und mich erwartete. Im Wohnzimmer hatte er sich's bequem gemacht: Ein Knirps von zwölf, dreizehn Jahren. Ein rotes Stirnband trug er, und er schlief.

Anders als Rottenstein damals – wie Jacoby erzählt hatte – ging ich schnurstracks auf ihn zu und weckte ihn ohne Umschweife, geradezu arglos. Und als wüßten wir beide, was nun folgerichtig geschehen mußte, nahm ich wortlos den Brief, den er mir wortlos überreichte. Und noch während ich las, war er schon wieder gegangen – ob durchs Fenster oder aber, ganz unspektakulär, durch die noch immer offenstehende Wohnungstür – ich weiß es nicht mehr.

Jener Brief hätte eine Kopie der Nachricht sein können,

die der Stirnbandteufel damals in Prag auch Rottenstein überbracht hatte:

Sehr geehrter Herr,

ich habe einiges von Ihnen gehört und möchte Ihnen manches sagen. Erlauben Sie mir also, Sie herzlich zu einem Gespräch einzuladen. Mein Sohn wird Ihnen – zu gegebener Zeit – den Weg zeigen. Treten Sie zurück, und treten Sie ein. Ich erwarte Sie.

Ihr
Juda Löw ben Bezalel

In diesem Moment fühlte ich mich Rottenstein gegenüber im Vorteil. Denn ich glaubte, was ich gelesen hatte: Rabbi Löw lud mich ein! Ich war sicher, daß der Stirnbandteufel wieder bei mir auftauchen würde, womöglich schon am kommenden Morgen. Und ich wußte, daß es keinen Zweck haben würde, sich dieser ultimativen Einladung zu widersetzen. Ganz abgesehen davon, daß ich es gar nicht wollte.

Wer, wenn nicht der Rabbi, könnte mir erklären, was es mit Jacobys Tod und Rottensteins Verschwinden auf sich haben könnte? Wer, wenn nicht er, könnte mir die letzte Gewißheit geben, daß das, was Rottenstein Jacoby und Jacoby uns erzählt hatte, daß all dies tatsächlich einmal geschehen war? Daß die Spiegel sich wenden und erzählte Städte in die Wirklichkeit hinüberwachsen können – ja, daß es eine Wirklichkeit überhaupt gibt.

Nach nichts sehnte ich mich mehr als nach Vergewisserung. Und da Jacoby tot war und ich Rottenstein nie kennengelernt hatte und vermutlich auch nie kennenlernen würde, blieb mir gar nichts anderes übrig, als meine Fragen direkt anzubringen. Also war ich froh, daß er sich bei mir gemeldet hatte, mich einlud und mir so den Weg verkürzte. Ich würde nicht erst nach Prag reisen und einen Zettel mit meiner Bitte um Antwort an seinem Grab hinterlegen müssen. So, wie es schien, hatte ich es wohl vor Jahren schon getan und mit reichlich Geduld lange genug gewartet, um nun zu erfahren, ob Rottenstein und Jacoby waren, die sie waren, und also auch, ob ich bin, der ich bin. Und also fürchtete ich mich nicht.

Sheary erzählte ich vorerst nichts von dem unerwarteten Besucher. Ich hatte sie lange genug mit Kleinigkeiten genervt und meinte nun, daß es am besten wäre, mich ganz im stillen weiter vorzutasten und ihr schließlich eines Morgens das fertige Manuskript auf den Tisch zu legen... Meine Träume!

Der Stirnbandteufel wartete dann auch und klingelte am nächsten Morgen erst, als Sheary schon gegangen war. In Hut und Mantel hatte ich in der Küche gesessen und gewartet, aufgeregter als ein Junge vor seinem ersten Rendezvous. Der Knirps lächelte nur, als ich geöffnet hatte, und winkte mich über die Schwelle.

Nein, wir flogen nicht; wir fuhren: mit der Straßenbahn die Warschauer Straße hinauf in Richtung Frankfurter Tor. An der Ecke Petersburger-/Mühsamstraße stiegen wir aus. Ein paar Schritte noch, dann blieb der Stirnbandteufel stehen. Er zeigte auf den Eingang des Hauses Mühsamstraße 34; ich öffnete für ihn die schwere Tür, und wir überquerten den Hof. Ich weiß noch, daß ich mich wunderte, im Hinterhaus an keinem der Briefkästen den Namen Prochazka finden zu können. Lange wohnten die beiden offenbar noch nicht hier.

Der Stirnbandteufel klopfte im obersten Stock an einer

Tür ohne Namensschild. Ein kleingewachsener Alter in kariertem Hemd und Manchesterjeans öffnete uns. Er lächelte auf die gleiche Art wie sein Sohn am Tag zuvor, als ich ihn in meinem Wohnzimmer geweckt hatte: wissend und offen, als wolle er sagen, daß wir beide ein wirklich gutes Geschäft machen würden. Nur womit – das blieb in der Schwebe. Er drückte mir die Hand und bat mich, doch einzutreten.

Nein, lange konnten die beiden hier wirklich noch nicht wohnen. Vielleicht waren sie am Tag zuvor erst angekommen oder, anders noch, nur für eine Nacht hier abgestiegen, um gleich wohinauchimmer weiterzureisen. Denn die Einrichtung der Wohnung war mehr als karg. Zwei wenig vertrauenerweckende Stühle standen mitten im Raum. In der Ecke lagen zwei zusammengerollte Schlafsäcke. Und das war's auch schon.

Unser Feldquartier..., sagte der Rabbi und wies in die Runde: Sehr spartanisch, nun ja. Ich winkte ab. Alle drei wußten wir, daß es um anderes ging. Und ich hoffte, die beiden würden mir die Antwort auf meine Fragen nicht allzu lange schuldig bleiben.

Setzen Sie sich doch, sagte der Alte und schob mir einen der Stühle hin. Wir setzten uns. Der Stirnbandknirps machte es sich auf den Schlafsackrollen bequem. Und nun erschrak ich doch ein wenig. Denn er knotete sein Stirnband auf. Und ganz so, wie ich es erzählt bekommen hatte, leuchteten die drei Buchstaben des Wortes »emeth« auf seiner Stirn: eine Flammenschrift. Und nun war ich sicher, wenn vielleicht auch noch nicht angekommen, so doch zumindest auf dem richtigen Weg zu sein.

Juda Löw?, fragte ich zaghaft.

Ganz recht, erwiderte der Alte. Und wieder lächelte er

und schien sich vorerst ausgiebig an meiner Ungeduld zu weiden. Ich glaube, wir haben eine gute Wahl getroffen, sagte er, zu seinem Sohn gewandt. Und der Knirps nickte: Die Pajess werden ihm stehen...

Das verstand ich nun allerdings nicht.

Immer die Ruhe, sagte der Alte und klopfte mir auf die Schulter: Sie sind als Chronist mehr als nur passabel..., meine ich.

Endlich merkt das mal einer, dachte ich, recht unbescheiden, und hoffte inständig, der Rabbi würde für dieses Mal zumindest nicht hinter meine Stirn blicken können. Eine noch unbescheidenere Hoffnung. Natürlich hatte er mir auch diesen Gedanken abgelauscht.

Ich weiß, ich weiß, mein Lieber, lenkte er ein: Bislang sind sie unzufrieden. Sie fühlen sich ausgenutzt, nicht wahr?

Nun...

Nein, sagen Sie nichts, antwortete er schroff: Sie sind unzufrieden. Und zu Recht, wenn Sie mich fragen.

Ich blickte offenbar etwas verwundert drein. Jaja, sagte er: Wir haben Ihnen Ihre Zeit gestohlen, ein wertvolles Gut, wenn man bedenkt, wie kurz das Leben sein kann. Und nicht jeder hat zwei Auftritte wie ich... Darauf schwieg er einen Augenblick, wie ich fand, viel zu lange. Denn diese vage Andeutung verschreckte mich nun doch ein wenig.

Abwarten, abwarten..., beeilte der Alte sich nun, mich wieder zu beruhigen. Chronist, setzte er hinzu: Das heiße doch, ich stünde ein gehöriges Stück außerhalb und hätte nun wirklich keinen Grund, mir Sorgen zu machen. Sie hätten mich lediglich eingeladen, um aus dem Diebstahl eine Anleihe zu machen.

Wie soll ich das verstehen?, bitte, erkundigte ich mich.

Ganz einfach, sagte er: Wochen, ja monatelang hätte ich Tonbänder abgehört, Zeitungen durchsucht, erfolglos recherchiert und an Sätzen gefeilt. Gut ein dreiviertel Jahr sei ich in meinem Arbeitszimmer geradezu eingesperrt gewesen. Und wofür? Für erzählte Leben, für erzählte Erzähler... Die einzige Abwechslung: die immer wieder wechselnden Bildschirmschoner auf meinem Computermonitor, wenn ich stundenlang nicht vorangekommen sei. Eine ärmliche Ausbeute an Leben.

Allerdings, sagte ich: Aber...

Nichts aber, fiel mir der Rabbi ins Wort: Sie bekommen Ihre Zeit zurück. Gerafft zwar, zugegeben, quasi im Schnelldurchlauf. Doch Sie bekommen sie zurück. Wir wollen am Ende nicht als Diebe dastehen, die einzigen Nutznießer ihrer Arbeit. Verstehen Sie: Sie haben uns erzählt, also gibt es uns. Sie sollen nicht leer ausgehen.

Ich gebe zu: In diesem Augenblick war ich zu verwirrt, um zu begreifen, was er da gesagt hatte. Meine Antworten, meine Antworten... Es schien, als interessierte mich das alles kaum noch. Ich zitterte. Am liebsten wäre ich aufgesprungen und geflohen. Denn was auch immer die beiden mit mir vorhatten – allzu wenig (um nicht zu sagen: nichts) sprach dafür, sich den beiden Prochazkas willenlos in die Hände zu geben. Doch konnte ich wählen? Wie gelähmt saß ich auf meinem Stuhl. Ich sah mich regelrecht, und wie blöd ich dreinstarrte in diesem Moment.

Keine Wahl..., lachte der Alte: Wir borgen und geben zurück. Das ist alles.

Schließe die Augen!, befahl er. Und ich widersetzte mich nicht. Ebenso wenig, wie RottensteinSchloimoJacobyNathan sich widersetzt hatten. Ebenso wenig, wie SalomonEvaAnnaFranz sich hatten widersetzen können. Und hörte ich nicht Eijnsoph durch die Stimme Prochazkas und das Lachen seines Sohnes hindurch? *Siehe, ich will Euch senden den Propheten Elia, ehe der Tag kommt...*

Da wurde es dunkel und still.

17

... wie ein Sandsturm, wie der Biß des Skorpions.

Am Morgen des Tages vor dem Pessach-Fest bestieg in Tel Aviv ein junges Ehepaar die Maschine der EL-AL, die nach Frankfurt fliegen sollte. Ihr Gepäck bestand aus etwa fünfzehn Dosen Thunfisch. Doch nicht nur deswegen erinnerte sich die Stewardeß an die beiden.

Der Mann sei ein typischer Schwarzrock gewesen. Einer dieser Kaputten aus *Meah Shearim,* wie sie sich ausdrückte: Kaftan und Pajess, Bart und Hut. Als sei er dem Mittelalter entsprungen, sagte sie: Erstaunlich genug, daß er unser Flugzeug überhaupt als Transportmittel akzeptierte.

Und dann die Frau – eine wahre Schönheit: Augen wie Ginsterkohlen, ein Blick, der nicht nur Männer, sondern wohl auch Häuser entzünden konnte, wenn es drauf ankam. Sie war, wie die Stewardeß schätzte, etwa im vierten, fünften Monat schwanger. Und während des gesamten Fluges starrte sie fortwährend auf ihren Bauch, als hoffte sie, die Glut ihrer Augen auf ihr Kind zu übertragen, damit es schon mit dem Blick seiner Mutter zur Welt komme.

Wesentlich auffälliger aber – und der eigentliche Grund, weshalb sie das Paar nicht vergessen habe – seien die Kerls gewesen, die sie in Frankfurt, direkt am Flugsteig empfangen hatten, ein ziemlich kecker, etwa dreizehnjähriger Junge mit rotem Stirnband und ein Alter, der nicht nur allen Ernstes in Filzpantoffeln dahergekommen war, sondern tatsächlich einen Esel am Halsband hielt, völlig unbeeindruckt von den Gaffern ringsum.

Sie habe es, sagte die Stewardeß, für ihre Pflicht gehalten, sich bei der Polizei zu melden. Denn da bei den Zwischenfällen während des Pessach-Festes in Berlin auch eine Frau und ein Esel eine Rolle gespielt haben sollten, läge es wohl auf der Hand, daß eben jenes eigenwillige Quartett dafür verantwortlich sei...

Man dankte ihr. Doch viel weiter halfen diese Angaben der Polizei nicht.

Ja, es gab Hinweise von Frankfurter Bürgern auf die vier Reisenden und den Esel. Vom Flughafen aus seien sie in Richtung Hauptbahnhof marschiert. Die Frau ritt auf dem Esel, die beiden Männer und der Junge gingen zu Fuß. Und ein Bahnpolizist behauptete schließlich sogar, sie auf dem Bahnhof gesehen zu haben, wie sie sich am Intercity nach Berlin voneinander verabschiedet hätten. Der Junge und das Paar seien in den Zug gestiegen und der Kerl mit den Filzpantoffeln kurz darauf mitsamt seinem Esel verschwunden, ganz so, als habe er sich in Luft aufgelöst.

Hier jedoch verlor sich die Spur. Und wenn es auch unwahrscheinlich klingen mag: Absolut niemand wollte die vier oder nur das Paar, den Jungen oder den Esel in Berlin gesehen haben. Weder am Bahnhof, noch auf dem Kurfürstendamm oder gar in der Fasanenstraße. Und das, obgleich ihr Weg sie doch zweifellos an all diesen Punkten vorübergeführt haben mußte.

Ein Mysterium?

Der kleine Simon Bleiberg war da, bei aller Bescheidenheit, anderer Ansicht. Ganze zwei Wochen war es her, daß sein Vater ihm eine nagelneue, doll illustrierte Haggadah geschenkt hatte, jenes Wunderbuch, das man an den Seder-Abenden liest, die Erzählung des Auszugs Israels aus Ägypten. Und seitdem mußte er ihm jeden Abend vorm Einschlafen daraus vorlesen. Selbst nachmittags, wenn er aus der Schule kam, nahm er es sich, um wieder und wieder die Bilder zu bestaunen: die Wagenkämpfer Pharaos, die im Roten Meer versanken; Mirijams Tanz zum Tamburin und die Feuersäule, die dem Volk voranzog.

»Mit starker Hand und ausgestrecktem Arm«, hieß es dort, hatte Gott sein Volk befreit. Mit Wundern wiesen Moses und Aaron sich aus. Sie waren einfach da, und kümmerte es sie, ob sie jemand gerufen hatte? An Pessach, stand dort geschrieben: »An Pessach wurde Israel erlöst. An Pessach wird es wieder erlöst werden.«

Simon lernte. Er war gerade acht. Und dieses Pessach sollte er an der großen Tafel beim Gemeinde-Seder die Fragen stellen, die jedes Jahr von einem Jungen in seinem Alter gestellt wurden: »Was unterscheidet diese Nacht von allen anderen Nächten?« Und einige Erwachsene würden antworten, wie sie es jedes Jahr taten: »Dies und jenes...« Die meisten aber würden sich über die Entwicklung des Diamant-Preises, über den stetigen Verfall des Dollars und die Gesundheit ihrer Söhne und Töchter austauschen – wie sie es ebenfalls jedes Jahr zu dieser Gelegenheit taten –, und sie würden sich kaum darum scheren, was Simon gelernt hatte und wie schön er fragte und wie sehr diejenigen, die ihm antworteten, bedauerten, daß die Schwätzer sich nicht für den Auszug aus Ägypten interessierten und wie sehr sie hofften, es möge ein Wunder geschehen wie damals, nur um sie zum Schweigen zu bringen. Jawohl, zum Schweigen.

Auch Simon hoffte auf ein Wunder. Warum, hatte er sich die letzten Wochen immer wieder gefragt, hatte er nicht damals gelebt? Zu gern hätte er erlebt, wie es über Tage finster wurde, wie die Heuschrecken in Mizrajim einfielen und wie das Wasser des Nil sich in Blut verwandelte. Er hatte gelernt, daß man jedes Jahr zum Seder-Abend einen Stuhl und ein Gedeck samt Becher für den Propheten Elia freiließ. Der Junge, der die Fragen zu stellen hatte, mußte dann später die Tür öffnen, um nachzusehen, ob der Prophet gekommen sei. Doch er kam nie. Und immer hatte er sich gewundert, warum außer ihm keiner enttäuscht war darüber, daß auch dieses Pessach niemand vor der Tür stand, Elia nicht und vom Messias zu schweigen.

Warum, hatte er seinen Vater im letzten Jahr gefragt, bist du nicht traurig?

Soll ich traurig sein, Schimmale?

Aber er ist doch wieder nicht gekommen!

Jeje...

Willst du denn nicht, daß er kommt?

Ach, weißt du, hatte Vater Bleiberg geantwortet: Er wird kommen, wenn es uns ganz schlecht oder ganz gut geht. Schlecht geht es uns nicht.

Auch nicht ganz gut?, fragte Simon.

Nu, sagte sein Vater: Es könnte wohl besser sein. Und er schmunzelte.

Also wollte er es nicht!, dachte Simon. Und er verstand es nicht. Dann brauchten sie doch auch den Stuhl nicht frei zu lassen. Immer wieder hatte er geträumt, daß er es eines Tages doch erleben würde. Es würde wieder einmal Pessach sein; man würde wieder einmal zum Seder beisammensitzen. Und wieder würde ein Junge die Tür öffnen, um nachzuschauen, ob Elia gekommen sei. Und – er würde tatsächlich vor der Tür stehen. Und der Maschiach ben David würde ihm folgen.

So hatte er es geträumt. Doch in seinen Wünschen ging er noch weiter. Nicht irgendwann, sagte er sich, sollte es geschehen, sondern in diesem Jahr. Er, Simon, würde die Fragen des Sohnes an seinen Vater stellen: »Was unterscheidet diese Nacht...« Sein Vater, der Kantor, der Rabbi, sie alle würden ihm antworten, was in dieser Nacht anders sei als in allen anderen Nächten. Nur einen Unterschied würden sie ihm nicht nennen: Daß in dieser Nacht Elia vor der Tür stehen würde...

Nur er selbst würde es wissen, weil er selbst es am meisten von allen wünschte. Und wenn es dann soweit wäre und er die Tür öffnete, um nachzusehen; und es würde kaum einer darauf achten, was er tat: dann würde er der erste sein, der Elia begrüßen könnte. Und vielleicht wäre er der einzige, den es nicht erschreckte. Diese Vorstellung bereitete ihm mehr Herzklopfen, als vor allen dreihundert Anwesenden seine Fragen stellen zu müssen.

Simon also war vorbereitet. Er hatte gut gelernt. Und immer wieder hatte er sich gesagt: Du mußtmußtmußt einfach kommen! Diesmal mußt du vor der Tür stehen und ein Wunder mitbringen... Elia, Elia!

Simon kam nach dem Gottesdienst als einer der ersten im Gemeindehaus an. Die Tische waren schon gedeckt: dreihundert Teller, Messer und Gabeln und Weinbecher. Und ein Gedeck, von dem, wie die meisten wohl meinten, auch in diesem Jahr niemand essen würde. Simon prüfte es. Womöglich fehlte etwas, vielleicht die Gabel? Wie peinlich, sagte er sich, müßte es sein, wenn Elias Gedeck nicht vollständig sei. Liebevoll schob er Teller und Becher zurecht und wickelte das Besteck in eine Serviette ein.

Vater Bleiberg schmunzelte über die Sorgfalt seines Sohnes. Erinnerte er sich nicht? Einmal hatte auch er gehofft, diesesdiesesdieses Pessach müßte es sein... Damals war er etwa so alt gewesen wie nun sein Sohn. Wie er wartete! Aber damals, erinnerte Vater Bleiberg sich auch, hatte er umsonst gewartet.

Umsonst gehofft!, hatte er zu seinem Vater gesagt, worauf dieser nur antwortete: Das gibt es nicht; solange du hoffst, ist ja alles gut. Und erst viel später hatte er damit etwas anfangen können. Wäre es nun soweit, dies auch seinem Sohn zu sagen? Und würde der es...

Ja, so dachte er. Doch weder er noch Simon ahnten, wie nahe Elia ihnen schon war. In eben jenem Moment, als Simon das Gedeck für den Propheten zurechtrückte, war er bereits in Berlin. Genauer gesagt: Er zog eben, durch etliche Nebenstraßen, in Richtung Kurfürstendamm und Fasanenstraße. Hinter ihm ritt eine Frau auf einem Esel; und hinter dem Esel ging der Schwarzrock, den die Stewardeß so treffend beschrieben hatte. Er sang leise vor sich hin. Er blieb ab und an stehen und schien zu überlegen. Doch was auch immer er dachte, er ging weiter, holte kurz darauf die Frau und den Esel wieder ein. Und wenn der Prophet von Zeit zu Zeit zu den beiden zurücksah, winkte ihm der Schwarzrock zu, als wolle er sagen: Keine Angst, wir sind da. Wir sind hinter dir.

Obgleich noch früh am Abend, waren die Straßen menschenleer. Die Auslagen der Geschäfte, die Bars und Kneipen waren hell erleuchtet; doch außer den dreien und ihrem Esel schien niemand unterwegs zu sein. Wahrscheinlich hätten sie auch kaum Aufsehen erregt. Denn abgesehen davon, daß die Frau – wie gesagt – auf einem Esel ritt, was in Berlin nicht alle Tage vorkommen soll, und daß der Schwarzrock nicht unbedingt nach der aktuellen Mode gekleidet war, wirkten sie wie gewöhnliche Passanten. Allein nach dem Typen, der ihnen voranging, hätte man sich auf der Straße womöglich umgedreht. Er wirkte recht abgerissen: die Schuhe mehrfach geklebt, das Jackett speckig. Alle naselang rückte er seine geflickte Brille zurecht und korrigierte den Sitz seiner Mütze, ein Barett mit dem weißblauen Emblem der israelischen Gadner-Brigaden… In seiner Jackettasche klimperte eine Fahrradkette. Und man hätte sich manches denken können, doch sicher nicht, daß Elia dort ging.

Aufmerksamkeit hätten die drei wohl erst in jenem Moment erregt, als sie am Breitscheidplatz auf den Kurfürstendamm einbogen.

Zu dieser Zeit war die Mehrzahl der geladenen Gäste bereits im Gemeindehaus erschienen. Das Hallo war groß. Wie gesagt: wenn man sich so selten sieht… Simon konnte es kaum noch erwarten, daß der Seder beginnen würde. Er zumindest war bereit; und schließlich waren auch alle Gäste gekommen. Der Kantor rief sie zur Ordnung: *Shah!*, wenn ich bitten dürfte… Ein wenig Ruhe. Dann sprach er den Segen über den Wein, den Segen über das Fest; und er wusch sich die Hände. Er nahm ein wenig Petersilie, tunkte sie in ein Schälchen mit Salzwasser, zeigte sie den anderen und sang den Segen über die Früchte der Erde. Er aß davon; und auch die Gäste aßen. Er nahm eine Mazzah vom Sederteller, der vor ihm auf dem Tisch stand, zerbrach sie und legte die eine Hälfte unter seinen Teller. Er nahm den Sederteller und hob ihn in die Höhe und sang:

»Dies ist das Brot des Elends, das unsere Väter einst aßen im Lande Mizrajim. Jeder, der hungrig ist, komme und esse; jeder, der Not leidet, komme und feiere mit uns das Pessach-Fest... Dieses Jahr hier – im künftigen im Lande Jisroel; heute noch Sklaven – im nächsten Jahr frei.«

Als er dies gesagt hatte, begannen die ersten, sich zu unterhalten. Zurückhaltend zunächst noch: Sie lobten die Stimme des Kantors, oder aber sie meinten, schon besseres gehört zu haben. In jedem Fall deutete sich das bekannte Murmeln an, das – wie jedes Jahr – den Seder-Abend begleiten und nur kurzzeitig verstummen würde, wenn der Rabbi sein *Shah* über die Tische rief. Und so hörten einige sicher Simons Stimme schon nicht mehr, als er, wie er es gelernt hatte, zu fragen begann: *Mah nischtanah ha-lajlah haseh...* – Was unterscheidet diese Nacht von allen anderen Nächten?

Der Schwarzrock aber, der in jenem Moment, mitten auf der Fahrbahn des gespenstisch leeren Kurfürstendamms, an der Bäckerei *Ostrowski* vorüberging, mußte die Frage wohl gehört haben. Denn wieder blieb er einen Augenblick lang stehen. Er sah hinauf zur Wertheim-Leuchtreklame; er drehte sich, den Kopf in den Nacken gelegt, einmal um sich selbst und starrte schließlich auf die Spitzen seiner Schnallenschuhe.

Und rings um seine Füße züngelten im Kreis kleine blaue Flammen aus dem Asphalt auf. Sie wuchsen und verfärbten sich: über Grün und Gelb hin ins Rot. Sie flackerten auf zu seinen Knien und umstanden ihn, ein Seraphentanz. Er ging weiter; und die Flammen gingen mit ihm. Ohne eine Spur zu hinterlassen, züngelten sie über den Asphalt. Und als er an der Ecke Kurfürstendamm/Fasanenstraße der Frau half, von dem Esel abzusteigen, und er selbst aufgestiegen war, um die letzten Meter zu reiten, da weitete sich der Kreis und umstand nun ihn und den Esel. Und so ritten sie vor. So kamen sie beim Gemeindehaus an.

Der Kantor hatte, der allgemeinen Unruhe wegen, schon einige Male mißmutig in die Runde geblickt und der Rabbi, mit immer geringerem Erfolg, bereits dreimal um Ruhe gebeten, als es Zeit wurde, die Tür zu öffnen und nachzusehen, ob Elia gekommen sei, um den Seder mitzufeiern und die Ankunft des Messias zu verkünden.

Zunächst nahmen die wenigsten der Anwesenden überhaupt Notiz von dem, was nun vorging. Rituale!; nur um es zu tun, mochten die Schwätzer zyneln: Es würde vorübergehen, und dann wäre es überstanden. Lohnte der Blick zur Tür überhaupt? Ach ja, für die Kinder isses ja was, und so weiter.

Erst, als Simon die Tür geöffnet hatte und einige der Schwätzer jäh verstummten und mit offenem Mund in Richtung der Tür spannten, wurde es langsam still im Saal. Zwei drei Sekunden verstrichen, in denen nicht nur Simon den Atem anhielt. Dann brach das Gelächter los, laut und ungeniert. Ja, einige schlugen sich sogar auf die Schenkel: Nein, wie rasend komisch! – Und wäre es nicht der Begleiter des Schwarzrocks, sondern ein Unbeteiligter gewesen, der nur durch einen dummen Zufall gerade in jenem Moment vor der Saaltür gestanden hätte, als Simon sie öffnete, um nach Elia Ausschau zu halten – mit Sicherheit hätte die Scham ihn gewürgt.

Himmel!, wann einmal hat man die Chance, derart ausgelacht zu werden?! Den aber, dem Simon geöffnet hatte, schien das Lachen, wenn es ihn überhaupt störte, nur zu reizen. Er lächelte Simon zu, doch dann zog er die Stirn kraus, trat ohne Umschweife ein und schlug die Tür, laut krachend, hinter sich zu.

Unmöglich, der...!, kam es von hinten. Ein *tss, tss* ging durch den Raum. Und auch der Rabbiner schien den unerwarteten Auftritt des Fremden alles andere als komisch zu finden. Einzig Vater Bleiberg glaubte, eine sanfte Ahnung von dem zu haben, was nun geschehen würde. Wissen konnte es ohnehin niemand. Denn selbst Simon, der sicher war, eben jener Mann müsse ganz einfach der Prophet sein, selbst er hatte sich in seinen Träumen nicht ausgemalt, was der Ankunft folgen sollte.

Ein Lichtschein über dem Sederteller. Ein sehr, sehr langes Schweigen. Musik?

Das ist eine geschlossene Veranstaltung, wies der Kantor den Fremden zurecht und winkte ihm, daß er verschwinden sollte. Der aber dachte gar nicht daran. Wie bitte? Er sei nicht gekommen, um wieder zu gehen, sondern um da zu sein.

Noch während er sprach, brach der Tumult los.

Frauen forderten ihre Männer auf, Haltung zu zeigen und den Kerl hinauszuwerfen: So was auch! Diese Nazis werden immer dreister. Jetzt verkleiden sie sich schon als Gadneristen!

Es standen dann auch zwei Männer auf und gingen drohend auf den Fremden zu. Und mit Sicherheit hätte er sich kurz darauf vor der verschlossenen Tür wiedergefunden, hätte er nicht die Arme in die Höhe gestreckt, seinen Blick zur Decke gehoben und gerufen. -

Jah!, rief er. Und die Menge verstummte, gerade lange genug, um die Stille zu schaffen für die donnernde Stimme, die aus dem Nichts hervorging, während der Fremde noch mit erhobenen Armen mitten im Raum stand:

Berechne nicht seine Ankunft. Der Messias wird kommen – wie ein Sandsturm, wie der Biß des Skorpions, eine Finsternis inmitten heller Tage und ein Licht im Dunkel der Unwissenheit. Ich habe Euer Warten gesehen, und es hat mich verdrossen.

Der Kantor mußte sich setzten. Die beiden Männer, die auf den Fremden zugegangen waren, blieben stehen, wo sie standen, und warteten unschlüssig ab, was ihre Frauen für sie entscheiden würden. Lieber gingen sie zurück. Was, verflucht!, war hier eigentlich los? Konnte neuerdings jeder hier eindringen und die Identitätspflege stören? Hatte der Pförtner geschlafen? Oder waren sie alle verrückt?

Ein Illusionist, entfuhr es dem Rabbiner: Ganz klar... Doch der Fremde schüttelte den Kopf. An Pessach, sagte er, wird es geschehen, wie es heißt: *»Es geschah in der Mitte der Nacht.«* Ich bin gekommen, es Euch zu verkünden.

Da ging das Licht aus. Doch es wurde nicht dunkel im Saal. Vom Hof her fiel ein gelbroter Lichtschein durch die hohen Fenster und tauchte den Raum in ein gespenstisches Halbdunkel. Die Kinder faßten sich als erste und stürzten zu den Fenstern. Der Rabbi sagte noch einmal: Illusionisten! Doch auch er und der Kantor gingen schließlich, um nachzusehen, was da auf dem Hof so leuchten könnte. Und schließlich drängten sich alle an den Fenstern, um einen Blick zu erhaschen.

Die Pflastersteine im Hof glühten wie Ginsterkohlen, die man eben aus dem Feuer genommen hatte. Blaue Flämmchen jagten über sie hin und kletterten an den Mauern hinauf, ohne eine Spur von Verbranntem zu hinterlassen. Die Gedenkstele im Hof hatte sich in eine Lohe verwandelt. Von ihr ging das Licht aus, das den Hof, die Straße und selbst noch den Saal gelbrot beschien. Rechts neben ihr stand eine schwangere Frau, deren Augen leuchteten ganz so wie die glimmenden Pflastersteine des Hofs. Und links neben der Lohe saß ein Mann auf einem Esel, die Arme erhoben wie eben noch der Fremde. Und obwohl er nicht schrie, hörte die Menge oben an den Fenstern des Saales jedes Wort, das er sagte:

Wer vermag sich zu verbergen vor dem Angesicht?, fragte er nach oben: *Dies ist sein Name; und sein Name ist sein Angesicht; und die Aussprüche seiner Lippen sind sein Name, seine Worte Feuer. Der Odem seiner Lippen ist Feuer; und durch ihn geht er aus in die Welt. Sein Angesicht ist sein Name und dein Name. Und sein Name ist sein Name und dein Name. Und wer kennt das Verborgene in den Anfängen? Sagt dein Fuß dir, wohin du gehen sollst? Er ist dumm wie dein Herz einfältig, kleinmütig und feig. Ich stieg auf und ab und fand mich, wo ich verlassen wurde. Ich ging vor und zurück, kehrte um und stand immer nur vor mir. Ich siegelte die Tore der oberen und der unteren Stadt und wurde eingelassen. Ich trat ein und sah: die Buchstaben in ihrer Zahl – zweiundzwanzig: drei Mütter, zwölf Einfache und sieben Doppelte. Sie nannten mir ihre Namen; und ich sah ihre Wandlungen, Myriaden über Myriaden.*

Sagt dein Fuß dir... dumm... auf und ab.

Genannt und gesiegelt, wo ich verlassen wurde.

Wie ein Sandsturm, wie der Biß des Skorpions; du gehst aus und durchschreitest die Tore und siehst und hörst...

Geschichten!, sagte der Rabbi; und in jenem Moment stürzten die blauen Flämmchen, die sich an der Fassade hinaufgeleckt hatten, wieder zurück. Sie rasten aus allen Richtungen des Hofs über die Pflastersteine auf den Esel zu. Der Mann stieg ab. Er schwieg; und er schrie auch nicht, als die Flammen nach seinen Füßen griffen, an ihm hinaufwuchsen, ihn umhüllten wie ein Tallith aus Feuer. Er brannte. Er wurde kleiner und kleiner. Und er verschwand. Und mit ihm die Glut der Pflastersteine, der Esel und das Licht, das über dem Hof geflimmert hatte. Keine Feuersäule…, es war wieder die Stele inmitten des Hofs. Und die schwangere Frau, die alles schweigend mit angesehen hatte, verband sich die Augen mit einem weißen Tuch.

Ein Junge mit rotem Stirnband, der, wie sich später herausstellte, zu keiner der anwesenden Familien gehörte, schaltete die Saalbeleuchtung wieder ein. Er lachte, winkte der Menge zu und verschwand, wie auch die Frau auf dem Hof und der Fremde, der den Seder so unflätig unterbrochen hatte, ganz so, als wären sie nie dagewesen. Eine These, für die einiges spricht. Denn die Polizei, die nun umgehend alarmiert wurde, fand in den folgenden Tagen nicht die geringste Spur von einem Esel. In keinem der einschlägigen Geschäfte waren – um diese Zeit: Mitte März! – derartige Mengen an Feuerwerkskörpern verkauft worden, wie man sie für das beschriebene Spektakel hätte abfackeln müssen. Nicht ein einziger Berliner Bürger wollte das von der Stewardeß beschriebene Quartett um die fragliche Zeit auf dem Kurfürstendamm oder gar in der Fasanenstraße gesehen haben. Ja nicht einmal der Feuerschein, der das Gemeindehaus umgeben haben mußte, wäre irgendeinem der Passanten und Anwohner aufgefallen – ein Umstand, der alle Gäste des Seders zweifeln ließ, ob sie in den fraglichen Minuten ganz bei Sinnen gewesen sein konnten.

Nur der kleine Simon zweifelte nicht. Er war sicher, weder geträumt noch sich sonstwie getäuscht zu haben. Das sagte er auch. Und zum Beweis führte er seinen Vater und später auch die Polizei vor die Gedenkstele im Hof des Gemeindehauses. Denn was immer auch geschehen sein mochte: die Stele war Tage später noch heiß wie ein überheizter Kachelofen. Und wenigstens dieses Phänomen stützte die Aussagen der Seder-Gäste. Für Simon war es Beweis genug, daß Elia tatsächlich erschienen war. Und er bedauerte nur, nicht verstanden zu haben, was der Mann auf seinem Esel gesagt hatte.

Wie ein Irrer, bestätigte der Kantor, habe der Mann gesprochen: einzelne Buchstaben ohne jeden Sinn. Und es habe – unberufen! – tatsächlich so ausgesehen, als sei er mit Haut und Haaren verbrannt. Ein toller Illusionist!, bestätigte der Rabbiner: Schade nur, daß er uns das Fest verdorben hat. Ein übler, zweifellos antisemitischer Streich und nicht die Spur komisch.

Daß das Fernsehen und die Berliner Zeitungen nicht über den Vorfall berichteten, kann nur daran gelegen haben, daß eine – zwar heiße – Gedenkstele auf dem Hof des jüdischen Gemeindehauses in der Fasanenstraße ein nicht gerade spektakulärer Gegenstand für eine Reportage ist und sich die vermeintlichen Zeugen des Vorfalls vehement weigerten, sich vor Kameras oder Mikrofonen dazu zu äußern. Man hatte sich offenbar geeinigt, besser zu schweigen. Womit auch hätte man noch belegen können, was geschehen sein sollte. Und wer steht schon gern als Lügner oder schamloser Phantast in der Öffentlichkeit?

Allerdings – was den abgerissenen Fremden mit dem Gadner-Barett betraf, ging schließlich doch noch ein Hinweis bei den Ermittlungsbehörden ein. Eine Nachbarin denunzierte ihn. Ein ganz und gar unangenehmer Kerl, berichtete sie: Jeden Dienstag komme er volltrunken nach Hause. Er gehe wohl keiner geregelten Arbeit nach. Es sei ihr unklar, wovon er seine Miete bezahle. Und so wurde schließlich doch noch eine Fahndung eingeleitet.

Ob der Mann, den man schließlich auch faßte, in die Geschehnisse verwickelt war, ließ sich jedoch nicht klären. Er schien irre zu sein, lallte nur vor sich hin. Und man ließ ihn laufen.

Sein Zustand verschlimmere sich täglich, berichtete seine Nachbarin wenig später der Polizei. Ratten und armdicke Schlangen, habe er ihr anvertraut, seien des Nachts aus den Dielenritzen in seinem Wohnzimmer gekrochen und hätten ihn bedroht. Als die Ambulanz ihn abholte, hatte er sich gerade die Zunge abgeschnitten und wäre um ein Haar verblutet. Er wurde in die Nervenklinik der Charité eingeliefert und soll dort, wenige Wochen später nur, verstorben sein.

So hörte man kein Wort mehr über ihn und von ihm schon gar nicht.

Epilog

Die Pajess stehen mir.

Ich habe eine Nachricht von der Post bekommen. Seit drei Tagen sei ein Paket für mich da. Ich solle es endlich abholen. Gleich nach dem Frühstück mache ich mich auf den Weg. Zwar bin ich recht sicher, daß mir wieder nur ein gelangweilter Lektor mein Manuskript zurückschicken wird. Dennoch bin ich gespannt.

Als ich, völlig außer Atem, ins Postamt komme, bin ich verwundert. Mein alter Bekannter vom Paketschalter ist durch einen neuen Beamten ersetzt worden. Wegen zu laxer Diensteinstellung, wird mir sogleich erklärt. Der neue Beamte trägt eine für die Post erstaunlich militärische Uniform. Auf seinen Achselklappen funkelt je ein goldener Stern. Etwas irritiert reiche ich ihm meinen Paketschein und meinen Ausweis. Er studiert beides ausgiebig, bis sich schließlich sein Gesicht verfinstert und er mich anfährt, ob ich ihn für dumm verkaufen wolle.

Wie kommen Sie darauf?, frage ich.

Sie sind doch gar nicht Berkowicz!, antwortet er barsch und mustert mich wie einen Verbrecher.

Aber sicher doch, entgegne ich ahnungslos. So heiße ich schon immer, seit meiner Geburt.

Werden Sie nicht frech!, schnarrt der Beamte: Wenn Sie Berkowicz wären, müßte es in ihrem Ausweis stehen. Verschwinden Sie!, ruft er, knallt mir den Ausweis hin und weist mir herrisch die Tür.

Natürlich will ich opponieren, doch da fällt mein Blick auf den Namen in meinem Ausweis. Und da steht tatsächlich ein anderer. Mein Bild stimmt, die Ausweisnummer stimmt; doch der Name ist ein anderer. Ich bin völlig verwirrt und gehe unverrichteterdinge wieder nach Hause. Noch einmal in meinen Ausweis zu sehen, habe ich nicht den Mut. Wie sollte ich auch damit klarkommen, ein anderer zu sein, als ich mein Leben lang geglaubt hatte?

Ich beschließe, die Sache erst einmal zu überschlafen.

Am nächsten Tag finde ich wieder einen Paketschein in meinem Briefkasten. Vorsichtshalber sehe ich in meinen Ausweis, um mich zu vergewissern, ob alles in Ordnung ist. Na bitte, der Name stimmt. Blinder Alarm, denke ich und mache mich auf den Weg zur Post.

Am Paketschalter erwartet mich derselbe Beamte wie am Vortag. Auf seinen Achselklappen funkelt ein goldener Stern mehr.

Sind sie befördert worden?, frage ich, um die Peinlichkeit vom Vortag mit etwas Verbindlichkeit wieder wettzumachen.

Allerdings, antwortet der Beamte: Treue Pflichterfüllung. Er lächelt beflissen, nimmt meinen Paketschein und meinen Ausweis. Und als ich sehe, daß er plötzlich rot wird und sein Blick sich gefährlich verfinstert, reiße ich ihm schnell meinen Ausweis aus der Hand und verschwinde sofort aus dem Postamt, denn ich befürchte das Schlimmste.

Zu Hause angekommen, bin ich völlig niedergeschlagen. In meinem Ausweis steht natürlich mein Name, wie es sich gehört. Warum also bin ich geflohen? Ich fühle mich unwohl. Ich brauche dringend Erholung, sage ich mir und beschließe, am nächsten Tag zu verreisen, um ein paar Tage auszuspannen. Sofort packe ich ein paar Sachen zusammen und gehe schlafen. Es ist ganz offenbar nicht mein Tag.

Mitten in der Nacht werde ich grob wachgerüttelt. Der Postbeamte, mit drei goldenen Sternen auf jeder Achselklappe, steht an meinem Bett und reibt sich triumphierend die Hände.

Sehen Sie, sagt er zu einer Gruppe von Zivilisten, die ebenfalls mitten in meinem Schlafzimmer stehen: Sehen Sie, er wollte sich klammheimlich davonstehlen, um seiner gerechten Strafe zu entgehen. Bestimmt hat er einen gefälschten Paß.

Der Postbeamte greift zielsicher in mein Jackett, das über der Stuhllehne hängt, und zieht meinen Paß aus der Innentasche hervor. Natürlich, mich wundert gar nichts mehr, ist der Name falsch. Auch das Geburtsdatum stimmt nicht. Ich werde sofort verhaftet.

Auf dem Polizeirevier zeigt mir der Postbeamte das Paket, das ich zweimal vergeblich versucht hatte abzuholen. Es ist geöffnet. Wie ich befürchtet hatte, ist es mein Skript.

Wie kann man nur so etwas schreiben!, entrüstet sich der Beamte und ist drauf und dran, das Paket in den Ofen zu werfen.

He!, Romane zu verbrennen ist unmodern, sage ich.

Das überlassen Sie mal schön mir, antwortet er und schiebt den Packen ins Feuer. Sie bleiben in Haft, höre ich ihn noch sagen. Dann werde ich abgeführt.

Die Zelle, in die man mich steckt, hat die Ausmaße einer mittleren Großstadt. Sie ist in Bezirke unterteilt; und schließlich finde ich auch meine Wohnung. Sheary schreit auf, als sie mich sieht: *die Pajess, die Pajess...*, geradezu hysterisch. Dabei finde ich, Jan Prochazka hat recht behalten: Die Schläfenlocken stehen mir wirklich. Nur ist Sheary da anderer Ansicht. Sie steht auf dem Flur, neben zwei flüchtig gepackten Koffern. Sie eröffnet mir, daß sie mich verlassen würde. Und sie weint.

Ja, ich sei grausam, sie so belogen zu haben.

Das verstehe ich nicht.

Der Herr von Seldeneck, sagt sie, sei Steuerberater und keineswegs Anwalt. Nie habe er auch nur das geringste mit Hinterlassenschaftsangelegenheiten zu tun gehabt. Im übrigen habe sie kein einziges Videoband in meinem sogenannten Arbeitszimmer gefunden, von Tonbandkassetten ganz zu schweigen. Jaroslav Vonkas Handschrift ähnle der von Professor Seligmann. Vor allem aber ähnle sie meiner.

Sie sei, sagt Sheary, auch in besagter Wohnung in der Mühsamstraße 34 gewesen. Eine alte Frau wohne dort. Die Wohnung sei vollgestopft mit Nippsachen und Antiquitäten. Und die Frau habe ihr versichert, sie würde seit mindestens zehn Jahren nur noch zum Einkaufen auf die Straße gehen.

Aber Sheary…, sage ich. Doch sie läßt mich nicht mehr zu Wort kommen. Die Tränen kullern nur so. So verfluchte Wuttrauertränen; und ich überlege, wofür ich mich schämen müßte. Doch ich komme nicht drauf. Ich habe ihr doch nur eine Geschichte erzählt. Und sie beschimpft mich: *Das letzte, das allerletzte!* und schleudert mir eine Postkarte vor die Füße. Und sie geht. Ohne die Koffer. Aber den Arzt, sagt sie, den habe sie schon gerufen.

Ich bin entsetzt. Was, bitte!, geht hier eigentlich vor?! Die Postkarte kommt aus Jerusalem. Jedenfalls wurde sie dort gestempelt. Ich lese den Absender: Prag, Kapucinská 4. Himmel nochmal!

»Bei meinen Augen, in denen das Feuer wohnt…«, steht da: *»Wenn Du nicht willst, daß es auch Dir ergeht wie Max*

und Jaroslav, dann komme schleunigst her! Unser Kind wird bald geboren. Auch nächstes Jahr gibt es ein Pessach-Fest. Und Jan und Jiři , Mirijam und Jacoby warten.«

Neinneinnein..., es zu wissen, heißt schon aufzugeben. Und ich kapituliere. Denn jetzt, jetzt weiß ich es wirklich: Der Messias bin ich! Und das ist nun wirklich das Ende. Die Ambulanz steht bereits vor der Tür. Mama!, wo sind die Lederfäustlinge, die du mir geschenkt hast, kurz nachdem Onkel Franz starb? Und das Salzfaß. Und das Küchenmesser. Nein, ich werde auf ihre Fragen nicht antworten: So phantastisch verrückt ist die Welt. – *Amen. Amen. Selah.*

Für ihre Mitwirkung und freundliche Unterstützung danke ich herzlich:

dem Geschichtenerzähler Jacoby alias Nathan ben-Gazi, Alexander Rottenstein jr., dem himmlischen Gerichtshof samt Vorsteher, den Engeln Lydia, Mirijam und Eva Marková, ihrer Vorfahrin Márta Marková (geb. Löwá) sowie den namenlosen Cheruben und Seraphen, Jiři Prochazka, seinem Junior und seinen Filzpantoffeln, dem Pförtner des Hauses Na Petřinach 392, Fräulein Janová, Václav Markov, David ben Maimon Malkowitz, dem Chasan der Altneu-Schul sowie der bärtigen Hebamme, Hans Regensburger, Petr und Jaroslav Vonka (Slosil), der Kaltmamsell des Restaurants Kapucinská 4, Prof. Seligmann und Prof. Peter Schäfer, Jeshua ha-Nozri (in Gestalt einer Statue), Mirijams Freundin in Praha-Bubenec, Max Regensburger, Ingeborg Albrecht, dem Redakteur Lansky, Doktor Pokorny, Dr. Marie Pokorná, dem Schammes der Synagoge Jeruzalémská 7, Samy Almekias Siegl und seinem Zitronenfalter, Frau Slosil und den Charlottenburger Kriminalbehörden sowie dem Direktor des Krematoriums, seinem Gehilfen und der Trauergemeinde, Franz Regensburger, seiner Mutter Anna Regensburger (geb. Hiller) und dem namenlosen Mädchen aus Java, dem Todesengel in Gestalt einer Frau, dem Schausteller Salomon Hiller, seiner Frau, dem Maroni-Mann und den gedungenen Schlägern, dem Senat von Berlin als Stipendien- und Oliver Bukowski als Kritik- und Cognacstifter, Dr. Anthony und der verführerischen Mo, Vater Rottenstein und seiner empfindsamen Nase, Simon Bleiberg, seinem Vater sowie den Seder-Gästen –

und ganz besonders *der Seraphin in meiner Nähe...*

Berlin / Prag – 1991/92

WORTERKLÄRUNGEN

B'EMETH (hebr.) wahrlich, in der Tat

BOCHER (jidd.) junger Mann

BORUCH HA-SHEM! (hebr.) wörtlich: Gelobt sei der Name (des Herrn)

DAWNEN (jidd.) beten

EIJNSOPH (hebr. eigentlich: eijn soph) kein Ende

EMETH (hebr.) Wahrheit, wahrlich

GADNER-BRIGADE Spezialeinheit der israelischen Armee

GANEV (jidd.) Gauner

GEHINNOM Unterwelt, Totenreich

HAGGADAH Sammlung von Geschichten und Liedern, die vom Auszug aus Ägypten erzählen, wird an den Pessach-Abenden gelesen

HEKHAL (hebr.) eigenlich Vorplatz, Halle; Palast

HOSHANNAH RABBAH (hebr.) wörtlich: große Hilfe, vorletzter Tag des Laubhüttenfestes, um den sich eine Vielzahl mystischer Legenden webt

JESHIVA (hebr.) Torah-Talmud-Schul

MEAH SHEARIM (hebr.) Hundert Tore, ein orthodoxer Stadtteil von Jerusalem

METH (hebr.) tot

NAJESS (jidd.) Neuigkeiten, Nachrichten

NEMZIS (tschech.) salopp für Deutsche

NOZRI (hebr.) Bezeichnung für Jesus den Nazarener

PAJESS (jidd.) Schläfenlocken

PARDES (hebr.) Bezeichnung für die himmlische Topographie, genaue Übersetzung ungewiß

PARNOSSE (jidd.) Lebensunterhalt

SCHECHINAH wörtlich: Glanz, Umschreibung für die unmittelbare Gegenwart Gottes,

SCHMADDETER (vom jidd.) im Wortsinn: Zerstörter; laxe Bezeichnung für Christen, insbesondere für zum Christentum konvertierte Juden

SHOPHAR Widderhorn (Musikinstrument)
TEPHILLIN (aramäisch) Gebetsriemen
TOWARISCHTSCHIJ – (russ.) Genossen
TREFE (jidd./hebr.) nicht koscher
ZORES (jidd.) Sorge, Ärger

INHALT

II

DIE ZWÖLF EINFACHEN

ODER

VOM BRUCH DER GEFÄSSE

Ilija Trojanow im dtv

»Urplötzlich wechselt er ins Phantastische oder Groteske. Er verwebt Orientalisches mit Westlich-Technischem, tobt sich im Detail aus, um dann zum kühnen Zeitensprung anzusetzen. Kurz: Er überrascht, wo er nur kann.«
Der Spiegel

In Afrika
Mythos und Alltag Ostafrikas

dtv 12284

»Afrika ist vielleicht der Teil der Welt, in dem es noch am meisten zu entdecken gibt.« Ein wunderschöner Bericht über Ostafrika, die Landschaft und Städte, aber in erster Linie über die Menschen dort. Ein Bericht, der sich durch gründliche Kenntnis und ein tiefgehendes Verständnis, vor allem aber durch ungebremste Begeisterung für den »dunklen Kontinent« und seine Möglichkeiten auszeichnet.

Autopol

in Zusammenarbeit mit Rudolf Spindler
dtv 24114

Sten Rasin mag das schöne neue Europa des 21. Jahrhunderts nicht. Doch bei der jüngsten Aktion seiner Widerstandsgruppe wird er geschnappt. Einmal zu oft. Er wird »ausgeschafft«, dorthin, von wo es kein Zurück gibt – nach Autopol, zu den anderen, die man draußen nicht will, vor denen man Angst hat. Aber Rasin ist kein gewöhnlicher Krimineller. Er ist Idealist, ein Kämpfer, und er will zurück in die Freiheit. Schnell schafft er sich auch in Autopol Verbündete... ›Autopol‹ entstand als *novel in progress* im Internet, zusammen mit der ›aspekte‹-Online-Redaktion. Aus dem literarischen Experiment ist eine spannende Science-fiction-Story geworden, ein Buch mit neuen Dimensionen.

Rafik Schami im dtv

»Meine geheime Quelle ist die Zunge der anderen. Wer erzählen will, muß erst einmal lernen zuzuhören.«
Rafik Schami

Das letzte Wort der Wanderratte
Märchen, Fabeln und phantastische Geschichten
dtv 10735

Die Sehnsucht fährt schwarz
Geschichten aus der Fremde · dtv 10842
Erzählungen vom ganz realen Leben der Arbeitsemigranten in Deutschland.

Der erste Ritt durchs Nadelöhr
Noch mehr Märchen, Fabeln & phantastische Geschichten · dtv 10896

Das Schaf im Wolfspelz
Märchen & Fabeln
dtv 11026

Der Fliegenmelker und andere Erzählungen
dtv 11081
Geschichten aus dem Damaskus der fünfziger Jahre. Im Mittelpunkt steht der unternehmungslustige Bäckerjunge aus dem armen Christenviertel, der Rafik Schami einmal gewesen ist.

Märchen aus Malula
dtv 11219
Rafik Schami versteht es, in diesen Geschichten den Zauber, aber auch den Alltag und vor allem den Witz und die Weisheit des Orients einzufangen.

Erzähler der Nacht
dtv 11915
Salim, der beste Geschichtenerzähler von Damaskus, ist verstummt. Sieben einmalige Geschenke können ihn erlösen. Da schenken ihm seine Freunde ihre Lebensgeschichten...

Eine Hand voller Sterne
Roman · dtv 11973
Alltag in Damaskus. Über mehrere Jahre hinweg führt ein Bäckerjunge ein Tagebuch...

Der ehrliche Lügner
Roman · dtv 12203
Der weißhaarige Geschichtenerzähler Sadik erinnert sich an seine Jugend, als er mit seiner Kunst im Circus India auftrat. Und an die Seiltänzerin Mala, seine große Liebe...

Michael Ondaatje im dtv

»Das kann Ondaatje wie nur wenige andere: den Dingen ihre Melodie entlocken.«
Michael Althen in der ›Süddeutschen Zeitung‹

In der Haut eines Löwen
Roman · dtv 11742
Kanada in den zwanziger und dreißiger Jahren. Ein Land im Aufbruch, wo mutige Männer und Frauen gefragt sind, die zupacken können und ihre Seele in die Haut eines Löwen gehüllt haben. »Ebenso spannend wie kompliziert, wunderbar leicht und höchst erotisch.« (Wolfgang Höbel in der ›Süddeutschen Zeitung‹)

Es liegt in der Familie
dtv 11943
Die Roaring Twenties auf Ceylon. Erinnerungen an das exzentrische Leben, dem sich die Mitglieder der Großfamilie Ondaatje hingaben, eine trinkfreudige, lebenslustige Gesellschaft...

Der englische Patient
Roman · dtv 12131
1945, in den letzten Tagen des Krieges. Vier Menschen finden in einer toskanischen Villa Zuflucht. Im Zentrum steht der geheimnisvolle »englische Patient«, ein Flieger, der in Nordafrika abgeschossen wurde... »Ein exotischer, unerhört inspirierter Roman der Leidenschaft. Ich kenne kein Buch von ähnlicher Eleganz.« (Richard Ford)

Buddy Boldens Blues
Roman · dtv 12333
Er war der beste, lauteste und meistgeliebte Jazzmusiker seiner Zeit: der Kornettist Buddy Bolden, der Mann, von dem es heißt, er habe den Jazz erfunden.

Margriet de Moor im dtv

»Ich möchte meinen Leser genau in diesen zweideutigen Zustand versetzen, in dem die Gesetze der Wirklichkeit aufgehoben sind.«
Margriet de Moor

Erst grau dann weiß dann blau
Roman · dtv 12073

Eines Tages ist sie verschwunden, einfach fort. Ohne Ankündigung verläßt Magda ihr angenehmes Leben, die Villa am Meer, den kultivierten Ehemann. Und ebenso plötzlich ist sie wieder da. Über die Zeit ihrer Abwesenheit verliert sie kein Wort. Die stummen Fragen ihres Mannes beantwortet sie nicht.

Der Virtuose
Roman · dtv 12330

Neapel zu Beginn des 18. Jahrhunderts – die Stadt des Belcanto zieht die junge Contessa Carlotta magisch an. In der Opernloge gibt sie sich, aller Erdenschwere entrückt, einer zauberischen Stimme hin: Es ist die Stimme Gasparo Contis, eines faszinierend schönen Kastraten. Carlotta verführt den in der Liebe Unerfahrenen nach allen Regeln der Kunst.

Rückenansicht
Erzählungen · dtv 11743

Doppelporträt
Drei Novellen · dtv 11922

»De Moor erzählt auf unerhört gekonnte Weise. Ihr gelingen die zwei, drei leicht hingesetzten Striche, die eine Figur unverkennbar machen. Und sie hat das Gespür für das Offene, das Rätsel, das jede Erzählung behalten muß, von dem man aber nie sagen kann, wie groß es eigentlich sein soll und darf.«
Christoph Siemes in der ›Zeit‹

Wolfgang Schmidt im dtv

»Wolfgang Schmidt ... interessiert nur eine Sucht, die gefährlichste von allen und die am wenigsten heilbare: die Liebe.«

Rainer Stephan in der ›Süddeutschen Zeitung‹

Die Geschwister

Roman · dtv 11945

Böhmen 1935. Jordan Tahedl kommt kurz vor dem Abitur neu in die Klasse. Nicht nur die Frauen und Mädchen der Stadt, sondern auch der Erzähler Hans Wild erliegen seiner Ausstrahlung völlig. Und dann taucht Therese auf, Jordans Schwester ... Die subtile erotische Spannung des Romans, die Empfindsamkeit seiner Sprache halten den Leser von der ersten bis zur letzten Zeile gefangen.

Sie weinen doch nicht, mein Lieber?

Roman · dtv 20012

Eine Kleinstadt an der Moldau zwischen den Weltkriegen. Der junge Maler und seine Freundin sind fast ein glückliches Paar. Doch über ihnen verdichten sich die blauschwarzen Wolken einer bevorstehenden Katastrophe ... Ein Roman wie ein Spätsommertag – stimmungsvoll, beklemmend, voll düsterer Leuchtkraft. Und eine Liebesgeschichte, die man so schnell nicht vergißt.

Albertines Knie

Roman · dtv 20079

Ein junger Jurist verfällt der sechzehnjährigen Schwester seines besten Freundes, der bemerkenswert selbstbewußten, naiv-sinnlichen Albertine. Und auch ihre Cousine Emilia verliebt sich in sie ... Eine feinfühlige Romanze, die gleichermaßen an Stefan Zweig wie an Arthur Schnitzler erinnert.

» ... Ich habe Wolfgang Schmidt bisher noch nicht als Autor gekannt; ich werde ihn mir merken.«

J.M. Eggermann in der ›Welt am Sonntag‹